KB236871

한국 서사문학과 불교적 시각

한국 서사문학과 불교적 시각

한국 서사문학과 불교적 시각

조현설 외 지음

　『삼국유사』기이(紀異) 편 서문은 이렇게 시작된다. "무릇 옛 성인이 바야흐로 예악(禮樂)으로 나라를 세워 인의(仁義)로써 교화를 베풀었고, 괴력난신(怪力亂神)은 어디서도 말하지 않았다." 그러나 세상에는 신이(神異)가 없을 수 없고, 이 신비야말로 깊은 뜻을 감추고 있다. 나 일연은 지금부터 그것을 이야기하려고 한다. 『삼국유사』의 이 머리글은 공자 이래 유가의 '괴력난신은 말하지 않는다'는 금과옥조에 대한 승려 일연의 일침이었다.

　기실 우리 문학사의 첫머리는 일연의 이 같은 대승적 인식을 통해 열렸다고 해도 과언이 아니다. 그가 『삼국유사』를 통해 신화를 기록해 놓지 않았다면, 향가와 시, 전설과 전기(傳奇) 등을 남겨놓지 않았다면 우리 문학사는 얼마나 공소했을 것인가? 그가 괴력난신을 다루는 비현실적 서사들을 외면했다면 우리 문학사는 '기억의 절반'을 잃었을지도 모를 일이다.

　이처럼 『삼국유사』 서문은 우리 고전문학사와 불교의 긴밀한 관계를 함축하고 있다. 주지하듯이 고전문학사의 앞 시기는 불교를 빼고 이야기할 수 없지 않은가. 작가·세계관·형식 등 문학 전반이 불교와 내밀한 관계를 맺고 있고 『삼국유사』는 그것을 더없이 잘 보여준다. 물론 조선시대에는 배불 분위기 속에서 상황이 달라지기는 하지만 양자의 관계는 불교적 세계관과 형식이 작품 속에 심층화되는 방식으로 지속되었다고 할 수 있다. 그러나 이런 관계의 섬세한 결들이 그간의 연구사에서 십분 드러났다고 할 수 있는가?

이 책은 이런 의문에서 출발했다. 우리는 이 책을 통해 그간 불교와 고전문학사의 관계에 대한 연구가 소홀히 했던 미시적 지점을 포착하여 문학사 연구의 심화를 꾀하려고 했다. 특히 서사문학사에 끼친 불교의 영향을 되짚어 보고 싶었다. 그 결과 1부의 갈래 문제에서는 사찰연기설화나 불교계 문헌설화와 소설사의 관계에 집중하여 새로운 논점을 제출했고, 2부의 형상화 문제에서는 불교계 서사의 여성 이미지에 초점을 맞추어 서사문학사를 새롭게 조명할 수 있었다. 그리고 3부의 사상 문제에서는 불교 사상과 설화·전기소설 등의 관계를 재론할 수 있었다.

사실 이 책은 세 해쯤 전에 기획되었다. 저자들의 은사이신 김태준 선생님의 정년을 기념하여 뜻있는 연구서를 내보자는 취지였다. 선생님께서는 늘 다른 연구자들에게 폐를 끼치면서 정년기념논문집 꼴의 책을 내는 것을 바람직하지 않다고 말씀하셨기 때문에 역량이 부족하더라도 문하생들끼리 연구서를 내보자는 뜻이었다. 그래서 '불교와 서사문학사의 관계'라는 주제로 세미나를 시작했고, 이 연구서는 그 결실이다. 애초의 기획에는 못 미치는 바 있고, 함께 공부했으나 사정상 글을 싣지 못한 연구자도 있지만 아쉬운 대로 책을 펴내기로 했다. 학계의 질정을 구한다.

머리글을 빌려 그간 우리의 공부길에 나침반이 되어 주신 장연 김태준 선생님께 감사를 드린다. 남양주 수동에 장연서실을 여시고 새로운 공부길에 나서시는 선생님께 나무와 풀과 꽃들이 도반이 되기를 기원한다. 아울러 인연을 얻어 '장연학회'에서 함께 토론한 동학들에게, 그리고 논문으로 동참해 주신 김승호 선생님께 합장을 올린다. 학회를 통해 싹튼 문제의식이 향후 필자들 저마다의 연구 활동에서 다기한 모습으로 열매 맺기를 기대한다. 끝으로 어려운 출판계의 사정에도 불구하고 기꺼이 좋은 책을 만들어준 역락출판사에 고마움을 전한다.

2005년 6월
필자들을 대신하여 조현설

제 1 부   불교계 서사와 갈래

사찰문헌설화에 나타난 소설담론적 성격 / 김승호 ─── 15
　1. 머리말 __ 15
　2. 논의의 범위 및 대상 __ 16
　3. 사찰문헌설화의 소설담론적 징후 __ 19
　4. 사찰문헌설화의 소설적 안착 __ 33
　5. 맺음말 __ 39

사찰연기설화의 소설적 조명 / 김승호 ─── 41
　1. 머리말 __ 41
　2. 소위 <붕학동지전>과 <보덕각시전>의 실상 __ 42
　3. 영원암 연기설화의 소설적 징표 __ 48
　4. 보덕굴연기설화의 소설적 징표 __ 55
　5. 맺음말 __ 63

『수이전』 일문의 분류와 장르적 성격 / 유정일 ─── 67
　1. 들어가는 말 __ 67
　2. 『수이전』 일문의 지괴적 성격 __ 70
　3. 『수이전』 일문의 분류 __ 77

4. 『수이전』 일문의 서사문학사적 의의 __ 83

5. 나오는 말 __ 85

불교적 전기(傳奇)소설 연구 서설 / 오대혁 ——— **89**

1. 머리말 __ 89

2. 불교적 전기소설 이해의 전제 __ 91

3. 불교적 전기소설의 형성기반과 전개양상 __ 99

4. 맺음말 __ 112

『월인석보』의 체제에 대한 일고찰 / 유정일 ——— **115**

1. 들어가는 말 __ 115

2. <세종어제훈민정음>과 『월인석보』 __ 117

3. 팔상도의 의미와 그 기능 __ 121

4. 『석보상절』 序와 『월인석보』 序의 의미와 그 중요성 __ 124

5. 위패형 발원문과 『월인석보』 __ 129

6. 나오는 말 __ 131

제2부　불교계 서사문학의 인물 형상

동아시아 관음보살의 여신적 성격 / 조현설 —————— 135

  1. 여신 관음, 그 가모장적 욕망 __ 135

  2. 관음의 여신화 현상과 형상들 __ 137

  3. 관음 여신화의 원리와 함의 __ 148

한국 불교설화에 나타난 여성상 / 박상란 —————— 153

  1. 서　론 __ 153

  2. 불전설화에 나타난 여성상 __ 154

  3. 한국 불교설화에 나타난 여성상 __ 166

  4. 불교설화에 나타난 여성상의 특징과 그 소종래

    －결론을 대신하여 __ 178

관음설화에 나타난 여성상 / 박상란 —————— 181

  1. 서　론 __ 181

  2. 관음화현 여성과 유혹 __ 183

  3. 유혹의 유래와 그 의미 __ 187

  4. 결　론 __ 193

성녀와 악녀 / 조현설 ──────────── 195

  1. 문제 제기 __ 195

  2. 성녀와 악녀의 계보학 __ 197

  3. 두 계열의 여성형상과 유가 이데올로기의 접합 __ 206

  4. 잠정적 결론 __ 213

조선후기 소설에 나타나는 여성과 불교적 공간 / 심혜경

──────────── 215

  1. 머리말 __ 215

  2. 여성의 위기와 불교적 공간의 개입 __ 216

  3. 억압적 세계로부터의 도피, 뜻밖의 손길 __ 220

  4. 재생 그리고 세계를 향한 재진입의 염원 __ 224

  5. 자비평등의 의지처 그 이면의 의미 __ 228

  6. 맺음말 __ 233

조선후기 문헌설화에 나타난 완승(頑僧)의 의미 / 박상란

──────────── 237

  1. 서 론 __ 237

  2. 완승의 형상 __ 240

  3. 완승의 의미 __ 250

  4. 결 론 __ 254

제3부 불교계 서사문학의 사상

태허당의 <가야진용왕당기우록> 연구 / 김승호 ———— 259

1. 들어가는 말 __ 259
2. 태허당의 삶 __ 260
3. 전대 전기소설의 영향과 변이 __ 265
4. 등장인물의 기능과 성격 __ 278
5. 제 사상의 복합적 수용 __ 282
6. 맺는 말 __ 289

불교문학의 환상성과 사찰연기설화 / 오대혁 ———— 291

1. 머리말 __ 291
2. 불교문학의 환상성 __ 292
3. 사찰연기설화의 환상성 __ 306
4. 맺음말 __ 326

김시습의 선불교적 현실주의와 『금오신화』/ 오대혁 ——— 329

1. 머리말 __ 329
2. 『금오신화』 창작의 사상적 배경 __ 331
3. 『금오신화』의 선불교적 현실주의 __ 347
4. 맺음말 __ 359

제1부 불교계 서사와 갈래

사찰문헌설화에 나타난 소설담론적 성격 __ 김승호

사찰연기설화의 소설적 조명 __ 김승호

『수이전』 일문의 분류와 장르적 성격 __ 유정일

불교적 전기(傳奇)소설 연구 서설 __ 오대혁

『월인석보』의 체제에 대한 일고찰 __ 유정일

사찰문헌설화에 나타난 소설담론적 성격

김승호

1. 머리말

본고는 사찰과 관련된 문헌을 중심으로 불교 서사문학의 한 특성을 살피고자 하는 데 뜻이 있다. 좁게 말해 사찰문헌설화에 나타나는 소설적 성격을 밝히는 일인데 사찰문헌만큼 구조, 시점, 주제에 걸쳐 소설적 속성을 내장한 담론도 흔치 않다는 나름의 판단에 따른 것이다. 여기에 나말여초에 이미 소설의 기운이 싹텄음을 인정하는 분위기로 돌아섰음에도 불구하고 이를 변증할 자료가 영성한 상황에서 사찰문헌이야말로 어떤 시사점을 제공해주지 않을까 하는 기대감 역시 이를 논의의 대상으로 택하게 된 까닭이 되었다고 말할 수 있다.

하지만 불교문헌설화를 대상으로 삼는다 해도 제한된 지면과 한정된 테마 때문에 층위가 복잡한 사찰문헌을 모두 논의의 대상으로 삼을 수는 없다. 이 점에서 본고는 서사적으로 보아 일정한 정도의 소설성을 내재한 경우로 대상을 한정할 것이고 이들을 통해 소설적 기미와 그 안착의 정도를 점검함으로써 사찰문헌의 서사적 위상을 드러내는 데 초점을 맞추고자 한다.

2. 논의의 범위 및 대상

소설이 월등한 장르로 군림하고 있는 것이 실상이지만 과연 '소설 담론'이 무엇인지를 개념화하기란 생각처럼 수월한 일만은 아니다. 그 점에서 온전한 개념화는 미루고 일단 소설이란 "이야기의 방식에서 구비문학과 달리 어쩔 수 없이 하나의 '수사학적 형식'으로 내포 작가로부터 독자에 이르는 자기 충족적 대상을 전제로 하며 그 효과를 보장받기 위해 다양한 방식의 어조나 태도 함축된 평가, 그리고 소통 과정을 포괄할 수밖에 없는 담론[1]"이라는 정도로 그 테두리를 끌어다 본고에서 지향하는 바 논의를 이끌어 가려 한다. 소설이 아직 출현하지 않았던 시공 속에도 의사소통 과정으로서 '소설담론'적 사례가 없으리라는 법은 없다. 혹은 글쓴이가 소설 담론성을 자각하고 그런 방향으로 이야기를 펼쳐나가는 경우를 상정할 수도 있다. 본고에서 논의점으로 택한 사찰문헌은 소설의 출현 이전 혹은 이후에도 창작 수용된 서사물로서 일부의 자료에서 이미 소설성을 검증받은 바가 있는데 여기서는 기법과 주제 구현의 측면으로 양분하되, 인물의 초점화, 꿈의 서사장치화, 불교종지의 주제적 현시화로 갈래지어 소설적 요소를 밝히고 궁극적으로는 소설로 안착한 사례까지 훑어보는 데 뜻을 준다.

특정 사찰의 흥망성쇠를 포괄적으로 기록한 서사물을 일단 사찰문헌[2]이라 할 수 있다면, 사찰의 역사를 지향한 담론들, 곧 사승(寺乘)

---

1) 월리스 마틴 저, 김문현 옮김, 『소설이론의 역사』, 현대소설사, 1991, 27쪽.

2) 사찰문헌을 어디까지로 정하느냐 하는 문제는 간단하지 않으며 시류를 배제하고 일정한 길이를 가진 서사문으로 한정한다고 하더라도 그 양은 적지 않을 터인데 동국대불교문화원 편, 『韓國佛敎撰述目錄』(동국대출판부, 1976)의 寺誌篇에는 564개의 관련 문헌이 소개되어 있으며 齊藤忠편, 『高麗寺院史料集成』(대성대불교연구소, 1993)에는 고려시기에 창긴된 282개의 사찰기록이 수록되어 있다. 물론 사찰문헌을 총집한다면 이를 훨씬 상회할 것이다.

을 포함하여 불교 인물에 대한 기록들인 승전, 사비 및 각종의 불사 관련 기문 등도 모두 이에 귀속이 가능하다. 하지만 소설담론적 성 향을 풍성하게 간직한 것은 아무래도 사적 혹은 사지란 제명으로 된 자료들이라고 본다.[3]

우리가 인식하고 있는 사찰문헌의 서사문학성은 주로『삼국유사』 로부터 비롯되었다고 하더라도 과언이 아니다. 가령 배필을 찾던 김 현이 호랑이 처녀와 연을 맺었으나 비련으로 끝나고 만다는 호원사 연기설화[4]나 조신이 승려의 몸으로 한 여인을 지극히 사랑하다가 몽중에서 해후하고 결혼까지 했으나 정작 이생에서의 고통과 번민 만을 체험하게 된다는 정토사연기설화[5]는 소설적 주제와 기법을 세 련되게 구사한 작품으로 일찍부터 이목을 집중시켰다. 그런데『삼국 유사』로 말미암아 사찰설화의 높은 서사성을 인식하게 되었다 해 도[6]『삼국유사』소재 사찰설화만이 전부인 것으로, 혹은 그것만이 소 설성을 담지한 것[7]으로 고집하려 든다면 곤란한 일이다. 따라서 본 고는『삼국유사』소재 설화는 물론 여러 문헌자료 가운데 서사성이 높다고 인정되는 설화 각편을 취택하여 그에 나타나는 소설적 성격 을 살펴보려고 한다. 논의 대상 자료를 포함하여 필자가 선별한 대 표적 사례를 열거한다면 아래와 같다.

伽倻山海印寺古蹟(依板成籍, 天福 8년 癸酉 高麗 太祖 26년(943)刊),

---

3) 사찰의 역사적 史實을 기록하고 전승하는 문헌을 일컫는 용어는 다양하다. 寺志, 寺乘, 古蹟, 寺刹事蹟 등등이 우선 산견되는 용어들이다. 이 중에서 사찰의 연혁 혹은 자취의 기록이란 의미로 가장 빈번히 취택되는 말은 事蹟이다. 그러나 이 용어를 사찰의 자취로 한정해 쓸 때 또 다른 혼란이 있을 수 있으므로 寺刹事蹟 이란 용어로 통일시키는 것이 낫지 않나 생각한다. 본고에서는 번잡함을 줄이기 위해 '事蹟'이란 용어를 주로 쓰기로 한다.
4)『三國遺事』, 권제4, 義解, 洛山二大聖觀音正趣調信.
5)『삼국유사』, 권제5, 感通, 金現感虎.
6) 김태준,『조선소설사』, 학예사, 1939, 32~35쪽.
7) 권상로,『조선문학사』, 1949, 169~175쪽.

靈源庵事蹟(混　元, 混元集, 고종20년(1883), 梵魚寺事蹟(東　溪, 康熙
庚申 孟春(1710) 刊), 含月山祇林寺事蹟(乾隆 5년 庚申 仲夏(1741)刊),
淨土寺, 洛山寺, 虎願寺, 南白月二聖(이상 삼국유사 소재), 聖德山觀音
寺事蹟(嘉善海淸, 雍正7년 己丑(1729)刊), 乾鳳寺事蹟(鄭泰好, 高宗 24
년(1887)刊), 石臺庵事蹟記(閔　漬, 高麗忠肅王 7년庚申(1320)刊), 寶鏡
寺事蹟記(萬曆 16년 戊子(1555)刊), 弘法寺說話(京畿道, 畿內寺院誌,
1990), 浮雪傳(暎　虛, 暎虛集, 崇禎8년 乙亥(1635)刊)

　　제시 자료가 많지 않음에도 불구하고 서사적 층위를 지어내는 일
이 쉽지만은 않다.『삼국유사』를 제외하고 18세기 전후에 정착된 자
료들이지만 서사 내적 배경은 홍법사 연기설화 이외에는 모두 나려
시대, 특히 신라시대에 집중되어 있어 이 시기가 사찰연기설화의 흥
성기였음을 밝혀준다. 전자의 경우 의역사적 성향의 기술에 경사되
고 있으며 창사연대를 될 수 있으면 과거로 소원시키려는 의지가 과
잉되게 반영된 산물이라면 후자는 역사적으로 사지의 간행이 전에
없이 활발했던 시기가 18세기라는 점이 눈길을 모은다. 그러나 기록
연대의 편차가 담론의 서사적 편차와 상관성을 갖는 것이 아니라는
점에서 기록된 시기의 선후만을 들어 자료의 가치를 재단하는 것은
바람직한 시각일 수만은 없다고 본다. 구비 전승물에 기초하여 기록
된 것임을 감안한다면 기록자의 자의성은 의외로 크지 않기 때문이
다.

　　그리하여 이 글에서는 소설을 역사적 산물로 인식하기 보다 그것
에 내재한 일정한 담론적 특성의 내재 여부가 특별히 유의할 점으로
파악될 것이다. 이럴 경우, 소설의 출현 이전 혹은 이후의 경계가 그
리 중한 사안이 될 수 없으며 소설 출현 이전에도 소설적 성격을 운
위할 만한 사찰문헌이 다수 존재했음이 드러나게 될 것이다. 결국
이같은 시각에서 취택된 사찰문헌은 단순히 불교서사의 영역에 국
한시켜 볼 대상이라기보다 소설의 기원과 미학을 엿보게 하는 한 담
론으로서 그 의의는 소설사적 자장마저 지니게 되는 셈이다.

3. 사찰문헌설화의 소설담론적 징후

(1) 인물중심적 記事로의 전환

사찰문헌 가운데 서사성이 가장 잘 발현된 경우는 寺誌 혹은 事蹟이라 題한 것들이지만 당초 이 문헌들의 기능이 역사전승에 있다는 점은 명백하다. 서사적 측면은 차후의 과제일 뿐 우선은 통사적 시각을 앞세워 사찰의 역사를 보전한다는 대의가 중시되게 마련이다.

> 麗代에 창건된 절로 문헌으로는 좇을 만한 것이 없으니 숲과 샘이 생기를 잃고 산문은 적막합니다. 요행히 探眞之士로 하여금 한 번 보게 하더라도 멍하게 될 것이니 담벼락을 대하고 탄식하지 않기를 바랍니다. 문장의 공교함이 있든 없든 그것은 바라는 바가 아닙니다. 내가 분수 넘게 붓을 잡은 것은 흥폐와 복고의 대강을 적어 이로써 후세 사람들을 깨닫게 하고자 할 뿐입니다.[8]

寺史의 인멸을 안타깝게 여긴 식자 중에는 거개 이런 입장에서 사지의 찬술에 임했다. 이 경우 창건의 내력과 성쇠의 반복을 무미건조한 문체에 실어 간략하게 기술할 뿐이어서 특정인물이 특별히 조명되기 어려우며 사건이며 상황도 경중 없이 균등하게 연대기적으로 적기되는 일이 흔하다. 그러나 사지, 사적이라고 해서 반드시 춘추필법적 서술만으로 유지되는 것은 아니었다. 사지의 본령이 승사, 사사에 놓여 있음에도 불구하고 변사, 이적, 신이의 기록으로 경사되어 진정한 의미의 사사를 기대하는 이들에게는 오히려 불만의 대상으로 전락하거나 새로운 사지를 구상하게 하는 의외의 계기로 작용

---

8) 和月子 圓一, <七賢山 七長寺事實記>. "麗代創建之寺 無文可從 則林泉失色 山門寂寞 倖使探眞之士 一見而怳然 則庶無面墻之歎文之工不工 非吾所望也 余濫自秉筆 敍其興廢復古之梗槪 以曉後來者云爾"

하기도 한것이다.9)

　하지만 종교적 이적 등이 역사 중심의 사사와 별개의 것이 아님을 선명하게 보여준 예가 바로『삼국유사』였다. 탑상 조는 물론이고 감통, 신이 조에도 흥미를 촉발할 기담이 수두룩하며 낙산이대성관음정취조신(洛山二大聖觀音正趣調信), 욱면비염불서승(郁面婢念佛西昇), 김현감호(金現感虎), 대성효이세부모신문왕대(大城孝二世父母神文王代) 조 등은 높은 서사성을 지니며 낙산사, 정토사, 미타사, 불국사, 석굴암 등의 내력담 구실을 겸하고 있다. 통상적으로 사적은 위치와 관련한 풍수, 창주(創主)의 가계와 법통, 사지(寺址)의 점지, 공사 중의 난관 등을 정보적 단위로 편입시키며 각 사찰 나름의 특기할 사안들을 이에 보태는 것이 일반적이다. 그러나『삼국유사』중의 사적은 정보적 단위가 균등하게 배분되는 것을 거부하는 것처럼 보인다. 물론 이 같은 특징은『삼국유사』에 국한되는 것은 아니다. 영원암 연기는 일반적 창사연기의 패턴과 달리 이승과 저승의 왕래담, 즉 전기적 속성을 다분하게 갖추고 있는 경우이다.『혼원집(混元集)』에 따르면 영원암에 고적이 소장되어 있었고 금강산 유람 중에 있던 혼원이 이를 열람하고 대강의 줄거리를 기록으로 남겼다.10) 고적의 전사적 이기가 아니므로 줄거리만으로 축약되어 있음을 알겠는데 전개에서 본다면 소설적 담론으로서 성격에 부합될 만한 인물 배치를 잘 갖추고 있다. 주인공으로 등장하는 명학동지는 영원조사의 스승으로 수행정진으로 수범을 보이기는커녕 속세의 버릇대로 출가 후에도 탐심을 버리지 못한다. 그러다 갑자기 죽음을 맞았고 악업에 걸맞게 금사보의

---

9) 한용운, <건봉사본말사지 서>,『건봉사급건봉사본말사적』, 건봉사, 1928, 2쪽. "그런데 불행히 조선 각 사찰의 사적 기록은 완벽이 소할 뿐 아니라 단편적으로 보존된 기록도 너무나 기적을 초월하야 황탄에 근하고 혹은 문식에 경하고 사적 기록을 약하야 실로 사적 가치를 가진 자 근소한 것은 만한 유감이다."

10) 混　元, <金剛錄>,『한국불교전서』v11, 동국대출판부, 728쪽. "還來乘暮抵庵 有一衲 如神仙中人 以倒屣欣迎 乃十年前學海同遊之故友 語到前情 通宵未了 得案上一局 卽庵之古蹟也"

업을 입어 뱀으로 태어난다. 현생에서 지은 악행의 탓임을 직감한 이는 영원조사 뿐, 제자는 회향공덕으로 스승의 뱀업을 벗겨준다. 이후 명학동지는 촌가의 아들로 환생하고 어찌하여 다시 동승이 된다. 하지만 전생과 반대로 이번에는 동승이 영원조사의 제자가 되어 선리를 터득하고자 발분한다. 그러나 각고의 노력을 해도 선열의 경지에 오르지 못하는 것을 안타깝게 생각하던 영원조사가 충격적 경책(我卽汝師 汝卽吾佐也 經曰 騎牛更覓牛 非外牛而內必心牛也)을 내리고서야 비로소 상좌승은 활오한 대각의 세계로 들어설 수 있게 된다.

서사시간이 삼생을 넘나들고 있고 배경 또한 이승을 넘어 저승세계로까지 확장됨으로써 불교 전기의 한 유형에 포괄된다는 점을 알 수 있다. 여기에 이계와의 교통, 염왕에 의한 전생의 심판, 금사보[11]를 통한 업의 강조는 흥미를 배가할 서사단위로서 독자들의 호기심을 강하게 불러일으키는 것이 분명하다. 하지만 영원암 연기가 흥미를 중심에 놓은 서사적 구성물이라고 판단하는 것은 성급한 추론이 된다. 그보다는 삼생 유전의 고달픔을 끊고 대오각성의 세계로 들어가기 위해서는 어떻게 살아가야 하는가 하는 화두를 앞서 전제한 다음 그 물음을 풀어나가는 방식, 곧 풍설로 전승되어온 명학의 삶의 전변을 통해 답을 제시하고 있는 것으로 파악하는 것이 올바른 접근법이 아닌가 싶다. 종국에는 사찰내력담임이 밝혀지기는 하지만 주제의식을 강하게 주입시킴으로써 잠시나마 사적으로서의 본령을 망각케 하는 것이 영원암 연기가 지닌 서사적 특징이라고 하겠다.

통상적으로 사적이 사명, 지명 등 명칭과 관련한 유래를 풀어나가

---

11) 우리의 문헌에는 확인이 되지 않고 있으나 신라시대에 재보에 눈이 어두워 파계를 일삼던 도안 스님이 죽어 뱀업을 받았다는 이야기가 국내뿐 아니라 이국에까지 널리 퍼졌던 것이 확인된다.(<釋門自鏡錄> 卷 上, 唐新羅國興輪寺僧變作蛇身事 條) 이밖에도 天柱寺의 讀經薦蛇談과 洛波和尙의 怖蛇發心(金大隱, 「蛇와 佛敎에 관한 설화」, 『불교』 55호, 1929, 83~85쪽) 등도 뱀 업 설화가 신라시대 민중 사이에 널리 퍼졌음을 확인시켜 준다.

는 식으로 전개되는 것을 감안할 때, 위에서 제시한 영원암 사적은
전개구조와 구성상 퍽 이질적인 이야기임을 쉽게 간파할 수 있다.
사적 일반의 경우와 얼마나 서사적 편차가 나는지 확인하는 의미에
서 몇 가지 명칭 연기의 사례를 제시해본다.

> 문수원 : 다시 문수가 어둠에서 응하여 법요를 묻고 답해 주어
> 원의 이름을 바꾸어 문수라 하고 여기에 건물을 보탰
> 다.12)
> 선암사 : 전하는 말에 의하면 옛날 신선이 바둑을 두던 장소였다
> 는데 그 때문에 선암을 절의 이름으로 하였다.13)
> 도리사 : 전하는 말로는 아도(阿道)가 신라 서울을 갔다 오다가
> 산 아래에 이르러 도리꽃이 만발한 것을 보고 마침내
> 이 곳에 절을 짓고 이로써 이름을 삼았다 한다.14)

　영원암에서 보여주는 높은 서사성은 위와 같은 사적과는 비교하
기 어렵거니와 유점사 사적15)과 같이 비교적 서사성이 잘 구현되었
다고 보는 사례와 비교하더라도 현격한 차이가 밝혀진다. 간략하게
나마 유점사 사적을 살피는 것으로 전설과 소설의 차이를 확인해본
다. 유점사 사적은 53불이 마지막으로 자리를 잡기까지의 역정을 보
여주는 이야기로 노춘(盧椿)이 느릅나무가 서 있는 금강산 중턱의 연
못가에 절을 지어 53불을 봉안한 것으로 마무리된다. 그런데 서사의
대부분은 노춘 일행의 금강산 노정기(路程記)라고 해도 어색하지 않을
정도이다. 즉 갑자기 포구에 당도한 53불이 홀연히 금강산 속으로
모습을 감추자 친견의 뜻을 포기할 수 없는 노춘 일행이 이들을 추
적하는 것으로 이야기는 시작된다. 심불(尋佛)의 의지로 일행이 금강
산 내 명승지를 헤매는 동안, 각 처의 명칭연기가 그대로 표출되기

---

12) 金富軾, <眞樂公重修淸平山文殊院記>
13) 桂陰浩然, <曹溪山仙巖寺事蹟>
14) 壽　寬, <冷山桃李寺阿道和尙事蹟碑>
15) 閔　漬, <金剛山楡岾寺事蹟記>

에 이르는 것이다. 하지만 유적지에 얽힌 명칭 내력을 목적으로 삼다 보니 노춘을 중심에 둔 서사적 축은 흐트러지고 담론의 파편화 현상이 불가피하게 나타난다. 불적마다 일정한 정도의 일화가 균등하게 배분되어 금강의 노정기로서는 적합하나 그 때문에 서사적 통일성이나 응집력은 기대할 수 없게 되고 명칭연기 이상의 서사성이 발현되지 못한다. 이로써 보다면, 소설적 친연성이란 앞서 영원암 사적에서 보았지만, 흥미로운 인물설정, 갈등의 긴밀한 짜임 등에 걸친 면밀한 서사적 설계가 밑바탕에 놓일 때만 기대되는 일이 아닌가 싶다.

(2) 서사 장치의 적극적 모색

　문헌기록은 화자와 청자의 대면을 통해 직접 소통의 형태로 진행되는 구비문학에 비해 훨씬 다양하고 복잡한 소통적 장치를 활용할 수 있다는 장점이 있다. 원래 구전된 이야기를 내용의 탈락 없이 기록할 수 있게 된 데서 한 걸음 나아가 경우에 따라 독특한 기법마저 적용시킬 수 있는 것이다. 조신전으로 널리 알려진 정토사연기는 사찰문헌의 소설담론성을 앞서 일러준 값진 사례로 빈번히 예거되어 왔다. 이 연기는 입몽, 몽중, 각몽의 삼단으로 구조화된 몽유록이자 사사문학사상 어떤 작품보다 농후하게 소설성을 지니고 있다는 점 때문에 거듭 거론의 대상으로 지목되어온 것이다. 하지만 사찰문헌 중에 이런 예가 또 있어 주목의 대상이 된다. 여기서 살피고자 하는 것은 대장경 조성 경위를 알리기 위해 기록된 『가야산해인사고적』 소재 <해인사유진팔만대장경개간인유>16)이다. 작품 속 주인공 이거

---

16) 『伽倻山海印寺古蹟』, <海印寺留鎭八萬大藏經開刊因由>
　　李居仁陝州人也　身雖薄寒　性度溫良　恒以里胥爲己任者　鄕人目爲仁胥焉　有唐大中壬
　　戌年秋　催王租於聚落　暮歸還家　乃於路上　得一狗也　盖三目也　率眷家中其爲狗也　逈

인(李居仁)의 생애를 계기적으로 추적해 나가고 있어 이거인전이라 해
도 무방할 터인데 대요를 소개하면 이렇다.

향리로서 인자하기 이를 데 없던 이거인이 우연히 자신을 따르는
삼목(三目)의 개를 지성으로 돌봐준다. 삼년 후 개가 죽고 이거인도
얼마 후 세상을 뜨는데 명부에 이른 이거인이 현세에서 돌봐 준 삼
목구가 다름 아닌 그곳의 왕임을 알게 된다. 삼목왕은 이거인에게
염왕과 대면했을 때 "장차 대장경을 새겨 사부대중에게 불법을 널리
펴고자 했으나 마치지 못하고 죽게 되었다"고 말하라고 조언해 준
다. 이거인이 삼목왕이 시킨 대로 염왕에게 말하니 그의 이름이 명

出庸格形如獅 性若賢人 日惟一食事 主甚勤出從五里拜送 入迎五里隨侍以歸 由斯 愛
而念之 撫而恤之及至三年 甲子 秋 狗子無疾而坐視日而死 居仁庀棺以埋具奠以祭 如
喪家豚也 越丙寅冬十月 居仁亦死 初到門觀有一王面開 三目眼 頭冠五峰 手擎寶笏
身着緋衣 唇如激丹 齒如齊貝 高距牙床 左右從官 皆鳥冠朱服者 牛頭惡卒馬面羅刹森
衛 嚴列如世國王行公之狀也 得見居仁 王卽下堂而執手曰 嗟嗟 主人何至於此也 吾頃
適被冥論 衣毛帶尻居讁 三霜賴主人之遇 善善來復職 感不自抑矣 今忽相看敢忘其德
耶 扶引上堦 居仁始悟其由 乃拭淚曰 賤子素是不學無知者 將何以控辭 奉招於冥府乎
伏願大王示教利喜 王曰 善哉 仁者諦聽吾說 以供冥聖 居仁俯首聽命 而後隨使入冥府
則閻王問曰 汝在人間作何因緣 答曰 居仁自少爲官使無暇攝善矣 將欲作大事因緣 承
命天歸永慨于懷也 王曰使來眼前 居仁趨進座下 王曰 汝欲何事而未遂 以直言之 居仁
曰 賤子伏聞法寶之至貴 將欲刊板宣布而未能焉 徒有志願終無事實以此悶懼 大王卽庭
揖曰 願須登殿 小歇一時居仁固辭 大王卽命判官名除鬼錄 與僚佐步至門外慰而拜送焉
居仁退至三目王 所王預令設席 以待使之登坐 雍容敍話載叮載囑曰 主人萬萬 莫以事
大爲慮 還家賀之 就於文房寫成勸疏題曰八萬大藏經 板勸功惠說云云 納官踏印置之君
家 佇待我歸則我將以巡撫於人間也 於是居仁唯唯 而退欠申而覺 乃一夢也 依述勸文
打印待之 及丁卯之春三月旣望 新羅國公主姉妹同時行疫 臥痛在床曰 父王急詔大藏經
化主來 若不爾者 女等從此永訣 王卽宣旨國中陜州太守 已知其事 召居仁傳乘上京都
直 赴門下謁者 入通 公主曰 善來化主近無餘患否 我是三目鬼王也 與君有約 故來此
也 又語國王曰 此人頃入冥府 冥府勸送陽界刻經流傳者 願國王作大檀越助成大事爲何
如 若爾則 非徒公主無患 國祚永固 王亦享壽矣 王拜命曰 可 而後 又與居仁有惜別之
態 現身而去焉 公主等還得本心 卽起而拜白於父王母后曰 冥界尙做善事 況陽界仁國
乎 父母其毋忽哉 王曰 諾 於是大化主甚善盡傾私儲 以施之 申命內外集諸良工 巨濟
島繡經於梓莊金 而塗柒運鎭于伽倻山之海印寺 設十二慶讚之會焉 此皆 冥府之使然
實非鬼王之私意者也 居仁之夫婦 考壽康寧 俱登樂邦 云 噫 佛法之爲寶也 無處不寶
也明矣 何則冥王寶之 而善治陰界 人主寶之 而擧得民情 天主寶之 而長年快樂 覺皇
寶之 而垂仁萬品云云 說明載於大藏後跋

부에서 지워지고 세상에 다시 태어날 수 있게 된다. 염부를 나올 때 삼목왕은 한층 구체적으로 대장경 조성의 요령을 일러주고 환세하여 세상을 구원할 것까지 약조한다. 이후 이거인은 약속대로 대장경 조성에 심혈을 바친다. 그 즈음 신라 공주 자매가 중병에 시달리게 되는데 한결같이 이거인을 불러와야만 살아날 수 있다며 부왕에게 그의 초빙을 애원한다. 왕명으로 소환된 이거인을 만나자 공주는 그전에 한 말처럼 자신이 다름아닌 염부에서 만났던 삼목왕임을 스스로 밝히고 대장경 조성을 간곡히 청한다. 이에 왕과 모후 역시 흔쾌히 찬동함으로써 이거인을 주축으로 한 대장경 조성 사업이 진행되고 마침내 해인사에서 12경찬회가 열리게 된다. 명부에서 시킨 대로 완벽하게 대업을 수행한 이거인 부부는 이생에서의 선업으로 말미암아 강령하게 살다가 극락왕생한다.

세상과 명부의 이원적 공간을 대비하고 이에 삶과 죽음을 대응시키는 방법은 당나라 이래 전기(傳奇)에서 상투적으로 차용되던 수법이며 우리의 경우 이를 수용하고 있는 불교설화는 얼마든지 예거할 수 있다.17) 구비전설은 물론『삼국유사』속에서도 흔히 나타나는 것이므로 굳이 <인유>만의 독창적 틀이라고 말하기 어려운 것이다. 하지만 줄거리만으로는 쉽게 감지가 되지 않으나 <인유>는 몽을 아주 세련되게 차입시키고 있는 이야기임을 부정할 수 없게 한다. 즉, 이거인이 죽은 후 명부에서 삼목왕과 해후하고는 대장경 조성에 헌신할 것을 약조한 탓에 재생의 기회를 얻게 되기까지 일련의 서사적 진행은 전부 몽중담에 해당되고 있음이 밝혀진다. 문면에서 그 핵심이 되는 구절은 바로 "於是居仁唯唯 而退欠申而覺 乃一夢也"라는 부분이다. <인유>에서 쉽게 몽유록적 장치를 발견하기 힘든 것은 무엇보다 입몽과 몽중의 경계가 선명하게 구획되지 않음으로써 나타난

---

17) 김승호, 「불교전기소설의 유형화에 대하여」,『제61차 고소설학회학술대회요지집』, 2003, 57쪽.

결과라 하겠는데 서사적 성숙도를 염두에 둔 작가의 의도를 엿보게 하는 대목이 아닐 수 없다.

그렇다면 위 <인유>의 출현 시점은 어느 때일까. 일단 작중 배경 시기를 주목해 보자. 이거인이 꿈의 계시에 따라 사간 장경을 조성한 시점이 정묘 삼춘삼월 기망(丁卯三春三月旣望), 즉 문성왕 9년 정묘(847)라고 했으나 역사상 최초의 사간 장경(寺刊藏經)이 조성된 때는 신라 말이나 고려 초로 추측해 보는 만큼 기사가 역사적 신빙성을 얻기는 어렵겠다. 위 이야기가 사적기로 기록된 때도 간행을 기점으로 나말여초로 잡는 것이 여러 모로 무난할 것이다. 현전하는 <인유>가 조선시기에 기록된 것일지라도 말미의 기록대로 그전의 대장경 후발(後跋)을 이기한 것이므로 <인유>에서 적시하고 있는 대로 애초 이야기의 기록 시점을 나말여초로 보는 것에 큰 무리는 없는 형편이다.

조신전과 같이 <인유>에서도 몽을 서사장치로 수용하고 있으나 꿈의 적용방식에 있어서는 큰 차이가 있는 것으로 나타난다. 몽유록 일반이 그렇듯이 조신전에서는 몽중담이 인물, 사건을 지배하는 결정적 서사시간이라면, <인유>에서는 몽과 현실 간 서사량을 거의 균등하게 분할하고 있음이 드러난다. 명부에서 삼목왕 및 염왕과 대면하고 재생하기까지는 몽중의 일에 속하지만 이야기가 매듭되기까지 적지 않은 분량의 현실담이 부언되어 있는 것이다. 각몽 이후의 현실로 편입되어서도 공주가 질병에서 벗어나고 부왕의 장수를 위해서는 대장경 조성이 불가피하다고 청하는 한편 이거인을 불러오게 하는데 이때 비로소 공주가 몽중의 삼목왕이 환생한 것임이 밝혀지는 것이다. 일종의 정신 병증에서 토해내는 헛소리 같았지만 그를 통해 공주는 대장경 조성의 원을 밝히는 한편 이거인을 담당자로 정해주는 등 각몽 이후에도 기이한 사건이 거듭 등장한다. 일반적으로 불교적 가르침을 우의적으로 전하기 위해 대입된 몽담이지만 <인유>에서는 신이한 사건 상황을 몽중에 편입시키되 현실과 몽의 경계를 굳이 양분하지 않고 있음도 주목할 점이다. <인유>는 사찰장경 조성 경위를 후대에 전하기 위한 역사적 목적에서 출발한 것임이 틀림이 없으나,18) 서사장치로 몽을 적극 수용함으로써 기법적 측면에서는 이미 소설성을 획득한 서사물로 보더라도 부족함이 없다.

(3) 흥미소를 통한 주제발현의 극대화

사찰연기담의 소설성은 사찰 기원에 대한 기록을 넘어 불교적 종지의 환기라는 또 다른 소임을 본령으로 삼기 때문에 나타나는 결과이다. 문헌류가 아닌 구비 전승담에서도 불교적 가르침을 강조하는 경우가 적지 않지만 구비서사와 달리 사적담에서는 단편적 서사를 통해 즉각적 이해와 흥미를 촉발시키기보다 불교적 종지를 체득시키는 데 한층 더 유념하고 있다는 생각이 든다. 설사 구비전승으로부터 이입된 문헌설화일지라도 기이한 사건과 문제적 인간의 개입 등 흥미소를 통한 대중적 흡입력은 설화에서도 목도되는 만큼 이를 내세워 소설담론적 특성으로 보는 것은 적절하지 않다. 오히려 담론의 목적은 불교적 주제를 끌어내는 데 보다 큰 비중이 두어졌다고 하겠고 역시 이 점을 구체적으로 적시하는 일이 필요하다고 생각된다.

낙산사연기 설화를 예로 들어 보자. 사찰연기임을 나중에 알게 될지언정 민담적 구조에 편승한 이 연기는 명승의 등장과 선문답식의 사건처리가 호기심을 자극한다. 의상과 원효라는 명승을 주동인물로 설정한 것이며 부처 친견을 간절히 원하는 이들에게 상호 인과성을 예단하기 어려운 용, 민녀, 파랑새가 차례로 등장하여 읽는 이에게

---

18) 한찬석, 『합천해인사지』, 1947, 17쪽.
   "해인사는 고래로 이거인의 영정을 봉안하고 봉사불절하니 그 사실에 있어서 팔만대장경을 해인사에 진안하고 12회나 경찬대회를 설했다는 것도 결국은 명부에서 이거인으로 하여금 그렇게 시킨 것과 다름이 없다."

의아한 느낌부터 제공한다. 그러나 찬찬하게 독해하다 보면, 원효, 의상 사이의 법력의 숙성 여부로서 부처 친견의 유무를 화두로 삼고 있으니, 민담 가운데 '이기고 지기'식의 유형담을 채택해 민중들의 관심을 사로잡고자 했던 의도를 감지할 수 있게 된다. 설화에서 의상은 부처 친견에 성공했고 원효는 실패했으니 의상은 승자가 되고 원효는 패배자로 처지가 달라진다. 하지만 작자는 '이기고 지기'에 대한 결과보다 왜 원효가 부처 친견에 실패할 수밖에 없었는가를 구체적으로 적시해 줄 요량에서 이런 서사 구도를 채택하게 된 것이 아닌가 싶다. 그것은 원효가 길을 가다가 두 여인, 파랑새와 조우하는 것으로 상징화되고 있다. 처음 원효가 벼 베는 여인을 만나 벼를 달라고 하지만 벼가 덜 익었다 하여 거절당하는 장면이 나온다. 벼는 원효를 가리킬 터인데 직설적으로 풀이한다면, '원효 그대는 아직 분별력을 얻지 못하고 있다'는 질책인 셈이다. 두 번째 장면에서는 목이 말랐던 원효가 월수백을 빠는 여인이 권하는 물을 더럽다고 타박하며 스스로 떠 마신다. 빨래 물을 더럽다고 버리는 것은 당연한 일일 터이나 그것은 속인의 고식적 안목에서 비롯된 것이다. 아직도 원효는 아상(我相)에 사로잡혀 진면목을 놓치고 있음을 그렇게 빗댄 것이다. 세 번째 장면에서는 파랑새가 나타나 그의 행동을 나무랐으나 역시 간파하지 못한 채 절에 이르러서야 그녀들이 관음의 응현이었음을 깨닫게 된다. 눈앞의 현상을 있는 그대로 받아들이는 일은 범부나 하는 짓이니 이런 안목으로는 미추나 선악을 경계짓는 데는 유효할지 몰라도 결코 관음 친견은 기대할 수 없다는 우의인데 무엇보다 원효를 미망의 인물로 지목하고 있다는 데 문제가 있다. 이 이야기가 현장적이고 흥미진진한 화소와 인물로 시종하지만 불교적 종지를 전해 주려는 작가 의도가 이면에 고스란히 내재해 있다 하겠다. 낙산사 사적은 사사전승이라는 담론적 기능 외에 불교적 주제현시의 몫까지 양립시키고자 하는 의도를 효과적으로 수행하고 있는 것으로 보인다.

　사찰설화의 담당주체가 사중이라는 점은 이 담론의 성격을 살피는 데 염두에 두어야 할 사항이나 기실 이를 수용하는 층은 사중과 더불어 속가의 민중임을 외면해서는 안 된다. 불교적 종지가 직접적으로 주입된다거나 생경한 채로 제시되어서는 담론으로서 효용성을 기대하기 어려워지는 것은 당연하다. 그 때문인지는 알 수 없으나 사찰문헌 중에는 왕생이나 대오각성을 일심으로 발원한 끝에 원을 성취한다는 예화가 적지 않은데, 건봉사사적, 보덕굴사적은 주제의식 내지 작가의식의 측면에서 눈여겨 보아야 할 문헌이다. <건봉사만일순회연기>에선 발징화상이 주동인물로 등장한다. 그는 원각사의 주지로 두타승이었으니, 정신(貞信), 양원(良元) 등 31명의 승과 더불어 미타만일회(彌陀萬日會)를 조직하고 정진에 앞장선다. 정진수행 29년째 되던 병진 7월 17일에 이르러 이들은 자신의 눈을 의심할 만큼 놀란다. 야밤에 대홍수가 몰아치더니 문밖으로부터 아미타불 및 관음, 지세 보살이 자금연대를 타고 문전에 이르렀던 것이다. 아미타불이 금빛의 팔을 뻗어 염불하는 대중을 인도하자 대중들은 기쁨을 못 이겨 펄쩍펄쩍 뛰었다. 이윽고 부처님의 인도로 반야선에 오른 대중들이 48대원의 노래 속에 등천하여 백연화 세계의 상상품에 다시 태어나게 된다. 다만 절의 주지인 발징은 반야선에 오르지 못했다. 그 시간 그는 금성의 양무 아간 집에서 잠을 자고 있었던 때문인데 문밖의 방광에 놀라 다른 사람들과 함께 밖으로 뛰쳐나갔다가 관음보살을 친견한다. 관음은 발징에게 "그대 절의 스님들이 부처의 인도로 서방정토 상상품에 왕생했으니 속히 가서 살피라" 전한다. 이 말을 듣는 순간 발징은 절로 왕생의 염을 발설하는데 양무가 "우매한 무리를 먼저 제도한 연후에 출세하신다 했잖습니까. 우리 역시 29년 동안에 힘썼습니다. 어찌하여 오늘 우리를 버리고 홀로 왕생하시려 합니까." 하며 땅을 치며 울음을 그치지 않는 것이었다. 홀로 왕생의 길을 포기한 발징이 양무 등 31승의 육신등화를 확인하고 기쁜 마음에서 도량에 천삼백여 배를 올린 연후에 다비식을 거행한다. 여기까지가 이야기의 전반이다.[19]

　건봉사 연기설화에서 서사시간은 29년 간의 발원 끝에 만일을 채우던 날에 집중되고 있는데 구체적인 현장 묘사, 인물들의 초조한 심리를 잘 부조해 놓은 점 등 때문에 소설과의 친연성을 타진하지 않을 수 없게 한다. 반야선의 등장으로 부산하기 이를 데 없는 건봉사를 사건의 주 공간으로 삼고 있으면서 정작 이 시간 타 공간에 머물고 있던 발징의 모습을 아울러 보여 주고자 하는 교직적인 형상화 수법도 일반 설화에서는 찾기 힘든 점이다. 현장, 장면 중심적 처리를 소설담론의 한 징표로 간주할 수 있다면 건봉사 연기설화는 어떤 불교설화에 앞서 소설적 성격을 강하게 담지한 사례로 꼽아 마땅하다고 본다.

　하지만 처음부터 이 건봉사 사적이 소설을 지향한 것이라고 보기는 힘들다. 도리어 장면 중심적 특징은 불교적 교리를 담지하기 위한 서사적 방도를 궁리한 끝에 주입되었을 가능성이 높다. 다른 말로 불교적 주제현시의 열의가 자연 발생적으로 소설적 성격을 싹 틔우게 했다고 말할 만하다. 발징이 초지를 망각하고 자신만이라도 구원되었으면 하는 원을 지녔으나 후반부로 갈수록 그의 행적은 불교적 각자로서의 진면목을 유감없이 발휘한다. 그는 신자 913명을 먼저 서방정토로 보낸 후 아직 도량 안에 남아 승천을 기다리는 907명과 더불어 7일간 정진한 끝에 모두를 아미타불이 인도해온 반야선에 승선시킨다. 이때 아미타불이 발징에게 승선을 간곡히 청하지만 거절한다. 향도 중 아직 왕생하지 못한 자가 있는 한 홀로 왕생할 수 없다는 것이 그가 내세운 승선 거부의 이유였다. 혼자라도 서둘러 왕생의 길에 오르길 염원했던 터라 따르던 스님이나 사부대중들이

---

19) <乾鳳寺事蹟>, 39~40쪽.

크게 실망했으나 이제 그런 일을 되풀이하지 않겠다는 각오였다. 더구나 그는 "단월에게 중죄가 있어 모두 왕생할 수 없다면 저는 지옥에 가서 대신 그 고통를 받아 영원히 죄를 멸하여 사람으로 하여금 모두 왕생케 한 연후에 왕생하겠다"고 완강하게 승선을 거부한다. 하지만 아미타불의 반론적 설득이 장황하게 거듭되는데다 부처의 청을 끝까지 물리칠 수 없었던 발징은 무리와 더불어 반야선에 승선하기에 이른다.

건봉사 연기는 인간 구원이란 무거운 주제를 극적 상황으로 형상화함으로써 소설담론의 가능성을 짚어보게 하는 한편 불교적 인간의 탐색이라는 작자의 의도를 비교적 성공적으로 구현시키고 있는 이야기라고 하겠다. 이뿐 아니라 지상적 삶을 넘어 영원한 생을 상징하는 서방정토, 이 세상과의 격절을 매개해 주는 아미타불 및 보살들, 그리고 반야선의 출현은 환상적이며 초월적인 세계에 대한 동경의식을 자극하는 데 부족함이 없는 담론 구성물이다. 충분히 대중들에게 흡입력을 지닐 만한 요소에 해당된다. 하지만 초월적 공간의 제시와 빈번한 부처의 등장을 흥미의 징표로만 삼는 것은 제대로 된 읽기가 아니다. 세상의 경계를 넘어 존재하는 안식의 땅이 있다 해도 그것은 각자의 노력 혹은 누군가의 희생과 간절한 발원이 없어서는 도달할 수 없음을, 각자의 숙성된 깨달음이 없고서는 이를 수 없음을 강하게 설파하고 있는 경우이다.

엉뚱한 인물 배치, 역설적인 사건 처리 등을 통해 불교설화의 일반적 모형을 허물어뜨리는 예로 또한 『청학집』20)과 『오계집』21) 소재 보덕굴사적을 꼽을 수 있겠는데 여기서는 흥미소를 간직하면서 진중한 주제로 이끄는 『범우고』 소재 사적을 주목하기로 한다.22) 이에

---

20) 『靑鶴集』, <楡岾寺本末寺誌>, 유점사, 1942, 424쪽.
21) 『梧溪集』, 앞의 책, 424~425쪽.
22) 『梵宇攷』. "俗傳 普德者 民家女也 幼時與父 行乞入金剛山 至此窟 遂居焉 女以疎布 爲囊 約盛十斗 掛之瀑傍 請其父酌水以注曰 水盛於囊 則可以入道 女遂刈枯竹 日造

등장하는 주인공 보덕은 아비와 더불어 금강산에 들어간다. 구걸로 어렵게 연명하면서도 득도에 전심하던 보덕은 아비에게 성근 베로 주머니를 만들어 주며 "물을 가득 채우면 도에 들어갈 수 있을 것"이라고 말한다. 하지만 아비는 이루지 못한다. 이때 한 이승이 보덕을 겁탈하려다 도리어 그녀에게서 "불화도 공경해야 하거늘 생불에 있어서 이겠는가"라는 질책을 듣는다. 보덕은 죽여달라는 이승을 용서하고 아비와 더불어 두 남자에게 성도의 묘법을 전한다. 부친에게는 "하나에 마음을 쓰면 공이 모아지고 공이 모아지면 즉 도가 증득되는 것이니 지금 아버지께서 마음속으로 포대가 채워지지 않는다 생각하고 억지로 물을 붓고 있는데 공이 어찌 한 곳으로 보이며 도가 어찌 능히 뭉쳐지겠습니까" 말하고 이승에게는 바구니를 던지면서 "바구니에 물이 차고 바구니는 창고에 넘치니 공이 이루어지길 바라면 부처님을 보는 데 무슨 의심이 있겠습니까"라고 한다.

  기실 부처의 모습으로 밝혀지기까지 보덕은 여염집 여식으로 아비를 정성스레 공양하는 효녀이다. 가난한 홀아비와 외동딸이 금강산에 든 목적은 성불하고자 한 데 있다는 점 역시 범상치 않는 행각에 속한다. 부처가 속가의 한 여인으로 등장하는 경우는 낙산사연기나 불회사 연기 등 그 예가 적지 않다. 공통된 점은 남자들은 아직 견성의 경지에 올라 있지 못하고 있는데 반해 나이 어린 여식이 도리어 성숙한 정신을 지니고 있을뿐더러 결말에 이르면 이 여인들이 부처 보살로 진면목을 드러낸다는 것이다. 심청, 효녀 지은 등 불교설화가 아닌 민담에서도 이런 인물설정과 사건전개는 흔히 목도되

一畚 易一升米 以供其父 有一僧 忽朋邪念 微挑之 女乃勵聲 指卓上畵佛之幀曰 畵佛
尙可敬 況生佛乎 遂露現眞像 金光奪目 僧哀呼請死 女呼其父曰 囊之水盈乎 父曰 囊
疎 水豈盈乎 女曰心一 則功專 功專則道凝 今父心知囊之必不盈而强而注水 功何能專
而道何能凝乎 於是 父大悟 復酌而注之 囊盈而水溢 父乃暴然大笑曰 早知燈是火 飯
熟已多時 女亦大笑 以畚擲僧曰 水盈於囊 畚盈於庫 功成願滿 見佛無怍乎 僧亦大悟
後人遂刻三人像 至今窟中 往往有瑞氣云"

는 현상이라 하겠는데 성불담과 관련된 불교설화에서는 유독 이런 이야기가 선호된 것으로 보여 흥미를 끈다. 같은 예에 해당하는 여성 주동 인물로는 보덕각시(보덕굴연기), 홍랑(관음사, 홍법사설화), 보안(유마사) 등이 지목되는데 한결같이 조력자 혹은 희생자적 기능을 감당하는 것으로 처리되는 것이다. 한데 이들의 인물적 기능을 결코 흥미적 차원의 테두리에 머무는 것으로 볼 수 만은 없다. 오히려 그녀들이 간직한 인물기능적 의미는 대중의 기대치를 넘어 인간구원이란 명제와 함께 부처의 자비심을 드러내기 위한 의도, 곧 주제현시적 맥락과 더 긴밀히 연관된 사항이라고 보는 것이 옳겠다.

4. 사찰문헌설화의 소설적 안착

위에서 사찰연기설화이면서 소설성을 강하게 내재한 작품들을 중심으로 하여 서사적 윤곽이나마 살펴 터이므로 소설에 성공적으로 진입한 몇 가지 작품을 돌아볼 차례가 된 것 같다. 소설성 혹은 소설적 담론으로 인정받았다 하더라도 선뜻 그것을 소설적 테두리에 귀속시킬 수 있는 작품은 그리 많지 않은 것이 현실이다. 주제나 발화의 목적을 여전히 사사의 전승, 불교 종지의 천양 등에 두는 작품이 많다는 것이다. 적어도 소설이 일반적 지향점으로 삼곤 하는 인간의 본질과 구원, 시대적 이데올로기와 개인의 갈등, 이별, 죽음, 사랑 등 인간이라면 피해갈 수 없는 주제를 토대에 두고 다양한 삶을 형상화할 때만 이른바 소설적 담론의 가능성을 타진할 수가 있을 것이다. 단순히 불교 신앙적 취지를 내세우는 것만으로는 부족할 것이고 서사적 초점이 인간의 보편적 사고를 아울러 통괄하려는 지향성까지 두루 갖출 때에야 설화를 넘어 소설로의 귀속이 가능해질 터이다. 이런 맥락에서 애초 사찰연기설화였던 것이 소설에 안정적으로 편입되어간 사례로 필자는 <부설전>, <심청전>을 꼽고 싶고 이제 이들이 사찰문헌설화로부터 연원했을 가능성을 타진해보기로 한다.

<부설전>[23]에 대해서는 김태준이 소개한 이래 작자, 내용, 사상, 전승의 내력 등에 걸쳐 어느 정도 소설사적 의의가 밝혀진 셈이다.[24] 하지만 월명암의 창사연기와 관련시켜 그 성격을 논의한 예는 전무했다. 거듭 확인한 것이기는 하나 사찰연기가 그 역사기술로서의 의무를 망각하지 않는 한 창사 시기, 창주, 단월, 풍수적 특징, 조력자 등에 걸친 정보의 제공은 너무나 당위적인 것으로 파악된다. 하지만 <부설전>에는 사찰 역사를 의중에 둔 것인지 의아심을 가질 정도로 부설 중심의 서사로 일관하고 있어 사적기로서의 기능을 운위하기 어렵고 도리어 부설의 일대기를 담은 승전으로 판단되기 일쑤이다. 제명부터가 그렇고 서두에서 이미 부설의 가계, 성장 과정 등을 찬찬히 적시하고 있기 때문이다. 하지만 이 작품은 승전적 영역은 이미 벗어나 있다. 왜 그런지 줄거리를 살피며 까닭을 궁리해 보기로 한다. 서두에 가문과 출생에 관련된 인정기술을 전제한 뒤 <부설전>은 주인공의 득도행각에 초점이 맞추어진다. 그런데 뜻을 같이 하는 영조, 영회와 도반을 이루어 산하를 주류하다가 우연히 구무원(仇無寃)의 집에 유숙하는 일이 벌어진다. 전개상 이는 큰 분기점으로 이후 갈등을 증폭시키는 실마리가 된다. 이곳에서 부설은 뜻밖에 묘화로부터 청혼에 시달리게 되는 것이다. 한 여인의 지극한 정을 매몰차게 뿌리치지 못하는 부설에게 도반들이 수도냐, 파계냐 양단 간

---

23) 暎　虛,『暎虛集』, <浮雪傳>,『한국불교전서』 v.8, 40~42쪽.
24) 김영태,「<부설전>의 원본과 그 저자에 대하여」,『한국불교학』, 제1집, 1975, 15쪽.
　　황패강,「<부설전> 연구」,『신라불교설화연구』(일지사, 1975), 375쪽.
　　경일남,「부설전의 인물 대립 의미와 작가의식」,『한국고전 소설의 구조와 의미』, 역락, 2002.
　　김승호,「16세기 승려작가 영허 및 <부설전>의 소설사적 의의」,『고소설연구』, 11집, 2001, 145~176쪽.

의 결정을 강요하는 분위기에서 부설은 묘화의 청대로 속가행을 택한다. 부설이 민녀의 유혹을 이기지 못하고 일순간 수도의 길을 포기한 데 대한 주변의 질타는 충분히 예상하고도 남는다. 하지만 세속적 시각에 의한 판단에 불과할 뿐 진정한 성도는 이원적 사고를 넘어서는 그 무엇이라고 믿은 부설은 이를 깨우쳐 주기라도 하듯 속세에 남아 전보다 한층 치열하게 수행의 삶으로 나아간다. 훗날 여전히 승속 간 차별을 마음에 두고 있던 도반들과 해후하는 자리에서 그는 분명히 이를 실증해 보인다. 진정한 깨우침이란 무엇인가. 화두를 풀어줄 갖가지 잠언과 풍설이 난만하고 있다 해도 세상과 거리를 두고 자신을 극한의 수행으로 몰고 간 끝에 그는 신통력을 통해 증득의 경지를 현시해 보이고 도반들의 미망을 말없이 질타한다. 전반부에서 부설을 향해 갖은 유혹으로 접근하는 묘화와 도반 사이에서 겪는 부설의 번민, 그리고 후반부에서 법력의 숙성 여부를 가리는 세 사내의 이적 현시 등은 특히 독자에게 강한 흡입력을 갖는 흥미소로서 승전은 물론이고 사찰연기로서의 의도를 몰각시킬 만큼 높은 서사성을 유지하고 있다.

그렇다면 사찰연기로서의 기능은 온전히 문면에서 자취를 감추고 만 것인가. 그렇지는 않다고 본다. 서사 전개 중 이미 그가 도반들과 해후하기 전 집을 떠나 명월암 터로 옮겨 수행에 전념했던 것이고 멀리 바다가 보이는 터에 정좌한 이 수행자는 정적 속에서 각자의 길을 늦추지 않았다. 터를 중심으로 말한다면 부설이야말로 월명암의 창주인 동시에 그곳에 불연의 싹을 뿌린 인물이 아닐 수 없다. 연대기를 바탕에 두고 누실 없이 과거내력을 엮어놓은 사사에 비할 때 <부설전>은 서사적 감동에 기울어져 사적으로서의 의미는 미미하게만 보인다. 그러나 소설의 마지막 구절은 분명 부설과 그 자식들로부터 월명(月明), 등운암(登雲庵)이 유래했음을 분명하게 주지시키고 있다.25) 다만 부설이란 인물이 세상의 이목을 넘어 스스로 치열한 구도자로서의 행각에 해당하는 전기적 자취를 근간으로 삼고 여기에 속가 여인과의 낭만 어린 결연, 도반들과의 이적을 통한 성숙 겨루기 등 흥미와 재미를 충족시킬 수 있도록 삽화가 교직되면서 실질적으로 사적 아닌, 소설로 이행하게 된 것이다.

다음은 관음사사적26)과 <심청전>의 영향 및 친연 관계의 확인이다. 관음사 사적과 <심청전>과의 관련성은 먼저 인물의 설정에서 비롯된다. 관음사사적에서의 홀아비와 어린 딸의 인물 설정은 세계적으로 널리 퍼져있는 민담적 구도라 하겠는데 초점은 단연 외동딸 홍장(洪莊)에 놓인다. 그녀는 아름답고 식견이 통달하고 지성이 남다른 데다가 효성이 지극하여 대효로 내외간에 이름이 자자했다. 그에 비할 때, 아비는 어른으로서의 판단력이 의심될 정도로 결핍된 부분이 더 많다. 홍법사의 성공(性空) 스님이 금강불의 인연을 이루어 달라고 시주를 부탁하자 자신의 처지를 헤아리지 못하고 어린 딸을 팔아서 법당을 경영하는 밑천으로 삼으라고 성급하게 약조하는 등의 처신은 이를 상징적으로 보여준다. 시주승 성공과의 약조는 물리칠 수 없는 법, 딸은 사신들에게 인도되어 중국으로 끌려가는 신세가 되는데 영강 정해년(永康丁亥) 5월 황후가 숨진 뒤로 왕이 시름에 겨워 있다가 몽중 신인이 계시한 대로 동방의 여인을 찾으라는 명에 따라 나선 터였는데 몽중에서 점지해 준 여인이 바로 홍장이었다. 일단 중국황제의 비가 된 그녀에게 아버지와 고향에 대한 그리움을 달래 주는 것은 오로지 불교에의 믿음뿐이었다. 그녀는 스스로 정업에 힘을 다하는 한편 두고 온 조선 땅의 불사를 염두에 두고 수탑과 함께 53불과 5백성중, 16나한을 만들어 세 척의 돌배에 실어 바다에 띄운다. 물결 따라 바다를 흘러 다닌 끝에 배는 감로사 앞에 정박했고

---

25) 영   허, 앞의 책, 41쪽. "其母妙花 壽考百有十年 將啓手足 捨家爲院 以浮爲名 山門
    碩德 以二子名名庵 至今有登雲月明云爾"
26) 白梅子, <玉果縣聖德山觀音寺事蹟>

그에 실린 불상과 탑이 이 땅의 여러 사찰에 나누어 봉안된다. 아울러 아비를 위해 따로 홍법사에 불상과 탑을 안치하는 한편 불상을 거듭 만들고 그 때마다 돌배에 실어 동국에 보내곤 했다. 얼마 후 성덕이란 처녀에 의해 돌배에 실린 관음상이 발견되고 이들을 산중으로 옮기다가 불상이 갑자기 무거워져 더 이상 옮길 수 없어 그 자리에 불상을 모시니 바로 성덕산 관음사가 세워진 내력이 된다. 한편 성공은 시주로 불사를 다 끝낼 수 있었고 홍장의 아비 원랑도 개안했음은 물론 복록을 누리다 95세에 세상을 뜬다.

관음사사적이 <심청전>과 어느 만큼 친연성을 유지하고 있는지는 수월하게 판명된다. 인물 설정에 나타난 유사점은 무엇보다 뚜렷한 지표가 된다. 앞을 보지 못하는 홀아비와 외동딸은 물론이고 딸의 숙성함과 효성, 그리고 이와 대조적인 아비의 경솔한 행동거지의 유사성은 두 서사물의 인물배치와 형상화에서 발견되는 공통점이라고 말할 만하다. 사건의 진행도 예외가 아니다. 완판 <심청전>에는 물에 빠진 심학규를 길 지나던 몽운사의 화주승이 구해준 인연에 따라 부처님 전에 삼백 석을 바치는 것으로 되어 있는가 하면 사적에서는 홍법사 성공스님이 자시의 몽중 계시에 따라 元良에게 접근하면서 딸들은 각각 불행한 처지에 빠지게 된다. 맹인과 시주승 사이의 인연 맺기에 있어 차이가 있다 하나 부처님의 가호를 입어 개안하고픈 심정은 원랑이나 심학규나 똑같이 가진 소망이라 해도 당장의 처지는 아랑곳없이 성급히 재물 시주를 약조하는 충동적 행위마저 일치하고 있어 주목된다. 홍장이나 심청이 몸이 팔려나가는 비참한 지경에 빠지는 부분까지는 특히 내용, 서사구조면에서 방불한 면모가 나타난다.

사적과 <심청전>이 상호 강한 유사점을 지니고 있던 것이 전반부라고 한다면 이후 줄거리부터는 어느 정도의 변화가 나타나고 있다. 사적의 경우 중국 사신들에 의해 홍장이 팔려나가는 것으로 전개된다. 왕비의 죽음으로 상심해 있던 중국 왕이 몽중에서 동국의 홍장을 찾으라는 계시를 얻게 되며 중국 왕의 명에 따라 그녀를 수소문하기 위해 사신들이 이 땅에 들이닥친다. 결국 그들은 홍장을 찾는 데 성공하게 되었고 돈과 재물로 맞바꾸어진 그녀는 사신들에 이끌려 이국의 궁에 들어간다. 두고 온 아비와 고국을 그리워하던 그녀는 마음을 돌려 오로지 정업과 불사에 전념하게 되었으니 그녀의 발원으로 조성된 탑과 불상 등이 거듭해서 돌배에 실려 이 땅에 전해지고 이들이 각처에 봉안되는 내력을 전하는 데 무게를 두고 있는 것이 사적의 후반부의 이야기이다.

그렇다면 심청이 인당수에서 투신한 다음부터를 문제삼고 있는 <심청전>의 후반부는 어떠한가. 여기서는 심청이 왕비로 등극하기 전 인당수에 투신한 이래의 용궁체험, 그리고 천상의 배려로 재생하는 사적과 비교할 때 내용적 파생이 나타난다고 하겠다. 이에 대응되는 사적에서는 홍장의 왕비 등극과 함께 진심 어린 호불자로서의 면모를 거듭해서 강조하고 있고 이는 관음의 응현이 다름 아닌 홍장이었음을 깨닫도록 하는 데 목적을 둔다. 이에 비해 용궁에 들어간 심청은 불교적 연기로서의 목적성을 일탈한 채 민중의 발랄하고 소박한 꿈, 유교주의에 바탕에 둔 효의 강조, 조선후기 민중들의 삶을 반영하는 쪽으로 담론의 성격이 달라진다. 그렇다고 해도 사적이 갖고 있던 흔적을 온전하게 탈색하고 있다고 하기는 어려울 것으로 보이는 바, <심청전>의 후반부는 사중의 관심권에 머물 수밖에 없는 사찰창사 유래 대신 당대 민중의 사고와 욕망을 포괄하는 내용, 주제로 이야기를 변형시키는 데 주의를 기울인다. 사중의 이해에 편승한 사적의 성격으로 보아 일반민중을 대상으로 한 소설로의 변이가 모험일 수도 있으나 실상은 그리 불가능한 선회가 아니었음은 이미 앞에서 확인한 바이다. 원래 사적인 만큼 불교 중심적 담론의 성격이 강할 수밖에 없다 하겠으나 불교적 색채를 희석시키는 작업이 뒷받침된다면 민중 소설로서의 변이는 얼마든지 가능한 일이었다고 생각된다. 하지만 유념할 것은 사적의 서사적 골격을 그대로 유지한 한도 내에서의 변화였다는 점이다. 요컨대 관음사의 창건내력을 전하고 있는 사적은 불교적 주제의 현시라는 목적성을 유보하고 민중의 정서와 흥미를 반영하는 쪽으로 부분적 변조를 꾀함으로써 <심청전>이란 소설을 촉발시키는 데 크게 기여한 이야기였음을 의심할 수 없게 한다는 것이다. 이는 백매자가 그 이전에 전하던 사적을 정리하여 사적으로 남긴 때가 옹정 기유년(雍正 己酉年, 1729)임을 감안할 때 무리한 추론이 아니다. 판소리계소설의 활발한 유통이 19세기임을 감안한다면 18세기 초에 기록된 관음사 사적을 그 텍스트로 삼아 새롭게 소설로 각색했다는 것은 설득력 있는 추론에 해당된다 하겠다.

이밖에 홍법사 창건담[27]도 <심청전>의 서사구조와 방불해 <심청전> 출현과 관련지어 또 다른 검토가 필요하나 문헌 자료가 아닌 구비자료일 뿐이어서 논의는 약하지만 그에 나타난 시간적 배경이 광해군 때로 되어 있어 이 또한 <심청전> 출현에 일조한 것으로 보아야 할 것이다.

5. 맺음말

선별된 자료를 통해서나마 사찰문헌이 지닌 소설담론적 성격을 살펴보았거니와 대표적인 사례를 토대로 이를 인물, 기법, 주제의 측면에서 적시해 보았다. 우선 인물적 측면에서 영원암사적은 명학동지의 삼생유전을 통해 업의 의미, 진정한 성도의 길이 어떤 것인지

---

27) 경기도, 『畿內寺院誌』, 1990, 560쪽.

를 생생하게 이끌어내고 있는 바, 일반 사적과 달리 파편화된 사실을 거세하고 시선을 명학에게 고정시킨 채 삼생유전의 삶을 조명함으로써 인간의 입체적 상과 함께 구원의 가능성을 제시하고 있는 것으로 나타났다. 서사장치의 활용이란 측면에서 단연 주목되는 것으로는 사간장경의 기원담인 <인유>를 지목할 수 있는데 나말여초에 출현한 몽유록답지 않게 액자형식을 취하면서도 현실과 몽중을 무리 없게 연결시키며 서사공간을 통해 환상성을 제공해주는 한편 이 거인의 삶과 대장경조판 내력을 요령껏 포괄하고 있다는 것이다. 셋째 건봉사 사적을 중심으로 살펴본 바, 흥미소를 통해 독자의 흡입력을 고조시키지만 실상은 심오한 주제현시를 위한 서사적 전략 때문에 의외로 소설성이 두드러지게 나타나게 되었다고 파악했다. 그리고 이미 소설담론에 안정적으로 편입한 <심청전>과 <부설전>이 기실 관음사사적 및 월명암사적의 원형임을 추단하고 이들에 내재된 사찰사적의 흔적, 그리고 개변의 특성을 밝혀보았다.

결국 사적으로 대표되는 사찰문헌은 사사, 승사를 지향하지만 불교 종지의 깨우침을 전제하다 보니 주제의식이 고양될 수밖에 없었고 그에 따라 역사의 테두리를 넘어 소설담론과 친연적 관계를 맺게 되었다고 하겠다. 하지만 본고는 시론적 범주를 넘어서지 않는다. 한정된 자료를 통해서나마 일단 사찰문헌의 서사성 내지 소설담론성을 확인했다는 점을 위안으로 삼지만 자료와 논의 범위를 확장시켜 사찰문헌의 서사적 특성을 보다 총체화하는 일이야말로 절실한 과제로 남을 수밖에 없다.

사찰연기설화의 소설적 조명
-소위 <붕학동지전>과 <보덕각시전>을 중심으로-

김승호

1. 머리말

고려시기는 설화가 중심에 서 있고 문자에 의한 서사문학은 아직 미미한 수준에 그친 시대로 파악하는 것이 문학사에서의 대체적인 진단이다. 그 동안 고려 서사문학의 특성을 밝히는 작업이 없지 않았으나, 대부분의 논의가 삼국유사 중심으로 치우쳐 고려의 서사적 전모를 밝히는 데까지 이르지는 못했다. 그런데 일찍이 고려시기의 서사적 의미를 주목한 김태준은 조선소설사에서『삼국유사』소재 설화는 물론 <붕학동지전(朋學同知傳)>, <보덕각시전(普德閣氏傳)>, <부설전(浮雪傳)>, <왕랑반혼전(王郎返魂傳)> 등의 작품을 들어 이 시대의 소설적 자취를 밝히고자 애썼다. 하지만 그가 제시한 작품 목록 중 <붕학동지전>과 <보덕각시전>만은 실체 및 갈래가 모호한 채로 그 이상의 논의가 없었던 것이 현실이었다. 필자는 그간 이 작품과 관련된 어떤 실마리를 찾아보려 했으나 소설작품으로서 <붕학동지전>과 <보덕각시전>을 확인할 수 없었고 또한 두 작품을 참조할 논문 또한 접할 수가 없었다.

조선소설사가 연구적 지침서로서 유효성이 여전히 인정되고 있는 이상, 어떤 식으로든 이 두 작품에 대한 검토와 해명이 따라야 한다고 믿었다. 그 점에서 이 글은 우선의 목표를 김태준이 고려시기의 불교문예로 천거한 위 두 작품과 결부한 여러 자료를 검토하여 이름만 전하는 이 두 작품의 실상과 함께 소설적 성격 여부를 진단하는 데 두기로 한다. 좀더 간추려 말한다면 ① <붕학동지전>과 <보덕각시전>의 실상 및 갈래 ② 두 작품에 투영된 소설 미학의 수용 정도 ③ 사찰연기설화의 서사적 성격 및 현재적 의미 등으로 논의의 갈래가 잡힌다 하겠다. 바란 대로 작업이 진척된다면, 불교서사문학의 지엽적 영역으로 소홀히 다루어지던 사찰연기설화가 중세서사문학에서 의외로 넓고 깊은 서사적 의미를 지녔음이 드러날 것이다.

2. 소위 <붕학동지전>과 <보덕각시전>의 실상

필자의 논의에 동기를 부여해준 것은 김태준의 『조선소설사』로 그 중에서도 핵심적인 대목을 들라면 아래와 같은 부분이다.

三國時代에 그처럼 燦爛한 佛敎가 麗朝까지는 依然히 繼續되어 僧侶가 가장 有識階級에 處하며 上流社會의 位置를 차지하게 되며 靜雅한 寺院에서 安閒한 消日을 하면서 夢幻的 理想의 境地를 探究하며 自然과 人生에 對한 煩惱的 觀察을 긔록하며 或은 三國遺事와 같이 …… 僧傳을 긔록할 적도 있었으나 이 冊은 歷史的 著述인 만큼 그다지 상세히 描寫치 아니하며 小說化한 것도 적다. 그러나 邊山 月明庵에 전하는 浮雲居士傳은 僧傳으로서 상당한 소설적 체재를 가진 것이며 그 他 朋學同知傳, 普德閣氏傳이 있다고 하나 가장 많이 유행한 것은 王郞返魂傳일 듯 하다.[1)]

추론적 개관이라 할 이 언급은 <부설전>에 대해서는 김영태, 황패강, 김승호 등의 후속 논문2)을 가능케 한 계기가 되었고 <왕랑반혼전>에 대해서는, 사재동 황패강 등 여러 연구자의 관심과 연구를 축적3)케 하는 구실을 했다고 해도 과언이 아니다. 이에 반해 소위 <붕학동지전>과 <보덕각시전>에 대해서는 그 후 별다른 관심이나 논의가 없었다. 그렇다면 이 두 작품의 실체는 무엇인가. 발췌한 문면만 놓고 볼 때, 과연 김태준이 이들 작품을 확인하고 한 말인지부터가 의문시된다. "<朋學同知傳>이나 <普德閣氏傳>이 있다고 하나……"라는 말은 전언을 바탕으로 한 것일 뿐 확인을 거친 단정적 발언이 아니다. 앞서 말하지만, '붕학동지'라 한 것부터가 명백한 오류이다. 워낙 '明'자와 '朋'자가 흡사하여 식자과정에서 발생한 실수로 보여지기도 하나, 朋學同知는 明學同知로 정정되어야 마땅하다. 무엇보다『조선소설사』이전의 불교자료들은 한결같이 '명학동지'로 표기하고 있을 뿐 '붕학동지'로 표기한 사례는 없다는 점을 유념해야 할 것이다.4)

다음으로는 밑줄 친 부분을 중심으로 <명학동지전>과 <보덕각시전>의 실체 및 이들의 장르 귀속에 대한 검토가 필요하다. 현재까지 같은 이름의 소설작품이 발견된 예가 없으므로 우리는 불가피하게도 기타 자료를 통해 앞서 주장의 근거를 유추하고 두 작품에 내재된 소설적 요소를 분별할 수밖에 없다. 필자가 확인한 바에 따르면, 소위 <붕학동지전>과 관련하여 가장 앞선 자료로는『혼원집(混元集)』

---

1) 김태준,『조선소설사』, 학예사, 1939, 41~42쪽.
2) 김영태,「부설전의 원본과 그 저자에 대하여」,『한국불교학』, 제1집, 1975.
   황패강,「부설전연구」,『신라불교설화연구』, 일지사, 1975.
   김승호,「16세기 승려작가 영허 및 부설전의 소설사적 의의」,『고소설연구』11집, 2001.
3) 황패강,「나암 보우와 왕랑반혼전」,『한국서사문학연구』, 단국대출판부, 1972.
   사재동,「왕랑반혼전의 몇가지 문제」,『한국언어문학』, 13집, 한국언어문학회, 1975.
4) 이같은 사정은 영원암 연기설화와 이를 바탕으로 다시 윤색 정리한『불교』55집 (90, 96쪽), 그리고 서병재의『영험실화전설집』등에 그대로 적용되거니와 '붕학동지'라고 표기한 사례는『조선소설사』가 유일하다.

중 <금강록(金剛錄)>이다. <금강록>은 혼   원(混 元, 1853~1889)이 계미년(1883년) 여름부터 가을 간 금강산 유람을 떠나 돌아올 때까지의 기행문으로 이 안에 영원암의 연기(緣起)가 삽입된 것이다. 여느 기행문에서 확인되는 것처럼 금강산 내 많은 불적, 기묘한 풍광에 대한 묘사가 자세할 뿐더러 여러 사찰의 전설을 채록한 것이 이 기행문의 특징이다. 그 중에서도 영원암의 전설은 퍽 상세한 편으로, 혼원은 이 설화가 등재되게 된 전후 사정을 다음과 밝히고 있다.

> "…저물녘에 되어서야 암자에 도착했다. 신선과 닮은 한 스님이 신을 거꾸로 신고 나와 나를 맞았다. 십년 전에 같이 동문수학했던 친구로 옛 일을 이야기하다 보니 정이 솟아나 밤 지새도록 이야기가 그칠 줄을 몰랐다. 책상 위에 판 하나가 놓여 있는데 암자의 고적(古蹟)이었다."5)

우연히 들렀던 영원암에서 옛 도반과 해후하여 고적 견문의 기회를 얻었던 것이고 그것을 일견하는 데 그치지 않고 문집에 옮겨 실은 것이다. 고적의 줄거리를 간추리면 아래와 같다.

> 영원조사가 어렸을 적 명학동지에게 투신하여 상좌가 된다. 그러나 스승인 명학동지는 그가 재물에 탐닉함은 물론 집착을 끊지 못하고 수행을 게을리 하는 데 실망한다. 영원조사가 스승에게 입산수도하자고 제안했으나 반응이 없자 홀로 금강산 영원암으로 들어가 수행정진에 몰두한다. 선정에 들었던 조사는 명학동지가 염왕에게 불려가 생전의 악업에 대해 치죄 당하는 것을 목격하고는 놀라 本寺로 달려간다. 염려했던 대로 이미 스승은 숨진 뒤였다. 사정을 알지 못하는 사람들이 명학동지가 재물을 탐내 다시 돌아온 것으로 오해하지만 그는 이미 뱀의 업이 씌워진 스승을 구해내기로 한다. 그리하여 죽을 쑤어 뱀이 된 스승을 유인한 뒤 자진(自盡)하는 것만이 속죄하는 길임을 일러준다. 후에 어느 민가의 자식

---

5) 혼 원, 『한국불교전서』 v11, <금강록>, "還來乘暮抵庵 有一衲 如神仙中人 以倒屣欣迎 乃十年前學海同遊之故友 語到前情 通宵未了 得案上一局 卽庵之古蹟也"

으로 환생한 명학동지는 다시 영원조사에게 출가하게 되고 그 문하에서 칠 년 간 도를 닦는 결과 전생에 대한 깨달음과 함께 활연히 개오의 경지에 이르게 된다. 두 스님이 수행한 암자는 영원(靈源)조사가 천거한 땅이라 하여 영원이란 이름이 붙었다.

이 외에 『혼원집』의 것을 토대로 약간의 윤문을 보탠 이야기가 금강산 <유점사본말사지> 장안사 조에도 올라 있음이 확인된다.6) 아울러 근대기 불교계의 잡지인 『불교』7)와 『영험실화전설집』8)에도 조금씩 변형되었지만 같은 설화임이 분명한 이야기가 소개되고 있다. 『혼원집』의 내용과 대동소이하지만 세부적 사실에서의 상호 편차에서 확인되는 것처럼 전승담이 채록된 시기가 다르다 보니 빚어진 결과임을 유추할 수 있는 작품이다. 이런 몇 가지 유형담 중에서 김태준이 무엇을 주목했는지 알기 어려우나 결과적으로 치밀한 검증을 결하는 바람에 앞서의 지적대로 '명학동지'를 '붕학동지'라고 표기하는가 하면 이 설화를 고려시기에 출현한 불교소설로 보는 우를 범했다. 작품이 각각 발굴된다면 모르겠으나, 현재의 자료에 기초할 경우, 김태준이 말한 <명학동지전>이란 영원암의 연기설화를 가리키는 것임이 분명해 보인다.

<보덕각시전>도 소설이라기보다 연기설화에 해당되는 것으로 보는 것이 옳다고 본다. 김태준이 <보덕각시전>이라고 했으나 이런 제명의 소설은 아직 공개된 적이 없다. 대신 보덕의 전설 혹은 보덕굴의 연기설화로 인정할 수 있는 각 편으로는 『범우고(梵宇攷)』에 오른 보덕굴 연기설화를 비롯하여, <금강산보덕굴연혁(金剛山普德窟沿革)>, <보덕굴사적습유록(普德窟事蹟拾遺錄)> 등 대략 3유형담이 전해져 오고 있는 상태이다. 어느 경우나 한결같이 보덕굴의 연혁이나 역사의 전

---

6) 금강대본유점사종무소, <금강산유점사본말사지>, 1942, 305쪽.
7) 『불교』 55호, 1929.
8) 서병재, 『영험실화전설집』, 삼영출판사, 1972, 94~96쪽.

승을 서사적 목적으로 삼아 전승된 것임을 알 수 있는데 갖가지 사
건과 상황을 장황하게 열거한 다음 대단원에 이르면 아래와 같이 휘
갑의 말을 첨언하는 특징을 보인다.

> 이윽고 암벽 위에다 풀을 엮어 움막을 틀고 삼백일 동안 입정
> 사유에 들어가 대비삼매를 얻은 이후에 산에서 내려왔는데 때는
> 고려 의종 9년 을해였다. 이후 회정선사는 총지사(摠志寺)의 주지가
> 되어 병자년 봄 보덕굴을 창건하고 이를 중수하였다.[9)]
>
> ▣ <보덕굴연혁>

> 이후 선사는 그 곁에 띠풀로 집을 만들었다. 놀면서 혹은 대비
> 관행하니 입에서 방광하는 등 영이함이 매우 많았다. 신비한 음성
> 이 널리 알려졌으니 각을 지어 관음도량으로 삼았다.[10)]
>
> ▣ <보덕굴습유록>

> 후인들은 마침내 세 사람의 상을 새겼는데 지금까지 굴 안에 있
> 다. 왕왕 그곳에 서기가 어린다고 한다.[11)]
>
> ▣ 『범우고』

이밖에 『청학집(靑鶴集)』과 『오계집(梧溪集)』에도 보덕 관련 설화가
오른 것으로 미루어 그 설화의 다양한 파생과 전승범위를 짐작하게
한다. 다만 조선후기에 채록된 것이 가장 이른 시기의 연기인 만큼
신라 이후 전승의 갈래를 타진하기는 현재로서 벅찬 일이다. 추론이
허락된다면, 고구려 대덕인 보덕의 설화가 한동안 유전하다가 고려
시기에 들어와 보덕굴 중창 이후 회정(懷正)과 보덕을 축으로 내용이

---

9) 晦 明, <보덕굴연혁>, 1931. "仍以巖石上 結草爲幕 三百日入定思惟 得大悲三昧而
    出山也 時高麗毅宗九年乙亥 懷正禪師爲摠持寺住持 丙子春 刱築普德窟"
10) 芙林子, 保 郁, <보덕굴사적습유록>, 1854. "自後禪師 結茅其傍 遊戲大悲觀行 口
    角放光 靈異甚多 神聲普聞 建閣爲觀音道場 層崖蒼壁 又與平地砌 有銅柱之撑 鐵索
    之搆 鏟以補 釘以塡瓦 似非人力所造"
11) 『梵宇攷』, "後人遂刻三人像 至今窟中 往往有瑞氣云"

재편된 것으로 보는 것이 무리가 없을 성싶다. 물론 근래까지 이야기가 전승될 수 있었던 것은 애정과 전생 등의 흥미로운 제재에다 보덕굴이 천여 년의 풍상을 이겨내며 현전했다는 사실에서 찾아야 하지 않을까 싶다. 그러나 다채롭게 파생담이 이어지고 숱한 사람의 흥미를 끌었다 해도 소설과는 일정한 거리가 놓여 있었다 하겠다. 따라서 보덕굴 연기는 신라 이래 고려를 거쳐 조선후기까지 유구한 시공을 거치며 전승되어온 광포설화의 하나로 진단하는 것이 현재로서는 무리가 없겠다.

그렇다면 "그 타 <붕학동지전> <보덕각시전>이 있다고 하나 ……"라는 이 대목을 결정적인 실수로만 치부해 버려서는 곤란하다는 생각에 미치게 된다. 필자는 통사적 시각에서 고려시대가 지닌 서사적 의의를 밝히고자 했던 의도마저 부정하는 것은 김태준의 연구사적 혜안을 놓치는 격이 되지 않을까 우려한다. '명학동지'를 '붕학동지'로 <浮雪傳>을 <浮雲傳>으로 표기하고 해　일(海　日, 1541~1609)이 지은 <부설전>을 고려시대의 작품으로 소급한 것조차도 전도가 없었던 상황에서 소설사를 정립하고자 서두르다 저지른 착오 정도로 보더라도 무리가 없다는 것이다. 다만 연구상의 실수는 그것대로 밝히고 수정하되, 고려를 소설의 맹아기로 보고자 했던 그의 본의를 헤아리고, 치밀하게 후속작업을 이어가는 이것이야말로 후학들의 몫이 아닐까 생각한다.

김태준은 『조선소설사』에서 도미, 온달, 태종춘추공, 백제무왕 등의 설화에서 일보 나아가 질적으로 상당히 소설화한 것[12] 이라고 지적했는데 이는 "……불교소설만은 비록 저작 연대를 계고할 아무 사적 증거는 없지만 불교가 고려시대까지 융성하여 왔으므로 불교문예가 이조보다 더 흥왕하였으리라는" 추론에 바탕을 둔 것이었다. 이 같은 견해는 권상로에게로 승계된다. 권상로의 경우 보다 적극적

---

12) 김태준, 앞의 책, 32~35쪽.

으로 목록을 보냈으니,『삼국사기』의 <귀토설화>,『삼국유사』의 <남백월이성>, <조신>, <혜통항룡>, <김현감호>, 최치원의『신라수이전』등에서 이미 소설적 기운이 비등하고 있다고 보았다.13)

그런데 김태준은『삼국유사』의 테두리를 벗어나 명학동지의 환생담인 영원암 연기, 그리고 회정대사가 전생을 확인하는 보덕굴 중건담까지 고려시기에 등장한 친 소설적 대상들로 파악하였다. 이후 본고는 김태준의 안목에 동조하면서, 사찰연기설화로서 어느 것보다 소설담론적 성격이 강하게 부각되어 있다고 진단된 영원암 및 보덕굴 연기설화, 다시 말해 그가 <붕학동지전>과 <보덕각시전>으로 알았던 이 두 이야기를 통해 이에 깃든 소설성을 밝혀보기로 한다.

3. 영원암 연기설화의 소설적 징표

(1) 사사(寺史)의 퇴색과 업의 성찰

사찰연기설화는 담당층이 일반 민중이 아닌, 사중이나 승려들로 테두리가 선명하고 민중의 보편적 정서를 대변하기보다 불교교리 및 석가의 가르침을 의도적으로 강조하는 데 적극성을 보인다. 아울러 사사(寺史)의 후대적 전승에 목적을 두는 만큼 이것이 인멸되거나 훼손되었을 때, 주위사람들의 충격은 자못 크다.14) 즉 사찰연기는

---

13) 권상로,『조선문학사』, 1949, 169~175쪽.
14) 사지(寺誌)의 서두에는 역사 기록물로서 사지가 갖는 중요성을 늘상 부각시킨다. 일일이 밝힐 수는 없고 아래에 하나의 예만 든다.
    月子圓一, <朝鮮國京畿道竹州府七賢山七長寺事蹟記>, 1745. "寺之興廢已經四度 屢見兵火未有實蹟 麗代寶刹埋沒於草昧之間 淸標高節之士 來到院門 雖欲聞開山之何代 創寺之何年 孰從而明之"(무릇 절의 흥폐가 이미 사도(四度)를 지나고 여러 번 병화를 겪으면서 실제의 자취가 없어졌다. 여대(麗代)의 훌륭한 사찰은 수풀 사이

"전말을 기록하여 이로써 산중의 고사를 후손에게 준비해주기 위한"[15]서사적 기능을 특히 중시하는 것이다. 게다가 후대에 전할 역사이되, 성스러움을 동반해야 한다는 암묵적 요구를 뿌리칠 수 없다는 특징도 있다. 하지만 전래하던 역사 문헌이 인멸되었을 때는 어떻게 할 것인가. 불가피한 일이지만 사중 간 구승되던 이야기를 통해 사찰의 연혁을 재구하는 것 외에 달리 방법이 없을 것이다. 신라 때 지어졌다고 하는 영원암 역시 조선시기에 작성된 문헌으로 유구한 역사를 대신하고 있고 역사적 진술이라기 보다도 초월적 체험담으로 가득 채워져 있다는 생각을 떨쳐버리기 어렵다. 혼원이 1883년 금강산 순례 길에 올랐다가 열람한 고적 또한 그런 성격이 다분하게 수용된 자료였다. 우선 내용을 일견한 뒤 논의를 계속하자.

① 어린 나이에 명학동지에게 출가한 영원조사는 스승이 물욕에 크게 집착한 것을 보고 크게 실망한다.

② 스승과 더불어 수행 처를 옮기고자 했으나 스승이 응하지 않자 홀로 금강산 영원암으로 옮겨가 수행한다.

③ 영원암에서 선정 중에 명학동지가 염왕에게 불려가 치죄 당하는 것을 보게 된다.

④ 스승의 죽음을 애도하고자 본사로 돌아갔으나 도리어 재물을 탐해 돌아온 것으로 오인되는 바람에 곤욕을 당하게 된다.

⑤ 영원조사는 죽어 뱀이 된 스승을 불러내 자진함으로써 전생의 업을 참회하도록 유도한다.

⑥ 명학동지의 혼이 어느 민가로 인도되어 그 집 아들로 환생하자 영원조사는 이 아이를 자신의 문하에 받아들여 수행에 전

에 묻혀 청표하고 고절한 선비가 절에 와서 비록 개산의 연대와 창사의 연대를 알고 싶어도 누가 이를 좇아 밝혀줄 것인가.)

15) <江陵郡靑鶴寺事蹟>

　　　넘토록 한다.

⑦ 쉽게 오도의 경지에 이를 수 없는 동자승을 위해 영원조사는 창문 구멍으로 들어오는 황소를 감시하라는 방편을 내리고 동자승은 이를 지성으로 실천한다.

⑧ 기한을 다 채우고 마침내 동자승은 전생의 각성과 함께 활연히 오도의 경지에 이르게 된다.

　사적의 서두에 창주(創主) 및 창건 연대를 전제하는 것은 물론 사찰 이름, 산 이름 등과 관련한 명칭 연기, 풍수적 특징을 말해주는 것이 사찰설화의 일반적 서술방식이다. 하지만 영원암 연기는 언제 발생한 사건이며 영원조사와 명학동지는 어떤 절에 머물렀는지 등 기초적인 사항마저도 함구하고 있고 공사 단계마다에 따를 수 있는 난관과 장애에 대해서도 별다른 언급이 없다. 다시 말해 사찰연기 일반에서 주목되기 마련인, 터의 점지를 중심으로 한 인연담이나 공사 진척 과정의 재정적 난관 혹은 고승과의 인연을 통한 성소점지의 이적 등은 중요한 서사단위16)로 인식되지 않고 있다. 다만『불교』55집에 올라 있는 영원암 연기는『혼원집』에서 볼 수 없는 정보 단위를 비교적 상세히 갖추고 있다. 즉 배경은 신라이고 영원조사는 경주 사람으로 속성은 김씨이며 투신한 스승은 범어사(梵魚寺)의 명학동지라는 식이다. 아울러 뱀이 죽은 후 영원조사가 그 혼을 인도하여 어떤 이의 태중에 들게 되었는데 잉태한 이는 강원도 삼척의 촌부인 전씨였음을 적시한다. 또한 환생한 동자승을 후원조사(後院祖師)라 부르는 것은 그가 수행 끝에 활연 대오한 곳이 뒷방이었기 때문이라고 첨언했다.17)

---

16) 김승호, 「성소만들기와 설화의 구조」,『한국승전문학의 연구』, 민족사, 1992, 229쪽에서는 삼국유사에 나타난 사찰연기설화의 특징이 '성소만들기'에 치중된다고 파악한 뒤 그 구성단위가 '사찰건립 공간의 점지자 선정-사찰건립 공간의 점지-창사-성소의 효험제시'가 순차적으로 이어진다고 했다.

혼원이 열람한 영원암 소장의 고적이 연기설화임에는 틀림없고 『불교』지의 <명학동지전> 역시 서사적 목적을 영원암의 연혁에 두고 있음도 의심할 수 없다. 따라서 창건의 인연담에서 명학동지의 삼생 유전(三生流轉)을 대입시키면서 점점 전기성을 갖춘 인연담으로 이행되어 나갔던 것으로 보는 게 무리 없는 추론이다. 따라서 창주, 당우, 불구 등에 얽힌 확인담이 아니라 이승에서 사판승으로 굴다가 명부에 이르러 혹독하게 치죄를 당하는 광경, 그리고 상좌승의 덕을 입어 새 인간으로 환생시키는 일련의 과정을 보여주면서 제명마저 영원암 연기가 아니라 명학동지전으로 뒤바뀌게 되었던 것이다. 그렇다고 명학동지의 전후생담이 전설의 기능을 상실한 것은 아니다. 끝에는 환생한 전생의 스승인 스님과 더불어 수도를 같이 하고 활연 대오케 한 장소를 일컬어 영원암이라고 했다는 내력담[18]과 함께 영원암 주변의 바위에 대해 "암자뒤 지방봉 앞에는 십왕봉이 있으며 봉우리 앞에는 판관석이 마치 아뢸 일을 점검하는 모습으로 서 있다. 밑에는 사자석이 있는 데 무시무시한 몽둥이로 사람을 치죄하는 형상인데 가끔 형벌을 내리는 소리가 들리기도 한다."[19]고 부언하여 이른바 설명적 전설의 본령을 유지하고 있다. 어떻든 영원암 연기는 기이한 명부세계의 형상화와 명칭 연기의 내력에 치중함으로써 명학동지의 삼생 유전이 저절로 서사의 핵심으로 자리잡게 된 경우에 해당된다.

대강 이 설화를 통시적으로 정리한다면, 우선 영원암의 창건 유래

---

17) 『불교』 55집, 1929, 96~98쪽에 백양환민(白陽桓民)이 여러 뱀업 설화의 하나로 소개하는 영원암연기는 『혼원집』의 그것과 일치하지 않는다. 소개자가 인용 끝에 "此等 傳說은 靈源 梵魚 兩寺 間에 자고로 내려오는 이야기가 되어 있다 한다."고 한 것으로 미루어 여기서 택한 이야기는 민간전승담일 터인데, 세부 정보가 문헌설화에 속하는 혼원의 기록보다 치밀해 흥미롭다.
18) 『혼원집』, <금강록>, "以靈源薦師之地 故庵號靈源"
19) <금강록>, "後有地藏峰 前有十王峰 峰前判官石 檢案奏事 下有使者石 手執猛杖捉人治罪之狀 而有時聞刑罰之聲"

를 전하는 이야기가 점차 고려시대에 들어와 폭넓게 유동되던 불교
적 전기담으로서 전생업보, 명부여행 모티브가 불교 주제를 포괄하
는 이야기로 변이되어 영원암의 연기로 변한 것이다. 영원암 창건과
시대적 조건에서 점차 삼생 유전과 인과, 업보를 강하게 투영하는
불교적 전기로 변이한 것이라고 본다면, 사찰연기설화가 추구하는
사사적(寺史的) 기능을 탈피하여 흥미담으로 탈바꿈된 사례로 꼽아도
좋을 것이다.

(2) 윤회전생과 오도(悟道)의 방편화

　　명학동지의 생은 '수행승(이승) - 대망(大蟒 ; 축생도) - 민촌의 외아들'로
전변이 차례로 드러나거니와 각각의 생에 또 다른 사건이 따라붙어
독자의 흥미를 고조시키는 데 일조를 하기도 한다. 물론 윤회관에
따른 환생은 불교연기설화에서는 아주 흔한 편이고, 이 설화에만 적
용된 것은 아니다. 영원암 연기에서 명학동지의 이승에서의 삶은 악
업 투성이었다. 수행 정업에 전력해도 부족할 스님으로서, "부자로
재물과 보배가 창고에 넘쳐나고 전곡이 썩을 정도(而其師富饒 財寶溢庫
錢穀腐敗)"였던 데다 재물에 지나치게 집착하다가 상좌로부터 더불어
다른 곳에 가 수행할 것을 권유받는 치욕을 겪는다. 하지만 상좌의
권유에도 불구하고 "네가 먼저 가서 수도를 하고 있거라. 그러면 내
가 이 재물을 정리하는 대로 널 쫓아가겠다(汝先去修道 卽吾從此治産而
去)"며 확답을 피했다. 이후 스승의 갑작스런 죽음은 이에 대한 징계
였다. 그런데 명학동지가 숨진 후 애도하기 위해 달려온 영원조사에
게 사람들은 "너는 상좌로서 소식 없이 십년 동안 돌아오지 않다가
이제 돌아온 것을 보니 재물에 그 뜻이 있기 때문"[20]이라면서 영원

---

20) <금강록>, "汝爲人上佐 何處奔走而十年不來 今始歸來 其意在財"

조사의 행동을 의심한다. 나아가, 명학동지의 죽음에 드리운 이면의 까닭을 제대로 알지 못한 채 그들은 조사를 쫓아내려 든다. 기실 사중 간에 스승에게 닥친 죽음의 사정을 제대로 꿰뚫고 이미 황사보(黃蛇報)의 악업에 묶인 스승을 풀어줄 능력은 그 이외에는 없었는데도 말이다. 조사가 스승의 명운을 내다보고 이상적인 국면으로 이끌어 나가는 데 애쓰는 등 성숙하게 처신할 수 있었던 것은 치열한 수도 입정에서 비롯되었다 하겠다. 그것은 돌발적이고 예외적인 비범함을 발휘하는 설화적 주인공의 면모와 동떨어진 데가 있다. 그는 선정(禪定)을 통해 다음 생을 투시할 수 있게끔 되었고, 그래서 악업에 떨어진 스승을 그냥 보고만 있을 수가 없었다. 명학동지가 누런 구렁이의 과보를 입게 된 것21)을 먼저 알아채고 그 업의 의미를 밝히는 일련의 행동은 <목련전>의 목련존자를 마주하는 듯한 착각마저 따른다.

탐심에 대해 경계하는 설화 중 금사보 설화는 삼국시대에도 산사에서나 민가에서 가장 널리 회자한 이야기가 아니었던가 한다.22) 지나친 탐욕 때문에 죽어서 금사보, 곧 뱀의 몸으로 환생한다는 충격적 전개에다 염왕, 명부 등 다양한 이계와 이인의 등장은 청자들의 호기심을 증폭시키는 데 결정적 요소로 작용한다. 하지만 다른 측면에서 보자면, 이같은 전기적 요소의 적극적 적용은 불교전기소설을 싹틔우는 데 직간접적 영향을 끼쳤을 것이다.

이어 서사의 세련도를 높여주는 요소로 화자의 시점 혹은 이야기 전개의 전지적 시각을 꼽을 수 있다고 본다. 주인공이 영원조사인지 명학동지인지 다소 혼동이 따르지만, 등장인물 중 하나인 영원조사

---

21) 백양환민, 「業因과 金蛇報」, 『불교』 55집, 1929, 94쪽.

22) 우리의 문헌에는 확인이 되지 않고 있으나 신라시대에 재보에 눈이 어두워 파계를 일삼던 도안 스님이 죽어 뱀 업을 받았다는 이야기가 국내뿐 아니라 이국에까지 널리 퍼졌던 것이 확인된다.(<釋門自鏡錄> 卷 上, 唐新羅國興輪寺僧變作蛇身事 條) 이밖에도 天柱寺의 讀經薦蛇談과 洛波和尙의 怖蛇發心(金大隱, 「蛇와 佛敎에 관한 설화」, 『불교』 55호, 1929, 83~85쪽) 등도 뱀 업 설화가 신라시대 민중 사이에 널리 퍼졌음을 확인시켜 준다.

가 관찰자이면서도 경우에 따라 담론의 중심에 선 전지자(全知者)로 입장을 바꾸어 사건을 진행해나가는 것이다. 이렇듯, 영원조사의 시선을 좇아 명학동지의 삼생적 순환이 일목요연하게 투사되고 삼생이 병치됨으로써 화자인식이나 서사적 논리성이 상대적으로 희박한 일반 설화와 뚜렷하게 구분되는 것이었다. 가령 영원조사가 뱀으로 몸을 바꾼 명학동지 앞에 목을 내밀며 "애처로운 스님, 사대가 허망하고 빌린 것이니, 가히 애석하게 여기지 마십시오, 원컨대 자진함으로써 뱀의 허물을 벗어나기 바랍니다."(哀哀師乎 四大虛假 非可哀惜 願自盡脫殼蟒)라고 애원한다. 경우에 따라 주인공의 전지적 발언은 환생한 동자승에게로 옮겨지기도 한다. 동자승이 영원조사가 내려준 방편대로 지창(紙窓)을 7년이나 방호하다 한순간 개오에 이르러 "나는 너의 스승이고 너는 곧 나의 상좌이다. 경전에서 말하되, 소를 타고 있으면서 또 소를 찾는다는 말이 있거니와, 밖에 소가 있는 것이 아니오 마음 안에 소가 있느니라."(我卽汝師 汝卽吾佐也 經日 騎牛更覓牛 非外牛而內必心牛也)라고 경책하는 부분에는 등장인물을 빌려 주제사상을 드러내고자 하는 의도가 역력히 드러나 있다. 이처럼 영원조사의 시점에서 명학동지의 전변하는 삼생과 더불어 이승 명부(冥府)를 관통하며 악업을 참회하고 선리(禪理)를 강구하고 기연(機緣)을 성숙시켜 나가는 과정 또한 무잡한 담론의 적층이랄 수 없다.

영원암 연기설화는 악업의 사례 가운데 재물을 탐하던 스님에 초점을 두고 이른바 민가에 전하던 금사보 관념을 고스란히 수용하고 있다. 세간의 흥미로운 풍설을 축으로 불교적 인간관의 전형을 보여주려 했을 뿐 생경하고 관념적인 교리를 앞서 제시하지 않는다. 이에 따라 그보다 당대에 널리 유포되었던 금사보 이야기, 곧 재물을 탐하면 후생에 반드시 누런 구렁이로 태어난다는 믿음을 명학동지의 생을 통해 투영시켰다. 아울러 기연을 숙성시킨 영원조사, 악업을 지고 있는 명학동지의 삶을 생생하게 대조시켜 불교적 인간의 길을 부지불식간에 깨우치도록 했다. 전생, 업보 등의 모티브가 갖는 흥미적 요소에 머물지 않고 불교적 인간으로 새롭게 환생할 수 있다는 주제의식을 흥미담을 통해 구현시키는 데 성공하는 것이다. 이점은 유래와 증거의 제시에 급급한 사찰연기에서 벗어나 소설로의 이행을 암시하는 징표로 삼더라도 큰 무리가 따르지 않을 것으로 여긴다.

4. 보덕굴연기설화의 소설적 징표

(1) 심불(尋佛)행각과 역설적 깨달음

불교에서 말하는 戒의 실천이란, 욕망의 자의적 절제 내지 억제에 해당한다. 문제는 인간의 원초적 감정인 애욕의 절제, 혹은 초월이 수월치 않다는 데 있다. 수행자 앞에 미녀가 출현해 파국을 일으키는 현장조차도, 따지고 보면, 인간적 애욕을 극복할 때만 성도의 길이 열릴 수 있음을 강조하기 위한 작의적 주입이다. 애연담에 의한 통과제의적 위기의 부여는 애초의 결심이 무뎌지고 수행 중 애욕에 빠지고 마는 회정대사를 주인공으로 삼고 있는 보덕굴 연기에서도 중심적 모티브로 작용하고 있음을 알 수 있다. 사실 보덕굴 연기는 보덕과 회정 간의 결연담을 축으로 삼는 것 이외, 고구려 고승 보덕대사의 자취를 전하는 역사적 담론으로서의 보덕굴 연기가 따로 있다. 물론 김태준이 소설성과 관련해 주목한 것은 전자임에 틀림없다. 그런데 그가 보살각시가 등장하는 설화를 <보덕각시전>으로 명명하고 소설로 착각하는 우는 이미 지적했거니와 그가 구태여 이를 소설로 본 심중을 헤아려 보는 것은 필요하다고 본다.

현재 보덕굴 연기를 가장 충실히 갈무리한 자료로는 정조 23년

(1799)년 편찬된 『범우고』 소재 <보덕굴연혁>과 무풍 4년(1854년) 부림자 보욱이 남긴 <보덕굴사적습유록>이 지목된다. 그 외 『청학집』[23]과 『오계집』[24] 등에도 보덕 이야기가 소개되어 있으나 단편적 기록인데다 그 내용도 앞의 것들과 대단한 층위를 보이고 있어 같은 자리에 놓고 논의하기가 어색하다. 상호비교가 가능한 <보덕굴습유록>, <보덕굴연혁>, 『범우고』 소재 보덕굴 연기설화 가운데에서도 『범우고』의 것은 앞의 둘과 조금은 이질적이다. 본래 한 가지 이야기였던 것이 후대로 내려오면서 두 갈래로 전승의 갈래가 바뀌어졌던 것으로 파악해야 할 것 같다. 또한 <습유록>과 <연혁>을 비교할 때, 서사 부위에 있어 양 설화는 대동소이하기면서도 <연혁>이 보다 사찰 연기의 소임을 자각하고 있는 것으로 나타난다. 역사와 허구의 간극을 가능한 좁혀야 한다는 의식이 <연혁> 쪽에 한층 집중되고 있다고 말해도 될 것이다. <습유록>의 서두에는 보덕대사가 도교의 발흥을 견디지 못하고 방장을 옮기고 원효, 의상에게 <유마경(維摩經)>을 가르친 사실[25] 등을 설화로 착색하여 삽입시키고 있다. 불기 1654년 신라 진평왕 49년 보덕성사가 금강산에 들어갔다가 만폭동에서 백의 동녀를 만나 법기보살을 친견코자 했다는 기록이 그것이다.

---

23) 『靑鶴集』, <楡岾寺本末寺誌>, 424쪽. "金蟬子曰 卜泚記壽四聞錄者 記吾東方道流之叢 有曰……馬韓時 有神女寶德者 御風而行 抱琴而歌 貌若秋水之芙蓉 是承永郞之道焉……玉寶高者 學琴山人 李純者 習隱高士也 是乃寶德之分派也"

24) 『梧溪集』, 424~425쪽. "到金剛山萬瀑洞 至普德窟下 余問普德仙女 可得見乎 宋處士曰 亦不難 仍說呪數句 彈指向窟下 俄而霧帳四繞 笙竽韻空 一仙女飛遊送言曰 我乃普德仙女 香爐娘子 俗客胡爲邀我 宋曰 此俗亦慕仙者 余稽首請教 仍以九夷歌 高唱仰告曰 靑丘渺在山海間 民不染羲農化 有父子無君臣 依山臨水田舍 自成村村有九 人熙熙日閑暇 山多靈草谷生醴泉 碧瞳玄髮俱引年 浩劫歸來滄桑變 仙風一縷香爐猶傳 普德笑曰 宜尋蕊珠宮然後可學 余漠然自語曰 蕊珠宮何在 仍不復見也"

25) 新羅二十七代眞憙女主四年 高句麗臣蓋蘇文 說王傳布道教故 師以不可屢諫而王不聽 師以神力 飛方丈 而南移于百濟完山州孤大山景福寺(신라 27대 진평여왕 4년 고구려 재상 연개소문이 왕에게 도교를 전파하도록 설득하자 대사는 이의 불가함을 여러차례 간했으나 듣지 아니하자 대사가 신통한 힘으로 방장을 날려 백제 완산주 고대산 경복사로 옮겼다.)

이때 동녀는 그 자신이 대자비(大慈悲)임을 밝히고 머물고 있다는 굴까지 인도해 주고는 홀연히 자취를 감추었다[26]는 것인데, 신라 진평왕 49년 정해(627)에 고구려 보덕화상이 처음 보덕굴을 지었다는 역사에 대응되는 설명적 전설로서 부분적으로 역사적 정보를 포함하고 있어 주목된다. 보충할 다른 자료가 없는 상황이고 보면, 보덕굴의 창건주는 고구려 승 보덕이고 7세기경 창건되었다는 이 기록은, 적어도 시대적 실상을 엿보게 하는 소중한 자료임에 틀림없다. 그런데 이 창건설화가 윤색과 부언을 동반한 중창설화로 다시 재편되었다는 점은 흥미롭다. 특히 부림자가 기록한 <보덕굴사적습유록>은 고구려 승 보덕의 자취가 거세되고 고려 의종 때 승려인 회정대사로 주인공이 대체되고 자취가 신비체험 위주로 재편되어 전승하였던 것이다. 적극적으로 설화적 편린들이 수습되고 불교적 상상을 너그럽게 수용한 것이 바로 이 <습유록>이니, 설화의 소설적 이행의 측면이라는 면에서 주목할 기록이 아닐 수 없다.

① 회정대사가 대비상(大悲像) 보기를 염원하던 중 몽중에 나타난 백의노파로부터 몰골옹(沒骨翁), 해명방(解明方)을 찾아가라는 충고를 듣는다.

② 양구 방산에 들어간 회정이 몰골옹을 만나고 다시 그로부터 해명방의 거처를 알게 된다.

③ 스님으로서 딸과 산중에 살고 있는 해명방은 회정을 의심하여

---

26) 晦明 日昇, <보덕굴연혁>. 新羅眞平王四十九年 普德聖師欲禮曇無竭 漸入淮州枳怛山衆香城 路由萬瀑洞上 逢年可二九白衣童女 童女問曰 師將安之 師曰 欲禮法起 童女曰 欲禮法起者 何不識先例常住眞身 觀音大慈也 引師而到窟 童女俄而形迹隱沒(진평왕 49년 보덕성사가 담무갈에게 예를 올리고자 회주의 지달산 중향성에 들어갔다가 만폭동 위에서 18세의 백의(白衣) 동녀(童女)를 만났다. 동녀가 "대사께서는 장차 어디를 가십니까." 하자 대사가 "법기보살에게 예를 올리고자 합니다." 했다. 동녀가 다시 "법기보살에게 예를 올리고자 하는 자가 어찌 상주하고 있는 진신인 관음보살에게 먼저 예 올리는 것을 알지 못하는가." 했다. 동녀가 대사를 인도하여 굴에 이르렀는데 순식간에 동녀의 자취가 사라졌다.)

일언지하에 그를 내쫓는다.

④ 수행정진의 정성을 갸륵하게 여긴 해명방이 법요를 들려주고 사위가 되어달라는 부탁을 하게 된다.

⑤ 회정이 동녀와 28일 동안 동거했으나 해명방의 반대에도 불구하고 그곳을 떠나 고향으로 돌아가려 한다.

⑥ 몰골옹이 다시 돌아온 회정에게 앞서의 부녀가 각각 보현과 관음보살임을 말해 주자 부녀와의 이별을 뒤늦게 후회한다.

⑦ 해명방 부녀를 더 이상 만나지 못하게 되자 송라암에 머물며 홀로 수행 정진한다.

⑧ 몽중에 다시 백의노파가 나타나 회정의 전신이 보덕임을 일러주며 만폭동에 그녀가 있다고 일러준다.

⑨ 세건중인 보덕을 만났으나 소녀는 사라지고 그가 몸을 숨긴 보덕굴 속에는 단지 불경 몇권과 향로만 남아 있었다.

⑩ 회정선사는 굴 곁에 절을 짓고 수행했는데 그 영이함으로 하여 이름을 떨쳤다.

<습유록>에 따르면 보덕굴의 연기는 삼국시대에 이미 형성, 전파되었던 것으로 보인다. 하지만 보덕굴의 역사가 빈약하게나마 전해오다가 고려 의종 10년 병자에 회정선사가 이를 크게 중창하면서 창사담이 약화되고 서사성 높은 중창설화로 전이했음을 유추할 수 있다. 창사연기에서의 초점은 이른바 성지 점지의 삽화에 먼저 집중된다. 영험한 터라면, 부처, 보살, 혹은 불성이 돈독한 자가 출현해 점지해준다는 것이 상식선의 전개인데, 사찰의 규모가 커지면서 창사연기는 또 다시 서사성이 강한 중창연기로 재편될 가능성이 커진다. 이에 따를 경우, <습유록>에서 보는 것처럼 보덕 대신 회정으로 주인공이 바뀌고 절 터 점지의 영이함, 그리고 진용(眞容) 참견으로 내용의 재편도 가능해지는 것이다. 여하튼 이런 변이는 단조로운 정리

의 수준을 넘어 연기설화에 소설성을 급속도로 높이는 계기가 되었
다고 여겨진다.

<습유록>과 <연혁>은 사찰 터, 창주, 공사 중의 삽화 등 공사를
에워싼 현실 공간 및 일정에 대한 세부적 기록보다는 진용 참견의
궤적, 풀어 말해 주인공의 구도 행각으로 서사적 핵심이 집약된다.
주인공이 이미 선사로 등장하는 점에서 엿볼 수 있듯, 부처의 진용
보기를 염원하는 심정은 오히려 당연한 일이므로 이야기에서 진용
을 확인하기까지의 미로 찾기, 혹은 수수께끼 해결 식의 전개는 어
느 정도 예견되던 터였다. 회정은 진용을 친견하는 대신 '백의 노파
(몽중) - 관짓는 노인(몰골옹) - 산골동녀 - 완력의 스님(해명방) - 관(官) 짓는
노인 - 백의노파(몽중) - 산골 동녀'와 차례로 조우하게 되는데 처음부터
진용의 거처를 일러주는 목격자들로 이해하고 이들과 의도적으로
접촉한 셈이다. 이야기는 수도자인 회정이 진용 친견을 소원하던 차
에 현응한 백의 노파의 말에 따라 방산의 몰골옹과 해명방을 찾는
것으로 시작된다. 하지만 어렵게 찾은 몰골옹, 그리고 그를 통해 만
나게 되는 해명방은 그가 그리던 보살의 모습과 너무나 딴판이었다.
아상과 미망에 가리워져 있는 회정으로서는 그렇게 비치는 게 당연
했다. 이렇듯, 상대를 알아보지 못하고 엉뚱한 곳을 헤매는 그때, 진
실을 일러주는 이가 해명방 딸인 동녀였고, 그 뒤에 알게 되지만 그
녀는 자신의 전생에 다름이 아니었다. 그러나 그런 변신의 전말을
파악하고도 회정은 동녀와의 정에 빠져 보덕에 대한 그리움에 애태운
다. 진용에서 보덕으로 대상이 달라진 셈이다. 회정은 다시 몽중의 노
파가 일러준 곳으로 가서 자신의 전생 모습인 보덕과 잠시 조우하는
데 성공하지만, 찰나에 그칠 뿐 그녀는 굴속으로 몸을 숨기고 만다.

간단 없는 심불(尋佛) 행각을 순차적으로 보여주었으나 끝내 주인
공은 찾고자 했던 그 대상과 조우할 수 없음을 확인하는 단계에 이
르러 꿈으로 다시 회귀하고 있는 것도 구성을 의식한 소설적 기술과

상통한다. 첫 번째 꿈은 회정의 원을 풀어줄 단초적 구실을 하지만 주인공에게 진용 친견의 길은 멀고도 험하게 비친다. 그러다 주인공으로서 결코 쉽게 풀 수 없는 난제임이 판명될 즈음에 이르러 상황 전환의 제시 같은 꿈이 나타나는데 이것 역시 의도된 수법으로 보아야 될 것이다. 심불이라는 명제에 대해 수수께끼처럼 직답을 피하다 또 다른 현몽 속의 노파가 사건의 자초지종을 밝히도록 한 것은 이른바 수미상관적 장치라 할 것이다. <보덕굴사적습유록>과 <보덕굴연혁>의 서두와 말미에서 보는 몽은 단순한 흥미 유발적 대입이 아니라 서사성 높은 담론을 위해 의도적으로 삽입되었다는 결론을 얻게 된다.

(2) 애욕의 초극과 진아(眞我)로의 복귀

작가의식이 뚜렷하고 시대적 배경이나 인물의 내면 의식마저 투영된 것을 소설이라 한다면 보덕굴 연기는 소설의 테두리에 넣을 수 없다. 그러나 수도승과 연인과의 결연 및 이들 간의 애욕적 갈등을 소재화함으로써, 적어도 소설에 가까이 다가간 담론임을 부정할 수 없도록 한다. 보덕굴 연기 중에서도 『범우고』 소재 각편은 이런 특징을 엿보기에 좋은 자료이다.

> 속전에 보덕은 민가의 여자라고 한다. 어렸을 때 아버지와 더불어 금강산에 들어가 구걸을 하였다. 굴에 이르러 마침내 머물며 그녀는 성근 옷감으로 열 말이 들어갈 정도의 주머니를 만들어 이를 폭포 곁에 걸어놓았다. 그리고 아버지에게 물을 퍼서 이를 채우게 하면서 말하길, "주머니에 물을 가득 채우면 즉 도에 들어갈 수 있을 것입니다."라고 말했다. 소녀는 마침내 마른 대나무를 잘라 하루에 한 광주리씩을 만들어 쌀 한말과 바꾸어 이를 아버지에게 바쳤다. 이 때 한 스님이 갑자기 사악한 마음이 일어나 은밀히 쫓으

니 그녀가 소리를 질렀다. 그리고 탁상 위의 탱화를 가리키면서 불화도 오히려 공경해야 할 것이거늘 생불에 있어서겠는가. 마침내 그 진상을 드러내는데 금빛이 눈을 뜰 수 없게 했다. 스님은 애걸하며 "죽여주십사" 했다. 소녀는 그 아비에게 말하길 "주머니에 물을 채우셨습니까." 아비가 말하길 "주머니가 성근데 물이 어찌 채워지겠는가." 했다. 소녀가 말하길, "하나에 마음을 쓰면 공(空)이 모아지고 공이 모아지면 즉 도(道)가 응축되는 것인데 지금 아버지께서 마음속으로 포대가 필히 채어지지 않는다고 생각하고 억지로 물을 붓고 있는데 공이 어찌 능히 한곳으로 보이며 도가 어찌 능히 뭉쳐지겠습니까." 이 때에 아비는 크게 깨우친다. 그리고 다시 물을 부으니 포대에 물이 가득 차 넘쳤다. 아버지는 크게 웃음을 터뜨리며 말하길, "일찍이 전등(傳燈)의 불이 이것임을 알았도다. 밥이 익기 위해서는 시간이 필요함을 알았도다." 했다. 소녀 역시 크게 웃고 이로써 바구니를 중에게 내던지며 말하길, "물이 주머니에 차고 바구니는 창고에 넘치니 공이 이루어져 가득하길 바랍니다. 부처님을 보는 게 무슨 의심이 있겠습니까." 했다. 스님 역시 크게 깨달았다. 후인들은 마침내 세 사람의 상을 새겼는데 지금까지 굴 안에 있다. 왕왕 그곳에 서기가 어린다고 한다.27)

민가의 부녀가 금강산에 구걸하러 들어갔다 했으나 실은 수도행각을 위한 것이었다. 이미 도를 깨달은 딸은 아비의 성도를 위한 조력자로서 지성을 다하는데, 베주머니에 열 말의 물을 채우게 하는가 하면 스스로 엮은 바구니를 엮어 쌀과 바꾸어 아비를 봉양하는 데 전념한다. 그러나 갑자기 이승이 출현함으로써 소녀의 정체가 드러나게 된다. 즉 소녀의 미모를 탐한 한 스님이 끓어오르는 애련을 주

---

27) 『범우고』. "俗傳 普德者 民家女也 幼時與父 行乞入金剛山 至此窟 遂居焉 女以疎布
爲囊 約盛十斗 掛之瀑傍 請其父酌水以注曰 水盛於囊 則可以入道 女遂刈枯竹 日造
一畚 易一升米 以供其父 有一僧 忽朋邪念 微挑之 女乃勵聲 指卓上畵佛之幀曰 畵佛
尙可敬 況生佛乎 遂露現眞像 金光奪目 僧哀呼請死 女呼其父曰 囊之水盈乎 父曰 囊
疎 水豈盈乎 女曰心一則功專 功專則道凝 今父心知囊之必不盈而强而注水 功何能專
而道何能凝乎 於是 父大悟 復酌而注之 囊盈而水溢 父乃暴然大笑曰 早知燈是火 飯
熟已多時 女亦大笑 以畚擲僧曰 水盈於囊 畚盈於庫 功成願滿 見佛無怍乎 僧亦大悟
後人遂刻三人像 至今窟中 往往有瑞氣云"

체하지 못하다 그녀를 겁탈하려 든 것인데 순간적으로 몸을 바꾸는 바람에 그 진면목이 드러나게 된 것이다. 다름 아닌 생불에 대해 씻을 수 없는 죄를 저지른 속승(俗僧)이 죽음으로써 사죄하는 것은 당연한 일일 터이나, 그렇다고 소녀가 이승을 치죄하는 장면이 즉각 대입되지는 않는다. 말할 것도 없이 그녀는 성불을 유도하기 위해 몸을 바꾼 관음임을 의심할 수 없다. 그뿐 아니라 관음이면서 동시에 보덕인 그녀는 아비를 제도하고 각성에 도달케 하려는 조력자이자 선지자라고 해도 좋다. 이는 아비에게 "하나에 마음을 쓰면 공이 모아지고 공이 모아지면 즉 도가 응축되는 것이니 지금 아버지께서 마음속으로 주머니가 필히 채워지지 않는다고 생각하고 억지로 물을 붓고 있는데 공이 어찌 한곳으로 모이며 도가 어찌 능히 뭉쳐지겠습니까." 하는 말에서 극명히 드러나거니와, 이로 말미암아 아비는 대오각성의 경지에 든다. 아울러 이 질책은 자신을 겁탈하려 했던 속승마저 대오케 하는 핵심으로 작용하기도 한다.

그러나 불교적 주제 현시가 민간설화의 온전한 형태를 유지하는 데는 장애가 될 수 있다. 여기서도 서사적 논리성과 무관하게 적용된 몇 가지 장면 중심의 담론이 흥미를 상쇄시키는 한계가 눈에 띈다. 대신, 앞서 깨달은 자로서 보덕이 불교적 성찰에 이르지 못한 범인과 속승에게 현응하여 대오각성의 빌미를 제공하고 있다는 점은 주제현시라는 측면에서 주목할 형상화이다. 일반의 설화에서 찾기 어려운 일종의 공안적(公案的) 방편이랄까, 불교적 주제를 우선한다는 시각에서 나온 것이 틀림없다. 만약 민간에 퍼진 설화라면 불교 주제적 지향성이 이처럼 두드러지게 표출되기는 힘들었을 것이다. 실제 민중들 사이에 퍼진 설화에서는 음욕에 빠진 이승의 치한적 행태와 소녀의 진면목이 밝혀지는 등 충격적이고 흥미로운 담론 위주로 이야기되고 있어 주목된다.[28]

---

28) 최상수, 『한국민간전설집』, 통문관, 1949, 429~434쪽에 '보덕굴과 관음보살'이

『범우고』 소재 보덕굴 연기는 보덕과 그 아비, 보덕과 속승의 관계를 상징하는 몇 장면을 산발적으로 취택하고 있어 서사 논리가 온전히 확보되지 않고 있음이 결함으로 지적된다. 하지만 불교적 주제 특히 선적 깨우침을 함의하는 결말을 예비하고 있음은 일반 설화에서 발견하기 힘든 이 연기설화의 특징이라 하겠다.

이처럼 흥미로운 제재로 이야기를 펼치지만 진중한 주제를 포섭하고자 한 것이 보덕굴 연기의 색다른 점이다. 몸을 바꾸어 나타난 보덕이 성도의 그릇을 실험하는 진용이었음을 확인할 때까지 회정은 상대의 진면목을 알아보기는커녕 애욕의 포로가 되어 엉뚱한 길을 헤맬 뿐이었다. 이는 분명 상징이다. 인간이므로 애욕과 욕망에 침몰할 수밖에 없다는 한계를 그렇게 전제한 뒤, 선지적 존재(관음보살)를 통해 전후 사단을 풀어내는 서술방식은 세련된 서사법이 아닐 수 없다. 즉 노파가 꿈에 현시해 그동안 좇은 것이 바로 과거의 자신임을 깨달음으로써 미망의 꺼풀을 벗고 올바른 수도자의 궤적을 회복하고 있는 것이다. 이처럼 절체절명에서 영험적 존재(부처, 보살)의 교시로 마침내 성도의 길에 들어선다는 것이 보덕굴 연기의 큰 줄기이다.

5. 맺음말

본고는 김태준이 일찍이 고려시기의 소설로 소개한 <봉학동지전>과 <보덕각시전>의 실체 규명 및 소설성 여부를 점검하는 데 초점

란 제목으로 <연혁>과 <습유록>을 종합화한 듯한 보덕굴 연기가 올라 있는데 성도를 이루고자 청익에 나섰던 회정이 보덕의 미모에 반해 수행은커녕 그녀를 애타게 그린다는 내용이 담론의 중심을 이루고 있다.

을 맞췄다. 그리하여 먼저 <봉학동지전>에서의 '봉학동지'는 '명학동지'의 오류인데다 <보덕각시전>과 함께 이 두 이야기는 원래 영원암과 보덕굴의 연기설화에 속한다고 변증하였다. 하지만 김태준의 주장에 몇 가지 오류가 있다고 해도 고려시대를 소설사의 맹아기로 확신하고 그 사례로 이 두 설화를 지목한 것은 통찰력 있는 안목이라고 보았다.

과연 이 두 연기설화에 내재된 소설성 여부와 관련지어 필자는 <명학동지전>(영원암연기설화), <보덕각시전>(보덕굴연기설화)이 단순히 창주, 공사의 과정 따위를 서술의 핵으로 삼는 연혁적 성격에서 탈피해 형식과 내용 면에서 높은 수준의 서사담론에 도달해 있음을 확인할 수 있었다. 영원암 설화를 수록한 <금강록>, 그리고 보덕굴의 내력을 수습하고 있는 <보덕굴습유록>, 『범우고』 등을 대상으로 살필 때, 이들은 인간의 원초적 욕망이 빚어내는 갈등과 파탄에 빠진 주인공들을 통해 인간에게 구원과 깨달음의 길은 있는가 등, 가볍지 않은 주제를 내포함으로써 벌써 불교설화 일반과 구별되는 면을 드러낸 것이다. 독자적 흡입력이라는 점에서 전기적 요소들의 적극적 개입도 주목되는 바, 주제사상의 형상화와 함께 독자의 흥미를 촉발하는 요소로 이를 파악했음을 알 수 있었다. 두 사찰연기설화가 한결같이 역사전승에 초점을 두지 않고 전생, 환생, 업보, 성도 등 불교적 화두를 전제한 것이나 인간의 궁극적 길을 제시하기 위한 깨달음을 그 핵심 내용으로 삼고 있다는 것에서 단순한 설화가 아닌, 소설성을 농후하게 간직한 소설의 전사적 작품으로 파악하는 것이 오히려 자연스럽다고 여기게 되었다. 이와 함께 영원암, 보덕굴 연기설화라는 대상적 한계에도 불구하고 우리는 고려시기가 불교문화가 난숙했던 시대였던 만큼이나 소설 전사적 담론에 해당하는 다양한 설화가 널리 전파, 유통된 시기였음을 새삼 추단할 수 있었다.

　이번 논의는 사찰연기설화가 삼국, 고려시대에서만 전파 수용된 제한된 담론에 머물지 않고 그 다음 시대에도 여전히 유의미한 담론적 원천으로 기능했음을 확인하는 기회가 되기도 했다. 월명암(月明庵) 연기설화가 <부설전>으로, 관음사(觀音寺), 홍법사(弘法寺) 연기설화가 <심청전>의 출현과 긴밀하게 관련되어 있고, 이광수의 <꿈>에서 보듯, 『삼국유사』 소재 조신(調信) 이야기가 현대 소설창작의 원동력을 제공한 것 등 사찰연기의 소설적 전이는 적지 않은 것이다. 사찰연기설화가 설령 아득한 시기로 그 발원이 소급된다 해도, 불교적 삶의 해석이라는 담론적 유효성은 증발되지 않은 채 우리시대까지 그 문학적 '인연'이 이어지고 있다고 해도 과언이 아니다.

『수이전』 일문의 분류와 장르적 성격

-지괴(志怪) 서사 전통의 맥락을 중심으로-

유정일

1. 들어가는 말

한국 서사문학사에서 초기소설의 성립 문제를 다룰 때, 『수이전』 일문만큼 주목되는 문헌도 없을 것이다. 일찍이 『수이전』 일문은 今西龍과 이인영에 의해 소개된[1] 후, 김태준에 의해 설화로 규정되었고[2] 이런 견해는 조윤제와 신기형 등에 의해 동의되어[3] 왔다. 장덕순[4]에 이르러 『금오신화』를 최초의 소설로 보는 기존 견해가 일부 반성되면서 『수이전』 일문 가운데 한 작품인 <쌍녀분>을 주목하기에 이르렀다.

이런 초기의 연구 성과에 착목하여 후속된 연구 성과물들을 살펴

---

1) 今西龍, 「新羅殊異傳及其逸文」, 『新羅史研究』, 경성근택서점, 1933.
　　이인영, 「太平通載 殘卷小考-特히 新羅殊異傳 逸文에 對하여-」, 『震檀學報』 13, 진단학회, 1940.
2) 김태준, 『증보조선소설사』, 학예사, 1939, 30쪽 참조.
3) 조윤제, 『국문학사』, 동국문화사, 1949, 46~47쪽 참조.
　　신기형, 「殊異傳 小考-국문학사에서 본 설화문학의 위치-」, 『文耕』 2, 중앙대학교 문리대, 1956.
4) 장덕순, 「금오신화, 우리 소설의 처음 아니다」, 『대구매일신문』, 1972, 2, 17.
　　＿＿＿＿, 『한국문학사』, 동화문화사, 1975, 149~150쪽 참조.

보면 크게 네 가지 틀로 묶어 낼 수 있다. 첫째는 『수이전』의 저자에 관한 연구이고,5) 둘째는 일문 각 편에 대한 작품론이며,6) 셋째는 초기소설의 성립과 관련시켜 <최치원>을 살핀 작업7)이라 할 수 있다. 그리고 넷째는 장르론에 입각하여 『수이전』 일문의 문헌적 성격과 분류의 문제를 다룬 작업이다.

이 가운데 『수이전』 일문의 전반적 성격과 그 분류에 대한 논의는 초기 연구부터 부분적으로 언급되어 오다가 근래에 몇몇 논자들에 의해 보다 본격적으로 거론되었다. 김일렬8)은 『수이전』 일문을 신화, 전설, 소설(<최치원>)로 분류했고, 소인호9)의 경우는 논거 없는 언급을 통해 지괴와 전기로 『수이전』 일문을 파악했으며, 이대형10)은 『수이전』 일문을 설화와 소설로 구분하는 방법론적 한계를 반성하면서 그 대안으로 <최치원>과 <원광>같은 작품을 '기이(記異)'라는 작품군으로 명명하고자 했다. 이동근11)의 경우에는 『수이전』을

---

5) 이와 관련된 주요한 성과들은 이검국과 최환의 작업을 통해 자세히 살필 수 있다.(李劍國·崔桓, 『新羅殊異傳 考論』, 중문출판사, 2000)

6) 여기에 해당하는 적잖은 성과들 가운데 주요한 논문 몇 편만을 보이면 다음과 같다.
    인권환, 「心火繞塔 說話攷-印度 說話의 韓國的 展開-」, 『국어국문학』 41, 국어국문학회, 1968.
    차용주, 「金現感虎의 比較硏究」, 『논문집』 7, 청주사대, 1978.
    임형택, 「나말려초의 전기문학」, 『한국문학사의 시각』, 창작과비평사, 1984.
    차용주, 「首揷石枏 說話의 比較硏究」, 『民俗語文論叢(호민崔正如博士頌壽紀念論叢)』, 계명대, 1983.

7) 이와 관련한 연구사적 검토는 김현양의 논문에서 살필 수 있다.(김현양, 「<최치원>의 장르 성격 논의에 대한 비판적 검토」, 『민족문학사연구』 10, 민족문학사연구회, 1997)

8) 김일렬, 「殊異傳의 성격과 그 소설사적 맥락」, 『古小說史의 諸問題(省吾蘇在英敎授還曆紀念論叢)』, 집문당, 1993.

9) 소인호, 「殊異傳의 著者와 文獻 性格에 관한 反省的 考察」, 『古小說研究』 3, 한국고소설학회, 1997.

10) 이대형, 「殊異傳 逸文의 갈래적 성격 고찰 - 崔致遠類를 중심으로 -」, 『洌上古典研究』 10, 열상고전연구회, 1997.

11) 이동근, 「≪수이전≫일문의 장르적 검토」, 『인문예술논총』 18, 대구대 인문과학

서사작품집으로 인식하고 일화, 신화, 민담, 고승전 등으로 분류하기도 했다. 이같은 다양한 논의는 『수이전』 일문의 다층적인 장르적 성격을 시사하는 것이며, 아울러 『수이전』 일문의 장르적 성격과 분류의 문제가 그 전반적인 이해를 도모하는데 중요한 단초가 된다는 것을 의미하기도 한다. 이런 기존 연구의 한계는 무엇보다도 '전기소설'이라는 동아시아 보편문학으로서 보편성과 전승적인 맥락을 고려하지 못한 데 있다.

그러므로 본고는 이 점을 감안하여, 한국 전기소설의 기층장르로서 괴이(怪異)한 내용을 서사화하는 전통적 맥락의 시원을 지괴서사에서 찾고,12) 지괴서사의 기본적 특성과 『수이전』 일문의 지괴성에 대해 논의할 것이다. 그 바탕 위에서 『수이전』 일문을 분류하고, 비현실적 세계관을 서사세계로 형상화한 『수이전』 일문들의 서사문학사적 의의를 탐구할 것이다.

예술문화연구소, 1999.

12) 한국 전기소설 연구자들의 대부분은 한국 전기소설의 기층장르로서 지괴서사 대신에 전설을 거론해 왔다. 대표적인 예로 조윤제(『韓國文學史』, 탐구당, 1984, 148~149쪽 참조)와 조동일(『韓國小說의 理論』, 지식산업사, 1977, 197~270쪽)을 들 수 있다. 특히 조동일의 경우는 "중국소설의 영향은 소설의 성립을 자극하고 용이하게 하는 작용을 했으나 소설 성립의 이유라고 할 수 없으며, ≪金鰲新話≫·≪洪吉童傳≫ 및 허균 한문소설의 溯源을 중국소설에서 찾아야 한다는 것은 지나친 주장이다"라고 했다. 이런 주장은 전기소설 연구에서 보편적으로 인정되는 기본적인 발전 양상을 부정하는 것일 뿐 아니라, 조동일이 『동아시아문학사비교론』(서울대출판부, 1993, 309~311쪽)에서 내세운 "동아시아문학은 한문학을 공동문어문학으로 삼아 서로 밀접한 관련이 있고 문학사의 전개가 서로 유사했으며, 동아시아 여러 민족이 한문학을 받아들여 공동어문학의 보편성을 재현했다"는 주장과 어긋난다. 한편, 박희병(『韓國傳奇小說의 美學』, 돌베개, 1997, 82쪽)도 전설이나 설화를 전기소설의 전단계로 보면서 『수이전』을 "설화를 모아놓은 책"이라고 했다. 이 주장 또한 논자가 말하는 전기소설의 '보편성'과 거리가 있다. 서대석(『비교문학총서』 4, 계명대출판부, 1982, 164쪽 참조)은 <최치원>·<수삽석남>·<죽통미녀> 등의 작품을 지괴로 이해했으며, 소인호(앞의 글)의 경우도 『수이전』 일문들의 성격을 지괴와 전기로 보았지만, 한국 전기소설사의 기층으로서 지괴에 대한 장르론적 고민은 없었다. 전기소설이 동아시아 한자문화권에서 보편 장르였던 만큼 한국의 전기소설 또한 지괴서사에서 출발하여 한국 전기소설의 기층장르가 된다는 것이 필자의 견해이다.

2. 『수이전』 일문의 지괴적 성격

주지하는 바와 같이, 동양에서 '小說'이란 말이 처음 등장하는 문헌은 『장자·외물』이다.[13] 여기서 장자는 '소설'이란 말을 효용적인 측면에 바탕을 두고 '道'에서 벗어나거나 공리성과 거리가 있는 이야기로 보았다. '소설'이란 의미는 처음부터 부정적으로 인식된 용어였던 것이다. 이와 같은 소설에 대한 부정적인 인식은 공자의 말대로 한다면 '大道'의 반대 개념인 '小道'로 규정되어[14] 현실적 윤리를 강조한 유가의 '재도지기(載道之器)' 문학관의 비판의 단초가 되었다.

하지만 소설의 존재 가치는 도덕적이며 사회적인 공리성으로만 따질 수 없었다. 문학과 역사가 확연하게 구분되지 않고 문학의 장르 분화가 본격화되지 않은 시기에 지괴서사나 그 이후의 역사소설류들은 역사서와 함께 준사서적이며 보사적(補史的)인 가치를 인정받아 왔기 때문이다.[15] 다시 말해서, 역사와 소설은 처음부터 상보적인 긴밀한 관계를 맺어 왔을 뿐더러 넓은 의미에서 소설과 역사는 이름만 다르지 실제는 하나로 취급되는 경향이 있었다.[16]

더욱이 전기소설과 구분이 불분명한 지괴서사의 경우는 더욱 보사적 가치를 인정받아서, 『수서(隋書)·경적지(經籍志)』와 『구당서(舊唐書)·경적지(經籍志)』를 보면, 지리류(地理類)의 『신이경(神異經)』·『해내십주기(海內十洲記)』, 구사류(舊事類)의 『한무고사(漢武故事)』·『서경잡기(西京雜記)』, 잡기류(雜記類)의 『한무동명기(漢武洞冥記)』와 『수신기(搜神記)』·『이원

---

13) "飾小說以干縣令 其於大達亦遠矣"(『莊子·外物』)
14) "子夏曰 雖小道 必有可觀者焉 致遠恐泥 是以君子不爲也"(『論語·子張』)
15) 『今古奇觀 序』에 "小說者 正史之餘也"라는 말처럼 소설이 문학장르로서 본격적인 분화가 이루어지지 않은 시기에는 소설을 '정사(正史)의 반대되는 서사' 쯤으로 인식했다.
16) 吳 晗,「歷史中的小說」, 傅東華·鄭振鐸 編,『中國文學硏究』, 龍門書店, 1968 참조.

(異苑)』·『속제해기(續齊諧記)』 등을 모두 사부(史部)에 넣고 있음을 알 수 있다.[17] 또한, 지괴서로 알려진 『수신기』의 일부 내용 가운데 부조설(符兆說)·오행설(五行說)·예조설(豫兆說)과 관련 있는 것들은 대개 『사기(史記)』 <봉선서(封禪書)>, 『한서(漢書)』 <오행지(五行志)>, 『후한서(後漢書)』 <오행지>, 『진서(晉書)』 <오행지>, 그리고 『송서(宋書)』 <오행지·부서지(符瑞志)> 등에 실려 있으며, 개인의 인물고사의 경우에도 그 해당되는 傳에 같은 내용이 전재되어 있는 사실[18]을 통해서 지괴서사의 보사적 가치와 의미를 짐작할 수 있다. 과거에 역사와 문학이 일정한 규범성을 가지고 분리되기 전에는 그야말로 '같은 나무의 두 가지'[19]였던 셈이다. 이런 지괴서사의 보사적 가치는 대표적인 지괴 텍스트로 알려진, 간보의 『수신기』 서문을 통해서도 확인된다.

　　비록 전적의 기록에서 선인의 뜻을 고찰하고 당시의 문헌에 기록되지 않은 것들을 수집하여 기록했으나 대개 일일이 직접 보고 들은 것이 아니기 때문에 어찌 감히 사실성을 잃음이 없다고 말하겠는가?(중략) 이로써 보건대, 견문의 어려움은 유래가 오래된 것이다. 대저 부고(赴告)의 내용을 기록하고 국사의 문헌에 의거하는 것도 이러한데, 하물며 천 년 전의 일을 돌이켜 서술하고 특이한 풍속이 있는 것을 기록하며, 빠지고 없어진 말들을 엮어서 견문이 많은 노인에게 당시의 일들을 물어 일에 이설(異說)을 없게 한 연후에야 믿는 것은 이전 역사의 병폐이다.[20]

---

17) 『新唐書·藝文志』에는 "傳記 小說 外曁方言 地理 職官 氏族 皆出於史官之流也"라고 했다.

18) 干　寶, 林東錫 譯註, 『搜神記』(上), 동문선, 1997, 5쪽.

19) Russel B. Nye, "*History and Literature*", in Bremner.(차하순 외 2인 공저, 『歷史와 文學』, 서강대학교 인문과학연구소, 1988, 7쪽 재인용)

20) "雖考先志於載籍 收遺逸於當時 蓋非一耳一目之所親聞睹也 又安敢謂無失實者哉 (中略) 從此觀之 聞見之難 由來尚矣 夫書赴告之定辭 据國史之方冊 猶尚如此 況抑述千載之前 記殊俗之表 綴片言於殘闕 訪行事於故老 將使事不二迹 言無異途 然後爲信者 固亦前史之所病"(干　寶, 『搜神記』 自序, 『中國歷代小說序跋集』上, 人民大學出版社, 1996, 49~50쪽)

이렇게 보사적 가치로 인정되어 사서로 분류되던 지괴서사는 시간이 지남에 따라 소설류로 분류되기에 이른다. 예를 들면, 『술이기(述異記)』・『지괴(志怪)』・『수신기』・『유명록(幽明錄)』・『명상기(冥祥記)』・『열이전(列異傳)』 등의 지괴 작품집은 『수서・경적지』와 『구당서・경적지』에만 해도 잡전류(雜傳類)로 분류되어 사부(史部)에 넣어진 반면, 『신당서・예문지』에 이르면 이들 지괴 작품집은 자부(子部) 소설가류(小說家類)에 포함되어 있음을 볼 수 있다.21) 즉, 지괴서사에 대한 인식이 사서적 개념에서 소설서적 개념으로 바뀐 것이다. 이와 같은 사실을 놓고 볼 때, 한자문화권에서 지괴서사는 이른시기에는 역사로 인식되다가 후대에 이르러 소설로 인식된 것을 쉽게 짐작할 수 있으며, 신선류(神仙類)나 지괴류의 서사물들은 후대로 갈수록 문학으로 취급되고 있음을 확인할 수 있다. 이와 같은 사실은 李劍國의 다음과 같은 언급을 통해서도 확인할 수 있다.

> 지괴고사로부터 지괴소설까지의 진화 과정은 史乘의 分流 과정을 보여 준다. 즉, 지괴소설과 史乘의 분리 과정인 것이다. 지괴고사가 史書로부터 완전히 벗어나서 독립적인 자리를 얻을 때 지괴소설은 탄생되었다. 그래서 지괴소설의 형성 과정을 말하자면, 다시 말해서 지괴와 사서의 긴밀한 관계를 말하자면 지괴소설은 史乘의 支流이다.22)

소설적인 성격의 지괴서사들은 역사로부터 분화되는 과정에서 생성되었으며, 한자문화권의 초기 문언소설은 정사 가운데 빠진 것을 보충하고자 했던 기록적 의미와 가치가 있었다는 것을 알 수 있는

---

21) 程毅中, 『古小說簡目』, 中華書局, 1981 참조.
22) "由志怪故事到志怪小說的進化過程, 表現爲史乘的分流過程, 也就是志怪小說與史乘的分離過程. 當志怪故事完全脫離史書, 取得獨立地位的時候, 志怪小說便産生了, 因此就志怪小說的形成過程來說, 就他和史書的密切關系來說, 志怪小說乃史乘之支流"(李劍國, 『唐前志怪小說史』, 南開大學出版社, 1984, 75쪽)

내용이다.

이런 성격의 '지괴'가 처음으로 등장하는 문헌은 『장자』[23]인데, 여기서 '지괴'라는 말은 문체의 일종이나 소설의 개념을 가리키는 것은 아니었다. 단지 후세에 이르러 괴이한 것을 기록한 소설서를 말할 때 '지괴'라는 용어를 쓴 것으로 보인다.

한국의 문헌 가운데 나타난 지괴에 대한 언급은 중국의 경우와 크게 다르지 않았다. 다음의 자료들은 지괴서사에 대해 언급한 내용들이다.

> (1) 지괴와 수신(搜神)은 결코 군자가 취할 바가 아니지만 혹 古人이 기록한 것이 있으면 자기의 좁은 견해로 그것을 배척해서는 안 된다. 그러니 『산해경』을 아니 볼 수 있겠는가? 세상에서 이 책을 허위로 생각하지만 그 속에 기록된 것은 왕왕 증거되는 바가 있으니 나는 지괴 수신에 대해서도 같은 경우라고 생각한다.[24]
>
> (2) 전기(傳奇)의 문장은 지괴에 가까워 나는 그것을 할 수 없습니다.[25]
>
> (3) 살피건대 옛날 우리 나라 역사에는 괴설(怪說)이 심히 많다. 역사를 쓰는 사람이 전대의 기록이 빠진 것이 많아 일컬을 만한 일이 없음을 민망히 여겨 이속(俚俗)의 불경(不敬)한 말을 취하여 정사에 편입시키고 마치 실제로 그 일이 있었던 것처럼 했기에 지금 일체를 간정(刊正)하여 괴설변증을 짓는다.[26]

---

23) "齊諧者 志怪者也 諧之言曰 鵬之徙於南冥也 水擊三千里 摶扶搖而上者九萬里 去以六月息者也"(『莊子・逍遙游』)

24) "志怪・搜神決非君子所可取 然或有古人所識 則亦不可恃吾方隅之見而大斥之 獨不見山海經乎 世以此書爲僞 而其所記者往往有徵 則余於志怪・搜神亦云"(李圭景, 『五洲衍文長箋散稿』 卷57, <異物辨證說>)

25) "傳奇之文近於誌怪 吾不爲之矣"(無怠居士, 『三韓拾遺』 卷4, <義烈女傳後跋>)

26) "按 東國古初 怪說甚多 作史者悶前代載記闕漏 無事可稱 遂取俚俗不經之說 編入正史 有若實有是事者然 今一切刊正 作怪說辨證"(安鼎福, 『東史綱目』 附卷上, <怪說辨證>)

자료 (1)은 『오주연문장전산고』 <이물변증설>의 첫 부분이다. '지괴'라는 용어를 사용하면서 보사적 가치로 인해 지괴를 배척해서는 안 된다고 했다. 지괴서사의 가치를 긍정적으로 평가하고 있는 것이다. 이에 반해 자료 (2)와 자료 (3)은 지괴서사를 부정적으로 인식하고 있는 예가 된다. 자료 (2)는 『삼한습유』에 실려 전하는 무태거사가 쓴 <의열녀전후발>의 일부로 죽계 김소행이 한 말이다. '전기'가 '지괴'에 가깝다고 하면서 그런 이유로 전기를 짓는 것을 사양하고 있는 내용이다. 자료 (3)은 안정복이 지은 『동사강목』 <괴설변증>의 일부로 정사(正史)를 기록할 때 미비한 곳을 '괴설'(지괴서사)로 채운 것에 대해서 비판하고 있는 내용이다. 이들 자료는 지괴서사가 지니고 있는 비현실적인 내용에 대하여 비록 평가하는 바는 서로 다르지만, 지괴서사의 보사적 가치와 전통성을 확인할 수 있게 해준다. 이것으로 볼 때, 우리의 경우는 단지 중국에서처럼 지괴서사가 보다 보편화되지 않았을 뿐이지 그 기본적인 맥락이 같다는 것을 알 수 있다.

지괴서사가 갖는 이런 비현실적인 내용과 보사적 가치는 『수이전』 일문의 문헌적 성격과 일치한다. 첫째로 서명을 자세히 살피기로 한다. '수이전(殊異傳)'이란 서명을 보면 책의 내용을 알려주는 '異'자를 사용하고 있다. 지괴서를 많이 생산해 낸 중국 지괴서명을 보면, 대체로 책의 내용적 특징을 말해 주는 서명의 앞부분은 '異'자나 '奇'자, '怪'자, '鬼'자, '神'자, '冥'자 등이 주로 들어가고, 문체적 특징을 표현하는 서명의 뒷부분은 대개의 경우 '記'나 '傳', '錄', '志', '事'자 등으로 끝나는 것이 일반적이다.[27] 특히 책의 내용을 알려 주는 서명의 앞부분은 지괴서의 경우 '異'자가 들어간 것이 대부분임을 확인할 수 있다. 그러므로 '殊異'는 지괴적 내용을 표현한 것이라고 하겠다. 이런 내용적 측면을 드러내는 글자와 문체적인 측면을 드러

---

27) 王連儒, 『志怪小說與人文宗教』, 山東大學出版社, 2002, 425~426쪽 참조.

내는 ‘傳’을 합쳐 그 서명을 ‘수이전’이라고 명명했던 것으로 보인다. 단, 문체적인 측면에 의해 고려된 ‘傳’이라는 글자는 단순하게 장르적 명칭만을 가리키는 것이 아니라[28] ‘수이(殊異)한 내용의 것들을 전술(傳述)하다’라는 의미로 풀어야 할 것이다. 원래 ‘전체(傳體)’는 그 자체가 기인서사(記人敍事)의 서술문이기 때문에 인사(人事)에 관한 초자연적이고 비현실적인 내용을 포괄하는 의미로 사용되었던 것으로 보인다.

둘째로 『수이전』 일문들은 잡사(雜史)가 기재되어 보사적 가치가 인정되는 문헌을 통해서 유전되어 왔다는 점이다. 『수이전』 일문의 상황과 그 수록 문헌을 대강 살펴더라도 쉽게 알 수 있는 것처럼, 『삼국유사』와 『삼국사절요』는 물론이고, 그 중 最古의 문헌이라고 할 수 있는 『해동고승전』만 하더라도 그 저술의 목적이 ‘후세에게 남겨 보여 주기 위함’[29]이라고 했으니 주로 역사적인 기록성에 그 저술 의도가 있다고 할 수 있다. 그러므로 『수이전』 일문의 내용도 당연히 보사성(補史性)이 인정되는 것들이었다. 다음에 제시된 인용문은 『필원잡기』의 서문들 가운데 일부이다. 『필원잡기』는 『수이전』 일문이 전하는 문헌들 중의 하나로 그 서문을 통해서 문헌의 보사적 성격에 대해 언급하고 있다.

> (1) 그 뒤 익재 이문충공이 『역옹패설』을 지었는데 비록 드문드
> 문 골계의 말이 있지만 조종 세계와 조정 전고에 대해 많이
> 기재하고 변증하였으니 실로 마땅히 세상의 유사이다. (중략)
> 이후에 사가가 사료를 찾아 상고할 때 장차 여기서 취할 것
> 이 없겠는가?[30]

---

28) 이동근, 앞의 논문, 67쪽 참조.
29) “故著流通篇 以示于後”(覺 訓, 『海東高僧傳』 <流通>)
30) “厥後益齋李文忠公著櫟翁稗說 雖間有滑稽之言 而祖宗世系朝廷典故 多所記載而卜證
    焉 實當世之遺史也 (中略) 他日太史氏紬蘭臺蓬觀之藏 其將無取於是也乎”(曹 偉, <筆
    苑雜記序>)

(2) 사관이 기록하지 않은 조야의 한담을 기록해 볼 수 있게 하
　　는 것이 후세에 도움이 되는 바가 어찌 적겠는가?[31]

　자료 (1)은 조위의 서문이고, 자료 (2)는 표연수가 쓴 서문으로 문헌
의 성격과 저작 의도를 손쉽게 파악할 수 있게 한다. 이들 『수이전』
일문의 수록 문헌 안에서 인용하고 있는 자료의 수용 태도를 살피면
정사와 동등한 사료적 가치를 부여하고 있음을 알 수 있다. 당시 『수
이전』의 문헌적 성격에 대한 인식은 정사처럼 인정되었던 것이다.
『해동고승전』에서는 『국사(國史)』와 『수이전』을 동등하게 인정해 살피
는 모습이 확인될 뿐만 아니라[32] 김휴가 지은 『해동문헌총록』[33]과
이덕무의 『청장관전서』[34]에 이르러서는 『수이전』이 준역사서의 구실
을 넘어서 역사서로서 분류되고 있는 사실이 확인되기 때문이다.
　이렇게 볼 때 『수이전』 일문은 정사에서 다루기 곤란한 초월적이
고 비현실적인 역사적 내용들을 다뤄 보사적 가치가 인정되었던 지
괴적 성격의 문헌이라고 할 수 있다. 지괴서사란 그 성격 자체가 보
사적 의도로 초월적 세계와 관련된 사실들을 다루는 사가적 의식에
기반을 두고 있기 때문이다. 『수이전』이 보사적 가치를 지닌 전술을
목적으로 하는 문헌이었기 때문에 『수이전』의 기술 원칙 또한 동양
의 역사기술에서 중요시되었던 '문상간요(文尚簡要)' 원칙이 그대로 적
용되었던 것으로 보인다. 그러므로 지괴적 성격의 문헌인 『수이전』
일문은 가급적 문식이 배제된 간결한 내용이 된 것이다. 기록성에
중점을 둔 지괴의 이런 성격은 지괴서사의 의도가 정사에 대한 보사
적 측면이라는 점에서 이해해야 한다. 비현실적인 괴이한 역사적 유

---

31) "欲記史官之所不錄朝野之所閑談 以備觀覽 其有補於來世 夫豈小哉"(表沿洙, ＜筆苑
　　雜記序＞)
32) 『해동고승전』 ＜法空＞ 참조.
33) 金　烋, 『海東文獻總錄』, ＜史記類二＞ 참조, ＜史記類三＞을 보면 『필원잡기』도 史
　　記類에 넣고 있다.
34) 李德懋, 『靑莊館全書』 卷54, ＜盎葉記＞ 1, 東國史條 참조.

문(遺聞)이나 인물의 일사(逸事)35) 등을 내용으로 삼았던 『수이전』은 허구적 문학성보다는 보사적 성격의 실용성에 바탕을 둔 서사작품집의 일종으로 보아야 할 것이다.

3. 『수이전』 일문의 분류

여기서는 <아도(阿道)>·<원광(圓光)>·<보개(寶開)>·<최치원(崔致遠)>·<지귀(志鬼)>·<영오세오(迎烏細烏)>·<탈해(脫解)>·<선덕여왕(善德女王)>·<수삽석남(首揷石枏)>·<죽통미녀(竹筒美女)>·<노옹화구(老翁化狗)>·<선녀홍대(仙女紅袋)>·<호원(虎願)>·<심화요탑(心火繞塔)> 등의 『수이전』 일문들을 분류하는 문제에 대해 다루기로 한다.

한국의 지괴서사의 전통에 대한 문제를 거론하고자 할 때, 중국과 같이 한자문화권이었던 신라·고려·조선시대는 경사(經史)의 전통을 주축으로 하는 중국 중심의 문화였다는 사실에 주목해야 한다. 따라서 유교는 물론 인도의 불교까지 중국을 통해 들어오는 형편이었다. 이런 상황에서 삼국시대에 『유기(留記)』(4세기 후반)36)·『서기(書記)』(375년)·『국사』(545년)·『신집(新集)』(600년)·『계림잡전(鷄林雜傳)』(7세기말~8세기초)·『구삼국사(舊三國史)』 등이 지어져 유전되었다. 이런 초기 역사서에 비현실적인 내용의 신화적 성격의 지괴와 역사적 인물의 일화가 정사와 함께 섞여 전해졌을 것이다. 왜냐하면 중국의 경우에도

---

35) 일사는 모두 이전의 역사에서 빠진 것을 후대의 사람이 기록한 것을 의미하며, 각양각색의 珍奇한 설에서 뽑아 유익한 내용이 많기 때문이다.("逸事者 皆前史所遺 後人所記 求諸異說 爲益實多", 劉知幾, 『史通』 卷10, <雜述>)
36) 『유기』가 지어진 연대에 대해서는 정확히 상고할 수는 없지만 본고에서는 이기동의 견해를 따랐다.(이기동, 「고대의 역사인식」, 『한국의 역사가와 역사학』(조동걸 외 편) 상, 창작과비평사, 1994, 30쪽 참조)

『신당서』에 이르러서야 지괴서사류가 본격적으로 소설서로 분류되기 시작했고 그 이전에는 모두 사서로 분류되었기 때문이다. 우리의 경우도 『삼국사기』에 이르러서야 비로소 초월적인 내용의 보사적 사료를 정사와 구분해서 기록하려는 의지를 보이고 있음을 고려할 때, 그 이전의 역사서에는 적잖은 신화적 지괴서사가 보사적 가치를 인정받아 기재되었을 것으로 추측된다. 고정옥의 다음과 같은 언급도 이런 사정을 시사한다. 단지 보사적 가치를 지니면서 비현실적인 내용의 지괴서사를 '패관문학'이라 생각했던 것뿐이다.

> 小說은 稗官文學에서 發展한 것이다. 稗官文學의 始初는 新羅 金大問·崔致遠이 당나라에 留學하고 돌아와서, 唐나라의 巷間異聞 記錄集을 模倣해서 지은 『鷄林雜編』·『花郎世紀』·『新羅殊異傳』일 것이다. 그리고 稗官文學的인 內容은 三國의 歷史인 『新集』·『書記』·『國史』 등에도 包含되어 있었을 것이다.37)

부전(不傳)하기 때문에 그 정확한 실상에 대해 장담할 수는 없지만, 이들 사서에는 건국 시조를 위시한 역대 국왕의 초인간적인 위대한 업적들이 기록되었던 것으로 생각되며, 이런 기록물들의 정착 시기는 율령을 반포하여 국가의 제도를 정비하고 대외적인 발전을 하기 시작할 무렵으로 왕권의 강화와 관련되었을 것으로 보인다.38) 이런 초기 문헌의 성격을 고려해 볼 때, 『유기』가 지어진 4세기 후반부터 7세기까지는 주로 신화적인 내용의 지괴서사가 역사서에 기재되는 방식으로 존재했을 것으로 보인다.

그리고 불교 수입과 정착 과정에 기여했던 아도와 같은 고승들의 신이한 일화는 김대문이 『고승전』을 편찬했을 즈음에 이르러서는 당시의 여러 문헌에 개별적인 승전류의 형태로 유전되었을 것이다. 김

---

37) 고정옥, 『國語國文學要綱』, 대학출판사, 1948, 403~404쪽.
38) 이기백, 『韓國史新論(新修版)』, 일조각, 1994, 88~89쪽 참조.

대문에 이르러 승전류의 불교적 지괴서사가 등장했다고 보는 이유는 다음과 같다. 첫째는 『삼국사기』 <열전>에 의하면, 김대문은 『계림잡전』 이외에 『고승전』도 지었다고 했는데, 현존하는 각훈의 『해동고승전』에는 『수이전』 일문 가운데 하나인 <아도>와 <원광> 등의 작품이 실려 있어, 김대문이 지은 『고승전』에도 승전의 형태로 이와 같은 불교적 지괴서사가 존재했을 가능성이 있기 때문이다. 둘째는 『삼국사기』 <신라본기> 법흥왕조(法興王條)에 김대문이 지은 『계림잡전』의 기록에 의거하여 이차돈(異次頓)의 순교 관련 기사가 실려 있는데, 그 내용은 부처의 신령스러움을 내세우기 위해 이차돈이 순교하는 일련의 정황을 이상하고 괴이한 일이 발생한 것으로 보는 지괴적 기술을 하고 있기 때문이다. 이차돈의 이런 순교 내용은 불교적 지괴서사의 일종으로 보이기 때문이다.

요컨대, 건국에 관련된 신이한 내용이거나 사물의 기원을 설명해 주는 신화는 그 보사적 가치로 말미암아 이른 시기의 사서에 기재된 '신화적 지괴'이며, 불교의 수용과 공인 과정에 활약했던 고승들에 관한 비현실적인 일화는 '불교적 지괴'였던 것이다. 전자의 부류에 해당하는 작품이 <영오세오>·<탈해> 등이며, 후자에 속하는 작품은 <아도>·<원광>·<보개>·<호원> 등이다. 일찍이 『수신기』에도 기재되어 유전하던 <동명왕>과 같이 <영오세오>와 <탈해>도 신화적 질서에 입각해 형성된 지괴 작품인 것이다. 특히, 일월생성신화로 보여지는 <영오세오>에서는 해와 달의 정령이 영오와 세오로 의인화되어 등장한다. 이 작품은 토착적 신앙인 애니미즘에 대한 단초를 확인할 수 있게 하는 한편, <서재야회록>에 등장하는 물괴(物怪)와 같이 사물의 정령이 현신(現身)하는 모티프를 보여 준다는 점에서39) 주목된다. <아도>와 <원광>은 아도와 원광이라는 불승을 입

---

39) 졸고, 「<서재야회록>의 구조와 의미」, 『국어국문학』 133, 국어국문학회, 2003, 238~244쪽 참고.

전 대상으로 삼아 그들의 괴이한 행적을 승전으로 서사화한 작품이고, <보개>는 불교적 영험을 주제로 삼고 있는 불교적 지괴이다. <호원>의 경우는 김현이라는 인물이 여자로 변한 호랑이와 만나서 교구(交媾)하는 비현실적인 내용으로 이루어져 있지만 작품의 전반적인 흐름과 결말은 결국 창사연기(創寺緣起)라는 불사(佛事)와 관련된다. 그러므로 <호원>은 사찰의 기원을 설명해 주는 역사적인 가치와 종교적인 의도로 인하여 그 보사적 가치가 인정되어 지괴로 정착된 예라고 할 수 있다.

<선덕여왕>·<죽통미녀>·<노옹화구> 등의 지괴서사 작품들은 역사적인 인물들 주변에 일어났던 비현실적이고 괴이한 사건들이 일화적인 형태로 정착한 모습을 보여 준다. 또한 <지귀>·<수삽석남> 등의 작품에서는 선택된 특수 계층이 아닌 일반적인 평범한 인물들의 주변에 일어났던 괴이한 사건들이 세정잡사의 형태로 지괴서사화된 모습을 확인할 수 있다. 전자와 같은 유형을 '역사인물지괴(歷史人物志怪)'라 하고 후자와 같은 유형을 '세정잡사지괴(世情雜事志怪)'라 부르기로 한다. 모두 비현실적이면서 보사적 성격의 서사물들이기 때문에 지괴적 형태로 『수이전』에 기재될 수 있었던 것이다.

<선덕여왕>에서는 신라 제27대 왕인 선덕여왕의 비현실적인 일화를 다뤘고, <죽통미녀>와 <노옹화구>에서는 신라의 명장인 김유신의 비현실적 경험을 다뤄 인물들의 역사적인 일화와 비범성을 서사적으로 형상화하고 있다. 이와 같이 역사인물지괴 유형의 특징은 역사 속에 실존했던 인물과 관련된 신비하고 괴이한 주변 이야기들을 일화 형태로 기록하여 대상 인물들에 대한 잡다한 부분까지도 기록해서 알려주는 데 있다. <지귀>의 경우는 선덕여왕을 사모하던 지귀가 불귀신[火鬼]으로 변했다는 이야기로, 풍속 가운데 하나였던 화재를 막는 주문과 관련된다. 비록 역사적 인물이 등장하고 영묘사와 관련되기는 하지만 전체적인 흐름으로 볼 때 평민이 주인공으로 등

장하고 世俗과 관련되어 정착된 '세정잡사지괴'라고 할 수 있다. <수삽석남>에서도 평범한 인물인 최항이라는 주인공이 등장한다. 죽은 최항이 인간인 첩과 교접하는 내용으로 인귀교혼(人鬼交婚) 모티프가 수용되었으며, 주인공인 최항이 다시 살아나는 환생 모티프도 작품에 녹아 있다. 이런 다양한 모티프가 작품에 수용되어 다른 일문들에 비해 서사성이 특출한 면모를 보여 주고 있는 <수삽석남>은 그 뼈대가 전기소설과 가깝게 느껴지지만 전기적 주인공의 정서적 표출이 구체적으로 드러나지 않고, 전기소설에서 전기적 주인공의 정서를 표출하기 위해 자주 사용되는 시문의 삽입도 없으며, 서사가 축약되어 있는 상태이기 때문에 현존하는 일문으로는 전기소설이라고 할 수 없다. 이 작품은『수이전』일문 가운데 보사적 성격이 가장 약화되어 문학적 허구로 서사 내용과 가치가 경도되는 모습을 보여 준다는 점과, 흥미 위주의 서사적 의도가 감지된다는 점에서 주목해야 할 작품이다.

이와 같이, 세정잡사지괴는 주로 애정담과 연결되어 흥미 위주의 서사적 세계를 지향하고, 주인공은 보통 평범한 인물이 등장하여 한국 전기소설의 발생에 서사적 바탕이 될 수 있었다. 또한 세정잡사지괴에서는, 사랑을 이루지 못한 최항과 지귀처럼, 욕망이 충족되지 못하고 결핍된 인물들이 서사 세계에서 주인공으로 등장하는 양상이 구체적으로 실현되어 다른 지괴서사보다 전기소설의 인물 유형에 더 접근된 모습을 보여 준다.

『수이전』일문에는 지괴와 함께 전기소설로 평가되는 <최치원>도 있어 주목된다. 이 작품의 장르적 성격에 대해서는 다양한 이견이 있지만 최근의 연구 동향은 전기소설로 파악하고 있는 추세이다.40) 『수이전』에 지괴와 <최치원>과 같은 전기소설이 함께 있을

---

40) 졸고, 「『수이전』일문 <최치원>의 장르적 성격과 소설사적 의미」, 『어문학』 87, 한국어문학회, 2005.

수 있었던 이유로 다음과 같은 점을 들 수 있다.

첫째는 한국 전기소설의 발생 과정에서 신라는 유학생들에 의해 위진남북조시대에 성행했던 지괴서와 당전기를 동시에 경험했기 때문일 것이다. 그러므로 중국의 지괴와 전기는 '지괴서사 시대(위진남북조시대) → 전기소설 시대(당대)'라는 시대적 흐름에 맞춰서 순차적으로 우리 서사문학사에 수용된 것이 아니라 두 서사 양식이 동시에 수입된 것으로 볼 수 있다. 그것은 역사서에 묻혀 있던 재래적인 지괴서사와 융합되어, 이후에 『수이전』과 같은 문헌을 생산하게 하는 기폭제 역할을 했을 것이다.

둘째로 지적할 수 있는 것은, 지괴와 전기를 함께 기록한 『태평광기』에서 쉽게 볼 수 있는 바와 같이, 두 장르는 함께 묶여 유전되는 경향이 있었다는 점이다. 두 장르 간에 넘나들고 함께 실리는[41] 이런 관습으로 인하여 『수이전』에서도 자연스럽게 지괴와 전기소설이 공존할 수 있었던 것으로 보인다. 특히 <최치원>의 경우는 전기소설로 완전히 경사된 모습을 보여 주고 있지만, 최치원이라는 실존했던 역사적 인물의 전기적(傳奇的)인 내용을 일화적으로 수렴해 보사적 성격이 다소 인정되었던 것으로 보인다. 『수이전』은 기본적으로 준역사서로 인정된 보사적 성격의 지괴서였지만, 역사적 인물에 관한 전기적 일화의 형태를 보여 주는 <최치원>과 같은 전기소설도 그 안에 기재되었던 것이다.

지금까지 논의한 바대로 『수이전』 일문들은 다음과 같이 분류할 수 있다.

---

41) 胡應麟, 『少室山房筆叢』 卷29, <九流緖論下> 참조.("至於志怪 傳奇 尤易出入 或一書之中二事並載 一事之內兩端具存 姑擧其重而已")

<pre>
          ┌ (1) 지괴
          │   ① 신화적 지괴 : <영오세오>, <탈해>
  『수이전』 │   ② 불교적 지괴 : <아도>, <원광>, <보개>, <호원>
   일문   │   ③ 역사인물지괴 : <선덕여왕>, <죽통미녀>, <노옹화구>
          │   ④ 세정잡사지괴 : <지귀>, <수삽석남>, <심화요탑>
          └ (2) 전기소설 : <최치원>
</pre>

4. 『수이전』 일문의 서사문학사적 의의

앞에서 『수이전』의 문헌적 성격과 그 갈래에 대해 살폈다. 그 결과, 『수이전』 일문은 정사에 대한 보사적인 가치가 인정되는 비현실적 내용을 다룬 문헌이라는 점을 확인했다. 그러므로 『수이전』 일문은 간결하고 다양하면서 비현실적인 역사적 성격의 서사물들이 혼재된 모습으로 남아 있는 것이다. 『수이전』이 서사작품집이었음에도 불구하고 후대 문학에 직접적으로 영향을 끼치지 못한 가장 큰 이유는 문학서라기보다는 지괴서로서의 보사적 성격으로 인식된 데 있었다. 이런 『수이전』 일문의 문헌적 특성은 지괴서사집으로서 '보사성'에 근거하여 유전되었던 것이다. 여기서는 앞서 살핀 이런 결과들을 바탕으로 하여 『수이전』 일문이 지니는 서사문학사적 의의와 가치에 대해 논의하기로 한다.

첫째, 『수이전』 일문의 유전적 가치는 기본적으로 '보사성'에 있었지만 서사문학사적 가치는 기괴하고 비현실적인 내용을 형상화하는 서사적 전통을 마련했다는 데 있다. 한국 서사문학사에서 이런 '기괴성(奇怪性)'의 단초는 문학과 역사의 접점인 『수이전』에 있었던 것이다. 현실적이고 객관화된 역사적 사실 이외에도 비현실적이고 주관화된 지괴서사적 전통이 보사적 가치로 인하여 유전될 수 있었고,

이런 전통은 이른바 文·史·哲이 통합된 형태로 드러났던 이른시기 문헌들의 공통된 특성이기도 했다. 때문에 이들 문헌들은 역사서이면서 또한 문학서이기도 했던 것이다. 객관화된 사실을 추구하는 사가적 세계관과 주관적이고 비현실적인 이야깃거리에 관심을 갖고 취재하던 소설가적 세계관은 공존의 시기를 지나서 분화되는 과정을 겪었던 것이다. 이른 시기에 존재하던 문헌들에서 보이는 '기괴성'의 서사적 형상화는 역사적인 성격의 서사로부터 문학적인 성격의 서사가 따로 제자리를 마련하게 되는 단초가 된 셈이다.

둘째, 『수이전』 일문은 한국 전기소설에 드러나는 주요 모티프의 재래적 근원을 확인할 수 있게 한다. 예컨대, <안빙몽유록>과 <서재야회록>은 애니미즘 사상에 바탕을 둔 정령이 등장해 제재적 차원에서 다른 전기소설과 구별된다. 이런 의인화된 정령을 소재로 형상화한 지괴는 『태평광기』에는 많이 기재되어 있지만 한국 서사문학에서는 흔하지 않아 그 제재적 전통성을 확인할 수 없다. 하지만 『수이전』 일문 가운데 한 작품인 <영오세오>의 경우에서는 영오와 세오가 각각 해와 달의 정령으로 등장한다.[42] 이 작품에서는 자연물인 해와 달의 정령이 인간으로 의인화되어 등장하며 영일현(迎日縣)이라는 지명의 유래를 설명하기도 한다. 자연물이나 지명·국가 등의 유래 또는 기원을 밝힌다는 측면에서 신화적 지괴서사는 신화이지만 기이하다는 인식을 가지고 기록해 전하고자 하는 보사적 의도에 중점을 둘 때는 지괴서사로 유전되었던 것이다. 이렇게 볼 때, 『수이전』 일문은 후대 전기소설의 소재에 있어서 재래적 근원이 되었음을 알 수 있다. 그리고 전기소설의 주요 모티프 가운데 하나인 人鬼交婚 모티프의 전통도 <수삽석남>에서 찾을 수 있어 주목된다.

셋째, 『수이전』 일문 가운데 불교적 지괴서사 작품을 통해서 알 수 있는 바와 같이, 한국의 지괴서사 전통과 전기소설의 성립에 불

---

42) "迎烏細烏 日月之精"(『筆苑雜記』 卷2, <迎烏細烏>)

교사상과 불교문화가 적잖은 역할을 했다는 점이다. 불교의 영험담과 승전에서 형상화된 비현실적 세계의 서사적 지향성은 '기괴성'을 추구하는 지괴와 전기소설의 성립에 추동적인 역할을 한 것이다.『수이전』일문을 분류하면서 알 수 있었던 것같이, 초기 승전류 작품은 불교적 지괴로 서사문학사에 한 축을 형성한 셈이다. 그리고『수이전』일문에서 볼 수 있는 불교적 지괴서사류는『삼국유사』에 기재되어 있는 사찰연기담이나 각종 불교적 영험담류, 그리고 각훈의『해동고승전』과 같은 승전류나『보한집』과 같은 잡록류로 유전되었던 것이다. 중국의 경우에도 불교사상은 남북조 소설에 가장 큰 영향을 끼쳤으며, 그 작품들은 주로 포교적 차원에서 유전되었던 사실43)을 감안한다면 불교가 한국 초기소설의 성립 과정에 적잖게 영향력을 행사했다는 점은 새삼스런 사실이 아닐 것이다.

넷째,『수이전』일문의 소설사적 가치는 준역사적 사료에서 전기소설로 이행하는 과도기적 시기에 <최치원>이라는 전기소설이 성립한 과정을 설명해 주는 문헌이란 점에 있다. 한국 전기소설의 성립은 중국 전기소설의 수입에 의해 별안간 이루어진 것이 아니라『수이전』과 같은 재래의 지괴서사 전통과 중국의 서사전통이 수용되는 과정에서 자연스럽게 이뤄진 것이다.

5. 나오는 말

지금까지『수이전』일문의 지괴적 성격과 문헌적 성격에 대해서

---

43) 杜貴晨,『傳統文化與古典小說』, 河北大學出版社, 2001, 72쪽 참조. 여기서 杜貴晨은『수신후기』,『유명록』,『제해기』,『속제해기』,『술이기』,『명상기』,『선험기』등은 불교의 포교적 색채를 띠지 않은 것이 없다고 하면서, 이들 중 적잖은 작품집들은 승도(僧徒)들이 지은 '석씨보교지서(釋氏輔敎之書)'라고 했다.

살피고 서사문학사적 의의도 점검해 보았다. 그 결과, 『수이전』 일문은 정사에서 다루기 곤란한 초월적이고 비현실적인 역사적 내용들을 다뤄 보사적 가치가 인정되었던 지괴적 성격의 문헌이라는 점을 밝혔다. 『수이전』이 보사적 가치를 지닌 전술을 목적으로 하는 문헌이었기 때문에, 『수이전』 일문의 기술 원칙 또한 동양의 역사기술에서 중요시되었던 '문상간요' 원칙이 그대로 적용되어 가급적 문식이 배제된 간결한 내용이 되었다고 했다. 기록성에 중점을 둔 지괴의 이런 성격은 지괴서사의 의도가 정사에 대한 보사적 측면이라는 점에서 이해해야 한다고 했다. 『수이전』 일문은 비현실적인 괴이한 역사적 유문(遺聞)이나 인물의 일사 등을 내용으로 삼았으며, 그 작의(作意)는 허구적 문학성보다는 보사적 성격의 실용성을 중요시한 서사 작품집의 일종이라고 했다.

기본적으로 지괴서의 성격을 지닌 『수이전』 일문은 크게 지괴와 전기소설로 갈래를 나눌 수 있다고 했다. <최치원>만 전기소설로 보았다. 그리고 지괴는 다시 넷으로 나눴다. 건국에 관련된 신이한 내용이거나 사물의 기원을 설명해 주는 '신화적 지괴'와 불교의 수용과 공인 과정에 활약했던 고승들에 관한 비현실적인 일화를 다룬 '불교적 지괴'을 우선 살폈다. 전자의 부류에 해당하는 작품으로 <영오세오>·<탈해> 등을 거론했으며, 후자에 속하는 작품으로 <아도>·<원광>·<보개>·<호원> 등이 있다고 했다. 역사적인 인물들 주변에 일어났던 비현실적이고 괴이한 사건들이 일화적인 형태로 정착된 작품들을 '역사인물지괴'라고 불렀다. 여기에 속하는 작품으로 <선덕여왕>·<죽통미녀>·<노옹화구> 등을 거론했다. 그리고 선택된 특수 계층이 아닌 일반적인 평범한 인물들의 주변에 일어났던 괴이한 사건들을 내용으로 삼은 작품들을 '세정잡사지괴'라 명명하고, <지귀>·<수삽석남> 등의 작품이 이에 속한다고 했다.

끝으로 『수이전』 일문의 서사문학사적 의의는 다음과 같은 점에 있다고 했다.

첫째, 『수이전』 일문의 유전적(遺傳的) 가치는 기본적으로 '보사성'에 있었지만 서사문학사적 가치는 기괴하고 비현실적인 내용을 형상화하는 서사적 전통을 마련하게 했다는 데 있다.

둘째, 『수이전』 일문은 한국 전기소설에 드러나는 주요 모티프의 재래적 근원을 확인할 수 있게 한다.

셋째, 『수이전』 일문 가운데 불교적 지괴서사 작품을 통해서 알 수 있는 바와 같이, 한국의 지괴서사 전통과 전기소설의 성립에 불교사상과 불교문화가 적잖은 역할을 했다는 점이다.

넷째, 『수이전』 일문의 소설사적 가치는 준역사적 사료에서 전기소설로 이행하는 과도기적 시기에 <최치원>이라는 전기소설이 성립한 과정을 설명해 주는 문헌이란 점에 있다.

불교적 전기(傳奇)소설 연구 서설

오대혁

1. 머리말

한국고소설의 형성에 대한 기존의 연구 경향은 크게 두 갈래로 나 뉜다. 한 편은 '불교소설'이라는 명칭 아래 변문(變文)의 수용에 따른 사적 전개를 밝히려는 경향이고, 다른 한 편은 당(唐) 전기(傳奇)의 유 입에 따라 나말여초(羅末麗初)에 전기소설이 형성되고 전개되었음을 밝히는 경향이다. 동일한 서사 텍스트에 대해 이렇듯 다른 접근이 있어왔다.

필자가 생각하기에 전자의 논의는 실제적인 증거물, 즉 속강(俗講) 의 구체적 증거를 다양하게 확보하지 못한 가운데[1] 중국의 사정과

---

1) 圓仁의 『入唐求法巡禮行記』 권2에 나온 중국의 적산(赤山) 법화원(法花院)에서 행해진 신라승의 강경의식, 『朴通事諺解』의 기록에 나온 우란분재(盂蘭盆齋)의 설 법과 관련된 기록이 속강과 관련된 직접적 기록이 있다. 그밖에 원효나 균여와 같은 강사들에 의해, 또는 연등회와 팔관회와 같은 축재 때에 속강이 행해졌으 리라 추정한다.(사재동, 「불교계 서사문학의 연구-≪석가여래십지수행기≫를 중 심으로-」,『어문연구』 12, 어문연구회, 1983) 그런데, 아쉬운 점은 그와 같은 것들 이 문학사회학적 배경 설명에 그치고, 실제적인 소설의 형성과 내적 변모를 설 명하지 못한다는 한계를 갖는다는 점이다.

견주어 정황적으로 '변문' 또는 '강창문학(講唱文學)'이 있었으리라 추
정하면서 서사 텍스트들을 해석해 왔다는 문제점이 있으며, 후자의
논의 역시 '전기'의 서사적 특성에 매달리고 『금오신화』라는 문제작
을 기준으로 소설사를 구성하려는 욕망 때문에 텍스트의 실상, 곧
불교적 성격을 외면하려 했다는 문제점이 있다.[2] 서사 텍스트의 실
상은 특정 장르, 곧 변문이나 전기 등의 서사적 특성만을 지닌 것은
아니다. 한국고소설은 그러한 장르의 서사적 특성을 수용하되, 한국
의 사회문화적 상황에 걸맞은 새로운 서사텍스트를 산출했기 때문
이다.

  필자는 기존의 연구들을 살펴보면서 소설사의 구성에서 중요한
문젯거리라 할 '불교적 전기소설'에 대해 관심을 갖게 되었다. 그래
서 이 글에서 필자는 기존의 논의를 살피면서, 형성기 전기소설의
특성, 불교적 전기소설의 전변(轉變) 등을 개괄적으로 살피려 한다. 이
는 필자가 불교소설의 형성과 전개에 대해 펼치는 일련의 연구 과
정[3]과 연계되어 있는 서설(序說) 성격의 글임을 먼저 밝혀 두는 바이
다.

---

2) 전기소설의 형성과 관련해 많은 이들의 연구가 있었다. 박희병의 『韓國傳奇小說
   의 美學』(돌베개, 1997)은 중요한 연구 결과물이라 말할 수 있겠다.
3) 필자의 선행연구로 『원효설화의 美學』(불교춘추사, 1999)에서의 '관음보살과의 만
   남' 부분과 「<調信傳>의 구조와 형성 배경」(『한국문학연구』 20(동국대 한국문학
   연구소, 1998), 「觀音說話의 상상력과 소설발생의 문제-羅麗時代 觀音說話의 형성
   과 전개-」(『白鹿語文』 16, 백록어문학회, 2000), 「≪安樂國太子經≫의 新異本」(『한
   국문학연구』 23, 동국대 한국문학연구소, 2000), 「≪안락국태자경≫과 <이공본풀
   이>의 전승 관계」(『불교어문논집』 6, 한국불교어문학회, 2001 ; 『불교문학과 불
   교언어』, 이회, 2002.), 「<王郎返魂傳>의 傳承 研究」(『불교어문논집』 7, 한국불교
   어문학회, 2002), 「金時習의 선불교적 현실주의와 ≪金鰲新話≫」(『한국문학연구』
   26, 동국대 한국문학연구소, 2003)가 있다.

2. 불교적 전기소설 이해의 전제

(1) 전기소설의 기본 성격

한국 전기소설에 대한 논의 중에서 불교적 전기소설이라 언급되는 작품들이 여럿 있다. 나려시대(羅麗時代)의 것으로는 <조신전(調信傳)>, <백월산양성성도기(白月山兩聖成道記)>, <김현감호(金現感虎)>, <연화부인(蓮花夫人)>, <왕랑반혼전(王郎返魂傳)> 등이 있고, 조선 시대의 작품으로는 <만복사저포기(萬福寺樗蒲記)>, <남염부주지(南炎浮洲志)>, <부설전(浮雪傳)>, <최척전(崔陟傳)> 등이 최근에 거론되었다.4) 여기에 <안락국태자전(安樂國太子傳)>, <설공찬전(薛公瓚傳)>, <구운봉(九雲夢)>, <삼생록(三生錄)>, 『삼설기(三說記)』, 『삼한습유(三韓拾遺)』, 중국소설의 영향으로 형성된 <제마무전(諸馬武傳)>이나 <당태종전(唐太宗傳)> 등도 불교적 전기소설 여부를 고려해 보아야 하며, 소설성에 의심이 가긴 하지만 최근 밝혀진 <보덕각시전(普德閣氏傳)>과 <명학동지전(明學同知傳)>5)도 이에 포함시켜 살펴볼 수 있으리라. 이들을 모두 불교적 전기소설로 규정할 수 있는가 하는 문제는 전기소설의 서사적 특성을

---

4) 전기소설의 서사적 특징을 어떻게 규명하느냐에 따라 다양한 작품들이 거론되고 있는 실정이다. 나려시대의 작품 중에는 이외에도 <최치원(崔致遠)>도 불교와 관련을 맺는 전기소설이라고 박희병 선생(「羅麗時代의 傳奇小說」, 『韓國傳奇小說의 미학』, 157쪽)은 언급하고 있다. 고려대학교에서 1997년도부터 시작된 『한국한문소설총간』 작업의 일환으로 1차분 6권 중 제1권에 포함되는 전기소설로 19작품을 제시하고 있는데(고려대 민족문화연구원, 『東아시아文學 속에서의 韓國漢文小說 研究』, 월인, 2002, 30쪽), 그 중에서 나려시대의 소설로는 6작품이 나와 있으며, 그 가운데 5작품이 모두 불교적 전기소설이라 할 수 있다. 조선시대 작품 중에서 <구운몽>을 비롯하여 <육미당기>나 <삼생록> 등도 전기소설에 포함될 여지가 없지 않다. 여기서는 고려대학교에서 제시한 한문 전기소설로 제시하는 작품 중에서 조선시대 소설로는 3작품만을 우선 들었다.

5) 김승호, 「사찰연기설화의 소설적 조명 - 소위 <朋學同知傳>과 <普德閣氏傳>을 중심으로 -」, 『고소설연구』 13집, 한국고소설학회, 2002.

무엇이라 규정하느냐에 달려 있다. 그러나 전기소설에 대한 논란이 계속되는 가운데 공통의 결론을 도출하기란 그리 쉬운 일이 아니다.

예컨대, 전기소설의 첫째 조건으로 '분위기를 중시하는 감각적이며 화려한 문어체의 한문으로 쓰여진 것'[6]만을 말한다면, 위에서 국문 번역본만 남아있는 <설공찬전>이나 국문소설인 <구운몽>, <삼생록>, <제마무전>, <당태종전>,[7] 그리고 사찰연기설화와 관련해 그리 유려하지 못한 문체로 쓰여진 <보덕각시전>과 <명학동지전>은 제외될 것이다. 그러나 만일 남아 있는 우리나라의 전기소설들이 대부분 '현실계와 비현실계의 교섭을 중심으로 하고 있다는 점'[8]을 가장 중요한 서사적 징표로 보고, 반드시 유려한 문어체 한문으로 쓰여야 한다는 원칙을 접는다면 위에 제시된 모든 작품들을 불교와 관련된 전기소설이라 일단 가정해 볼 수 있다. 이는 일찍이 김기동 선생이 비현실적이고 비과학적인 환몽이나, 천상, 명부(冥府), 용궁 등에서 전개되는 기이한 사건을 다룬 소설을 전기소설이라 했던 것의 다른 표현이라 볼 수 있다.[9] 그리고, '전기소설은 사계층(士階層) 문인 지식인(文人知識人)들이 자신의 지우(知遇)와 인정(認定)에 대한 욕망을 주인공이 지기(知己), 지음(知音)을 만나는 형식을 통하여 형상적으로 표현하는 장르'[10]라고 정의한다면, 불승이나 재가신도가 대중포교의 문학적 방편으로 형성·전개시킨 불교소설들을 전기소설이라 말할 수 없게 된다. <왕랑반혼전>을 상대역 여인에게서 사랑받는 주인공

---

6) 박희병, 「한국고전소설의 발생 및 발전단계를 둘러싼 몇몇 문제에 대하여」, 『관악어문연구』 17, 서울대 국문과, 1992 ; 『한국전기소설의 미학』, 돌베개, 1997, 61쪽.

7) 박용식(「당태종전(唐太宗傳) 해제」, 『금방울전, 김원전, 남윤전, 당태종전, 이화전, 최항전』, 고려대민족문화연구소, 1995)은 '「당태종전」은 당 나라 태종 이세민이 주인공인 전기소설(傳奇小說)이다.'라며 해제의 글을 시작한다.

8) 김종철, 「高麗傳奇小說의 발생과 그 행방에 대한 再論」, 『韓國敍事文學史의 研究』 III, 중앙문화사, 1995, 911쪽.

9) 김기동, 『韓國古典小說研究』, 敎學研究社, 1983, 5쪽.

10) 윤재민, 「韓國 漢文小說의 유형론」, 『東아시아文學 속에서의 韓國漢文小說 研究』, 월인, 2002, 77~79쪽.

유형인 '애정류 전기소설'이며, 그 중심 주제가 '남녀간 애정의 성취'라고 말하는 것11)은 작품의 주제를 엉뚱한 방향으로 끌고 가는 것이다. '정법비방자(正法誹謗者)도 염불을 통해 극락에 왕생할 수 있다'는 불교적 주제12)와 '애정 성취'라는 세속적 욕망이 어떻게 동일하게 읽혀질 수 있단 말인가? 이처럼 전기소설의 서사적 특성에 대한 다른 이해는 작품 선택에서부터 문제를 일으키게 된다.

  필자는, 소재나 구조의 측면, 곧 현실계와 비현실계의 넘나듦이라는 측면과, 작가나 주인공의 현실 사회에 대한 태도라는 측면을 전기소설 규정에서 핵심적 요소로 삼아야 하리라고 본다. 두 측면이 조화를 이룬 작품일 때 전기소설로 인정할 수 있으리라고 본다. 그런 점에서 나말여초(9~11세기)에 전기소설이 성립했음을 밝혔던 임형택의 논의를 재음미해볼 필요가 있다. 임형택은 <최치원>, <김현감호>, <조신전>을 당대(唐代) 전기(傳奇)와 『금오신화』에 비견될 작품으로 보면서, 그 작품들이 신라 말 이래 심화된 신분갈등과 사회적 모순이 비유적이며 상징적인 의미로 해석 가능한 비현실적 모티프를 활용해 소설화한 것이라 했다. 그리고, 육두품(六頭品)이나 이들의 후예인 고려 초의 문인들이 주된 창작층이며, 경주를 중심으로 한 성시(城市)의 번성, 당과의 교류에 의한 전기문학 향유, 높은 수준의 한문학 등이 전기소설의 창작을 가능하게 했다고 보았다.13) 그의 주장에서 현실 사회를 바라보는 태도나 그러한 태도를 소설화하는 방식은 전기소설이 갖는 제일의 조건이 아닌가 한다. 현실에 대한 비판적 인식은 정치적으로 소외된 지식인들 내에서 일어났고, 그들의 소외나 고독감이 환상적 세계에 빗댄 소설로 나타났을 것임은 말할 것도

---

11) 윤재민의 앞의 글에서 <왕랑반혼전>을 애정류 전기소설이라 말하고 있지만, 이는 작품의 의도를 왜곡한 것이다.

12) 오대혁, 「<왕랑반혼전>의 전승 연구」, 『불교어문논집』 7, 한국불교어문학회, 2002.

13) 임형택, 「羅末麗初의 傳奇文學」, 『韓國漢文學研究』 5, 한국한문학연구회, 1981 ; 『한국문학사의 시각』, 창비, 1984, 재수록.

없다.14) 전기소설의 대표작이라 할 『금오신화』가 보여주는 소설미학이 이를 단적으로 보여주고 있다고 하겠다.15)

이러한 조건을 만족시키는 작품들을 '전기(傳奇)'라 볼 수 있으며, 이는 우리 고전문학사에서 또 다른 허구적 서사(fictional narrative)인 '우언(寓言)'과 다르며, '전(傳)'과 '잡록(雜錄)'이라는 경험적 서사(empirical narrative)와도 다른 기록서사문학의 한 영역을 담당하게 되었던 것이라 볼 수 있다. 그러나 그 서사양식들은 각기 다르게만 성장·발전해 온 것은 아니며, 장르들 간에 서로 영향을 주고받으며 새로운 서사양식을 개발하고, 시대에 부응하는 서사물들을 양산해 내기도 했다. 고려 후기 가전(假傳)에서 전(傳)과 우언의 장르복합이 일어나고, 조선 전기 몽유록(夢遊錄)에서 전기(傳奇)와 우언의 결합이 이루어졌다.16) 나

---

14) 그런데 문체의 면을 전기소설 판가름의 중요한 잣대로 들이대는 것은 변화의 양상을 바르게 드러내지 못할 것이라 본다. 물론 다른 계열의 한문소설이나 단순한 설화의 기록, 설화에 약간의 윤색을 가했을 정도의 문체와는 다른 독특한 문체를 전기소설이 갖고 있다는 점은 수긍하지만, 반드시 '분위기를 중시하는 감각적이며 화려한 문어체의 한문'이며, '종종 서정적 경사를 보여주며, 시적 응결과 압축미를 드러내기도' 하고, '문식을 중시하기에 대구나 고사를 곧잘 구사한다.'고 단정짓는 것(각주 6)은 문제가 있을 수 있다. 그런 문체를 지닌 작품도 있겠지만, 화려하거나 감각적이지는 못하나 여기에 말한 전기소설의 중요 요건을 갖춘 작품이 없을 수 없기 때문이다. <왕랑반혼전>이나 <안락국태자전>의 경우 감각적이며 화려한 문어체의 한문을 썼다고 말할 수 없으니 전기소설에서 제외해야 할 것이며, 국문으로 쓰여진 작품들은 원칙적으로 제외해야 한다. 하지만, 전기소설이 지니고 있던 서사관습은 국문으로도 계속 이어지면서 <구운몽>, <삼생록>, <제마무전>, <당태종전> 등에 그 흔적을 남겼다고 보아야 할 것이다. 나려시대 전기소설, 특히 『금오신화』에 나타나던 화려한 문식의 형태를 너무 의식하여, 전기소설이 갖는 ① 현실 사회를 바라보는 비판적 태도, ② 그러한 태도를 소설화하는 방식의 요건을 등한히 하는 것은 온당하지 않다고 본다.

15) 박희병의 「≪金鰲新話≫의 小說美學」(『한국전기소설의 미학』, 돌베개, 1997)은 전기소설의 이러한 특징을 잘 드러내 주고 있다고 하겠다.

16) 장효현의 「傳奇小說 연구의 성과와 과제」(『민족문화연구』 28, 고려대민족문화연구소, 1995, 24쪽)에서 R. Scholes & R. Kellog, 『The Nature of Narrative』(New York : Oxford University press, 1977)을 참조해 한국 기록서사문학을 이렇게 분류해 놓았다. 그는 <최치원>을 통해 볼 수 있듯 전설적 소재에 작가의 문식이 가미되어 성립된 '傳奇'와 <화왕계>를 통해 볼 수 있듯 다른 고사나 사물의 일을 가탁하여 작가의 사상을 담은 '우언' 등이 허구적 서사로 계속 이어졌고, 인물의

말여초(羅末麗初)에 형성된 전기소설이라는 <조신전> 역시 전기소설
적 특성과 함께 전(傳)계통의 승전(僧傳)이나, 변문적인 요소, 사찰연기
적 요소가 모두 결합되어 나타남을 확인할 수 있다.[17]

그래서 우리는 일차적으로 광의의 전기를 상정하고, 그 안에서 역
사적 변화에 상응하는 전기소설의 서사관습의 변화 등을 살펴야 함
을 알 수 있다. 협애한 개념으로 전기소설의 장르를 설정함으로써
여타 서사장르와의 차별성이나 전기소설만의 독특한 서사적 특징의
변화상을 드러내지 못한다면 우리가 의도하는 한국 서사문학의 체
계적 인식은 공염불이 되고 말 것이다. 전기소설이 갖추어야 할 기
본적 요건을 이처럼 상정해 놓고, 다시 우리는 불교적 전기소설의
문제로 되돌아가 보자.

(2) 전기소설의 창작층

우선, 전기소설의 형성과 관련해 떠오르는 문제는 『수이전(殊異傳)』
을 의식하면서 제시한 육두품, 고려 초 문인들이라는 전기소설 창작
층에 대한 부분이다. 최치원, 박인량(朴寅亮), 또는 김척명(金陟明) 등을
구체적인 창작자로 상정하면서 얻어진 결론이다. 골품제(骨品制)라는
신분제 사회에서 재주가 뛰어났던 당 유학생이었으면서도 자신의 능
력을 충분히 발휘하지 못했던 최치원의 소외감 같은 것이 전기소설
을 창작하게 했다는 것이다.

『삼국사기』를 들여다보면, 신라 말 사회에서 정치적으로 소외된
문인들에 얽힌 이야기를 단편적으로 발견하게 된다. 당 유학생이었

생애를 가계와 행적과 평결의 단계로 이루어진 형식에 담아 기록하는 '전'과 인
물의 일화나 작가의 신변잡사 등을 집록한 '잡록' 등이 경험적 서사로 이어져갔
던 것으로 봤다. 이러한 네 서사 양식이 독자적으로 발전하기도 하고, 서로 결
합하기도 하면서 이어져간 것이라고 했다.

17) 오대혁, 「<조신전>의 구조와 형성배경」, 『한국문학연구』 20, 한국문학연구소, 1998.

던 최언휘(崔彦撝)는 설정규(薛廷珪) 고시하에 급제하고, 42세에 환국해 집사시랑서서원학사의 직위에 올랐다가 고려 개국 때에는 한림원대학사평장사에 이르렀지만, 문인으로 열전에 이름만 올라 있는 거인(巨仁)[18]은 진성왕(眞聖王, 887~897) 때에 시정을 비방하는 글을 조정의 길에 게시하였다는 죄명으로 죽음을 목전에 두었다가 살아난 사건(888년 2월)이 있었다. 게시된 글을 보고 어떤 자가 왕에게 하는 말이 "이는 반드시 뜻을 얻지 못한 문인의 소행일 것이니, 대야주(大耶州)에 숨은 자 거인일 것입니다.[此必文人不得志者所爲 殆是大耶州隱者巨仁耶]"라고 하였다.[19] 이 사건은 뜻을 가진 문인으로 중용되지 못하고 참소를 당했던 바를 전하고 있다. 거인과 같은 이들이 전기소설을 창작했을 개연성을 역사적 사실들은 미력하나마 전해주고 있는 것이다. <최치원>에 드러나는 이국의 말단 지방관리로 살아가야 했던 주인공을 통해 형상화된 고독감은 신라 시대 신분제도 때문에 고통을 받아야 했던 지식인의 고독감을 우의적으로 표현한 것이라 볼 수 있다.

그런데 당시의 지식인이라면, 그들 외에도 당에 유학을 다녀와서는 타락한 불교계를 혁신하고 싶어 했던 비판적 승려계층을 고려해 볼 수도 있지 않을까? 당 소종(昭宗, 888~904)이 중흥할 무렵의 신라는 전쟁으로 죽고, 흉년으로 죽은 시체가 들판에 별처럼 널려 있었다고 최치원은 전하고 있다.[20] 그런 시기에 왕실과 귀족들은 수많은 절과 불상과 종을 만들며 현세의 복을 기원하고 있었다. 신문왕(神文王, 681~692)은 백률사(栢栗寺) 창건(691) 때 밭을 하사하였고, 경덕왕(景德王, 742

---

18) 『三國史記』 列傳 第六, '崔彦撝 年十八入唐遊學 禮部侍郎薛廷珪下及第 四十二還國 爲執事侍郎瑞書院學事 及太祖開國入朝 任至翰林院大學士平章事…(中略)… 朴仁範 元傑 巨仁 金雲卿 金垂訓輩 雖僅有文字傳者 而史失行事 不得立傳.'
19) 『삼국사기』, 新羅本紀 第十一, <眞聖王>.
20) 『韓國金石遺文』, <海印寺妙吉祥塔記>, '唐十九帝, 中興之際, 兵兇二災, 西歇東來, 惡中惡者, 無處無也. 餓殍戰死, 原野星排.'

~765)은 민장사에 많은 토지와 비단을 보내는 등 신라 말 왕실이나 귀족들은 민중의 삶을 고려치 않고 개인의 복만을 빌려 했던 것이다. 어용으로 전락한 화엄학을 닦는 승려들은 그런 현실의 문제를 고려치 않고 평민 위에 군림하려 하였다. 그런 상황에서 821년에 당나라에서 귀국한 도의(道義)는 선의 무위법(無爲法)을 설파했지만 호응을 얻지 못했고, 신라 불교의 타락이 극에 달해 끝내 설악산으로 들어갔다. 그의 뒤를 이은 이들이 보림사(寶林寺)에서 선풍을 드날리며 불교 개혁에 앞장섰다. 신라말엽 도의를 비롯하여 체징(體澄, 804~880), 홍척(洪陟), 혜소(彗昭, 774~850), 혜철(惠哲, 791~861), 현욱(玄昱, 787~868), 도윤(道允, 800~868), 무염(無染, 800~888) 등의 선사들이 귀국 후 교종계에 비해 보잘것없는 대접을 받으면서 현실을 개탄하고 불교혁신을 꿈꾸었다.21) 이와 같은 승려계층이 당나라 유학길에 전기소설을 접하게 되고, 당 전기의 서사양식을 빌어 자신의 처지를 드러냈을 가능성도 배제할 수는 없다.

<조신전>에 등장하는 조신은 지금의 경기도 백룡산(白龍山) 밑에 있던 세달사(世達寺)에서 명주(溟州) 날리군(捺李郡) 장원의 관리인으로 보내진다. 거기에서 그가 느꼈을 고독감이나 고달픈 일상에서 뜻을 가졌지만 펴지 못했던 나말여초 승려계층의 면모를 우리는 우의적(寓意的)으로 읽어낼 수도 있지 않을까. 어떤 이는 선승이 무슨 글을 쓰겠느냐, 하고 의아해 할 터이지만, 일연 선사가 『삼국유사』를 편찬했다는 사실을 떠올려 보면 납득이 가지 않는 것도 아닐 것이다.

그리고 『궁원집(窮原集)』에 실렸다가 『불설아미타경』과 함께 실렸던 (1304년, 忠烈王 30년) <왕랑반혼전>도 전하는 주제로 보아 승려나 재가신자(在家信子)의 지음이라 말하지 않을 수 없다. 그런데 <왕랑반혼전>이 앞서 말한 전기소설의 특징이라 거론한 '신분갈등과 사회적 모

---

21) 이이화, 『역사 속의 한국불교』, 역사비평사, 2002, 94~104쪽 참조.
　　김영태, 『韓國佛敎史 槪說』, 經書院, 1986, 102~107쪽 참조.

순'을 문제화한 작품이라 볼 수 있는가, 하고 의심할 이도 있겠다. '사찰계통에서 불교의 전교를 위해 작성된 불교소설'이며, '염불·극락왕생을 주제로 하여 거기에 본 소설의 골격구조인 환생담(還生譚)을 개입시킨 것'이라는 주장22)이 일반적인 연구 결과이므로 그런 의심은 당연한 듯 보인다. 그런데 작품에 드러나는 불교사상을 깊숙이 파헤쳐 보면, <왕랑반혼전>은 기존의 정토 왕생 관련 서사물들과 달리 새로운 주제, 곧 살생과 살인 등 오역죄(五逆罪)를 범하지 않았더라도 정법(正法)을 비방한 자는 결코 왕생할 수 없다는 경전의 내용을 부정하고, 참회하고 회심한다면 누구나 왕생할 수 있다는 것을 강조하고 있다. 이는 원효나 의적이 일찍이 주장했던 사상이기도 하다.23) 정토사상가들 사이에서 논쟁거리였던 이 문제는, 원(元) 간섭기에 불교가 귀족화되고 변질되어가는 사회 상황에서 혁신적이며 실천적인 방향을 제시하려 한 <왕랑반혼전>을 탄생시켰던 것이다. 운묵무기(雲默無寄)는 불교계의 변질을 바라보며 당대를 말법시대(末法時代)로 인식하고 민중에게 미타념(彌陀念)이라는 실천적 정토신앙을 제시하기도 하고, <석가여래행적송(釋迦如來行蹟頌)>을 지어(天曆 3년, 1330) 어린이를 계몽하기도 했다.24) <왕랑반혼전>은 이런 운묵과 같은 승려계층이

---

22) 정규복, 「<王郎返魂傳>의 원전과 형성 -高麗本의 출현을 중심으로-」, 『古小說硏究』 2집, 한국고소설학회, 1997.

23) 오대혁, 「<왕랑반혼전>의 전승 연구」, 『불교어문논집』 7, 한국불교어문학회, 2002, 230~231쪽.

24) 김형우, 「元 간섭기 고려불교계의 동향」, 『한국불교사의 재조명』, 불교시대사, 1994, 246쪽 참조. 운묵에 대해 백련사 사문 기(豈)가 쓴 <석가여래행적송> 발문에는 '학문이 일가의 문의(文義)를 통달하여 선석(選席)에서 상상과(上上科)로 급제하여 굴암주지(窟嵓住持)의 직책을 얻어 이름이 날리게 되었으나, 하루 아침에 헌신짝처럼 포기해버렸다. 이내 금강산 오대산 등지의 명산승지에 노닐어 마침내 시흥산(始興山)의 탁일암(卓一庵)에 머물러 경을 외우고 미타념(彌陀念)을 하며 불화를 그리고, 불경을 서사하는 일로 날을 보내기 20여 년이었다.'고 하였다.(『韓國佛敎全書』, 第6冊.) 이처럼 당시 사회의 모순을 목도하면서, 굴암사의 주지도 마다하고 염불공덕을 통해 현실의 고통을 극복하도록 민중을 이끌었던 이가 운묵이었던 것이다.

나 재가신자에 의해 지어졌을 것이며, 고려 후기 귀족화된 불교계의 혼란한 시대 상황 속에서 기존의 교리적 엄격성을 거부하고 가난하고 힘겹게 살아가는 민중도 미타염불만 한다면 정토의 세계를 꿈꿀 수 있다는 혁신적인 사상을 소설화한 것이다.

결국, 형성기 전기소설의 창작층에는 현실 비판적이며 정치적으로 소외된 신라말 육두품 계층이나 고려 초 사계층(士階層)뿐만 아니라, 시대의 아픔을 뼈저리게 느끼며 현실 개혁의 의지를 불교적 측면에서 이루고자 했던 승려계층이나 재가신자들도 포함되어야 마땅하다. 물론, 최치원이나 고려시대 선비들 대부분은 친불교적 성향을 지녔던 점을 감안하기도 해야 하겠다. 이런 점을 염두에 두어야만 조선시대까지 이어진 불교적 전기소설의 창작층을 설명할 수 있는 것이다.

3. 불교적 전기소설의 형성기반과 전개양상

(1) 불교적 전기소설의 형성기반

나려시대의 전기소설이 불교적 성격을 갖는 것은 형성기의 작품들이 불교영험설화의 바탕 위에서 출발했기 때문이다. 전기소설이 당나라에서 유입되기 전에 신라에는 이미 불교경전과 불교영험설화, 승전 등이 들어와 성행하였다. 도교가 성행하여 도교적 성격의 전기 창작이 활발했던 당나라[25]와 달리 나려시대는 불교 중심의 사상적

---

25) 정범진(「唐 傳奇의 範疇와 分類의 問題」, 『大東文化硏究』 12, 성균관대학교, 1978, 93쪽)은 불교와 도교의 선교적(宣敎的) 측면 때문에 전기가 도불(道佛)의 성격을 갖는다고 보았다. 그러나 전인초(『唐代小說硏究』, 연세대학교출판부, 2000, 55~61쪽)는 당대 전기가 흥성하게 된 원인으로, 첫째, 정치적 배경으로 과거의 엄격한 시행과 진사취관 제도의 시행을 들었고, 둘째, 문학적 배경으로 고문운동

경향을 밟고 있었던 까닭에 전기소설 창작에도 그런 사상적 경향을 드러내게 되었던 것이다.

이미 필자가 밝혔듯이,[26] 불경이 유입되고 신라 말부터 공식적인 사신 왕래가 빈번했으며, 유학생이나 승려, 상인 등의 교류가 끊임없이 이어지면서 지괴(志怪)나 전기, 불교영험설화가 유입되었다. 7세기 후반에 활동한 의적의 『법화경집험기』는 『동하삼보감동록(東夏三寶感動錄)』을 비롯한 문헌들에서 불교영험설화를 수용했는데, 습주(濕州)의 담운선사(曇韻禪師)에 얽힌 이야기를 의적 자신이 직접 채록했음을 밝히고 있다.[27] 백제인으로 석발정(釋發正)의 이야기를 정관(貞觀) 13년

의 영향을 들었으며, 셋째, 종교적 배경으로 도가사상의 영향을 들었고, 넷째, 사회적 배경으로 수공업과 상업의 발달과 국제 무역의 번성으로 자연스럽게 시민 계층이 형성되었음을 들었다. 이중 셋째 요인으로, 불교보다는 도가사상과 관련해 보아야 함을 애써 강조한다. 불교는 오히려 변문에 기반을 이루고 있다고 보았다. 사재동(「불교계 서사문학의 연구」, 『어문연구』 12, 어문연구회, 1983)은 변문류의 유입과 그에 따른 불교소설의 전개를 내세웠다. 그러나 일반적인 변문류의 작품으로 불교계 서사물들을 대하는 데에는 실제의 근거자료가 부족한 상황인 것을 부정하지 않을 수 없다. 『목련전』 계통이나 『석가여래십지수행기』, 『안락국태자경』 계통은 변문적 상황을 고려해 볼 수 있지만, 나머지 모든 설화나 소설들을 변문류로 묶기에는 한계가 있는 것으로 보인다. 특히, 불교적 전기소설에서 변문적 성향을 끄집어내기란 쉽지 않다.

26) 오대혁, 「관음설화의 상상력과 소설발생의 문제」, 앞의 책.

27) 義　寂　撰 『法華經集驗記』 卷下, <釋曇韻>. '나는 일찍이 습주에 있었는데, 그곳에 담운선사가 있었다. 그는 정주 사람으로 나이가 70세였다. 수나라 말년에 나라가 어지러워졌을 때, 웅석의 비간산에 살면서 항상 『법화경』을 독송하였다. 그리고 이 경을 베껴 쓰고자 하였으나, 뜻을 같이하는 사람이 없었다. 이렇게 여러 해를 지났는데, 홀연히 한 서생이 나타나 말하였다. "스님이 하고자 하시는 일은 몸가짐이 정결한 경지와 계합하면 곧 행할 수 있습니다." 이튿날 새벽 밥을 먹고 목욕 후에 옷을 갈아입고 팔계를 받은 후, 청정한 방에 들어가 입 안에 단향을 머금고 향을 사르고 깃발을 걸어 놓고 적연히 베껴 쓰는 임무에 착수하여, 날이 저물어서야 쉬었다. 낮이나 밤이나 법답게 행동하고, 한 번도 권태를 느끼지 아니하였다. 그리하여 마침내 경을 다 베껴 쓰고 법답게 받들어 스님에게 바쳤다. 그가 절을 떠나자 서로 전송하며 절문 밖으로 나갔다. 잠깐 사이에 사람이 보이지 아니하였다. 그리하여 붓 지나간 자리를 비추어 보니, 하나같이 정법과 같았다. 담운은 이를 수지 독송하면서 일곱 겹으로 싸서 끈으로 묶어 놓고, 한 겹을 읽을 때마다 두 번씩 향수로 손을 씻었는데, 잠시도 이를 그만두는 일이 없었다. 그 후, 도적의 침입을 만나, 상자에 그 경을 담아서 높은

(639)에 쓰인 『관세음응험기(觀世音應驗記)』에서 인용했고, 그 외에도 인덕(鱗德) 원년(664)에 쓰인 『집신주삼보기(集神州三寶記)』, 『금강반야영험기(金剛般若靈驗記)』, 『요집(要集)』, 『고승전(高僧傳)』이 출전으로 나와 있다.28) 의적이 당나라와 국내를 넘나들면서 여러 문헌의 불교영험설화들을 받아들인 사실을 알 수 있다. 또한, 『구당서(舊唐書)』<장천(張薦)>에 나오는 <유선굴(遊仙窟)>의 작자 장작(張驚, 660?~740)에 대한 기록에는 그의 글을 신라나 일본 등 동이(東夷)의 나라들이 대단히 중요하게 여겨 사신을 보내어 입조(入朝)할 때면 많은 돈을 주고 그의 글을 사 가니 그의 명성이 대단했음을 전하고 있다.29) 실제 그의 작품은 일본에서 크게 유행해 무라사키 시키부[紫式部]의 『겐지 모노가타리[源氏物語]』에 큰 영향을 주었으며,30) <최치원>에도 인물들의 성격이나 삽입시가 비슷하여 국내에도 영향을 미쳤음을 보여준다.31)

결국, 유사(有司)와 명관(明觀)에 의해 진흥왕 재위 26년(565), 곧 6세기에 불경 1,700여권이 국내에 유입되었는데,32) 불경 속의 수많은 불

바위 위에 안치하였다. 여러 해가 지나 도적의 소요가 그쳐서 이 경을 찾아보았으나 보이지 아니하였다. 당황하여 사방을 찾았으나, 보이지 않다가 바위 밑에서 찾았다. 상자와 보자기는 모두 썩어 문드러졌는데, 경은 예전과 같이 선명하였다. 나는 정관 11년에 그것을 보았다.(余曾於隰州有曇禪師 定州人 行年七十 隋末喪亂 隱于雄石比干山 常誦法華經 欲寫此經 無人同志 如此積年 忽有書生 無何 而至云 所欲 契潔淨 並能行之 於卽 淸旦食訖入浴着淨衣受八戒入淨室 口含檀香 燒 香懸旛 寂然任寫 至暮方憩 日夜如法 曾不告倦 及經寫了 如法親奉 相送出門 斯須不 見 少愈管准 一如正法 韻 受持讀之 七重裛結 一重二度 香水洗手 初無暫癈 後畢賊 刀 箱盛其經 置高巖上 經年賊靜 方尋不見 周憧 窮不見 乃於巖下獲之 箱巾糜爛 撥 朽見經 如舊鮮好 余以貞觀十一年 親自見之)'

28) 김상현, 「일본에 現傳하는 신라 義寂의 ≪法華經集驗記≫」, 『佛敎史硏究』 창간호, 중앙승가대학교 불교사학연구소, 1996. : 太田晶二郎, 「東京大學圖書館藏 法華經集驗記 解題」, 『法華經集驗記』, 昭和 56年(1981).

29) 『舊唐書』 <張薦>, '新羅日本東夷諸藩 - 氵, 尤重其文, 遺使入朝, 必重出金貝購其文, 其才名遠播如此'

30) 劉開榮, 『唐代小說硏究』, 臺北, 臺灣商務印書館, 159쪽.(전인초, 앞의 책, 123쪽 재인용)

31) 조수학, 「최치원전의 소설성」, 『영남어문학』 2, 영남어문학회, 1975.

32) 覺 訓, 『海東高僧傳』 卷2, <覺德·明觀>條.

교설화들이 국내에 유포될 수 있는 계기를 여기서 확인해 볼 수 있거니와, 『법화경집험기』와 <유선굴>을 통해서는 불교영험설화나 전기의 국내 유입이 7세기를 전후한 시기에 있었음을 구체적으로 확인할 수 있게 한다. 물론 당 전기와 불교영험설화의 유입은 곧 지괴(志怪)를 포함한 문헌의 유입으로 나타났을 것이며, 승전의 유입[33] 또한 있었다고 보아야 한다.

나말여초 전기소설의 성립은 이처럼 다양한 서사양식들이 복합적으로 작용하여 나타났다. 이때의 전기소설은 외래의 서사양식에다 이미 기반을 다지고 있었던 불교영험설화와 고유 설화들을 원천으로 삼았다. 특히, 불교적 사유구조를 지닌 승려계층을 포함한 지식인층은 당의 전기소설 양식을 수용하면서도 불교적 주제를 드러내는 불교적 전기소설의 창작을 활발히 해 냈다. <조신전>이나 <김현감호>, <백월산양성성도기>는 말할 것도 없고, <최치원>도 아래와 같이 주인공이 시를 읊고는 여러 사찰을 돌며 운둔하다 생을 마쳤다고 하여 불교적으로 결구를 맺었다.

浮世榮華夢中夢   뜬세상의 영화로움 꿈속의 꿈이니
白雲深處好安身   흰 구름 깊은 곳에 안신(安身)이 좋도다.

유사한 구조를 지녔다는 당 전기 <유선굴>의 경우, ‘신선을 보고자 하나 보이지 않고 넓은 하늘과 땅만이 내 마음 아시리. 신선을 그리워하나 얻을 수 없도다! 십랑을 찾고 또 찾아도 소식 아는 이 없네. 듣고 싶구나! 마음 어지러워도. 다시 보고 싶구나! 내 마음 쓰라려도.’[34]라고 맺었다. 도교적 결구를 맺고 있으며, <최치원>이 보여주는 이별의 초극은 보여주지 않는다.

---

33) 金大問의 <高僧傳>(702)이나, 최치원의 승전들.(<普德傳>, <義湘傳>, <法藏和尙傳>, <釋利貞傳> 등)

34) <遊仙窟>, ‘思神仙兮不可得, 覓十娘兮斷知聞. 欲文此兮腸亦亂, 更見此兮惱余心.’

　　나말여초 전기소설을 단순히 '민중적 사유의 문화적 표현인 설화'라는 식으로 설화와 대비해 이해하려는 것은 잘못된 생각이다.[35] 그 설화의 영역이 대단히 복잡하게 얽혀 있으며, 그 중에서도 나말여초 전기소설을 형성하는 데 직접적인 영향력을 행사했던 불교영험설화의 존재를 간과하는 문제점을 안고 있기 때문이다. 한국의 전기소설이 탄생할 때, 상층 지식인들이 민중적이며 토착적인 정서가 깃들어 있는 설화들을 수용함으로써 '민중적 삶의 현실과 작자의 문제의식'을 드러냈다고 설명하는 것은 '언어·문화적 요인'으로서 충분히 가능하겠지만,[36] 서사 장르의 혁신이 어떻게 가능했는지를 모두 드러내지는 못한다. <설씨녀>와 <온달>이 민중적 설화를 수용해 민중적 사유와 정서, 원망을 직접 표출했다고 표현할 수는 있어도, 나머지 불교적 전기소설들까지 그러한 구도를 가지고 해석하기는 어렵게 되어 있다. 곧, 불교영험설화라는 것이 따지고 보면 통치자와 귀족 계급에 의해 정치적으로 이용되기도 하였고, 귀족화된 불교에 대해 비판적 거리를 유지하려 했던 승려계층이나 재가신자에 의해서도 이용되었고, 또한 민중에 의해서도 폭압적 현실을 뚫고 갈 신앙의 구체적 형상으로 이해되기도 했기 때문이다.

　　　이미 장성하자 사냥하기를 좋아했다. 하루는 토함산에 올라가
　　곰 한 마리를 잡고는 산 밑 마을에서 잤다. 꿈에 곰이 변해서 귀신
　　이 되어 시비를 걸며 말했다. "네 어찌 나를 죽였느냐? 내가 환생
　　하여 너를 잡아먹겠다." 대성이 두려워서 용서해 달라고 청하니,

---

35) 박희병은 「나려시대의 전기소설」(『한국전기소설의 미학』, 돌베개, 1997, 134~
　　135쪽)에서 '전기소설이 설화가 변형·가공되고 설화에 문식(文飾)이 가해지는
　　과정을 통해 창작되었다'고 하면서, '민중의 문학이라 할 설화가 지배층의 일원
　　인 육두품 출신 문인의 문제의식과 목적의식이 서로 결합됨으로써 설화도 아
　　니고 지배층의 기존의 산문 양식도 아닌 새로운 형태의 문학이 성립될 수 있었
　　던 것'이라 했다. 이는 설화를 대단히 단순하게 사고한 결과이다. 육조의 지괴
　　(志怪)가 전기로 성장하듯이, 설화에서 전기가 나왔다고 표현하고 싶은 것이다.
36) 박희병, 위의 글.

귀신은 "네가 나를 위하여 절을 세워 주겠느냐?"라고 말했다. 대성
은 그러겠다고 약속했다. 꿈을 깨자 땀이 흘러 자리를 적시었다.
그 후로는 들에서 사냥하는 것을 금하고 곰을 잡은 자리에 곰을
위해서 장수사를 세웠다. 그로 인해 마음에 감동되는 바가 있어 자
비의 원이 더욱 더해 갔다. 이에 이승의 양친을 위해 불국사를 세
우고, 신림(神琳)과 표훈(表訓) 두 성사를 청하여 각각 거주케 했다.
아름답고 큰 불상을 설치하여 부모의 양육한 수고를 갚았으니 한
몸으로 전세와 현세의 두 부모에게 효도한 것은 옛적에도 또한 드
문 일이었다. 착한 보시의 영험을 가히 믿지 않겠는가.37)

김대성이 장수사와 불국사를 세우기 위해 얼마나 많은 민중들을
동원했겠는가. 신문왕 대에 있었던 통치자와 귀족들이 기복을 위해
불사를 수행하고, 사찰을 유지하기 위해 민중의 끊임없는 물질적 보
시를 필요로 했으므로 위와 같은 불교영험설화는 정치적으로 매우
유용했을 것이다. 이는 '향전(鄕傳)'에 실린 것이다. 그와는 달리 절
안에 있는 '고전(古傳)'은 향전처럼 감동적인 설화라기보다는 매우 간
략하며 사실을 전달하는 것에 그친다.

경덕왕 때에 대상(大相) 대성이 천보 10년 신묘에 불국사를 짓기
시작했다. 혜공왕 때를 거쳐 대력 9년 갑인 12월 11일에 대성이 죽
으니, 나라에서 이를 완성시켰다. 처음에 유가교의 고승 항마를 청
해다 이 절에 거주하게 했고, 이를 계승해서 지금에 이르렀다.38)

요컨대 '김대성 설화'는 대상의 지위로 불국사를 죽을 때까지 짓

---

37) 『三國遺事』 卷5, <大城孝二世父母> 條, '旣壯 好遊獵 一日登吐含山 捕一熊 宿山下
　　村 夢熊變爲鬼訟曰 汝何殺我 我還啖汝 城怖　請容赦 鬼曰能爲我創佛寺乎 城誓之曰
　　喏 旣覺 汗流被蓐 自後禁原野 爲熊創長壽寺於其捕地 因而情有所感 悲願增篤 乃爲
　　現生二親 創佛國寺 爲前世爺孃創石佛寺 請神琳 表訓二聖師各住焉 茂張像設 且酬鞠
　　養之勞 以一身孝二世父母 古亦罕聞 善施之驗 可不信乎.'
38) 『삼국유사』 권5, <대성효이세부모>조, '景德王代 大相大城以天寶十年辛卯始創佛
　　國寺 歷惠恭世 以大歷九年甲寅十二月二日大城卒 國家乃畢成之 初請瑜伽大德降魔住
　　此寺 繼之至于今.'

다가 다 짓지 못한 것을 국가가 나서서 완성했던 역사적 사실을 흥미로운 효행담과 불교영험담 등으로 창작해 유포시킨 설화라 볼 수 있다. 이처럼 불교영험설화는 다양한 계층의 이해와 결부되어 있으므로 '민중적 설화'라고 단정짓는 것은 잘못이며, 어쨌든 불교영험설화를 바탕삼아 그것이 지닌 서사 관습을 일신하면서 불교적 전기소설이 출현할 수 있었다고 보아야 한다.

(2) 불교적 전기소설의 특징과 전개 양상

불교적 전기소설은 어떤 목적으로 출현한 것일까? 앞서의 논의에서는 전기소설의 창작 계기를 거론하면서 현실 사회에서 소외된 승려를 비롯한 지식인 계층이 전기(傳奇) 형식을 빌어 자신의 처지를 드러내고, 현실 사회에 대한 문제 제기를 시도했다고 했다. 그런데 '전기소설' 앞에 '불교적'이라는 수식어를 붙이는 순간 창작의 목적은 불교 사상에 기반을 둔 포교(布敎)적 차원, 방편적(方便的) 차원과 매우 밀접한 관련성을 맺게 되며, 이는 불교적 전기소설이 지닌 고유한 특징을 세밀하게 드러내는 것이라 판단하기 쉽다. 일체 중생의 근기가 성숙하지 못하기 때문에 불교의 가르침을 전달하기 위한 방편[우파야, Upāya]으로 소설이 이용되었다는 것은, 소설이 지닌 자율성이나 독자성을 침해하는 듯한 해석이라는 느낌을 준다.

필자는 불교적 전기소설이 그러한 방편적 차원에서, 수동적으로 이용되었던 서사양식이라 보지 않는다. 곧 교시적(敎示的)이며 권위주의적인 불교와 서사물의 '행복한 만남'은 불교적 전기소설에 이르러 종언을 고하기 시작했으며, 그것은 곧 불교적 사유가 내재화되고 더 나아가 그러한 사유를 바탕으로 독창적이며 합리적인 현실 인식이 가능해졌을 때 불교적 전기소설이 출현했다는 것을 의미한다. 달리 말해, 불교 교리를 주체적으로 이해하고, 현실 사회를 비판적 안목으로 들여다볼 수 있었던 지식인 계층에 의해 불교적 전기소설은 출현할 수 있었던 것이다.

예컨대, <백월산양성성도기>의 바탕이 되었으리라 추측되는 <우족관문>은 『법화경』 <화성유>품의 설화를 활용하여 창작된 작품이라 판단되며, 『법화경』의 대승불교 사상을 구현하기 위한 방편적 기능으로 재편된 작품이었다.39) 그런데 <백월산양성성도기>에 이르러서는 기존의 서사방식을 이용하면서 당대 현실의 문제를 비판적으로 인식한 창작이 이루어졌음을 알 수 있다. <왕랑반혼전>의 경우, 불교 경전들 간에 어긋나게 나타나는 '정법비방자'에 대한 문제를 주체적으로 받아들인 의적이나 원효(元曉) 등의 주장을 수용하여 왕실불교의 폐단을 지적하면서 누구나 극락왕생할 수 있다는 입장을 표명하는 작품이었음을 알 수 있다.40)

그렇다고 형성 초기에 나타나는 불교적 전기소설이 방편적 기능을 완전히 해소하면서 서사적 독창성이나 합리성을 획득했다고 단언하기는 어렵다. 기존의 불교설화로는 해결하지 못했던 현실 사회의 문제나 깨달음을 추구해 나가는 진지한 인간의 모습을 흥미롭게 서사화하는 것은 쉽지 않은 일이었기 때문이다.

그러나 불교적 전기소설 창작자들은 불교 경전이나 교리의 기본적인 이해를 바탕으로 당대인들의 삶을 예리하게 관찰함으로써 사부대중을 이끌 수 있는 불교적 텍스트를 창작하는 데 온 힘을 기울였다. 불교의 기원이나 변화의 노정이 경전에 대한 새로운 해석이나 혁신적 실천 운동의 맥락에서 이어졌던 것처럼, 불교적 전기소설도 한국인의 성정(性情)에 다가서려는 몸부림을 끊임없이 시도했다.

예를 들어, 중국 선종의 법맥 중에서 백장(百丈)과 남전(南泉)의 사상

---

39) 이에 대해서는 필자가 이미 논문을 작성해 놓았는데, 다음 기회의 발표로 미룬다.
40) 오대혁, 「<왕랑반혼전>의 전승 연구」, 앞의 책.

은 400여 년 동안 사라졌다가 일연선사의 『중편조동오위(重編曹洞五位)』
(1260)로, 다시 설잠(雪岑) 김시습의 『조동오위요해(曹洞五位要解)』(1493)로
이어졌는데,[41] 그들은 한국문학의 정수라 할 『삼국유사』와 『금오신
화』를 탄생시켰으며, 거기에는 <백월산양성성도기>, <김현감호>, <조
신전>, <만복사저포기>, <남염부주지>와 같은 불교적 전기소설이
수록되고 있음을 확인하게 된다. 물론 앞의 세 작품은 일연의 창작
이라 말할 수는 없지만, 일연의 편찬 의도를 짐작하게 하는 대목이
라 하겠다.[42] 어쨌든 그들은 조동종 계통의 선불교 사상을 거머쥐고
남들은 거들떠보지도 않던 민간의 이야기들을 수습해 '궁극의 문제'
를 치밀하게 파고 들어갔다. 현실과 잇닿은 문제의식을 갖고 자신과
당대인들의 삶을 눈여겨보는 가운데 그들은 『삼국유사』와 『금오신
화』라는 서사 텍스트들을 편찬하고 창작했던 것이다.

  그런데 많은 연구자들은 이러한 사실들을 뒤로 한 채 불교적 서사
물들을 단순히 불교 교리적 차원과 관련시킴으로써 '만족스런 미소'를
짓거나, 창작자의 의식 밑바닥에 흐르는 불교적 사상을 무시한 채 수
준 이하의 종교서사물이라 폄하하는 잘못을 저지르지는 않았는가를
반성해 보아야 한다. '포교'의 성격이 전혀 없었다고 말할 수는 없겠
지만, 그 이전에 철두철미한 현실인식을 바탕으로 실천 방안을 강구
하면서 창작된 작품들이 한국의 불교적 전기소설이라 하겠다. 불교적
전기소설이 갖는 첫 번째 특징으로 나는 이 점을 강조하고 싶다.

---

41) 민영규, 『四川講壇』, 도서출판 又牛, 1994.(민족사, 1997, 122~124쪽)
   이창섭, 최철환 옮김, 『중편조동오위(重編曹洞五位)』, 대한불교진흥원, 2002.
42) 민영규(위의 책) 선생은 선종의 역사를 서술하면서 "백장은 '一日不作이면 一日
   不食'이라는 대명제를 외쳤고 남전은 '소가 되고 말이 되라, 밭을 갈고 짐을 지
   라' 질타하던 異類中行의 대명제"라는 출가승으로서의 자각이 일연의 마소가
   먹는 꼴을 가리키는 莖草를 들어 설명하는 莖草禪으로, 다시 김시습의 『조동오
   위요해』로 이어졌다고 말한다. 김지견 선생은 '경초'는 一草五味의 五味子, 곧
   曹洞位를 비유한 표현으로 '치초(菑草)'의 잘못으로 보았다(「일연의 ≪중편조동
   오위≫ 역주」, 『九山禪門 8, 수미산문과 조동종』, 불교영상회보사, 1996, 336~
   337쪽)

두 번째, 불교적 전기소설은 이 땅의 사람들이 불교적 소재를 활용하여 무엇을 가장 중요한 문제로 생각했는지를 잘 드러내 주고 있다. 불교적 전기소설은 모티프를 중심으로 크게 두 갈래로 분류가 가능한데, 하나는 관음보살을 모티프로 한 소설이요, 또 하나는 명부(冥府)를 모티프로 한 소설이다. 아래에 목록을 제시해 본다.

A. 〈명부 모티프의 불교적 전기소설〉
　　① <김현감호>　　　　　　　　　　　　　　나말여초
　　② <왕랑반혼전>　　　　　　　　　　　　1304년 이전
　　③ 『금오신화』　　　　　　　　　　김시습(1435~1493)
　　④ <설공찬전>　　　　　　　　채　수(蔡壽, 1449~1515)
　　⑤ <삼생록>　　　　　　　　　　　　　　　조선후기
　　⑥ <당태종전>　　　　　　　　　　　　　　조선후기
　　⑦ <제마무전>　　　　　　　　　　　　18C말~19C
　　⑧ <명학동지전>　　　　　　　혼원(混元, 1853~1889)
　　⑨ <삼사횡입황천기>　　　　　　　　　　　　19C

B. 〈관음 모티프의 불교적 전기소설〉
　　① <백월산양성성도기>　　　　　　　　　　나말여초
　　② <조신전>　　　　　　　　　　　　　　　나말여초
　　③ <부설전>　　　　　　　　　　영허(暎虛, 1541~1609)
　　④ <최척전>　　　　　　　　조위한(趙緯韓, 1558~1649)
　　⑤ <구운몽>　　　　　　　　　　김만중(1637~1692)
　　⑥ <사씨남정기>　　　　　　　　김만중(1637~1692)
　　⑦ <보덕각시전>　　　　　　　　　부림자(1854년 경)

이 작품들 모두를 불교적 전기소설로 다룰 수 있는지는 더 많은 논의가 필요하다. 작품상의 서사적 편차가 적지 않기 때문이다.[43] 아

---

43) <명학동지전>과 <보덕각시전>은 사찰 연기설화로 언급될 수 있으며, <당태종전>이나 <제마무전>은 원작을 번안한 성격이 짙다. 또한 김만중의 <구운몽>과 <사씨남정기> 역시 일반적으로 전기소설의 영역에 포함시키지 않는 작품들이다. 그런데, 필자의 생각으로는 이 작품들을 불교적 전기소설의 영역에서 다

무튼 불교적 전기소설이라 일컬을 수 있는 작품들을 위와 같이 두 유형으로 분류해 볼 수 있다. 먼저 제시한 '명부 모티프의 불교적 전기소설'은 생사(生死)의 문제를 깊이 있게 다룬 작품들이며, 뒤에 제시한 '관음 모티프의 불교적 전기소설'은 깨달음의 문제를 중요한 문제로 삼고 있는 작품들이다. 이를 간단히 줄여 '명부형 소설', '관음형 소설'이라 하자.

'명부형 소설'들은 저승과 관련된 서사물들을 가리키는 것이다. 불교에서는 사부대중을 대상으로 하여 윤회의 세계를 제천(諸天), 인도(人道), 아수라(阿修羅), 귀신(鬼神), 축생(畜生), 지옥(地獄) 등의 육도(六道)로 설명하고, 또한 그러한 세계로의 윤회를 결정하는 명부(冥府)라는 곳을 설정한다. A-①은 축생을, A-③은 귀신과 명부를, 나머지 A-② ④, ⑤, ⑥, ⑦, ⑧, ⑨는 '명부'를 중요한 서사적 모티프로 상정하고 있다. 일반적으로 윤회의 세계를 그린 것은 불교적 관점에서 선인선과(善因善果), 악인악과(惡因惡果)를 보여줌으로써 이승에서의 선행을 권장하려는 의도를 가진 것이다.

이 명부에 대한 설정은 불교의 정토왕생(淨土往生) 사상과 깊은 관련을 맺고 있지만, 불교 사상가들 사이에서 상이한 시각들이 존재했듯 소설화 과정에서도 일반적인 영험설화와는 다른 면모를 보이기도 한다. 예컨대 고려시대에 창작된 <왕랑반혼전>은 염라대왕이 있는 명부를 상정하고, 거기에서 왕사궤가 염불 때문에 환생할 수 있게 된다는 내용인데. 이는 정법을 비방하면 반드시 지옥에 떨어진다는 경전이나 일반적인 불교영험설화의 구성과 달리 나타난다.44)

룰 때 작품 창작의 기원이나 구조, 주제의 친연성이 확인되는 것으로 보인다. 그리고 조선 후기에 이르러서 불교적 전기소설의 서사관습이나 특성이 변모되어 간 흔적을 확인한다는 차원에서도 이들을 불교적 전기소설로 다룰 필요가 있다. 필자는 최근 「김시습의 선불교적 현실주의와 ≪금오신화≫」(앞의 책)이라는 논문을 통해서 『금오신화』 전체를 '선불교적 현실주의' 작품으로 이해할 수 있다고 주장했다. 여기서는 두 작품만을 들었을 뿐이다.

44) 오대혁, 「<왕랑반혼전>의 전승 연구」, 앞의 책.

그리고 『금오신화』에 이르러서는 기존의 불교적 전기소설과는 다른 혁신적 사상과 서사 기법을 드러내게 된다. 필자는 이를 김시습이 선불교적 현실주의 사상을 기반으로, 기존의 불교영험설화나 불교적 전기소설들이 드러내는 현실 초월의 서사화를 극복하고 귀신·신선·염부주·용궁이라는 이류(異類)·이계(異界)가 인간의 의식 세계에 똬리를 튼 허구적 세계임을 분명히 드러낸 것이라고 본다. 물론, 그러한 비판적 인식의 소설화는 기존의 명부 관련 서사물들의 서사 관습을 수용하면서도 변화를 시도함으로써 가능했다.45)

그에 비해 채수의 <설공찬전>은 『금오신화』에 보이는 새로운 사상적 입장을 견지했다기보다는 기존 명부 관련 서사물의 서사관습을 그대로 활용하면서, 권력 집단을 신랄하게 비판하는 모습을 보인 작품이다. 공침의 몸을 빌려 저승 경험을 전하는 서사 형식은 7세기 무렵 의적의 『법화경집험기』에서부터 보이는 것으로,46) 저승에 대한 서사관습을 수용하면서 지상에서 임금을 지냈어도 반역하여 집권하였으면 지옥에 떨어진다는 공찬의 말을 통해 왕권을 모독하고, 유교 국가에서 불교의 윤회화복 사상을 설파함으로써 작가는 탄압을 받아야 했다.47)

그 후 18~19C 경에 이르면 문화의 소시민적·대중적 수요를 기반으로 <삼생록>·<당태종전>·<제마무전>·<삼사횡입황천기>가 유행하게 되며, 사찰을 기반으로 연기설화적 성격을 띤 혼원(混元)의 <명학동지전>도 나타나게 된다. 이때는 대중성을 기반으로 전대의 명부 모티프를 지닌 불교적 전기소설의 서사관습을 활용하는 단계라 하

---

45) 필자는 최근 「김시습의 선불교적 현실주의와 ≪금오신화≫」(앞의 책)에서 김시습의 사상을 '선불교적 현실주의'라 규정하고, 그것이 어떻게 『금오신화』에 구현되었는지를 논하였다. 이에 대한 자세한 논의는 그 논문으로 미룬다.

46) 의 적 찬, 앞의 책, <崔義起>, 죽은 최의기의 부인이 素 玉이라는 노비의 몸에 의지해 이야기를 전하고 있다.

47) 이복규, 『설공찬전, 주석과 관련자료』, 시인사, 1997, 18~26쪽.

겠는데, 현실 비판적 목소리는 많이 사라졌다고 볼 수 있다.[48]

'관음형 소설'들은 깨달음을 문제로 삼았다. 관음보살을 모티프로 한 설화들이 어떤 보살설화보다 다양하게 전승되어 왔는데,[49] 그러한 배경 속에서 나려시대 불교적 전기소설로 <백월산양성성도기>와 <조신전>이 창작되었으며, 이후 조선시대 들어서 걸출한 작품으로 <부설전>이, 다시 <최척전>과 <사씨남정기>가 탄생했다. 사찰연기 설화와 관련해서는 <보덕각시전>이 쓰여져 19세기를 장식하게 된다.

나려시대에 창작된 작품으로 <백월산양성성도기>는 진정한 깨달음이란 무엇인지를 두 스님의 행위를 통해 밀도 있게 드러내고 있는데, 단순히 관음보살의 영험으로 깨달음을 얻을 수 있었다는 데 초점을 두기보다는 주위의 평범한 수도자가 곧 미륵불이요, 미타불이라는 사상을 드러냄으로써 귀족화된 왕실 불교를 비판하는 현실주의적 색채를 아로새겼다.[50]

<조신전>의 경우는 '관음보살이 번뇌에 빠진 중생을 제도해 준다'는 불교 사상을 바탕으로 삼아 '세속적인 애욕의 허망함'을 드러내고 있다. 주인공 조신은 그러한 불교적 깨달음을 얻어 자신이 지닌 모든 재산을 털어 정토사를 건립하고 있다.[51]

조선시대에 들어서는 지방의 한 선사였던 영허에 의해 <부설전>이 쓰여 한국 소설사에서 공백기로 남아있는 16세기를 아름답게 빛내고 있다. <부설전>은 승전(僧傳)의 서사 관습을 일신하며, 재가신자(在家信者)의 성도(成道) 가능성을 흥미롭게 소설화한 작품인데, 일찍이 천태산인(天台山人)이 『조선소설사』에서 언급한 이래 여러 학자들에

---

48) 정토왕생의 문제를 비롯한 본격적인 논의는 다음 기회로 미룬다.
49) 『법화경』의 <관세음보살보문>품이 독립 경전으로 유통될 정도였고, 그 외의 『화엄경』, 『반야심경』, 정토 경전들이 모두 관음보살을 중요하게 언급하고 있는 가운데, 관음보살은 오랜 세월 동안 한국인의 불교 신앙에 적잖은 영향을 끼쳐 왔다.
50) 이에 대한 논의는 다음 기회로 미룬다.
51) 오대혁, 「<조신전>의 구조와 형성배경」(앞의 책)에서 자세하게 논했다.

의해 연구된 작품이다.[52]

　이후 <최척전>, <구운몽>, <사씨남정기>와 같은 대작들이 관음보살 관련 서사물의 서사관습을 계승 발전시키면서 흥미롭고 짜임새 있게 창작되었다. 그리고 고려시대의 회정 스님을 주 서술 대상으로 하여, 고구려의 보덕스님의 역사가 깃든 보덕굴과 연계해 19세기에 부림자(芙林子) 보욱(保郁)은 <보덕굴사적습유록>을 쓴다. 이 글은 다시 <보덕굴연혁>에 이르러 좀더 소설적인 체계를 갖추려 한 흔적이 엿보인다. 소설성에서 문제가 없지 않으나, 조선후기에 불교적 전기소설의 흔적을 확인할 수 있는 한문 단편소설로 다루는 데 의의가 없지 않다. 이 작품을 일찍이 천태산인이 <보덕각시전>이라 지칭한 이후, 그 실체가 최근에 밝혀졌다.[53] 모두가 깨달음을 문제로 삼고 있는 불교적 전기소설이라 하겠는데, 깨달음이 결코 단순하지만은 않다. '무엇이 깨달음이며, 그 깨달음은 어떤 실천적 방안을 필요로 하는가?'라는 다양한 문제의식이 나려시대부터 불교적 전기소설을 통해 끊임없이 이어져왔음을 이렇게 확인하게 된다.

4. 맺음말

　한국의 고소설 형성에 대한 논의는 필연적으로 불교와 떼어 놓고

---

52) <부설전>을 개별적으로 다룬 주요 논문을 살피면 다음과 같다. 김태준, 『조선소설사』, 학예사, 1939, 42쪽 ; 황패강, 「<浮雪傳> 硏究」, 『新羅佛教說話硏究』, 일지사, 1975 ; 김영태, 「<浮雪傳>의 原本과 그 作者에 대하여」, 『韓國佛教學』1집, 1975 ; 김승호, 「16세기 승려작가 暎虛 및 <浮雪傳>의 소설사적 의의」, 『古小說硏究』 11집, 2001. 그런데, 이들 논문들에서 드러낸 작품의 실상에 대한 불교적 해석상에 몇 가지 문제점이 발견된다. 이를 비판적으로 검토하여 필자는 최근 「<浮雪傳>의 창작연원과 소설사적 의의」(『語文硏究』) 47, 어문연구학회, 2005, 4)라는 논문을 발표하였다.

53) 김승호, 앞의 논문(2002).

생각할 수 없다. 현전하는 고소설 작품 목록의 첫머리를 '불교적' 서사 텍스트들이 장식하고 있기 때문이다. 그러나 한국의 고소설 연구자들은 그 '불교적'이라는 점을 두고 어떻게 처리해야 할 것인지 난감해 하고 있는 형국이다. 왜냐하면 '불교적'의 의미를 파악하기 위해서는 '불교'라는 종교, 즉 그것이 담고 있는 방대한 사유체계와 그것의 형상적 언어 사이의 관계를 깊게 파고들어가야 하기 때문이다. 마치 당대에는 보잘 것 없고 형편없어 보이던 소설가가 후대에 가서야 그 전위성을 인정받는 경우와 같이, 한국의 고소설 형성기의 작품들은 깊은 불교적 사유를 체화한 연구자들의 시각에서 재평가될 것이 틀림없다. 서사 문법에만 초점을 맞추고, 그러한 서사 문법을 창안케 한 사상적 기반을 도외시하거나 피상적 접근으로 소설 형성기의 작품을 논하는 것은 우리가 지양해야 할 연구 태도가 아닐까? 이 글은 이러한 문제의식을 지닌 채 한국의 고소설 중에서 불교적 전기소설이라 언급되곤 하는 작품들을 개괄적으로 다루었다.

이 글은 먼저 불교적 전기소설을 다루기 위해 전제되어야 할 문제를 살폈다. 그 과정에서 필자는 한국의 전기소설을 현실계와 비현실계를 넘나드는 소재나 구조를 지니면서, 작가나 주인공이 현실 사회에 대한 비판적 인식이 소설화된 것들을 광의적으로 일컬어야 한다고 주장했다. 그리고 기존에는 전기소설 창작층을 현실 비판적이며 정치적으로 소외된 신라말의 육두품(六頭品) 계층이나 고려 초 선비 계층이라 했는데, 필자는 여기에 시대의 아픔을 뼈저리게 느끼며 현실 개혁의 의지를 불교적 측면에서 이루고자 한 승려계층이나 재가 신자들도 포함해야 한다고 보았다.

다음으로 이 글은 불교적 전기소설의 형성기반과 전개양상을 살폈다. 그 과정에서 필자는 나려시대 전기소설이 불교적 성격을 지니게 된 것은 유학생이나 승려들이 중국을 왕래하면서 전래한 수많은 불경, 불교설화집, 지괴(志怪)·전기(傳奇) 등이 영향을 끼쳤기 때문이라고 했다. 그리고 필자는 그런 서사물들이 유입과 함께 불교영험설화가 전기소설 형성의 직접적 계기가 되었을 것으로 보았다.

그리고 마지막으로 필자는 교시적(敎示的)이며 권위주의적인 불교와 서사물이 만남으로써 형성되고 발전된 불교영험설화가 끝나는 지점에 불교적 전기소설의 출현이 있었다고 했다. 곧 불교적 사유가 내재화되고 그러한 사유를 바탕으로 독창적이며 합리적인 현실 인식이 가능해지고, 서사 기법의 혁신을 꾀하려 들었던 순간에 불교적 전기소설이 출현할 수 있었다는 것이다. 그런 바탕 아래 명부와 관음보살을 주된 모티프로 삼는 불교적 전기소설들이 형성되고 전개되었다고 하고, 개괄적인 흐름을 보여주었다.

이 글은 많은 문제점을 안은 서설 성격의 글이다. 모쪼록 많은 이들의 격려와 비판이 있기를 기대한다.

『월인석보』의 체제에 대한 일고찰

유정일

1. 들어가는 말

『월인석보』는 1459년에 세조의 어명으로 『석보상절』과 『월인천강지곡』을 합편하고 두 책의 서명에서 두 글자씩을 각각 취해 신제(新題)하여 조권(調卷)된 불교서사시이다. 『월인석보』는 그 동안 주로 국어학 분야에서 연구되거나 불교학에서 논의되어 왔을 뿐, 문학적 텍스트로서 적절히 평가되지 못했다. 다만 이 분야에 뜻을 둔 몇몇 학자들에 의해서 『월인석보』에 대한 문학적 논의의 단서가 마련되어 한국서사문학사의 한 흐름이 드러나게 되었다.[1] 『월인석보』가 국문학에서 제대로 연구되지 못했던 이유는 첫째, 언해불서로만 인식되어 왔다는 점과 둘째, 현전하는 『월인석보』가 영본(零本)이라는 점, 셋

---

1) 민영규, 「月印釋譜 第23 殘卷」, 『東方學誌』 6집, 동방학연구소, 1963.

　사재동, 「月印釋譜의 形態的 研究」, 『語文研究』 6, 어문연구회, 1970.

　______, 「月印釋譜의 文學的 研究(抄)」, 『忠南大人文科學論文集』 6호, 충남대 인문과학연구소, 1975.

　______, 「月印釋譜의 再照明」, 충남대 인문과학연구소 발표요지, 1994.

　정하영, 「月印釋譜의 敍事文學的 性格」, 『震檀學報』 제75호, 震檀學會, 1993.

　유정일, 「『月印釋譜』의 文學的 研究」, 연세대 석사논문, 1997.

째 그 내용이 산문으로 된『석보상절』과 운문으로 지어진『월인천강
지곡』의 합편적 성격으로 이루어져 어떤 장르로 규정할 것인가에 대
한 장르론적 접근에 어려움이 있다는 점이다. 게다가『월인석보』의
전체적인 체제는 일반적인 문학 텍스트는 물론이고 선초 각종 언해
불서의 체제와도 전혀 다르게 다양한 분야의 텍스트들이 한데 어우
러져 구성되어 있어 실로 한 시대의 문화적 역량을 총체적으로 드러
내 보여 주고 있다.

　일반적인 텍스트의 경우, 서문 다음에 바로 본문으로 이어지는 것
이 상례인데『월인석보』의 체제는 각종의 그림과 서문, 그리고 세종
어제훈민정음까지 끼어 있어 그 텍스트의 전범과 성격을 파악하기
에 여간 곤란한 것이 아니다. 그러므로『월인석보』를 단순하게 언해
불서로 규정하기도 곤란하고 일반적인 문학 텍스트로 확정짓기에도
어려운 점이 없지 않다.『월인석보』의 이런 이례적인 체제는 려증동
교수의 언급대로 해괴하기까지 해서 정말 불온서적으로 취급될 수
있는 소지도 없지 않다.[2] 그러나 '해괴하기'까지 한 이런 체제의 구
성 요소들을 세밀히 분석해 보면 그 하나 하나가『월인석보』의 성격
과 내용 그리고 그 의미를 각각 시사해 주고 있다는 사실을 알게 된
다.『월인석보』를 온전히 이해하기 위해서는 무엇보다도 훈민정음이
창제되어 시험되고 배불 정책의 소용돌이 속에 있었던 당시의 시대
적 상황이 고려되어야 한다. 즉,『월인석보』는 왕실자체불사(王室自體
佛事)의 일환으로 암암리에 시작되어 제작되었다는 총체적인 맥락을
염두에 두어야 한다는 것이다. 이렇게 다면적이고 총체적인 시야를

---

2) 려증동 교수는「월인석보 권1·2라는 불온서적에 대하여」(『배달말』16집, 1991)
　에서『월인석보』를 "날조서적"이라고 하면서 그 이유 중의 하나로『월인석보』의
　해괴한 편집을 들고 있다. 하지만 실록에『석보상절』을 의미하는 수많은 기록이
　있고,『월인천강지곡』의 경우도 세종이 지은 것으로 실록에 나와 있으며,『월인
　석보』를 선사했다는 기록도 있는 마당에 날조된 서적으로 도외시하는 것은 부당
　하다고 판단된다.

가지고 검토하면『월인석보』의 복잡하고 이례적인 체제는 오히려 텍스트의 성격과 의미를 보다 정확하게 보여 주고 있다는 사실을 확인할 수 있다.

『월인석보』에 대한 문학적 연구는 기본적으로『월인석보』라는 책의 성격을 이해하는 것으로부터 시작되어야 한다. 그럼에도 불구하고 지금까지 이 부분에 대한 정밀한 논의가 없었다. 본고에서『월인석보』의 체제에 주목하고자 하는 이유도 바로 이런 점에 기인한다. 본고의 목적은『월인석보』에 대한 평가를 내려 잡거나 올려 잡는 데 있는 것이 아니라 주어진 텍스트를 객관적으로 분석하여 그 실상을 드러내는 데 있다.

『월인석보』의 전체적인 체제는 다음과 같다.

> 세종어제훈민정음(世宗御製訓民正音)
> 팔상도(八相圖)
> 석보상절서(『釋譜詳節』 序)
> 어제 월인석보서(御製 『月印釋譜』 序)
> 위패형 발원문(位牌形 發願文)
> 월인석보 본문(『月印釋譜』 本文)

이 가운데 본문 이전에 삽입된 제 텍스트들이 본고에서 살필 대상이다.

2. <세종어제훈민정음>과 『월인석보』

세종 25년(1443) 12월에 완성되어 세종 28년(1446) 9월에 반포된 훈민정음이 책으로 전하는 것은 한문본과 언해본 두 가지가 있는데,

그 중 언해본은 서강대학교본, 박승빈본, 희방사본, 일본궁내성본 등이 있다.3) 세종 28년 9월 상순에 완성된『해례본훈민정음(解例本訓民正音)』과 더불어『월인석보』권두에 붙어 있는 <세종어제훈민정음>은 그 자체만으로도 의의와 가치를 인정받는다. 알려진 바와 같이,『해례본훈민정음』의 내용은 본문[例義]과 해례와 정인지 후서(後序) 등의 순으로 구성되어 있는데, 15장에 걸쳐 있는『월인석보』권두 소재의 <세종어제훈민정음>은 그 중에 '예의(例義)'에 해당하는 부분만을 국어로 번역하고 주를 붙여 놓았다. 예의에서는 훈민정음을 창제한 취지를 밝힌 어제 서문과 훈민정음의 음가와 운용법에 대한 내용을 담고 있다. 어제 서문에서 밝힌 훈민정음의 창제 동기는 다음과 같다.

① 표기수단을 갖지 못했던 백성들에게 표기수단을 주기 위하여
② 문자 없는 국가적 체면을 생각해서
③ 이두 사용의 불편을 느끼어
④ 세종의 백성을 사랑하는 마음에서4)

즉, 훈민정음 창제의 의도 중에 하나는 우민에게 표기수단을 갖게 해서 이들을 교화하려는 데 있었던 것이다. 백성에게 표기수단을 갖게 한다는 것은 문화를 함께 나눌 수 있는 기본적인 바탕과 무엇인가를 교시할 수 있는 수단을 마련한다는 점에서 중요한 의미를 지닌다고 하겠다.

이런 정음 창제의 취지와 어려운 불경을 정음으로 풀어 널리 알리려는 포교적인 목적이『월인석보』의 체제에 드러난 것이다. 그러므

---

3)『세종학연구』11(세종대왕기념사업회, 1996)에 훈민정음 원본 및 여러 소장본들이 영인되어 있다.

4) 강신항 교수는 이와 같은 이유를 표면적인 이유라고 하면서, 그것을 뒷받침하는 근거로『훈민정음』어제 서문,『훈민정음』정인지 후서,『보한재집』권11 부록 행장(강희맹찬), 최만리의 반대소에 대한 세종의 답변 내용 등을 들고 있다.(『國語學史』, 보성문화사, 1986, 37~40쪽)

로 『월인석보』 서(17a)에서도 "上爲父母仙駕ᄒᆞ습고兼爲亡兒ᄒᆞ야" 라고
밝혔던 것이다. 세조의 맏아들이자 성종의 아버지인 의경세자(덕종)는
예절이 바르고 학문을 좋아하는 인물이었지만 건강이 매우 약해서
20세의 나이로 요절을 한데다가 그가 죽기 전에 늘 단종의 어머니인
현덕왕후의 혼령에 시달렸으니 불교를 숭신하는 세조로서는 이에
합당한 불사를 행하고자 했을 것이다. 이렇듯 『월인석보』의 편찬 경
위는 선초의 시대적·정치적 요구에 의해 어쩔 수 없이 시행되어야
했던 배불 정책 가운데, 왕실 스스로 내밀히 행했던 추천불사의 한
단면 속에서 보다 명확히 이해될 수 있다.

　『석보상절』과 『월인천강지곡』의 편찬경위가 소헌 왕후(1395~1446)
의 별세로 인한 추천불사 과정과 직접적으로 연관된다면, 『월인석
보』는 소헌왕후에 대한 추천과 아울러 세종을 추모하고 의경세자
(1438~1457)의 넋을 위로하기 위해 공덕적인 취지에서 조성되었던 것
이다. '불경'을 새롭게 조성하고 번역하는 일은 공덕을 쌓는 데 더없
이 좋은 것이었다. 이런 사실은 『금강경』 <지경공덕분>을 통해서도
확인할 수 있다.

> 　만약 어떤 사람이 능히 수지하고 독송하고 널리 사람들을 위하
> 여 설명한다면, 여래는 이 사람을 남김없이 알고 이 사람을 남김없
> 이 보아 모두 불가량하고 불가칭하며 끝이 없고 불가사의한 공덕
> 을 성취하게 할 것이다.5)

　능히 수지하고, 독송하고, 널리 사람들을 위하여 설명한다면 모두
불가량 불가칭하고, 끝이 없으며 불가사의한 공덕을 쌓을 수 있다
는6) 불교의 공덕적 차원에서 『월인석보』가 제작된 것이다. 『석보상

---

5) "若有人 能受持讀誦 廣爲人說 如來悉知是人 悉見是人 皆得成就　不可量不可稱無有
　邊不可思議功德"
6) 『법화경』 권6 제18품인 수희공덕품에서도 이와 같은 내용을 확인할 수 있다. 『월
　인석보』 권17의 월인부 기312 상절부에 수희공덕품이 부분적으로 보인다.(권17 :

절』과『월인천강지곡』, 그리고『월인석보』를 제작하는 것은 실로 공덕[書持功]을 쌓아서 추천하는 행사로 으뜸가는 작업이었던 것이다.[7] 그러므로『월인석보』권두에 <세종어제훈민정음(例義)>을 가장 먼저 보임으로써 정음창제의 취지를 드러냄과 동시에 쉬운 말로 풀어 포교하고 교화시켜서 공덕을 쌓는 사경 내지 인경(印經)의 공통된 목적을 드러내었던 것이다.

이런 의도는 다음과 같은『월인석보』서의 일부에서도 확인된다.

世宗이날ᄃ려니ᄅ샤ᄃᆡ追薦이轉經ᄀᆞᇀᄒ니업스니네釋譜ᄅᆞᆯ밍ᄀᆞ라翻譯호미맛당ᄒ니라ᄒ야시놀 내慈命을받ᄌᆞ방더욱ᄉᆞ랑호몰너비ᄒ야僧祐道宣두律師ㅣ各各譜밍ᄀᆞ로니잇거늘시러보더 詳略이 ᄒᆞᆫ가지아니어늘 두글워ᄅᆞ어울워釋譜詳節을밍ᄀᆞ라일우고正音으로翻譯ᄒ야사롬마 다수비알에ᄒ야

즉, 추천 행사에는 전경(轉經)이 으뜸인 까닭에 석보[석가의 일대기]를 만들어 정음으로 번역했다는 내용이다.

요컨대『월인석보』를 제작하는 일은 백성들에게 쉽게 불경[釋譜] 알게 해서 공덕을 쌓는 종교적인 포교 목적과 새로 만든 훈민정음의 취지이기도 한 백성 교화의 의도가 함께 어우러진 것이다.[8]

44b~54a) 이는 모두 수희공덕의 일환으로 이해된다.

7) 불경을 수지독송(受持讀誦)하여 사경(寫經)하거나 사경하게 하면 경권(經卷) 공양이 된다는 내용이『월인석보』권17(37a~44b 참조)에도 보인다.

8) 려증동 교수는『월인석보』권두에 <세종어제훈민정음>이 있는 사실에 대하여, 다음과 같이 언급했다.(앞의 논문, 1~2쪽)
"이 책을 놓고 표지를 넘기면 엉뚱하게도 <나랏말싸미>라는 글이 나옵니다. 해괴함을 느끼게 됩니다. 승녀들이 왕권을 등에 업으려고 이런 엉뚱한 짓을 하고 있구나 라는 느낌을 받게 됩니다. <나랏말싸미>라는 글이 끝나면, 불가(佛家) 그림 열 넷 폭이 나오게 됩니다. 불가그림이 끝나면 <석보상절 序>라는 글이 나오게 됩니다. 책이름에 따르지 아니했던 해괴한 편집이었습니다."
라고 하면서『월인석보』를 불온서적이라고 한 견해는 이런 의미로 볼 때 수긍하기 어렵다.

3. 팔상도의 의미와 그 기능

<세종어제훈민정음>이 나온 다음에 팔상도가 보이는데『월인석보』에 있는 팔상도는 팔상의 마지막 그림인 쌍림열반상(雙林涅槃相)이 빠진 상태로 7폭의 그림만이 전한다. 이 그림들은 양면이 1장이 되어 그림 1폭이 되는 형태이니 자연스럽게 판심이나 장차(張次) 표시가 없이 모두 14장 7폭의 불화가 되는 셈이다. 전체적인 표제는 없고 각각의 그림마다 우측(右側) 상우(上隅) 구내(構內)에 그림 제목이 4자로 붙어 있다. 즉,『월인석보』소재의 팔상도는 ① 도솔천에서 내려와서 탁태(托胎)하는 도솔래의상(兜率來儀相) ② 룸비니 동산에서 출생하는 모습인 곤람강생상(昆藍降生相) ③ 사문(四門)으로 나가 세상을 관찰하는 모습을 그린 사문유관상(四門遊觀相) ④ 성을 넘어 출가하는 모습인 유성출가상(逾城出家相) ⑤ 설산에서 수도하는 모습인 설산수도상(雪山修道相) ⑥ 보리수 아래에서 악마의 항복을 받는 모습인 수하항마상(樹下降魔相) ⑦ 녹야원에서 처음으로 설법하는 모습인 녹원전법상(鹿苑轉法相) ⑧ 사라쌍수 아래에서 열반에 드는 모습인 쌍림열반상(雙林涅槃相)으로 구성되어 있다.

팔상 가운데 마지막인 쌍림열반상은 잘려져 훼손된 상태이지만,『석보상절』권11에 전하는 팔상도가 있어 참고할 수 있다.『석보상절』과『월인석보』소재의 팔상도는 목판본 불전도로 가장 이른 작품으로 알려져 있다.『석보상절』권1이 미발견 상태라서 속단하기 어렵지만,『석보상절』권11의 권두에 합철되어 전하는 팔상도는 나중에 부철(付綴)된 것으로[9] 원래는『석보상절』권1에 있었을 것이다. 그리고『월인석보』권두에 부가된 <세종어제훈민정음>과『석보상절』서 등도『석보상절』의 체제에서 비롯되었을 것으로 생각된다. 현전

---

9) 沈載完,『釋譜詳節 第十一』, 語文學資料叢刊 第1輯, 解題 19쪽 참조.

하는 『석보상절』의 팔상도와 『월인석보』 권두에 부가된 팔상도를 비교해 보더라도 후자는 전자를 그대로 본떠서 제작한 것[10]임을 알 수 있기 때문이다.

 팔상도는 석가의 생애를 8상으로 압축해서 표현한 불화의 일종으로 팔상전(捌相殿)이나 영산전(靈山殿)에 봉안되었다. 원래 8상은 성도와 열반이라는 2대 사건을 중심으로 나타났는데, 인도에서는 주로 4상으로 구성되었다. 이는 『장아함경』이나 『대반열반경』, 한역 『유행경(遊行經)』 등을 보아도 알 수 있는데, 여기에는 주로 탄생과 성도, 초전법륜, 열반 등 4대 사건의 사상설(四相說)을 취하고 있다. 그런데 이것이 인도 후기나 중국에 들어와서는 팔상설로 발전해서[11] 불전문학의 기본적 서사구조가 된다.

 『월인석보』 소재의 팔상도도 본문의 전체적인 내용을 단적으로 보여 주는 목차와 같은 구실을 한다. 그러므로 비록 석보[佛傳]에 대해서 모르는 사람이 보더라도 팔상도에 의해 『월인석보』 본문의 서사적인 내용을 쉽게 알 수 있다. 『석보상절』에서는 팔상이 근간이 되어 제경(諸經)에서 가려낸 불전 서사물들로 가감이 이루어진 듯하고,[12] 『월인석보』에서는 세종의 어명에 의해 이미 만들어진 『월인천강지곡』이 본문이 됨에 따라 자연히 주해적 역할을 하는 상절부에서 가감이 이루어졌을 것으로 생각된다.

 이 외에도 이 팔상도를 보고 짐작할 수 있는 중요한 사실은 『월인석보』는 유기체적 내용을 갖는 1개의 텍스트로 당초부터 제작되었다는 사실이다. 다시 말해서 『월인석보』는 석가의 행적을 8상에 근거해서 제작한 '불경'(석가의 일대기)이라는 것이다. 8상도가 그러하듯이 각각 분리해서 보더라도 각 부분들은 개체적인 의미와 가치를 지닐

---

10) 蔡太順, 「朝鮮朝後期 八相圖의 硏究」, 홍익대 석사논문, 1984, 21쪽 참조.
11) 불광교학부, 『經典의 世界』, 불광출판부, 1991, 23~24쪽.
12) 비록알오져ᄒ리라도 ᄯ八相ᄋᆯ넘디아니ᄒ야셔마ᄂ니라 近間애追薦ᄒ슝 ᄫᅩ믈因ᄒ슝바 이저긔여러經에ᄀᆯ히여내야(『석보상절』서)

수 있지만 그 각각은 전체로 통합되는 부분적인 역할을 수행하고 있다는 사실에 주목해야 한다.13) 다시 말해서 전체적인 단일 주제를 가진 작품인 것이다. 예컨대『월인석보』의 8상도 가운데 훼손되어서 전하지 않는 마지막 그림인 '쌍림열반상'이 없다고 해서 석가의 일대기를 그림으로 나타낸 8상도의 내용에 크게 문제가 되는 것은 아니다. 하지만 8상 가운데 첫째인 '도솔래의'에 관련된 내용만을 따로 떼어 놓고 일개의 불전문학(佛傳文學) 작품으로 그 가치와 의미를 논의할 수는 없는 것이다. 왜냐하면 그것은 이미 전체로 묶여진 하나의 텍스트 내용을 담고 있기 때문이다.『월인석보』내에서 '도솔래의'는 그 자체로서의 의미와 기능을 갖지만 석가 행적 가운데 한 부분적 구실을 한다는 것이다. 이렇게 보면, 팔상도가『월인석보』의 권두에 있음으로 해서『월인석보』전체의 통일성과 유기체적 성격이 쉽게 확인된 셈이다.

또한『월인석보』권두 소재의 팔상도가 전체의 목차와 같은 구실을 한다는 사실로 인하여 영본(零本)인『월인석보』는 내용상 권25에서 끝난다는 추정을 가능하게 한다. 권25는 전반의 경우는 2장에 걸쳐 2-4수 정도의 월인부가 탈락되고, 제3장부터는 가엽존자(迦葉尊者)의 불교경전결집(佛敎經典結集)과 아난존자(阿難尊者)에게 전법(傳法)한 게송이 실려 있는데 승가이의(僧伽梨衣)를 걸치고 입멸에 들어가는 과정까

---

13)『월인석보』본문의 형식구조는 '석가의 일대기'라는 거시구조와 팔상의 내용에 부합되는 각각의 삽화단위인 미시구조로 이루어져 있다. 여기서 미시구조는 삽화 단위로서 텍스트 전체적 의미인 거시구조의 한 부분이 된다. 이렇게 삽화적인 미시구조로 거시구조를 이루며 압축된 내용의 운문을 관련 서사물이 풀어 설명해주는 텍스트들의 형식적 전통은 이른시기 서사시 작품들에서 전형적으로 나타난다. 월인부와 상절부가 교합되는 양상은 한국 초기서사시의 유형적 특성인 것이다.(유정일, 앞의 논문 참고) 필자의 견해와는 다르게 사재동 교수의 경우는 월인부와 상절부를 각각 독자적인 개체로 파악하고 그것들을 길이에 따라 단가계(短歌系), 사설계(辭說系), 가사계(歌辭系), 수필계, 소설계 등으로 나누었다. 결국『월인석보』는 각종의 장르가 모인 종합작품집이라는 것이다.(사재동, 앞의 논문 참고)

지『전등록(傳燈錄)』을 저본으로 서술되어 있으며, 이어서 승가이의에 대한 주석과 아난존자의 행적이『사분율』과『현우경』등에서 인용되어 있다.『석가보』를 저본으로 삼은 권25 후반부는 월인부 其577부터 其583까지의 7수와 여기에 해당하는 상절부로『석보상절』권24를 중심으로 이루어져 있는데 그 내용은 아육왕(阿育王)의 조탑기(造塔記)와 그의 동생 선용(善容)을 출가시키는 과정이다. 그 다음에 월인부 其582와 其583이 나오고 여기에 대한 한 장 분량의 주석이 보이며 해설 부분은 훼손된 상태다. 이런 권25의 내용은 이미『월인석보』가 팔상의 내용을 넘어서 있음을 보여 준다. 그러므로 자연히『월인석보』가 내용상 끝 부분에 이르렀음을 확인할 수 있는 것이다.

4.『석보상절』序와『월인석보』序의 의미와 그 중요성

서문이란 저자, 역자, 편집자가 그 책에 관련하여 독자의 이해를 돕기 위하여 쓴 권두의 문장을 이르는 말로 저작의 경개를 기술하는 단문으로서 저작의 동기나 체제에 대해 기록하거나, 또는 번역본, 교정본, 복각본 등에서는 원본의 유래와 서명, 저자명 기타 이외에 관계되는 사항을 기록하여 놓은 것이 통례이다.[14] 그러므로 서문은 책의 성질이나 전체적인 특징을 알기 위해서 해제로써 참고 할 수 있는 좋은 자료가 된다. 이런 서문을 분류한다면 대체로 저적류와 증송류(贈送類) 그리고 잡기류(雜記類) 등으로 대별할 수 있을 것이다.[15]

『석보상절』서와『월인석보』서는 저적류(著籍類)의 서서(書序)이다. 그러므로 이 서문들은 텍스트에 대한 궁금증을 해소시켜 주는 것으

---

14) 諸洪圭,『韓國書誌學辭典』, 경인문화사, 1982, 89쪽 참조.
15) 열상고전연구회 편,『韓國의 序跋』, 바른글방, 1992 淵民 序 참조.

로 그 체제 가운데 가장 중요한 의미를 지닌 부분이다. 서문을 통해서 책에 대한 편찬 동기와 목적, 체제, 출판 연도, 제작자 등에 관한 제 문제를 살펴볼 수 있음은 물론이고, 그 구절마다 설명과 주석이 함께 붙어 있어서 『월인석보』에 관한 보다 많은 사실을 제공해 주기 때문이다. 그렇다고 해서 이들 양서(兩書)의 서문이 우리가 알고 싶어 하는 모든 사실들을 알려 주지는 못한다. 차라리 많은 부분들을 추측할 수 있게 하는 단서를 제공한다고 해야 더 적당할는지도 모른다. 이런 의미에서 이들 양서의 서문을 날조된 것으로 보는 시각도 없지 않다.16) 그러나 이들 서문이 우리가 요구하는 모든 것을 만족스럽게 충족시켜 주지 못한다고 양서의 서문 자체에 대해 필요 이상의 불신(不信)과 무용(無用)을 주장하는 것은 그 이상의 오류를 범할 수 있다. 그렇지 않아도 우리 고전 서사문학사에서 저작 연대와 작자 불명의 작품들이 다수인데 엄연히 존재하는 있는 『석보상절』 서와 『월인석보』 서를 확실한 문헌적 증거와 확신도 없이 마냥 부정하는 것은 옳지 못하다. 주어진 자료를 충분히 활용하여 문제의 실마리를 찾는 것이 중요하다고 생각된다.

이런 의미에서 『석보상절』 서와 『월인석보』 서의 내용을 정리하면 다음과 같다. 편의상 전자를 (A)라 하고 후자를 (B)라 하기로 한다. (A)에서 확인할 수 있는 사실은 다음과 같이 정리될 수 있다.

a. 추천을 위해서 여러 불교 경전에서 뽑아 『석보상절』을 만들었다.
b. 『석보상절』이라고 명명(命名)한 이유가 주해로 설명되어 있는데,

---

16) 려증동, 「석보상절서 날조에 대한 진상규명」, 『모국어교육』 제8호, 모국어교육
학회, 1990.
______, 「御製月印釋譜序 날조에 대한 진상규명」, 『國語國文學論叢(碧史李佑成先
生定年退職紀念)』, 동 간행위, 1990.
______, 「월인석보 권1·2라는 불온서적에 대하여」, 『배달말』 제16호, 배달말학
회, 1991.

석가의 평생 일 가운데 중요한 곳은 자세히 쓰고 중요하지 않다고 생각되는 곳은 덜어 썼기 때문에 '석보상절'이라고 했다.[17)

c. "旣據所次ᄒ야繪成世尊成道之迹ᄒ숩고"라고 한 내용으로 미루어 볼 때, 팔상도가 『석보상절』의 전개 내용을 보여 준다.

d. "又以正音으로就加譯解ᄒ노니"라는 말로 추정해 볼 때, 『석보상절』은 한문본이 먼저 제작되었고 나중에 언해본이 만들어졌다.[18)

e. "庶幾人人이易曉ᄒ야而歸依三寶焉이니라"라고 했으니 『석보상절』을 번역한 표면적인 목적은 불교의 포교에 있었다.

f. 간행된 시기는 세종 29년(1447) 7월 25일이고 수양대군이 서문을 썼다.

(B)를 통해 알 수 있는 바를 정리하면 다음과 같다.

a. (A)와는 다르게 (B)는 내용이 더 장문(長文)인데다가 "夫眞源이廓寥ᄒ고"부터 "國王所受囑以擁護ㅣ니"까지 장황할 정도로 석가의 공덕을 찬양하고 있다.

b. 세종의 어명으로 세조(수양대군)가 『석보상절』을 찬역했다.

c. "世宗이謂予ᄒ샤디薦拔이無如轉經이니汝宜撰譯釋譜ᄒ라ᄒ야시늘"이라고 한 내용을 보면, 『석보상절』의 찬성 목적의 이면에는 원래 소헌왕후(昭憲王后)의 추천(追薦)을 위해 전경(轉經)함으로써 공덕을 쌓는 데 있었다.

d. 승우(僧祐)의 『석가보(釋迦譜)』와 도선(道宣)의 『석가씨보(釋迦氏譜)』를 합하고 번역해서 사람들이 쉽게 알 수 있도록 하기 위해 『석보상절』이 찬성되었다.

---

17) 釋은釋迦ㅣ시니라譜ᄂᆞᆫ平生앳처엄乃終ㅅ이를다쑨글와리라詳은조ᅀᆞ르빈말란子細히다쓸씨라節은조ᅀᆞ롭디아니ᄒ말란더러쓸씨라(『석보상절』 서 4b)

18) 『석보상절』서 6a주해에 "漢字로몬져그를밍ᄀᆞᆯ오그를곧因ᄒ야正音으로밍ᄀᆞᆯ씨곧因ᄒ다ᄒ니라" 라고 했으니 더욱 확실시된다.

e. 『석보상절』을 보고 세종이 '첩제찬송(輒製讚頌)'하고 그 노래를 『월인천강지곡』이라고 했다.[19]

f. 의경세자(덕종, 1438~1457)의 요절과 『월인석보』의 제작은 관련이 있다.

g. 『월인석보』 제작을 술사(述事)라고 한 것으로 보아 『석보상절』 제작 이후, 그 연장선상에서 『월인석보』를 제작한 것으로 추측된다. 그러므로 "念此月印釋譜ᄂᆞᆫ 先考所製시니"라고 한 것이다. 이 말뜻은 세종이 지었다는 말이 아니라 이들 『석보상절』과 『월인천강지곡』 두 책은 세종의 어명으로부터 제작되기 시작했기 때문에 두 책을 합친 개념의 『월인석보』를 그 서에서 "念此月印釋譜ᄂᆞᆫ 先考所製"라 한 것이다.

h. 세종과 소헌왕후, 그리고 의경세자의 명복을 발원하기 위해서 공덕을 쌓는 것을 목적으로 『월인석보』를 제작했다.

i. "出入十二部之修多羅호ᄃᆡ曾靡遺力ᄒᆞ며增減一兩句之去取호ᄃᆡ期致盡心ᄒᆞ야"라는 내용을 보아서 『월인석보』 상절부의 가감은 십이분교(十二分敎) 경(經 ; sutta)을 중심으로 이루어졌다.

j. 발원적 성격의 내용이 대부분이다.

k. 간행된 시기는 세조 5년(1459) 7월 7일이고 "御製月印釋譜序"라는 서두 기록을 보아서 세조가 서문을 썼다.

(A)와 (B)의 내용은 몇몇을 제외하고는 거의 앞에서 논증한 것이거나 상세한 설명을 필요로 하지 않는 것들이지만, (B)-a나 (B)-j의 경우는 『월인석보』의 내용적인 측면을 단적으로 보여 주는 사실이기 때문에 (B)-c와 함께 관련지어 좀 더 논의할 필요가 있다.

---

19) '첩제찬송'의 의미를 '첩'을 축자적으로 해석해서 "문득 지었다"라고 이해하기(려증동, 1991, 51쪽) 보다는 '시간을 끌지 않고 곧' 이라는 뜻으로 보는 것이 문맥을 이해하는 데 더 타당할 것으로 보인다.

려증동 교수의 견해를 보면, (B)-a와 (B)-f의 사실은 책머리에 놓여질 서문으로 타당하지도 않고 『월인석보』라는 책과 아무런 관련이 없으므로 『월인석보』서는 날조라는 것이다.[20] 실록의 자료를 검토해 보면, 세조 5년 2월 9일 임술조와 세조 14년 5월 12일 신미조, 그리고 세종 28년 3월 26일 계사조에서 이들 삼서(三書)들의 제작과 관련된 사실을 확인할 수 있어 날조된 서적으로 몰아 붙일 근거가 없다. 다만 논자의 견해대로 (B)-a와 (B)-f의 사실은 특이한 내용임에 틀림없다. 하지만 (B)-a, f, j 등의 내용은 오히려 『월인석보』가 특별한 목적으로 제작되었다는 것을 반증하는 것이기도 하다. 즉, (B)-c에서 본 바와 같이 천발(薦拔)을 위해서 전경한 것이니 『월인석보』의 기본적 목적은 전경(轉經) 등포(謄布)를 해서 공덕을 쌓는 데 있었던 것이라 하겠다. 추천이란 죽은 사람을 위하여 추가(追加)로 복을 천(薦)한한다는 뜻으로, 『灌頂隨願往生十方淨土經』에서 명(命)을 마친 사람이 중음(中陰 ; 中有) 가운데 있을 때는 몸이 소아(小兒)와 같이 죄와 복이 定함이 없어서 복을 닦아서 죽은 사람의 신이 시방무량찰토(十方無量刹土)土에 태어나기를 원하면 이 공덕에 따라 반드시 왕생함을 얻는다[21]고 했으니 이런 것에서 연유되었던 것이다.

『석보상절』서와 『월인석보』서의 내용을 자세히 살핀 바와 같이, 양서(兩書)의 서문은 어떤 자료들보다도 『월인석보』에 대해서 가장 많은 정보를 제공해 주고 있다. 즉, 『석보상절』서와 『월인석보』서는 『월인석보』의 편찬 경위와 목적, 편찬 방법, 간행 시기 등을 비롯해 여건상 실록에 실재 서명으로 자세히 기록될 수 없었던 사정까지도 추정할 수 있게 해준다.

---

20) 려증동, 앞의 논문, 46~47쪽 참조.
21) 『佛教大辭典』 6, 명문당, 557쪽 참조.

5. 위패형 발원문[22]과 『월인석보』

『월인석보』는 그 권두에 <세종어제훈민정음>이 보이고 팔상도가 나온 뒤 『석보상절』 서와 어제(御製) 『월인석보』 서가 연이어 실린 다음, 어느 도서에서도 보지 못한 정말 기이한 도형 두 개가 나온다. 그 모형은 비갈(碑碣)같기도 하고 위패 같기도 하다. 비갈 도형을 새겨 둘 까닭이 없고 보면, 차라리 위패형 도형으로 판단된다. 앞에 보인 팔상도는 두 장이 한 폭의 불화를 이루는 경우이므로 판심(版心)이 없었지만 이 도형의 경우는 각각 독립된 그림이라서 다른 책장과 동일하게 판심과 판심제(題) 그리고 어미(魚尾)를 가지고 있다. 도형이 상하변란(上下邊欄)으로 묶여진 것을 보면 도형을 중시했다기보다는 그 안에 한문으로 새겨진 내용을 나타내는 것을 우선으로 삼았던 것 같다. 이 위패형 도형 좌우측에는 각각 5개씩 꽃송이가 그려져 있으며 도형은 불상의 대좌(臺座)같은 받침 위에 마치 복련(覆蓮)같은 모양이 있고 그 위에 도형과 문자가 새겨져 있어 신비감과 경건함을 자아내기까지 한다.

그 위패형 중앙에는 첫 번째 도형의 경우 '세종어제월인천강지곡 소헌왕후동증정각(世宗御製月印千江之曲　昭憲王后同證正覺)'이라고 씌어져 있고, 두 번째 그림의 경우는 '금상찬술석보상절 자성왕비공성불과(今上纂述釋譜詳節　慈聖王妃共成佛果)'라고 되어 있다. 편의상 앞의 것을 (A)라고 부르고 뒤에 것을 (B)라고 하겠다. (A)에 의하면 『월인석보』 서와 『세조실록』 14년 5월 12일 신미조에서와 같이 『월인천강지곡』을 세종이 지었다고 했고, 지은 공덕으로 말미암아 소헌왕후도 함께 정

---

22) 위패라는 매질(媒質;기호학적 공간)에 쓰여진 발원문이라는 의미로 필자가 명명한 것이다. 『월인석보』가 추천 발원과 인경(印經) 공덕(功德)의 목적으로 제작되었다는 점과 관련시켜 생각해보면 더욱 설득력이 있다.

각(正覺 ; 부처님의 智, 참된 깨달음)을 깨닫는다고 했다. 또, (B)에 의하면 세조가 『석보상절』을 찬술해서 소헌왕후도 불과(佛果)23)(成佛로 인해 얻는 좋은 결과)를 이룬다고 했다. 그러므로 (A), (B) 모두 왕실 불사(佛事)로 공양하기 위해 조성된 발원문이 되는 셈이다. 이렇게 볼 때, 이들 세 책이 왕실불사로 공양을 위해서 제작된 당시로서는 인경(印經 ; 刊印된 '佛經')이었다는 사실이 확실해진다. 이 위패형 그림에 적힌 글은 불교에서 수행자가 정진할 때 세우는 서원(誓願)이나 시주의 소원을 적은 글인 일종의 발원문인 것이다.

목판이 나와 인경이 이루어지기 이전에는 사경24)이 포교와 추천 공덕, 권선(勸善)을 위한 신앙적 차원에서 이루어졌다. 그리고 인경이 일반화되면서, 인경이 사경공덕의 의미를 대신하는 한편 사경은 주로 장식경(裝飾經) 쪽으로 발전하였다.25) 경을 서사(書寫)하는 일은 모든 공양의 최선의 수단이요 방법이었음은 여러 사전류(史傳類)의 기록을 보아도 알 수 있고,26) 앞서 인용한 『금강경』에서도 사경의 공덕이 가장 으뜸이라는 사실을 확인한 바 있다. 이런 이유로 처음 완성되었던 한문본 『석보상절』을 사경했던 것이다.27) 사경의 의미는 모든 중생들이 누구를 막론하고 청정한 마음으로 경을 서사하여 불복(佛腹) 또는 불탑(佛塔)에 공양하거나 수지독송(受持讀誦)하면 다같이 부처와 다름없는 경지에 이르며, 또 부처의 보호와 위력으로 일체의 재앙이 소멸되고 수복(壽福)하며 만사가 소원대로 성취될 수 있다는 佛說(佛說)에 의한 것이다.28)

그러므로 부처를 찬양하고 포교할 수 있는 내용의 『월인석보』를

---

23) 『불교대사전』 2(앞의 책, 775쪽)에서 "所成한 萬德은 果가 된다"고 했다.
24) 사경(寫經)에 관해서는 田中塊堂의 『寫經入門』(創元社, 昭和16)이 참고된다.
25) 權憙耕, 『高麗寫經의 硏究』, 미진사, 1986, 209쪽 참조.
26) 千惠鳳, 「한국의 典籍」, 『國寶(서예·전적)』 12, 예경산업사, 1985, 1쪽 참조.
27) 『世祖實錄』 28년 5월 27일 갑오조 참조.
28) 천혜봉, 위의 글, 같은 곳.

간인(刊印)한 사실은 포교의 차원보다는 공덕이라는 차원에서 이해하는 것이 바람직하다는 결론을 얻게 된다. 왜냐하면 사경하는 일은 광의의 의미에서는 광선유포(廣宣流布)라는 데 그 목적을 두고 있었지만 협의의 의미에서는 공덕이라는 의미가 강했기 때문에[29] 실제적인 목적은 공덕에 있는 것이다. 계속 발견되고 있는 『월인석보』가 대부분 불복 속에서 나오는 이유도 사경한 불경을 불상과 불탑 속에 공양하면 부처님의 보호와 재앙의 소멸과 현세의 복락을 이룩한다는 사경공덕의 의미에서 생각하면 쉽게 이해할 수 있다.

위패형 발원문은 『월인석보』를 선사(繕寫)하고[30] 인간할 때 서원한 내용이며, 김수온 등을 중심으로 사경, 또는 인경한 『월인석보』를 바침으로써 세조(왕실)는 그 공덕을 회향(回向) 받고자 했던 것이다. 실제로 제작에 간여했던 김수온의 경우는 그 공으로 관직을 제수 받기도 했다.[31]

6. 나오는 말

지금까지 『월인석보』 본문 이전에 붙어 있는 <세종어제훈민정음>, 팔상도, 『석보상절』 서, 어제 『월인석보』 서, 위패형 발원문 등에 대해서 분석하고 그 의미를 살폈다. 그 결과 이런 체제는 『월인석보』의 텍스트 성격이나 제작의도에 관한 중요한 사실들을 시사해 주는 중요한 구성 요소라는 점을 새롭게 알 수 있었다. 『월인석보』의 본문 이전에 있는 각각의 구성 요소는 무용하고 괴이한 것이 아니라

---

29) 권희경, 앞의 책, 208쪽.
30) 『세조실록』 5년 2월 9일 임술조
31) 『세조실록』, 같은 곳.

오히려 텍스트의 성격을 보다 선명하게 보여 주는 기능적인 역할을 한다는 사실을 드러낸 셈이다.

본고가 『월인석보』 연구에 작은 보탬이 되기를 바라며, 결론 삼아 앞에서 논의된 바를 요약하여 제시하기로 한다.

첫째, 『월인석보』 권두에 <세종어제훈민정음[예의]>을 가장 먼저 보임으로써 정음창제의 취지를 드러냈으며, 『월인석보』를 간인함으로써 쉬운 말로 풀어 포교하고 교화시켜서 공덕을 쌓는 사경 내지 인경에 의한 공덕의 목적이 있었다. 다시 말해서, <세종어제훈민정음[예의]>이 체제 안에 실린 이유는 정음창제의 취지인 백성 교화의 목적과 석가의 일대기인 석보(釋譜)를 쉬운 정음으로 풀어 포교하고 교화시켜서 공덕을 쌓으려는 『월인석보』의 종교적인 목적이 부합된 것이다.

둘째, 팔상도는 『월인석보』 전문 내용을 단적으로 보여 주는 목차와 같은 기능적인 구실을 하며, 쉽게 『월인석보』의 기본적인 흐름을 알 수 있게 한다. 팔상도가 붙여진 사실로 미루어 볼 때, 『월인석보』는 유기체적 내용을 갖는 한 개의 텍스트로 제작되었으며, '석가의 일대기'라는 단일 주제를 갖는 작품이라는 것을 확인할 수 있다. 또한, 팔상도의 내용을 볼 때, 영본인 『월인석보』가 권25에서 끝날 것이라고 추정할 수 있게 된다.

셋째, 『석보상절』과 『월인석보』의 서문은 저적류의 서서로 이들 책의 편찬 동기와 목적, 체제, 출판 연도, 제작자 등에 관한 내용을 담고 있다.

넷째, 『석보상절』과 『월인석보』의 서문 다음에 보이는 위패형 발원문은 『월인석보』를 선사(繕寫)하고 인간할 때 서원된 내용이다. 사경이나 인경하는 일은 광의의 의미에서는 광선유포라는 데 그 목적을 두고 있었지만, 협의의 의미에서는 공덕이라는 의미가 강하기 때문에 『월인석보』의 실제적인 제작의도는 부처님의 보호하심과 재앙의 소멸 그리고 현세의 복락을 서원공덕하는 데 있는 것이다.

제2부 불교계 서사문학의 인물 형상

동아시아 관음보살의 여신적 성격 __ 조현설

한국 불교설화에 나타난 여성상 __ 박상란

관음설화에 나타난 여성상 __ 박상란

성녀와 악녀 __ 조현설

조선후기 소설에 나타나는 여성과 불교적 공간 __ 심혜경

조선후기 문헌설화에 나타난 완승(頑僧)의 의미 __ 박상란

동아시아 관음보살의 여신적 성격

조현설

1. 여신 관음, 그 가모장적 욕망

산스크리트어 아바로키테슈바라(Avalokit éshvara)의 한어 의역인 관세음(觀世音)[1]은 여신이다. 관세음은 양성에 두루 통하는 통성(通性)이고 동시에 남녀를 초월하는 초성(超性)[2]이라고 해석하기도 하지만 한국을 비롯하여 중국이나 일본 등의 이야기와 탱화, 혹은 조상(彫像) 속에 나타나는 관음이 여성의 형상을 지닌 것은 부정할 수 없는 사실이다. 여신 관음은 이미 동아시아인 내부에 고착된 이미지이다.

그런데 주지하다시피 여기에는 '관음의 여신화'라는 하나의 역사적 전환이 있다. 관음의 원형인 인도의 아바로키테슈바라는 본래 남신이었다.[3] 이 남신 아바로키테슈바라가 여신으로 얼굴을 바꾼 것은

---

1) 약자로 사용하는 '관음'은 당 태종 이세민(李世民)의 '世'자를 피한 데서 유래한 것이다. 광세음(光世音), 관자재(觀自在), 관세자재(觀世自在) 등으로 불리기도 한다.
2) 송원 스님, 『알기 쉬운 관음경』, 상아, 1999.
3) 브라만교의 경전 리그베다를 보면 불교 발생 이전인 B.C. 7c에 이미 관세음이 존재했다. 그 형상은 두 어깨가 이어지고 머리에는 밝은 별이 두 개 달린 쌍둥이 망아지, 어떤 때는 머리에 연꽃 관을 쓰고 마차에 앉거나 혹은 새가 끄는 금거(金車)를 타고 새벽에 천공을 날아가는 쌍둥이 형제로 변하기도 한다. 이 쌍마동

인도불교가 중국으로 전래된 이후에 발생한 사건이다. 이 관음의 여신화에 대해서는 샤머니즘과 도교의 영향, 특히 서왕모(西王母) 신앙의 영향,[4] 여신의 중세화,[5] 관음의 특질인 자비상(慈悲像)을 나타내기 위한 것[6] 등 몇몇 견해들이 제출되어 있는 것 같다. 한편으로는 관세음은 남성성과 여성성이 융합된 전체상으로 존재하기 때문에 성적 정체성을 따지는 것은 큰 의미가 없다는 분석심리학의 견해[7]도 있다.

필자는 기존 논자들의 견해를 부분적으로 수용하면서 관음의 여신화에는 또 다른 맥락이 있음을 주목하려고 한다. 그것은 남성지배의 역사적 추이와 관련된 여신 이미지의 역사적 전환의 문제이다. 관음의 여신화는 남성지배에 반응해 가는 여신 운동의 한 형식이라는 것이 필자의 기본 입론이다.

근래 인문학계의 주요 화두의 하나가 '여성'이다. 이는 여성을 소수화해 온 남성중심적 흐름에 대한 지적 역류라고 할 수 있다. 우리가 여신에 새삼 주목하는 까닭도 여기에 있다고 생각한다. 잊혀진 여신과 여성신화의 재발견을 통해 여성성의 '르네상스'를 마련하려는 정치적 욕망이 여기 있는 것이다. 여신 관음도 이런 맥락에서 다시 읽을 때, 다시 말해 가부장적 문화, 혹은 남성지배사회의 동굴 안에 숨쉬고 있는 가모장적 욕망의 지속과 반응을 표상하는 존재로 관음을 해석할 때 더 유효한 의미를 생성할 수 있으리라고 보는 것이다.

신(雙馬童神)은 브라만교, 힌두교의 선신(善神)인데 맹인의 눈을 뜨게 하고, 병자의 건강을 회복시키고, 불구자를 치료하고, 불임여성에 아이를 낳게 하고, 수소가 젖을 생산케 하고, 고목에 꽃이 피게 하는 능력을 지닌 존재이다. B.C. 5c 불교가 설립된 후 이 쌍마동신은 마두관세음(馬頭觀世音)으로 흡수, 이로 인해 망아지는 위대한 장부로 변하게 된다.(過偉, 『中國女神』, 南寧:廣西教育出版社, 2000. 508쪽)
4) M. Palmer 등의 견해.(이부영, 『아니마와 아니무스』, 한길사, 2001, 307쪽 참조)
5) 김헌선, 「불교 관음설화의 여성성과 중세적 성격 연구」, 『구비문학연구』 9집, 한국구비문학회, 1999.
6) 홍윤식, 「불교미술을 통해 본 관음신앙」, 『한국관음신앙연구』, 동국대 출판부, 1988.
7) 이부영, 앞의 책, 310쪽.

2. 관음의 여신화 현상과 형상들

(1) 관음의 여신화 현상과 그 의미를 따질 때 가장 먼저 고려해야 할 사항은 관음의 원형인 아바로키테슈바라가 본래 남성신이었다는 사실이다. 관음보살은 대개 서력기원 직후 성립되었다고 보는 것이 일반적인데 초기의 성관음(聖觀音)은 3~7세기 무렵 관음신앙이 대중화되면서 변화관음(變化觀音)으로 전환되어 다양한 형상을 지니게 된다. 그러나 관음의 다양한 형상에도 불구하고 대승경전과 그 논리체계에서 관음은 남성이다. 보살계는 십계(十界) 중 남성만의 깨달음의 세계이고 팔리어나 산스크리트어의 어원에서 관음은 모두 남성으로 나타난다.8) 인도 불교에서 관음은, 대자대비라는 관음의 특성상, 여성화될 수 있는 가능성을 잠재하고 있었지만 여성화되지 않았다는 것이 통설이다.9)

이런 사정은 중국 불교 전래 초기에 중인도(中印度)에서 온 승려 담무참(曇無讖)이 번역한 『비화경(悲華經)』(5호16국 시대 北涼 397~460 시기)을 통해서도 가늠할 수 있다.

> 전륜왕(轉輪王) 무정념(無淨念)이 있었다. 왕은 아들 천 명이 있었는데 태자의 이름은 불구(不眴), 즉 관세음보살이고, 둘째 왕자의 이름은 니마(尼摩), 즉 대세지보살이고, 셋째 왕자의 이름은 왕상(王象), 즉 문수보살이고, 여덟 째 왕자의 이름은 민도(泯圖), 즉 보현보살이다." 국왕 무정념은 후에 서방 안락세계의 무량수불, 즉 서방극락세계의 아미타불이 되고, 관음과 대세지 형제는 그의 협시보살(脇侍菩薩)이 되었다.10)

---

8) 산스크리트어에서 어미가 단음(a)이면 남성이다. 加藤咄堂, 『觀音信仰史』(有光社, 1940), 126쪽 참조.

9) 이에 대해서는 '인도에서는 남성이 자비, 여성이 지혜의 표상이었기 때문'이라는 견해가 참고가 된다.(顏素慧, 編著 『觀音小百科』, 長沙 : 岳麓書社, 2003, 94쪽)

10) 過 偉, 앞의 책, 509쪽.

이 중국 초기 경전에서 관세음보살은 전륜왕의 태자로 설정되어 있다. 왕과 태자의 관계가 후에는 아미타불과 협시보살인 관음보살, 대세지보살의 삼존 형태로 전환되었다는 것이다. 이 번역된 『비화경』이 선명하게 보여주는 것은 인도불교가 관세음보살을 남신으로 인식하고 있었다는 점이고 마찬가지로 초기의 중국불교가 관음을 남신으로 수용했다는 사실이다.

그런데 중국에서 남신 관음은 대개 5세기를 기점으로 여신 관음으로 전환되기 시작하여 10세기에 이르러 여성 관음이 증가하는 모습을 보여주다가 명대(明代)에 와서는 완전히 여신으로 전환된다.11) 이를 몇몇 문헌 전승들은 잘 보여 준다.

1) 제(齊)나라 건원(建元) 원년(479)에 팽자교(彭子喬)가 옥에 갇혔는데 관세음경을 외니 백학 한 쌍이 있어 그 중 하나가 자교 곁에 내려왔다. 이때 다시 깨닫고 보니 아름다운 부인이 되어 있었고, 자교의 차꼬가 저절로 벗겨졌다. 그 후 45일이 지나 석방되었다.

   ▷ <『法苑珠林』 卷27 · 至誠篇 第19>

2) 무평(武平, 570~575)초에 공중에서 오색의 물체를 보았는데 가까워지자 아름다운 부인으로 변했다. 키가 여러 길이나 되었다. 한참 후 관세음으로 변했는데 여성의 몸이었다.

   ▷ <『北齊書 · 徐之才傳』>

3) 수나라 문제(文帝, 581~604)의 독고황후(獨孤皇后)는 비기(秘記)에서 말하길 묘선보살, 즉 묘장왕의 셋째 딸 묘선이다. 그래서 비기는 묘선을 황후에 비유한다.

   ▷ <『隋書』 ; 『北史 · 王劭傳』>

---

11) Lin Sen-shou, *KUAN YIN, Avalokit ésvara Boddhisattva*, http://taipei.tzuchi.org.tw/tzquart/
   99spring/qp99-11.thm

이상의 설화적 자료들은 위진남북조 시기부터 이미 관음이 여신화되는 기미를 보이고 있었다는 사실을 보여준다. 여기서 문제는 '왜, 그리고 어떻게 관음은 여신화되었는가' 하는 데 있다.

관음의 여신화와 관련하여 우리는 먼저 관음보살 자체에 이미 여신의 가능성이 잠재되어 있었다는 점을 염두에 둘 필요가 있다. 인도 불교의 관음은 그 분화 과정에서 남성 관음인 여의륜관음(如意輪觀音)·십일면관음(十一面觀音)·천수관음(千手觀音) 등 다양한 형상을 지니게 되는데 그 가운데 준지관음(准胝觀音), 칠구저관음(七俱胝觀音), 백의관음(白衣觀音), 엽의관음(葉衣觀音), 곤구지관음(毘俱胝觀音) 등은 여성적 관음이라고 할 수 있다.12) 이들 여성적 관음은 힌두신앙을 포섭하려는 밀교의 강력한 의지에 의해 관음화된 인도 여신들이다.13) 이렇게 본다면 관음의 형상 속에는 이미 인도 고대의 힌두 여신들이 잠재되어 있었던 셈이다.

여신의 또 다른 가능성은 『묘법연화경 관세음보살 보문품』이 염송해주듯이 "선남자여, 만일 한량없는 백천만억 중생들이 모든 괴로움을 받을 적에 관세음의 이름을 들은 이가 일심으로 이름을 부르면 관세음보살이 즉시에 그 소리를 관(觀)하고 모두 거기에서 해탈을 얻게 하느니라"라는 관음의 성격에서 기인한다. 이 관음의 '두려움이 없도록 베푸시는 분'이라는 이미지 속에서 모성성을 읽어내는 일은

---

12) 准胝觀音(cunda)은 여신 cundi에서 비롯되었고, 七俱胝佛母(cundi-cundiibhagavati)는 과거 무량 무수의 많은 부처를 만들어 온 어머니 같은 존재라는 뜻이다. 白衣觀音(paaNGduravaasini), 즉 백의관자재모(白衣觀自在母)는 白處, 즉 보리심에서 모든 부처가 태어나므로 관음의 어머니가 된다 하여 밀교 만다라의 연화부에서 제존(諸尊)을 생성하는 불모(佛母)로 등장한다. 葉衣觀音(palaashaambari)은 동인디아의 산악지대, 혹은 중앙인디아 데칸고원과 삼림지역에서 나무 옷을 입고 사는 샤바라족의 여자라는 뜻이 있는데 처음에는 지모신앙(地母信仰)이나 여성의 성력신앙(性力信仰)을 통해 불교의 재난 방지 및 귀신 퇴치 역할을 하다가 33관음 중에 편입된 것으로 보고 있다. 毘俱胝觀音은 분노로 미간을 찡그린 모습으로 나타나며 shiva의 妃인 paarvatii에서 기원한 것이다.

13) 김영재, 「관음여성화와 토속신앙의 영향」, 『한국불교학』 28집, 2000.

그리 어려운 일이 아니다.

그러나 잠재성은 잠재성이다. 인도 불교에서 관음은 끝내 여신화되지 않았다.[14) 문제는 중국이다. 중국에서 관음이 여신화된 것은 팔머 등이 주장한대로 아무래도 샤마니즘이나 도교의 영향으로 봐야 할 것이다. 이와 관련하여 흥미로운 것이 위에 든 자료 1)이다. 여기서 주목되는 것은 관세음경을 외웠는데 학(鶴)이 내려왔고, 그 학이 아름다운 부인이었다는 일련의 사건인과성이다. 앞에서 거론한 『묘법연화경 관세음보살 보문품』에 따르면 어려움에 처한 중생들이 이름을 부르면 온갖 형상으로 달려오는 존재가 관음보살이다. 따라서 아름다운 부인은 학의 형상으로 현현한 관세음보살인 것이다.

그런데 여기서 문제는 학이다. 학은 불교적 상관물이라기보다는 도교의 상관물이다. 신선담들을 보면 학은 선녀 자신이기도 하고 신선들의 '탈것'이기도 하다. 도가에 심취했던 한나라 무제를 다룬 『한무내전(漢武內傳)』을 보면 서왕모가 무제 앞에 나타날 때 서왕모를 배종(陪從)한 신선들이 용호(龍虎)·기린(麒麟)·백학(白鶴) 등을 타고 내려온다. 해모수가 하늘에서 내려올 때 그의 시위들이 타고 내려온 것도 백학과 계통이 다른 것으로 보이지 않는 고니들이다. 그렇다면 관음보살이 학의 형상으로 현현했다는 5세기의 이 이야기는 불교가 중국에 들어와 기존의 도교 등 민간신앙과 습합되기 시작했다는 하나의 사례가 될 수 있다. 기실 중국에서 불교는 수용 초기부터 이미, 앙리 마스페로가 지적처럼 '열반(涅槃)'이 '무위(無爲)'로 번역되었을 정도로, 도교와 동일시되었기[15) 때문에 중생의 근기에 따라 현현한다는 관음이 쉽사리 백학의 형상으로 나타날 수 있었을 것이다.

다음 문제는 아름다운 부인이다. 팽자교가 관음경을 외워 구원을

---

14) 원인에 대해서는 인도 카스트의 강력한 가부장적 영향이나 자비가 남성의 상징이었던 인도문화의 성격 등을 생각해 볼 수 있겠지만 좀더 깊이 있는 논의가 필요하리라고 생각한다.

15) 앙리 마스페로, 신하령·김태완 옮김, 『도교』, 까치, 1999, 7부 참조.

요청했을 때 달려온 것은 아마타불의 아들이자 협시보살인 남신 관음이 아니라 여신 관음이었다. 이는 앞에서 언급한대로 5세기 무렵에 이미 관음의 여신화 경향이 나타나고 있었다는 것인데 이 여신화 경향에 직접적으로 관여한 것은 아마도 이 시기 불교의 발전과 더불어 여성 출가자, 재가여거사(在家女居士) 등 여성불교도의 증가가 아닐까 생각된다. 궈웨이(過偉)도 이 시기 여성불교도들이 여성보살이 여성의 이익을 보호해 주기를 소망했기 때문에 관음이 여신화되었다고 보고 있다.16) 그런데 여기서 좀더 주목해야 할 것이 관음의 여신화에는 하나의 모델이 있었다는 점이다. 그 근원적 모델은 시조모(始祖母, 聖母)이고, 중국의 경우 더 직접적 모델은 이 근원적 성모가 한대 이후 도교의 발전과 더불어 중국의 대표 성모로 정착된 서왕모(西王母)이다.

주지하다시피 서왕모는, 본래는 특정 부족과 그 부족의 제사 대상을 지칭하는 것이었지만 한대 이후 인격화되면서 도교화된 여신이다. 도교의 신학 체계 내에서 서왕모는 동왕공(東王公)과 더불어 동왕공의 양(陽)에 대해 음(陰)을 상징하는 신격이고 신선계에서는 여선(女仙)의 수령이 되는 존재이다. 불교에서 관음이 아미타불의 협시보살로 대세지보살과 더불어 삼위(三位)를 형성하고 있다면 도교에서 서왕모는 옥황상제(원시천왕)의 조력자로 동왕공과 더불어 삼위를 형성하고 있다고 해도 좋을 것이다. 물론 도교의 최고신인 이른바 삼청(三淸), 즉 옥황상제(玉皇上帝)·원시천존(元始天尊)·태상노군(太上老君)은 본래부터 있었던 것이 아니라 불교의 전래 이후 불교와 경쟁관계에 있던 도교가 새롭게 주조한 신격이지만17) 불교와 도교의 상호 영향의 과정에서 분명 관음은 도교의 서왕모라는 모델을 따라 여신화한 것이라고 해야 할 것이다. 이는 민간도교 신앙 속에서 서왕모가 왕모

---

16) 過 偉, 『中國女神』, 南寧 : 廣西敎育出版社, 2000, 509쪽.
17) 干春松, 『神仙傳』, 北京:社會科學出版社, 1998, 194쪽.

낭낭(王母娘娘)이라고 불리는 것과 마찬가지로 관음 역시 낭낭관음(娘娘觀音)이라고 불리고 있다는 사실을 통해서도 그 습합의 경과를 짐작할 수 있다.

자료 3)을 보면 수나라 시기에 이미 중국화된 일종의 '관음보살본풀이'가 형성되어 있었으리라는 추측을 가능케 해준다. 왜냐하면 묘장왕의 셋째 딸 묘선의 이야기는 조맹부(趙孟頫)의 부인 관도승(管道升)이 원나라 성종(成宗) 대덕(大德) 10(1306)년에 민간의 전설에 기초해 정리한 「관세음보살전략(觀世音菩薩傳略)」에서 만날 수 있기 때문이다.

> 묘장왕(妙庄王)은 묘인(妙因)·묘연(妙緣)·묘선(妙善)이라는 세 딸이 있었다. 묘선이 곧 후에 득도한 관음이다. 세 딸이 모두 시집갈 나이가 되어 묘장왕이 사위를 보려고 하자 큰 딸과 둘째 딸은 흔쾌히 대답했지만 묘선은 뜻을 따르지 않고 출가하여 비구니가 되겠다고 했다. 묘장왕이 크게 노하여 그녀를 궁에서 쫓아냈다. 후에 묘장왕은 중병을 얻어 목숨이 오늘 내일 했다. 묘선은 노승으로 변신하여 왕에게 나가 "지친(至親)의 손과 눈이 아니면 고칠 수 없다"고 했다. 왕은 두 딸 외에 지친이 없었으므로 곧 큰딸과 둘째 딸을 희생시키려고 했지만 어떻게 눈을 빼고 손을 자르는 일에 동의하겠는가? 노승은 다시 향산(香山)의 선장(仙長)이 중생을 제도하니 그에게 구하면 뜻을 이룰 수 있으리라고 말했다. 향산 선장은 수행자 묘선이었는데 선장은 자신의 손목을 자르고 눈을 빼 묘장왕에게 드렸다. 묘장왕은 그것을 먹고 치유되었으나 선장을 보니 손과 눈이 없었으므로 마음이 아파 하늘과 땅을 향해 손과 눈이 다시 나게 해달라고 간구했다. 잠시 후 손과 눈을 새로 얻었다. 아울러 한꺼번에 천 개의 손과 천 개의 눈이 생겨났으니 이가 곧 천수천안관세음보살(千手千眼觀世音菩薩)이다. 두 사람은 부녀간의 정과 기쁨을 나누었다. 묘선은 부왕에게 불문에 귀의해 덕을 닦고 선을 행하도록 권유했다. 묘장왕은 흔쾌히 대답했다.[18]

『비화경』에서 전륜왕과 태자의 관계가 여기서는 묘장왕과 셋째

---

18) 過 偉, 앞의 책, 511쪽.

딸 묘선의 관계로 전환되어 있는데 이런 전환은 자료 3)을 참조하면
이미 수나라 시기에 이뤄져 있었을 것이다. 여신화된 관음의 형상을
잘 보여주는 자료가 아닐 수 없다.

(2) 중국의 사정이 이러하다면 우리의 경우는 어떤가? 먼저 검토
해 봐야 할 것이 『삼국유사』의 <선도성모수희불사(仙桃聖母隨喜佛事)>
조이다. 관음과 여신의 상관성, 혹은 관음의 여신화 문제에 있어 중
국 쪽과 유사한 맥락이 감지되기 때문이다.

　　진평왕조(眞平王朝)에 지혜(智惠)라는 비구니가 있어 어진 행적이
　많았는데 안흥사(安興寺)에 거주하여 새로 불전을 수리하려 하다가
　힘이 미치지 못하였다. 꿈에 한 선녀가 어여쁜 모양과 주옥(珠玉)으
　로 수식하고 와서 위로하여 가로되, 나는 선도산(仙桃山) 신모(神母)
　이다. 네가 불전을 수리하려 하는 것을 기뻐하여 금(金) 열 근을 시
　주하여 돕고자 하니, 마땅히 내 자리 밑에서 금을 취하여 주존삼상
　(主尊三像)을 분식(粉飾)하고, 벽 위에는 53불(佛)과 6류성중(六類聖
　衆)과 여러 천신과 널리 5악 신군(神君)[신라 때 5악이 있어 동쪽은
　토함산, 남쪽은 지리산, 서쪽는 계룡산, 북쪽은 태백산, 가운데는
　부악(父岳) 또는 공산(公山)이라고 한다]을 그리고, 매년 봄 가을의
　10일에 선남선녀를 모아 일체 중생을 위하여 점찰법회(占察法會)를
　베풀어 항규(恒規)를 삼으라 하였다. [본조(本朝) 굴불지(屈佛池)의
　용이 제(帝)에게 현몽하여 청하기를 영취산(靈鷲山)에 약사도량(藥師
　道場)을 길이 열어 해도(海途)를 평탄케 하라 하였으니 그 기사가
　또한 같다]. 지혜가 놀라 깨어 무리를 데리고 신사좌하(神祠座下)에
　가서 황금 160냥을 파서 얻어 불전 수리의 일을 추진하여 성취하
　니, 모두 신모의 지도한 바에 의한 것이다. 그 사적은 있으되 법사
　(法事)는 폐지되었다. 신모는 본시 중국 제실(帝室)의 딸로 이름을
　사소(娑蘇)라 하여 일찍이 신선의 술법을 배워 해동(海東)에 와 거
　하여 오랫동안 돌아가지 아니하였다. (그러므로) 부황(父皇)이 편지
　를 (소리개의) 발에 매어 부쳐 가로되 소리개가 머무는 곳에 집을
　지으라 하였다. 사소가 편지를 보고 소리개를 놓으니 이 산에 날아
　와 멈추므로 드디어 거하여 지선(地仙)이 되었다. 그래서 산 이름을

서연산(西鳶山)이라고 하였다. 신모가 오랫동안 이 산에 웅거하며 나라를 진호(鎭護)하여 영이(靈異)가 매우 많았다. 나라가 선 이래로 항상 삼사(三祀)의 하나로 하였고 그 차서(次序)가 군망(群望)의 위에 있었다. 제54대 경명왕(景明王)이 매사냥을 좋아하여 일찍이 이 산에 올라 매를 놓아 잃어버리고 신모에게 기도하여 가로되 만일 매를 (다시) 얻으면 작위를 봉하리라 하였더니, 갑자기 매가 날아와서 궤(机) 위에 앉았으므로 대왕(大王)의 작위를 봉하였다. 사소가 처음에 진한에 오자 성자(聖子)를 낳아 동국(東國)의 처음 임금이 되었으니, 아마 혁거세와 알영 두 성인이 나온 바일 것이다. 그러므로 계룡(鷄龍)·계림(鷄林)·백마(白馬) 등의 명칭이 있으니, 계(鷄)는 서쪽에 속하는 까닭이다. 일찍이 제천선녀(諸天仙女)를 시켜 깁을 짜서 비색(緋色)으로 물들여 조복(朝服)을 만들어 그 남편에게 주니 국인(國人)이 이로 인하여 비로소 그 신험을 알았다. 또 국사(國史)에 사신(史臣)이 가로되 김부식 이 정화년중(政和年中)에 송(宋)에 봉사(奉使)하여 우신관(佑神舘)에 참배하였던 바 일당(一堂)에는 여선(女仙)의 상(像)을 안치하였다. 관반학사(舘伴學士) 왕보(王黼)가 "이것은 귀국의 신인데 공은 아느냐"하고 드디어 설명하되 "옛날에 중국 제실의 딸이 바다에 떠서 진한에 이르러 아들을 낳아 해동의 시조가 되었다. 그 딸은 지선(地仙)이 되어 길이 선도산(仙桃山)에 있으니, 이것이 그 상(像)이다"하였다. 또 송나라 사신 왕양(王襄)이 우리 조정에 와서 동신성모(東神聖母)를 제사할 때에 그 제문에 '현인을 낳아 나라를 시작하였다'는 구절이 있다. 이제 사소가 능히 금을 시주하여 불(佛)을 받들게 하고, 중생을 위하여 향화(香火)를 열고, 진량(津梁)을 만들었으니, 어찌 한갓 장생(長生)의 술법을 배워 아득함 속에만 사로잡힌 것이랴. 찬(讚)하노니 "서연(서악)에 와서 산지 몇 십 성상이냐. 천제자(天帝子)를 초빙하여 예상(霓裳)을 짰도다. 장생술도 영이함이 없지 않았는데 금선(金仙)을 뵙고 옥황(玉皇)이 되었도다."[19]

---

19) 眞平王朝, 有比丘尼, 名智惠, 多賢行, 住安興寺, 擬新修佛殿而力未也, 夢一女仙, 風儀婥約, 珠翠飾鬟, 來慰曰 : "我是仙桃山神母也, 喜汝欲修佛殿, 願施金十斤以助之. 宜取金於予座下, 粧點主尊三像, 壁上繪五十三佛, 六類聖衆, 及諸天神, 五岳神君[羅時五岳, 謂東吐含山, 南智異山, 西雞龍, 北太伯, 中父岳, 亦云公山也.], 每春秋二季之十日, 叢會善南善女, 廣爲一切含靈, 設占察法會, 以爲恒規" [本朝屈弗池龍, 託夢於帝, 請於靈鷲山, 長開藥師道場, □平海途, 其事亦同.]   惠乃驚覺, 率徒往神祠座下, 堀得黃金一百六十兩, 克就乃功, 皆依神母所諭. 其事唯存, 而法事廢矣. 神母本中國帝

이 선도성모 이야기는 한국 관음의 여신화를 규명하는데 있어 대단히 흥미로운 자료인데 먼저 따져봐야 할 것은 선도산 신모의 정체이다. 이에 대해서는 적지 않은 논의가 있었지만 여기서 중요한 것은 이 이름에서 알 수 있듯이 선도성모가 도교계 여신이라는 사실이다. 더 나아가 혁거세와 알영을 낳은 성모로 인식되었다는 점이다.[20]

주지하다시피 『삼국유사』에 기록된 신라 건국신화에서 혁거세는 어머니가 없다. 알에서 태어나지만 주몽신화와 달리 알을 낳은 성모가 없다. 알영은 계룡의 옆구리에서 태어나지만 계룡의 형상은 이미 성모와는 거리가 있다. 아마도 성모는, 신라건국신화로 발전하는 과정에서 신라건국신화 형성의 논리에 따라 배제되었을 것이다. 그러나 이 자료는 선도성모가 본래 이들 집단의 시조모였을 가능성을 열어준다. 그리고 배제된 혁거세와 알영의 시조모는 후대 도교의 영향에 의해 선도산 신모, 선도성모의 형상을 지니고 민간의 숭앙의 대상이 되었을 것이다.

그런데 여기서 우리의 시선을 끄는 것은 선도성모가 진평왕대(579~632)에 비구니 지혜(智慧)에게 꿈을 통해 불전을 수리할 자금을 제공

室之女, 名娑蘇. 早得神仙之術, 歸止海東, 久而不還. 父皇寄書繫<鳶>足云 : "隨鳶所止爲家." 蘇得書放鳶, 飛到此山而止, 遂來宅爲地仙. 故名西鳶山, 神母久據玆山, 鎭祐邦國, 靈異甚多, 有國已來, 常爲三祀之一, 秩在群望之上(上). 第五十四景明王好使鷹, 嘗登此放鷹而失之. 禱於神母曰 : "若得鷹, 當封爵." 俄而鷹飛. 來止机上, 因封爵大王焉, 其始到辰韓也. 生聖子爲東國始君, 蓋赫居閼英二聖之所自也. 故稱鷄龍鷄林白馬等, 雞屬西故也. 嘗使諸天仙織羅緋, 染作朝衣, 贈其夫, 國人因此, 始知神驗. 又國史, 史臣曰 : 軾政和中, 嘗奉使入宋, 詣佑神館, 有一堂, 設女仙像. 館伴學士王黼曰 : "此是貴國之神, 公知之乎?" 遂言曰 : "古有中國帝室之女, 泛海抵辰韓, 生子爲海東始祖, 女爲地仙, 長在仙桃山, 此其像也." 又大宋國使王襄到我朝, 祭東神聖母, 女(文)有娠賢肇邦之句. 今能施金奉佛, 爲含生, 開香火, 作津梁, 豈徒學長生, 而囿於溟濛者哉. 讚曰 : 來宅西鳶幾十霜, 招呼帝子織霓裳. 長生未必無生異, 故謁金仙作玉皇.(『三國遺事』卷5, 感通 第7)

20) 일연은 알영을 낳은 계룡을 서술성모의 현신이라고 협주에서 설명하고 있다. 그리고 남의 말(說者)을 인용해서 서술성모가 박혁거세를 낳았다고 말하고 있다. 이런 관점이라면 박혁거세와 알영은 모두 성모가 낳은 것이고 형식적으로는 오누이가 된다. 남매혼 모티프가 매개되어 있는 셈이다.

하고 점찰법회를 개설하라는 명을 내린다는 점이다. 불교가 도교의 신격을 포용하고 있음을 보여주는 대목인데 좀더 긴요한 부분은 일체 중생을 위해 점찰법회을 열라고 했다는 것이다. 주지하다시피 점찰법회는 밀교계통의 불교와 관련되어 있다. 이 이야기에 따르면, 결국 밀교가 도교의 여신을 종교적 조력자로 받아들인 것이다. 그런데 앞에서 언급한 바 있듯이 인도 불교는 힌두신앙을 포섭하려는 밀교의 강력한 의지에 따라 힌두의 여신들을 관음화한다. 중국 역시 서왕모처럼 기존의 도교계 신격이 관음화된다. 이런 전례를 참조한다면 한국에서도 기존의 도교 등 민간신앙의 신격들이 불교의 신격으로 포섭되었을 가능성이 농후한 것이고, 이런 가능성의 경로를 따라 선도성모와 같은 존재가 관음의 여신화, 혹은 여신 관음을 받아들이는 데 크게 이바지했을 것으로 생각된다.

점찰법회 문제와 아울러 고려해야 할 부분은 선도성모가 비구가 아닌 '비구니'에게 현현했다는 점이다. <아도기라(阿道基羅)>조에서 볼 수 있듯이 불교가 공인되기 이전에 이미 신라에는 비구니가 있었고, 비구니 교단의 책임자로 볼 수 있는 도유나랑(都維那娘)이라는 직위를 근거로 한다면 진흥왕대에는 비구니 교단이 존재[21]했다는 사실까지 확인할 수 있다. 이런 사실은 이들 비구니 집단들에 의해 성모신앙이 불교신앙의 일부로 수용되었을 가능성, 이들의 요구에 의해, 그리고 이들을 지지하는 대중들의 요구에 의해 여신 관음이 주조되었을 가능성을 가늠할 수 있게 해준다.

그러나 <선도성모수희불사> 이야기에는 불사를 좋아하는 선도성모가 관음의 화신이었다는 언급은 없다. 관음의 여신적 가능성을 보여주는 것은 이어지는 <욱면비염불서승(郁面婢念佛西昇)>·<광덕엄장(廣德嚴莊)>·<경흥우성(憬興遇聖)>이나 앞 부분에 나오는 <삼소관음중생사(三所觀音衆生寺)>·<남백월이성노힐부득달달박박(南白月二聖努肹夫得怛

---

21) 이영자, 『불교와 여성』, 민족사, 2001, 152쪽, 205~206쪽 참조.

恒朴朴)>·<낙산이대성관금정취조신(洛山二大聖觀音正趣調信)>조 등이다. 하지만 중국에서 서왕모가 관음의 여신화에 영향을 주고 결국에는 서왕모 자신이 낭낭관음으로 민간에 수용되었듯이 한국에서도 선도성모가 관음의 여신화에 일정한 영향을 주었고, 민간에서는 성모신앙의 계보 속에서 여신 관음이 수용되었을 가능성이 높다고 생각된다.

이와 관련하여 한 가지 더 주목해야 할 것이 조선 초기에 제작된 『월인석보(月印釋譜)』 8권의 상절부(詳節部)이다. 여기에 서사화되어 있는 원앙부인(鴛鴦夫人)과 안락국(安樂國)의 이야기는 「안락국전」으로 소설화되거나 「이공본풀이」라는 제주도 지역의 무가로 재창조되어 조선시대 민간에 널리 유통되었던 것이다.[22] 그런데 여기서 사라수대왕의 부인으로, 안락국의 어머니로 등장하는 원앙부인이 이야기의 결말부에서 관세음보살로 밝혀진다. 원앙부인은 지상에서 자현장자에 의해 피살되고 시신이 분리되기까지 하는 갖은 고생을 겪은 후 그 공덕으로 관세음보살이 된 것이다.

원앙부인의 이런 형상에서 우리는 당연하게도 무속신화의 당금애기나 바리공주, 혹은 건국신화의 유화부인을 떠올리게 된다. 양자 사이에는 서사구조와 인물 형상의 유사성이 있다는 것이다. 차이가 있다면 무속신화에서는 무속신으로, 불교신화에서는 불교의 신격으로 좌정한다는 것뿐이다. 그렇다면 관세음보살은 결국 성모신앙의 토양 위에서 대중들의 심상에 수용되었을 것이고 이런 토양 위에서 여신으로 고착되었을 것이다. 그리고 『월인석보』의 기록은 그 고착이 적어도 조선 초에는 마무리되었을 가능성을 시사한다.

---

22) 관련 자료는 조흥윤, 『한국의 원형신화 원앙부인 본풀이』(서울대출판부, 2000)를 참조할 것.

3. 관음 여신화의 원리와 함의

필자가 글머리에서 언급한 남성지배에 반응해가는 여신운동의 한 형식으로 관음 여신화의 심층적 의미를 탐사하기 위해서는 관음 여신화에 스며 있는 어떤 원리에 대한 해명이 필요하리라고 생각한다. 이 문제가 관음의 신화사적 맥락, 여신 관음의 사회적 의미망을 포착하는 데 유효하리라고 보기 때문이다.

원리를 추궁하기 위해서는 우선 여신 관음의 기능을 살펴야 한다. 관음은 대자대비의 본성으로 인해 중생이 부르는 곳이면 어디든 나투시는 존재지만 아미타불(석가모니불)을 협시하는 보살로서 중생과 부처 중간에 위치한다. 위로는 부처를 통해 진리를 구하고 아래로는 중생을 교화하는 것이 보살 일반의 일인 것처럼 위로는 아미타불에게 발원하고 아래로는 중생을 부처의 깨달음의 세계로 인도하는 기능을 수행하는 것이 관음보살이다. 말하자면 대중과 부처 사이의 중개자적 기능을 수행한다고 할 수 있다. 나아가 <남백월이성노힐부득달달박박>조에서 확인할 수 있듯이 수행자와 부처(깨달음) 사이의 중개자가 노릇을 하기도 한다.

관음의 이런 기능은 불교 이전 건국신화의 시조모의 기능과 방사한 것이다.[23] 건국신화의 시조모는 시조신화의 주인공이었다가 건국신화의 구조 속으로 포획되면서 건국주를 지상에 탄생케 하는 하늘 지고신과 건국주 사이의 중개자가 된다.[24] 물론 중개의 내용은 다르

---

23) 불교 전래 이후 건국신화에서 관음은 시조모를 대신하여 중개적 기능을 수행가기도 하는 데 이 역시 관음과 시조모의 전환가능성을 강력하게 시사하는 사례가 된다. 빠이족의 경우가 그런 예인데 빠이족에 의해 세워진 남조, 혹은 백국 건국신화에서 건국주 세나라를 찾아 검을 넘겨주고 건국의 소명을 지시해 주는 존재는 시조모가 아니라 관음보살(이 현신한 승려)이다.

24) 자세한 것은 필자의 논문 「건국신화의 형성과 재편에 관한 연구-티벳·몽골·만주·한국 신화의 비교를 중심으로」(동국대 박사학위논문, 1997)를 참조할 것.

다. 건국신화에서 시조모는 지모의 형상으로 천신과의 결합을 통해 건국주를 지상에 태어나게 하고, 때로는 건국주의 지상과업을 아버지 천신을 대신해 고지하는 역할을 수행하지만 관음은 오히려 중생의 염원을 아미타불에게 전하는 역할을 수행한다. 말하자면 시조모의 중개가 '상(上)/천(天)/신(神) → 하(下)/지(地)/인(人)'의 방향이라면 관음의 중개는 그 역(逆)이라는 점에서 다르다는 것이다. 그러나 알려진 신화 자체의 맥락을 벗어나 건국 이후 시조모가 건국주와 더불어 국모로 배향되면 그 국모의 중개적 위상은 다시 '하(下)/지(地)/인(人) → 상(上)/천(天)/신(神)'의 방향으로 전환된다는 점에서 다르면서도 같다고 할 수 있다. 이런 기능의 유사성 내지 동질성은 관음이 시조모신을 대신할 수 있는 유효한 조건이 된다. 동시에 관음이 시조모신의 영향을 받을 수 있는 조건도 된다. 여신 관음은 이런 조건의 산물이다.

그런데 이 중개자적 관음은, 그 현현되는 형상에 근거할 때, 많은 경우 대모신적 이미지를 지니고 있음을 알 수 있다. <낙산이대성관음정취조신>조에서 원효가 만난 여인은 벼를 베고 월수면(月水帛)을 빨고 있었는데 이 관음의 상징적 행위에 스며 있는 것은 관음이 농업신이나 생산신의 이미지를 지니고 있다는 것이다. <삼소관음중생사>조에 형상화된 관음은 늦도록 자식을 못 본 최은함에게 자식을 점지해 주고 난리로 피난 가는 그를 대신해 갓난아기에게 젖을 먹이는 존재로 나타난다. 관음의 대모신, 생산신적 이미지를 보여주는 대목이다.

이렇게 본다면 여신 관음은 신석기-씨족공동체 시기의 대모신(大母神), 청동기-고대국가 시기의 시조모신(始祖母神)의 계보를 계승하면서 이 계보의 자장 속에서 새롭게 탄생한 중세 동아시아 불교의 여신이라고 할 수 있을 것 같다. 하지만 문제는 관음이 단지 이들의 계보 속에 있었고 이 계보가 역사적으로 지속되었다는 데 있는 것이 아니라 이들 여신들의 신화적 위상, 혹은 사회적 지위가 역사적으로

상이하다는 데 있다.

주지하다시피 신석기 여신, 대모신은 모든 의례의 중심신격이었다.[25] 이 대모신이 남성신에 의해 대체된 것은 청동기-고대국가의 시작과 함께 일어난 사건이다. 이 문제에 대해서는 다음과 같은 진술이 참고가 된다.

> 가부장적 문화는 B.C.4000년 이후 아시아의 북부 스텝 지역으로부터 온 것이 확실하다. 이 문화는 말과 구멍 없는 바퀴가 달린 전차와 함께 확산되었다. 이것은 장기간의 갈등을 초래했지만, 결국은 여신들이 남신들에 의해 대체되고 말았다. 이렇게 성이 변형된 첫 단계는 B.C.2000년경에 바빌로니아에서 완결되었는데, 구멍 뚫린 바퀴가 발명되고 전차가 새롭게 만들어진 것과 같은 시대이다.[26]

중국에서 이런 현상은 중국 최초의 왕조로 알려진 상(商) 왕조에서, 한국에서 이 현상은 고조선에서 일어난 것으로 보인다. 여신의 남신으로의 대체, 시조모신의 주변화가 이 시기에 발생한 것이다. 이런 주변화를 잘 드러내는 것이 바로 건국신화라는 점은 앞에서 언급한 바와 같다.

남성지배가 관철된 고대국가에서 여신은 주변화될 수밖에 없었다. 이를 잘 보여주는 것이 고구려나 백제의 제사에서 모셔지는 부여신(시조모신) 유화의 사례이다.[27] 물론 선도성모나 남해거서간의 왕비

---

25) 중국의 경우 이를 확인할 수 있는 하나의 고고학적 사례가 있다. 그것은 탄소연대측정 결과 B.C. 3000년 경, 이른바 紅山文化 후기의 것으로 판명된 牛河梁의 여신묘(女神廟)이다. 이 여신묘에서 주목되는 것은 이 유적에서 남성 신상의 흔적들도 일부 발견되었지만 이 신전이 여신들의 신전이고, 이 신전에 主神 역시 여신으로 보인다는 점이다. 이를 근거로 중국학자들은 이 유적이 모계사회 말기의 사회상을 반영하고 있는 것으로 보고 있다.

26) Ralph Abraham, 김중순 옮김, 『카오스 가이아 에로스』, 두산동아, 1997, 183쪽.

27) 자세한 것은 필자의 논문 「웅녀·유화 신화의 행방과 사회적 차별의 체계」(『구비문학연구』 9집, 한국구비문학회, 1999)를 참조할 것.

운제(운제산 성모), 치술령의 신모가 된 박제상의 아내의 사례에서 볼 수 있듯이 시조신에 대한 숭배와 제의가 민간에 없었던 것은 아니었지만 이들은 이미 국가의 중심적 의례체계에서 주변화된 존재들이다. 그것은 앞서 언급했듯이 선도성모가 건국신화에서 탈락된 것을 통해서도 알 수 있는 일이다.

그런데 여기서 특별히 흥미로운 것은 여신 관음이 탄생한 공간이 이렇게 주변화되어 있던 곳이라는 사실이다. 기실 중국에서 5세기 무렵부터 여신 관음이 보이기 시작한 것은 유가적, 가부장적 한대문화의 퇴조 이후의 열린 공간 속에서였다. 유가에 밀려 있었던 도가가 새로 들어온 불교와 더불어 강력한 문화 구성력을 발휘해 나갔던 위진남북조 시대의 조류가 주변화된 여신을 재발견한 것일 수 있었다는 말이다. 중국의 경우에는, 특히 여성적인 도가의 사유가 거기에 큰 작용을 했을 것으로 생각한다. 신라의 경우 역시 자력불교인 화엄 불교가 주류를 이뤄 가는 가운데 일종의 비주류라고 할 수 있는 밀교 쪽에서 관음의 여신화가 진행되었다는 점에서 중국의 경우와 유사한 맥락을 읽을 수 있다.

주변화된 공간에서 보편종교의 옷을 입고 관음보살의 형상으로 재탄생한, 혹은 귀환한 여신은 그 여성적 형상이 점차 강화되고 전면화된다. 중국에서 그것은 송대를 거쳐 명대에 일어난 현상이고 우리의 경우 그것은 고려를 거쳐 특히 조선시대에 일어난 현상이다. 이렇게 말할 수 있는 것은 이야기에 비해 신앙의 형태를 좀더 직접적으로 드러내는 도상(圖像)의 추이에 근거할 때 여성화된 관음의 도상들이 송대에는 부분적으로 명대에 전면적으로 나타나고, 고려대에는 잘 보이지 않다가 조선시대에 전면적으로 나타나기 때문이다.

왜 주자주의가 강조되면서 여성이 사회적으로 점점 위축되어 가던 송대 이후에, 그리고 조선시대 이후에 관음의 여신화가 전면화되었을까? 거기에는 분명 이유가 있을 것이다. 여성의 주변화가 진행

될수록 여신화의 강도가 높아지게 된 데에는 분명 여성들에게 가해
지는 사회적 억압을 여신인 관음을 통해 심리적으로 해소하려는 여
성들의 욕망, 신화적 욕망이 작용했을 것으로 생각한다.28)

---

28) 도상을 포함한 관음의 전면적 여신화 문제에 대해서는 좀더 깊이 있는 천착과
    논구가 필요하리라고 생각하지만 이에 대해서는 필요한 자료를 더 확보한 후
    재론하기로 한다.

한국 불교설화에 나타난 여성상
-불전설화와의 비교를 통해서 -

박상란

1. 서 론

불교설화는 설화를 통해 불교의 이치를 전달하고자 하는, 지극히 종교적인 목적에서 비롯되었다. 하지만 그것 역시 설화로서 존재하는 한 인간의 삶에 밀착된 생생한 이야기이다.[1] 따라서 불교설화에는 다양한 인간 군상의 삶이 녹아들어 있다.

본고에서는 불교설화에 여성이 어떠한 모습으로 존재하는가 하는 점에 초점을 두려고 한다. 불교설화는 불교라는 특정 종교의 틀에 묶여 있는 듯해 보이지만 전통 사회에 있어 불교의 통문화적인 위상을 염두에 둔다면 그것이 그렇게 좁은 틀에서만 이해될 수는 없는 것이다. 삼국시대의 설화집이라고 할 만한 『삼국유사』 소재의 설화가 바로 불교설화요 불교설화가 바로 그 시대 설화로서 양자가 상당 부분 겹치는 것은 이 때문이다. 따라서 불교설화에 나타난 여성의 삶을 고찰하는 것은 오늘날 여성의 삶을 틀지워 놓은 고대 이래 여

---

1) 황패강은 불교설화가 포교의 목적으로 사찰 주변에서 생성되어 민간에 유포, 유통되는 과정 내지 원리를 고찰한 바 있다.(황패강, 『신라불교설화연구』, 일지사, 1975, 172~233쪽 참조)

성사의 특징을 확인하는 것에 다름 아니다. 거기에다 불교와 여성의 관련성, 즉 불교에서 여성을 바라보는 시각이 여성의 삶에 어떤 흔적을 남겼는지 살핀다는 의의가 있다.

지금까지 『삼국유사』 소재의 몇몇 설화를 대상으로 거기에 나타난 여성상을 검토한 연구는 있었지만[2] 불교설화 전체를 대상으로 시도한 경우는 거의 없는 듯하다. 물론 본고에서도 불교설화 전체를 다룬 것은 아니다. 가능한 한 많은 자료를 수집해 그 전체적인 윤곽을 잡아보려고 했지만 힘이 미치지 못했다. 또한 불교설화는 대체로 고승을 주인공으로 하는 이야기이기 때문에 여성 인물이 작품 내에서 의미 있는 존재로 나타나지 않는다. 따라서 여성을 비중 있게 다루거나, 여성 문제를 거론하는 작품을 선별하기보다 많은 작품을 대상으로 다양한 여성의 모습을 끌어내어 거기에 나타나는 여성관을 확인할 필요가 있다. 여성상이라는 용어를 사용하는 것은 이 때문이다.

본고에서는 먼저 불전설화에 나타난 여성상을 검토해 보고자 한다. 한국 불교설화가 형성되는 데 그 어떤 것보다도 불전설화가 큰 역할을 했으리라 보기 때문이다. 그 다음 불교설화에 나타난 여성상을 검토하되 전자와의 대비를 통해 그 특징을 파악해 보고자 한다. 마지막으로 불교 설화가 불전설화와는 다른 방식으로 여성상을 마련한 것을 놓고 그 원인을 추정해 보기로 한다.

2. 불전설화에 나타난 여성상

불전설화는 불교 교리의 핵을 응축하고 있기 때문에 여기에 나타

---

2) 김헌선, 「불교 관음설화의 여성성과 중세적 성격 연구」, 『구비문학연구』 9, 한국구비문학회, 1999 ; 김대숙, 「『삼국유사』 설화 연구를 위한 예비적 고찰」, 『한국 설화문학과 여성』, 월인, 2002.

나는 여성의 모습은 일반적으로 불교에서 여성을 바라보는 방식과 관련된다. 또한 정전으로서의 그것의 위치상 불전설화의 여성상은 불교가 전파됨에 따라 각국의 불교설화에 큰 영향을 끼쳤을 것이다. 따라서 한국 불교설화의 특징을 검토함에 있어 그것의 외재적 원천으로서 불전설화를 살피는 것은 필수적인 과제라 할 수 있다. 물론 불전설화의 여성상을 빚은 것은 불교 교리상의 필요성과 무엇보다도 불전 성립기 인도 여성의 사회적 지위일 것이기 때문에 이에 대한 검토도 필요하다.

우선 불전설화에 나타난 여성의 모습을 몇 가지 항목으로 나누어 보고 그 특징을 살펴보기로 한다. 자료는 『불교설화대사전』(상)[3]에 수록되어 있는 비유(譬喩), 본생(本生), 인연(因緣), 인과설화(因果說話)이다. 『사전』(상)에 수록되어 있는 불교 설화는 500여 편에 이르는데 그 중 여성 관련 설화는 70편 정도이다.

① 애욕(愛慾)의 화신(化身)으로서의 여성상(28편)
② 종속적(從屬的)인 여성상(15편)
③ 무지(無知)의 여성상(14편)
④ 구도자(求道者)로서의 여성상(13편)

(1) 애욕의 화신으로서의 여성상

우선 불전설화에 가장 많이 나타나는 여성상은 '애욕의 화신'으로서의 여성이다. 이런 경우 대개 수행의 막바지에 도달한 고승이 미모의 여성으로 인해 선정(禪定)을 잃고 파계(破戒)하거나 스승으로부터 꾸지람을 받고 정신을 차리게 된다. 고승의 마지막 시험 무대에 여

---

3) 한정섭 편저, 『佛教說話大事典』(上), 이화문화사, 1991.(이하 『사전』이라 약칭하고 작품별로 원 출처를 밝힌다. 또한 『高麗大藏經』과 『本生經』의 경우 『한글대장경』 상의 원문을 기재한다.)

성이 동원된 것이지만 여성의 입장에서 보면 단지 수도의 방해자 역할로만 그 존재 의의가 있는 것이다. 그녀에겐 그 어떤 주체적인 의도나 인격조차도 구비되어 있지 않다. <오건장군(五建將軍)과 오승기(五乘器) 및 척자고>4)에서 여성은 육체적 충동을 일으키는 '더러운 물건'5)으로 취급되며 <작은 이라다 고행자(苦行者)의 전생 이야기>6)에선 여자 발자국이 계율의 파괴7)를 상징한다. <나라타 비구의 본생>8)은 이러한 점에서 가장 일반적인 구조를 갖고 있다.

비구는 아내에 대한 애욕 때문에 수행을 포기하고 집으로 돌아가고자 했다. 이 때 부처님은 비구에게 "그 여자는 네게 대해 큰 화근(禍根)이다. 전생에도 너는 그 여자 때문에 네 가지 선정을 잃고 매우 고통을 받다가 나를 힘입어 그 고통에서 벗어난 일이 있다."고 하면서 다음과 같이 그 본생담을 말씀하셨다.

① 나라타 비구의 수행
② 대인(여성)의 유혹
③ 나라타 비구의 파계 위기
④ 대사(大師)의 훈계
⑤ 나라타 비구의 항변
⑥ 제 2의 전생담
⑦ 나라타 비구의 선정 회복

여기에서 대인이라는 여성이 문제되는 것은 비구에게 애욕을 일으키기 때문이다. 게다가 비구의 스승인 사라방가에 따르면 문제는

---

4) 『사전』(상)(增一阿含經第 二十五)
5) '三十六物惡穢不淨'(『고려대장경』18 增壹阿含經 第 二十五卷 第 三十三 五王品, 동국대학교, 1963(영인), 504쪽)
6) 『사전』(상)(본생경)
7) "이것은 여자 발자국이다. 반드시 내 아들의 계율을 깨뜨렸을 것이다."(『본생경』 3, 13편 477, <작은 나라다 고행자(苦行者)의 전생 이야기>, 동국대학교 역경원, 1988, 445쪽)
8) 『사전』(상)(본생경)

한 순간의 애욕이 아니라 그로 인해서 '감관(感官)'의 지배를 받아 미래의 삶은 차치하고 현세에서마저 시들하게 살게 된다는 것이다. 남는 것은 구원 없는, 윤회 뿐이다. 여성이 불교의 궁극적인 도달점인 성도(成道)를 위협하는 극약과 같은 것으로 취급됨은 이 때문이다.

　여성은 이렇게 남성의 성불을 방해하는 유혹자일 뿐이다. 여성은 남성의 수행을 방해할 가능성이 있다는 것 때문에 대개 악녀로 취급되며 인격조차 갖추지 못한, 인간 권외의 존재로 간주된다. 성불은커녕 숨쉬고 살기조차 죄스러운 존재인 것이다.

　<혐오의 성전(聖典) 이야기>9)를 보면, 공부를 마치고 돌아온 아들에게 어머니가 "너는 저 「혐오의 성전」도 배웠느냐."10)하고 물으니 배우지 못했다고 했다. 그러자 어머니는 "너는 혐오의 성전도 배우지 않고 어떻게 공부를 마쳤다고 할 수 있겠느냐. 다시 가서 그것을 배우고 오너라."라고 하였다. 그런데 막상 아들이 찾아가보니 스승은 "혐오의 성전은 없는 것이다. 아마 저 어머니가 이 아들에게 여자의 죄악을 보이려 한 것일 것이다."라고 생각하며 한 방도를 꾸민다. 즉, 자신의 120세 노모를 그 젊은이와 가까이 지내도록 주선한 것이다. 노파는 젊은이와 함께 지내는 동안 그가 자신을 좋아한다고 생각하고 유혹하기 시작한다. 젊은이가 스승의 존재를 상기시키며 거부하자 노파는 자신의 아들마저 죽이고 애욕을 채우려 한다. 이 때 젊은이는 깨닫는다. "여자란 음탕하고 추잡한 것이다. 이처럼 늙은 여자도 애욕을 일으키고 번뇌에 휩쓸리면 그러한 효자까지도 죽이게 되는 것이다."11)

　곧 '혐오의 성전'이란 거짓으로 꾸며낸 학습과정으로 여자의 죄악을 낱낱이, 생생히 체득하여 여성을 혐오하게 만드는 역할을 한다.

---

9) 『사전』(상)(본생경)
10) 『본생경』 1, 제1편 제7장 부녀품, <혐오(嫌惡)의 성전(聖典)의 전생 이야기>, 287쪽.
11) 이상 『본생경』 1, 제1편 제7장 부녀품, <혐오(嫌惡)의 성전(聖典)의 전생 이야기>, 287~290쪽.

이 설화에서 충격적인 것은 이러한 학습과정을 설정해서 수행자로 하여금 여성을 혐오하게 만들고 120세 노파를, 그것도 아들이 그 수단으로 삼았다는 점이다. 온갖 수단을 동원해 여성과 가정을 혐오하게 해서 출가토록 하는 한편 여성에겐 죄 아닌 죄를 뒤집어씌우는 것이다. <전사 여인의 전생 이야기>[12]에서 보살은 "여자란 음욕에 만족할 줄 모르는 것입니다. 그것은 사실 여자의 천성으로서 그 음욕은 여자에게 필연적으로 붙어 있는 것입니다."[13]라고 말한다. 여기에선 여성의 음욕을 천성적인 것 즉, 여성의 본질로 보고 있으니 불교가 여성성을 얼마나 왜곡했는지 알 수 있다.

(2) 종속적인 여성상

그 다음으로 불전설화에 많이 나타난 여성상은 조선 시대 여성의 위상을 상기시키는 종속적인 여성이다. 시부모와 남편을 정성껏 섬기고 아들을 낳아야 진정한 여성이고 그렇지 못할 때 못된 며느리, 못된 아내가 되는데 불전설화에 등장하는 여성 인물은 대개가 후자에 속한다.[14]

<생자필멸(生者必滅)>[15]에서 키사코다미는 아들을 낳지 못해 시가(媤家)의 경멸과 학대를 받다가 옥동자를 낳고서야 총애를 받게 되었

---

12) 『사전』(상)(본생경)

13) "사실 여자란 음욕에 만족할 줄 모르는 것입니다. 그것은 여자의 천성(天性)으로서 그 음욕은 여자에게 필연적으로 붙어 있는 것입니다."(『본생경』 1, 제1편 제12장 설문품(設問品), <결발 풀기의 전생 이야기>, 439쪽)

14) 이 외에도 <선희왕(善喜王)의 전생 이야기>(『사전』(상)(본생경)에서 "한 남편을 같이 섬기는 여자들의 시기 질투에서 오는 고통"을 '여자의 최대 고통'이라 한 것을 보면 축첩이 일반화되어 있음을 알 수 있다.("여보, 대체 여자의 최대 고통은 무엇일까요?/대왕님, 한 남편을 같이 섬기는 여자들의 시기 질투에서 오는 고통이 가장 클 것입니다."(『본생경』 3, 제14편 489, <선희왕의 전생 이야기>, 532쪽)

15) 『사전』(상)(巴利語本 增支部經)

다. 무엇보다 아들 낳기가 여성의 직무요 존재 이유였음을 알 수 있
다. <일곱가지 아내>16)에서 옥야는 시집 온 지 7년 동안 자식을 낳
지 못했을 뿐만 아니라 시부모와 남편을 잘 섬기지 않는 악처다. 이에
부처님은 여자의 3장(障) 10악(惡)17)과 7가지 아내에 대해 말씀하신다.

3장 10악

① 3장 : 어려서는 부모, 커서는 남편, 늙어서는 자식을 따라야
한다.18)

② 10악 : 나면서부터 부모의 기쁨을 못 받고/교육도 제대로 받
지 못하며/혼인 때 부모에게 걱정을 끼치고/남을 겁내고/부모
와 헤어져 살고/몸을 남의 집에 맡기고/임신의 고통/출산의
고통을 겪고/항상 남편을 섬겨야 하고/안정된 생활을 하기
어렵다.19)

7가지 아내

① 사람을 죽이는 여자 : 정절이 없는 여자(남편이 이를 참다가
병이 되어 목숨이 단축되기 때문)

② 도둑과 같은 여자 : 남편의 재산을 멋대로 쓰거나, 몰래 빼내
어 부를 축적하는 여자

③ 주인과 같은 여자 : 일하기 싫어하고 남편을 종처럼 부려먹
는 여자

④ 어머니와 같은 여자 : 남편을 사랑하고 보호하며 그의 재산
을 지키는 여자

---

16) 『사전』(상)(玉耶經). 『고려대장경』20에는 옥야경 1권과 별본으로 불설옥야여경(佛
說玉耶女經) 1권이 들어 있다. 『사전』의 <일곱가지 아내>는 이 중 옥야경을 원
본으로 한 것이지만 '삼장(三障)'에 대한 것은 불설옥야경에서 취한 것이다. 원
문은 두 경을 구분해서 기재하려고 한다.

17) "女人之法有三障十惡"(『고려대장경』 20, 불설옥야여경, 823쪽)

18) "一者小時父母所障二者出嫁夫主所障三者老時兒子所障是爲三障"(『고려대장경』 20, 불
설옥야여경, 823쪽)

19) "女人身中有十惡事何等爲十一者女人初生墮地父母不喜二者養育視無滋味三者女人心
常畏人四者父母恒憂嫁娶五者與父母生相離別六者常畏夫壻視其顔色歡悅輒喜瞋恚則
懼七者懷妊産生甚難八者女人小爲父母所撿錄九者中爲夫壻所制十者年老爲兒孫所呵
從生至終不得自在"(『고려대장경』 20, 옥야경, 821쪽)

⑤ 누이동생과 같은 여자
⑥ 친구와 같은 여자
⑦ 종과 같은 여자 : 남편과 시부모를 정성껏 섬기고 존경하며
   항상 웃는 얼굴을 하는 여자[20]

3장은 유교의 삼종지도(三從之道)와 같은 것인데 인도에도 이러한 것이 있었던 듯하며 10악과 함께 고대 인도 사회 내 여성의 불리한 처지를 말해주는 것이다. 7가지 아내를 구별하는 기준은 남편에 대한 충실한 봉사 여부이다. 부처님에 따르면 뒤의 넷은 진정한 여성상이고 앞의 셋은 악처의 전형으로 경계해야 할 여성상이다. 옥야는 자신이 앞의 세 여인처럼 살았는데 이제부터는 뒤의 네 여인처럼 '현명한 아내'가 되겠다고 다짐하였다. 그후 그녀는 옥동자를 낳게 되었으니 이것이 바로 '죄복보응'이라 함이 이 설화의 요지다. 그런데 앞의 세 경우 '사람을 죽이는 여자' 내지 '도둑과 같은 여자'라 함은 여성에 대한 극단적인 억압적 태도에 기인한다. 남편을 제대로 섬기지 않는다 하여 '사람을 죽이는 여자' 즉, 살인자로 명명하는 것은 여성을 인간 이하의 존재로 취급할 경우에나 가능한 일이기 때문이다. '도둑'과 같다 함은 그 내용상 가내 재산권을 남성이 독점하고 여성에겐 그 권리가 조금도 없음을 말하는 것이니 이도 여성의 억압적인 처지를 역설적으로 말해주는 사례이다. 진정한 여성 중의 여성이라 하는 7번째 여성은 '종'이라고 명명한 바와 같이 아내이기보다는 말 그대로 하녀이다. 요컨대 여성은 살인자, 도둑, 하녀에 불과한 것으로 잘 해야 하녀로서 사는 것이며 대개는 살인자, 도둑과 같은 존재로 취급되었음을 알 수 있다.

이상 종속적인 여성상은 유교의 삼종지도 이상의, 당시 인도 사회의 여성 억압적인 풍토에 기인한 것으로 보이며 이것이 불교 교리에

---

20) "世間(間)有七輩婦 一婦如母二婦如妹三婦如善知識四婦如婦五婦如婢六婦如怨家七婦
    如奪命"(『고려대장경』 20, 옥야경, 822쪽)

접맥되는 경우 '애욕의 화신으로서의 여성상'을 강화하는 데 기여했던 것으로 보인다. 가정에서, 사회에서 최하위의 지위에 있었기에 여성은 종교적으로도 열악한 존재로 취급된 것이다.

(3) 무지의 여성상

다음으로 불전설화에서 여성은 대개 태어나면서부터 어리석고, 하찮고, 가벼운 존재로 묘사된다. 앞의 두 여성상이 일정한 관계망 속에서 여성의 역할 내지 존재가 문제된 것이라면 여기에서는 여성이 그 자체로 무지한 존재로 취급된다. 앞서 논의한 바 있는 <생자필멸>에서 자식을 낳지 못해 시가의 경멸과 학대를 받아온 여성이 마침내 옥동자를 낳아 집안의 총애를 받게 되었다. 그런데 그 아들이 갑자기 병이 들자 그녀는 아이의 병을 고치느라 사방팔방 뛰어다니다가 결국 미쳐버린다. 이에 부처님은 그녀에게 약을 준다 하고 한 번도 사람이 죽지 않은 집에 가서 겨자씨를 조금 얻어오라고 한다. 불가능한 일을 시킨 것이다. 겨자씨가 있는 집은 많지만 한 번도 사람이 죽지 않은 집은 없었기 때문이다. 물론 부처님은 '생자필멸'의 진리를 가르쳐 이 여성이 아들 잃은 슬픔을 딛고 수행에 힘쓰길 바라는 마음으로 그렇게 한 것이다. 그렇다 하더라도 이 여성에 대해 이성을 잃었다느니, "혼 없는 인형처럼 바보"가 되었다고 할 수는 없다. 하필 여성의 경우를, 그것도 어렵게 얻은 아들을 잃은 경우를 들어 '생자필멸'의 도에 이르지 못함을 역설한 것은 여성의 본질에 대한 왜곡된 태도에 기인한 것이다. 이와 관련하여 <미녀 수라사의 전생을 지켜본 산신>21)은 한 여종의 기지(機智)를 그리면서 남자만 현명한 것이 아니라 어떤 때에는 여자가 더욱 현명하다22) 하여 여성은

---

21) 『사전』(하)(본생경)

본래 좀 모자라는 존재임을, <파두마 왕자의 본생>23)에선 '여자의 말은 가치가 없음'24)을 말하였다.

(4) 구도자로서의 여성상

<영혼불멸>25)에서 폐숙바라문은 "다른 세상도 없고 또 다시 태어남도 없고 선악의 갚음도 없다."26)고 주장하는 것으로 유명했다. 불교 교리에 대해 정면 도전을 한 셈이다. 이에 가섭 동녀는 몇 가지 사례를 들어 그를 논박한다. 그녀의 논리적 설법을 당해낼 수 없던 폐숙은 "그대의 말이 옳다. 그러나 나는 이미 단멸론사(斷滅論師)로 이름이 난 사람이다. 나는 그것으로 내 생명을 유지해 왔고 많은 사람들로부터 존경을 받아 이익을 추구해왔다. 그런데 어떻게 내가 그것을 버리고 나설 수 있겠는가."27) 하며 억지 논리를 폈다. 하지만 마지막 논전 후에는 그녀에게 귀의하여 단멸론을 버렸다. 앞서 최소한의 이성적 능력조차 인정받지 못하고 어리석은 물건으로 취급되던 여성이 고도의 논리력과 통찰력으로 비구를 논박하여 불도에 귀의시키는 역할을 한 것이다.

<옹기장이의 전생 이야기>28)는 남편의 전유물인 출가자로서의

---

22) "진실로 그 어떠한 경우에나/다만 남자만 현명한 것 아니다/어떤 때에는 저 여자도/그보다 빨리 그 이익 알아채네"(『본생경』 3, 제8편 가전연품(迦旃延品) 419, <미녀 수라사의 전생 이야기>, 168쪽)

23) 『사전』(하)(본생경)

24) "내게는 그런 죄가 없습니다. 부디 여자의 말을 들어 나를 죽이는 그런 일은 하지 말아 주십시오./부디 여자의 말만 들어 조사도 하지 않고, 왕자를 죽이지 말아 주소서."(『본생경』 3, 제12편 472, <큰 연꽃 왕자의 전생 이야기>, 417쪽)

25) 『사전』(상)(弊宿經)

26) "無有他世亦無更生無善惡報"(『고려대장경』 19 佛說長阿含經 第七 二分 弊宿經 第三, 860쪽)

27) "我終不能舍此見也所以者何我以此見多所教授多所饒益四方諸王皆聞我名亦盡知我是斷滅學者"(폐숙경, 865쪽)

생활을 부인이 속임수로써 선취한다는 내용이다. 옹기장이 노릇을
하며 가정 생활을 하는 보살이 장로들을 만난 후 출가하고자 한다.
그런데 그 속내를 듣고 난 아내가 "나도 그 분들의 설법을 듣고 이
가정에 만족할 수 없습니다." 하고 "지금이 바로 그 때로 지금보다
나은 때 없으리. 그런 설법 이 뒤에도 또 듣기 어려우리 바가바여,
나도 혼자 유행하려 하나니 마치 새장에서 놓여난 저 새처럼"[29]이라
는 내용의 게송을 읊는다. 이에 남편이 반응이 없자 그녀는 속임수
를 써 물 길러 갈 것이니 아이들을 잘 돌보라는 말을 남긴 채 그 길
로 출가하고 말았다. 파격적인 내용이 아닐 수 없다. 기혼 여성이,
그것도 남편을 앞질러, 속임수로 출가하였기 때문이다.

　　<소보리 동자의 전생 이야기>[30]에서는 남편이 8억의 재산을 아내
에게 주면서 이것으로 행복하게 살라고 하였다. 자신은 출가할 것이
니 재산이 필요 없다는 것이다. 이에 아내가 "출가는 꼭 남자에게만
적당한 것입니까"하고 묻자 남편은 "여자에게도 적당하지."[31] 하면
서 아내의 출가를 당연시한다. 아내 역시 8억의 재산은 자신에게도
필요 없다고 하면서 출가할 뜻을 밝히고 둘이 함께 출가한다는 이야
기다. 여기에서는 부부 동시 출가의 모습을 볼 수 있다.

　　<금륜·영락불의 인연>[32]에선 한 여인이 부처님께 많은 보물을
바치고 "이 인연공덕으로 미래세에 가서 저로 하여 정각을 이룩하여
오늘날의 부처님과 다름 없이 중생들을 널리 제도할 수 있게 해 주

---

28) 『사전』(상)(본생경)
29) "여보시오. 나도 그분들의 설법을 듣고 이 가정에 만족할 수 없읍(습)니다./지금
　　이 바로 그 때로서 지금보다 나은 때 없으리/그런 설법 이 뒤에도 또 듣기 어려
　　우리/바가바여, 나도 혼자 유행하려 하나니/마치 새장에서 놓여난 저 새처럼"
　　(『본생경』 3, 제7편 제 2장 건타라품(健陀羅品) 408, <옹기장이의 전생 이야기>,
　　121쪽)
30) 『사전』(상)(본생경)
31) "그런데, 출가는 꼭 남자에게만 적당한 것입니까./아니, 여자에게도 적당하지."
　　(『본생경』 3, 제10편 443, <소보리(小菩提) 동자의 전생 이야기>, 278쪽)
32) 『사전』(상)(본생경)

옵소서."라며 서원하였다. 이 여인은 13겁을 지나 마침내 성불하여 금륜·영락이란 명호로 중생들을 널리 제도하게 될 것이라는 수기를 받았다. <한 노비의 수기>33)에선 계집종이 성품이 착하고 신심이 돈독하였다. 세존께 전단향 가루로 공양한 후 "이 향가루 공양의 공덕으로 말미암아 미래세에 가서 저로 하여금 이같이 빈궁하고 미천한 몸을 아주 벗어나 빨리 정각을 이룩하여 오늘날의 부처님과 다름없이 중생을 널리 제도할 수 있게 해 주옵소서."라고 서원하였다. 이에 부처님은 최후의 몸으로 벽지불을 성취하여 한량없는 중생을 널리 제도할 것이라는 수기를 내려 주었다. 이 둘은 여성 출가에서 나아가 미래세의 일이긴 하지만 여신성불(女身成佛)의 가능성을 보여주는 설화라 할 수 있다.

이상 불전설화에 나타나는 여성상을 검토해 본 결과 여기에는 '애욕의 화신'이라는 극히 부정적인 여성상과 '구도자'라는 최상의 여성상이 공존함을 알 수 있다. 이처럼 모순적인 현상을 이해하기 위해서는 고대 인도 사회에서 불교의 여성관이 정립되어온 과정과 그 배경을 검토해 볼 필요가 있다. 다음은 리영자의 「불교의 여성관」34)을 발췌한 것이다.

> ① 베다시대(기원전 1500~1800) : 모계제 사회로 추정되며 여성의 지위는 상당히 높은 수준에 있었다.(종교의례에의 여성 참여, 부부공동 재산 관리제, 교육에서의 평등, 여성 철인 출현, 여성 신격 다수 존재)
> ② 후기(리그) 베다시대 : 여성은 오직 아들 낳기 위한 수단으로 그 지위가 하락한다.
> ③ 브라흐마나시대 : 여성은 완전히 멸시받는 존재가 된다.
> ④ 힌두사회(기원전 600~500) : 불교 발생기. 여성을 경시하는 풍조가 팽배하여 여성은 마을 공동체 생활을 포함해 어떠한

---

33) 『사전』(상)(본생경)
34) 리영자, 「불교의 여성관」, 『불교와 여성』, 민족사, 2001, 137~151쪽.

사회 활동도 할 수 없었다.

⑤ 초기 불교시대 : 석가모니와 그 직제자들의 시대. 남녀 모두 최고의 경지인 아라한(阿羅漢)이 될 수 있다고 했다. 수많은 여성이 아라한에 도달했다고 하고 독립적인 비구니 교단이 성립되었다.

⑥ 부파(部派) 불교 시대 : 불멸(佛滅) 후 수세기 경과. 여인오장설(女人五障說)이 등장하면서 여성불성불(女性不成佛) 사상이 강조된다. 여성의 지위는 비참해졌다. 비구니 교단에 대해서도 부정적인 견해가 많았다. 이 때에 비구니의 계율인 8경법(八敬法), 348계(戒)가 제정된다.

⑦ 초기 대승불교 : 변성남자설(變成男子說)이 대두하는데 이는 여성불성불을 고정화하는 역할을 한다.

⑧ 대승 경전시대(2세기~4세기) : 붓다의 여성관이 그대로 반영되어 양성성불(兩性成佛) 사상이 표면화된다.

이상에서 불교의 여성관 검토와 직접 관련되는 것은 ④ 이하이다. ④는 불교 발생 당시 인도 사회 내 여성의 지위를 시사하는 대목이다. ③과 ④의 영향으로 불교 발생 당시 여성의 사회적 지위는 최악의 상태에 있었다. 이러한 점이 불전에 다소 반영되어 부정적인 여성상이 정립되었을 것이다. ⑤의 시대에 이르면 본격적인 불교의 시대를 맞아 평등 사상에 근거한 불타의 여성관이 대두되어 거꾸로 여성의 지위 향상에 이바지하였을 것이다. 여성도 성불할 수 있다는 것은 불교가 지배적인 인도 사회 내 여성의 지위 향상에 큰 영향을 끼쳤을 것이기 때문이다. 그러다 ⑥에 이르면 붓다의 가르침이 해석되는 과정에서 많은 왜곡을 겪는다. 최초의 여성 출가도 붓다의 허락에 의한 것이 아니라는 주장마저 나타났다. 여성의 처지는 다시 비참해졌다. 종교가 지배적인 사회이기 때문이다. ⑦에 이르면 다시 ⑤로 돌아가려는 사상적 움직임이 일어남에 따라 여성에 관한한 붓다의 여성관을 회복하는 데로 나아간다. 마침내 ⑧의 대승경전 시대에 이르면 여성성불설이 확립된다. 여성에게는 최고의 명예가 부여된 것이다. 불교 사회에선 성불이 최상의 가치이기 때문이다.

요컨대 불교의 여성관은 고정적이기보다는 불교 사상의 변천에 따라 역동적으로 변해왔음을 알 수 있다. 따라서 불전설화에 '애욕의 화신'이라는 최악의 여성상과 '구도자'라는 최상의 여성상이 공존함은 이러한 불교 여성관의 변천에 따른 것이라 할 수 있다. 4가지 여성상을 8시기와 구체적으로 대응시키는 어렵다. 다만 구도자로서의 여성상은 대승불교시대 즉, ⑧의 여성성불성과 관련 있을 듯하다.

3. 한국 불교설화에 나타난 여성상

『사전』(하)에 수록된 설화는 총 666편이다. 이 중 출처가 『삼국유사』인 경우를 제외한, 여성 관련 한국 불교설화는 64편이다. 여기에서는 『사전』(하)와 『삼국유사』 소재의 여성 관련 불교설화를 자료로 한다.

먼저 이들 두 자료에 나오는 여성상을 몇 개의 항목으로 나누어 본다.

　　① 신녀(信女) · 구도자(求道者)로서의 여성상(33편)
　　② 관음(觀音)의 화신(化身)으로서의 여성상(26편)
　　③ 고승(高僧)의 어머니로서의 여성상(13편)
　　④ 애욕(愛慾)의 화신(化身)으로서의 여성상(10편)

이상 『사전』(하)와 『삼국유사』[35] 소재 한국 불교설화에 나타나는 여성상 중 큰 비중을 차지하는 것은 ①과 ②이다. 불전설화에 가장

---

35) 일　연, 『삼국유사』(이가원 역), 태학사, 1991.

많이 존재하는 ④는 이 경우 가장 적게 나타난다. 여기에서는 논의를 집약하기 위해 ④를 제외한 세 유형의 설화만을 다루고자 한다. 우선 이들 설화를 구체적으로 검토해 본 후 불전설화와 대조하여 한국 불교설화에 나타난 여성상의 특징과 그 소종래를 살펴보기로 한다.

(1) 신녀·구도자로서의 여성상

한국 불교설화에는 신심이 깊은 여성들이 많이 등장한다. <부처님 소개로 장가들고 부자가 된 윤덕삼>36)에 보면 부처님의 신통력을 의심하는 '무식한' 총각에게 한 노파가 "여자들은 마음이 결곡해서 철저하게 믿기 때문에 소원을 쉽게 이루는데 남자들은 빌어도 건성건성 빌기 때문에 소원성취가 잘 안 되는 것"이라고 말한다. 여성의 신심이 깊은 것은 그 심적 자질 때문이라 한 것이지만 신앙 생활을 열심히 하는 여성들이 많기 때문에 이러한 판단도 가능한 것이다. <가사불사를 하고 남편을 제도한 청신녀>37)에서 이춘화는 불사에 참여코자 절간에 빈번히 왕래하는 부인의 행동을 못마땅해 한다. 하지만 신심 깊은 아내 덕분에 그는 개심하여 독실한 신도가 되었다. <임소저의 기도>38)에서 임소저는 부처님에 대한 원력으로 첫 번째 결혼식을 파혼하여 왕후가 되었다. 뿐만 아니라 아들 의종이 불사에 몰두하여 난행을 일삼자 불교의 중생구제의 도와 임금으로서의 도리를 간곡히 밝혀 왕의 행실을 바로잡았다. 여성의 신심이 가정과, 왕실, 국가를 위기로부터 구하는 데 결정적인 힘이 된 것이다.

<민장사(敏藏寺)>39)에서 보개는 아들이 장사치를 따라 집을 나간

---

36) 『사전』(하)(三角山玉泉庵事跡記)
37) 『사전』(하)(曹溪寺刊 靈驗錄)
38) 『사전』(하)(고려사)
39) 『삼국유사』 권3, 탑상.

후 오래도록 돌아오지 않자 관음보살 앞에서 7일 기도를 한다. 그 원력으로 아들이 갑자기 돌아왔다. <분황사(芬皇寺)의 천수대비(千手大悲)와 맹아득안(盲兒得眼)>[40]에선 어머니의 지극한 기도가 딸의 눈을 밝게 한다. 어머니의 원력으로 집나간 아들이 돌아오고 눈먼 딸이 눈을 뜨게 된 것이다. <욱면비(郁面婢)의 염불서승(念佛西昇)>[41]에서 여종인 욱면은 주인을 따라 절에 와 뜨락에 선 채 염불하기를 힘썼다. 못 오게 하려는 주인의 갖은 방해에도 불구하고 그녀는 절에 와 염불하기를 그치지 않았다. 말뚝을 세우고 두 손바닥을 뚫어 노끈으로 꿰서 말뚝 위에 매달고 합장할 정도로 살신의 정진을 하자 금당으로 들어가기를 허락받는다. 마침내 그녀는 몸을 솟구쳐 들보를 뚫고 나가 서방에 이르러 진신으로 연화대에 앉았다고 하니 곧 열반에 든 것이다. 비천한 처지의 여성이 살신정진한 결과 성불함을 보여주는 이야기이다.

이 외에도 신녀의 지극한 원력이 불상 조성 내지 창사로 귀결되는 설화가 많이 있다. <며느리의 지혜에서 나온 부연>[42]에선 최초의 부연식 지붕 건물 양식인 도갑사의 탄생을, <시주하고 왕비가 되어 아버지의 눈을 뜨게 한 효녀>[43]에선 53불·5백성중·16나한의 조성과 관음사 창건을, <금관성(金官城)의 파사석탑(婆娑石塔)>[44]에선 왕후사의 창건을 보게 되었다. <양지(良志)의 사석(使錫)>[45]에서는 장육상 조성을 위해 온 성안의 사녀들이 다투어 흙을 운반했다고 하니 이도 같은 부류로 볼 수 있다.

요컨대 이 유형의 설화에 등장하는 여성들은 독실한 신앙생활에

---

40)『삼국유사』권3, 탑상.
41)『삼국유사』권5, 감통.
42)『사전』(하)(韓國寺刹全書)
43)『사전』(하)(韓國寺刹史料集)
44)『삼국유사』권3, 탑상.
45)『삼국유사』권4, 의해.

따른 원력으로 부처님의 가피를 입는 예가 많았고 그것이 살신을 무릅쓴 정진인 경우 성불에 이르기도 하였다. 또한 여성들은 창사, 불상 조성 내지 각종 불사에 적극적으로 참여한 것으로 보인다.

한편 <혜원비구니의 기도와 후삼국통일>[46]에서 혜원은 궁예왕 때 도피안사의 주지, 태조왕건 때 청룡사의 제 1세 주지가 된 이다. 그녀는 삼한 통일 위축 기도를 통해 후삼국의 완전한 통일을 가능케 했다. <일생을 호국과 사원불사에 몸바친 상근, 윤호 두 비구니스님>[47] 역시 개화기부터 6·25에 이르는 역사적 격동기에 호국과 불사에 몸을 바친 비구니들에 대한 이야기다.

<아도(阿道)의 기라(基羅)>[48]에는 모록의 누이 사씨가 아도를 따라 비구니가 되었다는 기록이 나오는데 이 이가 우리나라 최초의 비구니다. 그렇다면 비구니 승단이 존재했다는 것인데[49] 아도에 의해 이 땅에 불교가 전해진 것을 생각하면 비구니 승단이 꽤 이른 시기에 성립되었음을 알 수 있다. 인도에서 비구니 승단이 생겨날 때 많은 논란과 이의[50]가 있었던 것과 대조적으로 우리나라의 경우 이처럼 불교 전래기에 비구니승단이 성립된 것은 한국 불교의 여성관이 전자와 크게 달랐기 때문인 듯하다. 물론 신심 깊은 여성들이 그 텃밭이 되었을 것이다.

(2) 관음의 화신으로서의 여성상

한국 불교설화에는 유독 관음설화가 많다. 그것이 한국 불교 설화

---

46) 『사전』(하)(청룡사사지)
47) 『사전』(하)(靑龍寺寺誌)
48) 『삼국유사』 권3, 홍법.
49) 신라 진흥왕 12년에 비구니교단의 책임자로 볼 수 있는 '도유나랑(都維那娘)'이라는 직위가 있었다 한다.(리영자, 앞의 책, 152쪽, 205~206쪽 참조) 관련 자료로는 『삼국유사』 권4, 의해 <慈藏의 定律>.
50) 리영자, 앞의 책, 292~308쪽 참조.

의 한 특징으로 간주되기도 한다. 그런데 관음신앙 내지 관음설화는 우리나라에만 존재하는 것이 아니다. 그것은 인도를 비롯해 불교를 신봉하는 여러 지역에 널리 퍼져 있다.[51] 따라서 관음설화가 많다는 것이 곧 한국 특유의 현상이라 할 수는 없다. 또한 관음이 여성으로 표현되는 것도 보편적인 현상이다. 석가세존의 응신이라는 점, 전생의 인연설화에 아미타불의 아들 불현태자로 나타난 것 등을 보면 관음의 신격은 남성이다. 이것이 그 근본 특질인 자비심과 그것에서 환기되는 모성성으로 인해 여신으로 바뀌게 된 것이라 한다. 한편 인도의 경우 신누파의 영향을 받아 관음이 여신화한 것처럼 관음은 석가세존의 화신인 동시에 각국의 민속신앙 특히, 여신상과 결합하는 경향이 강하다.[52] 이상은 관음의 여신화를 설명할 때 활용하는 두 가지 중요한 틀인데 그 둘이 별개의 것으로 이해되는 경향이 있다. 하지만 그 둘은 서로 다른 것이 아니다. 관음의 근본 특질인 자비심과 이타성, 그것으로써 환기되는 모성성, 관자재력(觀自在力), 응신력(應身力)으로 관음은 각 지역의 민간 신앙 특히, 여신상과 쉽게 혼융할 수 있는 것이라 본다. 어쨌든 관음이 여성으로 나타나는 것은 보편적인 현상이므로 그것으로써 한국 불교설화의 특징을 논할 수 없다. 관음으로서 나타나는 여성의 특징이 어떠한가를 밝혀야 관음신앙의 수용 양상 뿐만 아니라 무엇보다도 거기에 투영된 여성관 내지 여성의 삶을 논할 수 있다.

　<어린 딸이 아버지와 벗을 구한 이야기>[53]에서 묘련은 부전스님의 유혹을 받자 처음엔 신통력으로 마음을 돌리게 한다. 그래도 안 되자 그녀는 법당 안에 그를 불러들인 후 부처님 탱화를 떼어 바닥에 깔고 옷을 벗었다. 부전스님이 "아무리 사랑이 좋기로서니 부처

---

51) 한정섭, 앞의 책, 674~682쪽 참조.
52) 한정섭, 앞의 책, 669~671쪽 참조.
53) 『사전』(하)(한국지명연혁고)

님 탱화를 깔고 누울 수야 있겠습니가?” 하면서 거부하자 묘련은 “너는 만들어 놓은 그림 부처는 무섭고 진짜 살아 있는 사람부처는 무섭지 않느냐?”며 큰 소리로 꾸짖는다. 그와 동시에 그녀는 연꽃으로 변해 하늘로 사라지는데 자세히 보니 백의 관음보살이었다. 관음보살이 비구의 어리석음을 깨기 위해 아름다운 비구니의 모습으로 나타난 것이다. 즉, 관음보살이 고승의 어리석음을 깨기 위해 ‘유혹하는 여성’으로 나타나는 것이 아니라 ‘유혹하는 비구’의 어리석음을 깨기 위해 아름다운 여성으로 나타난 것이다. 애욕이 여성에 속하기보다는 남성의 속성으로 나타나는 것이 특이하다.

<수덕사의 버선꽃>54)에서 덕숭은 수덕으로부터 청혼을 받자 큰 절 하나를 세워주면 결혼하겠다고 했다. 수덕은 불사에 전념해 마침내 절을 완성했지만 그 절에 불이 나자 부처님을 원망했다. 덕숭은 여인을 탐하는 마음을 버리고 일념으로 부처님을 염하면서 절을 다시 지으라 한다. 몇 차례의 시행착오를 거쳐 절이 완성되자 둘은 결혼을 했다. 그런데 덕숭은 첫날밤에 잠자리를 따로 하자고 했다. 수덕이 개의치 않고 그녀를 덥썩 잡는 순간 뇌성벽력과 돌풍이 일면서 덕숭이 사라졌는데 바로 관음의 화신이었다. 덕숭은 애욕에 눈면 비구의 어리석음을 깨우치기 위해 나타난 관음의 화신인 것이다.

<금비령의 애환>55)의 경우 산에서 나물 캐던 한 여인이 굶주림에 허덕이는 박문수에게 젖을 먹인다. 그것을 안 남편이 행패를 부리자 박문수는 “아내와 걸인을 이렇게 학대한다면 어떻게 여자가 자비스러운 마음으로 중생을 살필 수 있을 것”인가 하며 남편을 훈계한다. 여기에서 이 여인이 관음의 화신인지는 알 수 없다. 하지만 수치심을 무릅쓰고 낯선 사내에게 젖을 먹이는 것은 관음보살의 자비 어린 보시로서나 이해되는 행위이다. 이 설화는 관음보살이 버려진 아기에

---

54) 『사전』(하)(한국사찰전서)
55) 『사전』(하)(한국지명연혁고)

게 젖을 먹인다는 내용의 <삼소(三所)의 관음(觀音)과 중생사(衆生寺)>[56] 그리고 산중 암자에 홀로 남은 아이에게 관음보살이 죽은 엄마로 화현해 끼니를 챙겨준다는 <어머니로 나타난 오세암 관세음보살>[57]과 관련이 있을 듯하다.

<관음기도 하고 관음진신을 친견한 회정대사>[58]에서 회정대사와 결혼한 보덕은 '생식기가 제대로 생기지 못한' 여자다. 회정은 크게 실망하여 그녀의 거처를 떠났다. 그런데 알고 보니 보덕이 바로 관음이다. 관음을 만나고도 관음인 줄 모른 채 헤어진 것이다. 이 이야기에서 특이한 것은 관음이 성불구자인 여성으로 화현해 비구의 어리석음을 깨우쳐 준다는 점이다.

이상 네 편의 설화에서 관음은 여성으로 화하여 비구 내지 일반 남성과 결연하지만 처음부터 남성을 유혹하거나 성적 면모를 거의 드러내지 않는다. 오히려 남성이 애욕을 이겨내어 수행에 정진하도록 이끈다. 덕숭은 결혼 첫날 밤에 동침을 거부하고 보덕은 아예 '생식기가 제대로 생기지 못한' 성불구의 여성이다. 모두 성적인 환상을 차단하느라 마련된 결구라 할 수 있다.

이와 대조적으로 <남백월(南白月)의 이성(二聖) 노힐부득(努肹夫得)·달달박박(怛怛朴朴)>[59]에서 관음은 미모의 여성으로 화현해서 비구에게 寄宿을 청한다. '예쁜 계집'과 사는 것은 '세속의 얽매임'과 같은 의미로 보는 이들에게 그것은 은밀한 유혹이다. 박박은 순결의 계율을 지키기 위해 그녀를 거절한다. 반면 부득은 애욕을 경계하면서도 "중생(衆生)의 뜻을 순종하는 것 또한 보살행의 하나이거든, 하물며 깊은 골짜기 어두운 밤에 어찌 홀시할 수 있으리." 하며 그녀를 맞

---

56) 『삼국유사』 권3, 탑상.(『삼국유사』 권3, 탑상의 <천룡사(天龍寺)>에 이에 대한 구체적인 내용이 나온다.)
57) 『사전』(하)(韓國佛敎史話)
58) 『사전』(하)(한국사찰사료집)
59) 『삼국유사』 권3, 탑상.

아들인다. 파계의 두려움, 불성불(不成佛)의 위기감보다 보살로서의 자비심이 앞선 것이다. 여기에서는 부정(不淨)을 부정으로 보지 않는 데까지 염력을 기르도록 하기 위해 관음이 유혹하는 여성으로 등장한 것이라 할 수 있다. 비구는 자신만의 구원을 위해 부정을 내칠 것이 아니라 중생을 사랑하는 마음으로 그것까지 껴안아야 한다는 것이다. 이 때 유혹하는 여성의 존재는 불전설화에 나타나는 '애욕의 화신으로서의 여성상'과 다르고 '덕숭'과 같은, 애욕을 극도로 경계하는 여성상과도 다르다. <소요산 자재암의 유래>60)는 이와 같은 유형이되 여성의 성적인 면모가 훨씬 노골적이다.

이상 두 유형의 관음설화에서 여성은 성적인 존재다. 전자의 경우 자신은 성욕을 극도로 경계하지만 상대방에게 성적인 존재로 비친다는 점에서 그렇다. 문제는 비구 내지 고승의 깨달음을 위해 여성의 성적인 면모가 동원된다는 것이다. 비속함의 초극이 필요한 자리에 하필 유혹하는 여성이 등장하는가 하는 점이다. 관음은 물론 위대하다. 따라서 그것이 자주 여성으로 응신함은 여성의 입장에서 고무적이다. 자비심의 상징인 관음은 여성적이며61) 한국의 경우 그것이 고대 성모신화의 영향 하에 정립62)된 것으로 추정되기도 한다. 하지만 그것이 성적인 존재로 등장하는 것엔 의구심이 들 수밖에 없다. 이를 "깨달음은 차별을 순식간에 넘어서는 것임을 말하기 위해서 고승설화에서 여성의 존재가 필요하게 되었다."63)고만 볼 수 없다. 이것은 그보다 불전설화에 나타나는 '애욕의 화신으로서의 여성상'이 불교가 이 땅에 전래될 때 따라 들어와 고착된 결과가 아닌가

---

60) 『사전』(하)(한국지명연혁고)

61) 홍윤식은 관음상(觀音像)이 대체로 여성상(女性像)으로 조성(造成)되는 것은 관음의 특질인 '자비상(慈悲像)'을 나타내기 위한 것이라 한 바 있다.(홍윤식, 「佛教美術을 通해 본 觀音信仰」, 『韓國觀音信仰硏究』, 동국대학교 불교문화연구원 편, 동국대학교출판부, 1988, 273쪽)

62) 김헌선, 앞의 글, 38쪽.

63) 김헌선, 앞의 글, 38쪽.

한다. 종교의 강한 보수성을 생각하면 불전상의 여성상이 쉽게 마멸되진 않았을 것이기 때문이다.

(3) 고승의 어머니로서의 여성상

❶ <아도(阿道)의 기라(基羅)>[64]에서 신라에 처음 불교를 전했다고 하는 아도 화상은 어머니 고도령과 조위 사람 아굴마가 사통(私通)하여 낳은 아들이다. 고도령은 홀로 아도를 키워 출가시켰고, 더 깊이 공부하도록 유학을 보냈다. 그리고 3천여월 후에 계림에 성왕이 나서 불교를 크게 일으킬 것이며, 그 서울 안에 일곱 군데 가람의 옛 터가 있다고 예언했다. 아도의 출가 수행 등 모든 행적은 그 어머니 고도령의 교훈에 따른 것이다.

❷ <명랑(明朗)의 신인(神印)>[65]에서 명랑 법사의 어머니 남간 부인은 국교 대덕, 의안 대덕, 명랑 법사 등 세 아들을 낳았다. 푸른 빛깔의 구슬을 꿈꾸고 태기가 있었다 한다.

❸ <사복(蛇福)의 불언(不言)>[66]에서 사복의 어머니는 지아비 없이 잉태하여 사복을 낳았다. 그녀는 지혜호로도 불리며 전생에 경을 실어 나르던 암소였다.

❹ <진정사(眞定師)의 효선쌍미(孝善雙美)>[67]에서 진정의 홀어머니는 유일한 재산인 솥을 시주했을 뿐만 아니라 아들의 출가 수행을 재촉했다. 홀어머니를 두고 출가를 꺼리는 아들에게 "불법은 만나기가 어렵고 인생은 너무나 빠른데, 이제 네가 「효양을 끝낸 뒤에」라 하니, 어찌 지나치게 늦지 않겠느냐. 내가 죽기 전에 앞당겨서 도를 얻

---

64) 『삼국유사』 권3, 흥법.
65) 『삼국유사』 권5, 신주.
66) 『삼국유사』 권4, 의해.
67) 『삼국유사』 권5, 효선.

은 것으로 나에게 들려주는 것만 못할 지니, 결단코 머뭇거리지 말고 빨리 떠나는 것이 옳은 것이야."라고 하면서 아들의 발길을 재촉했다. 그리고 간직해 둔 식량을 털어 밥을 지어 주고 혹 먹느라 떠남이 늦을까 조금만 먹게 하고 나머지는 싸서 들려주었다. 출가 후 진정은 부고를 받았는데 꿈에 어머니가 나타나 "나는 이미 하늘에 다시금 태어났노라."라고 했다.

이상 ②를 제외한 설화에는 불부이잉(不夫而孕) 화소[68]가 들어 있다. 둘째, 이들 설화에서 여성들은 고승 내지 불교적 신통력의 소유자인 아들을 낳았다. 특히 <명랑의 신인>의 경우 푸른 구슬의 태몽을 꾸고 고승 3인을 낳았다는 점에서 비범한 탄생 화소도 갖추었다. 셋째, 어머니 홀로 아들을 훌륭히 양육하고 불도를 구해 출가하게 했다는 것이다. <명랑의 신인>에선 이 점이 구체적으로 나와 있지 않지만 그녀 스스로 자장(慈藏)의 누이로서[69] 고승 3인을 배출했다는 점에서 같은 맥락으로 볼 수 있다. 이상 세 가지 특징을 보면 이 유형의 여성상이야말로 고대 건국신화의 성모상에 그 뿌리를 두고 있다고 할 만하다.

고구려 건국신화의 경우 유화는 햇빛에 감응되어 임신[70]한 후 아

---

68) 김승호는 ③을 예로 들어 "과부의 몸으로 아이를 낳았다는 것은 신화적 탄생담에서나 볼 수 있는 일"이라 하고 "설화 수용에 적극성을 보인 일연은 신비한 탄생담을 지니고 있는 始祖, 英雄神話의 주인공에서 본떠 승려들에게도 이를 적용"했던 것으로 추측했다.(김승호, 『韓國僧傳文學의 硏究』, 민족사, 1992, 178쪽) 조동일은 같은 자료를 들어 "민간전승의 논리를 인정한다면 영웅의 탄생다운 비정상이기도 한데, 이런 뜻은 드러나 있지 않다."(조동일, 『삼국시대 설화의 뜻풀이』, 집문당, 1990, 248쪽) 하고서 사복이 죽은 어머니를 엎고 연화장 세계로 들어간 것에 대해선 "아이가 어머니와 다시 하나가 되어 땅 위에서 땅 속으로 들어갔으니, 어머니인 대지를 숭상하는 지모신 신앙이 거기 작용하고 있다"고 하는 최남선의 견해를 중시했다.(250쪽)

69) 『삼국유사』, 권4, 의해, <慈藏定律>.

70) 물론 『삼국유사』 기이 고구려조에 보면 유화의 경우 세 차례의 잉태 계기가 있다. 첫 번째는 해모수와의 '야합'(自言天帝子解慕漱 誘我於熊神山下鴨淥邊室中知

들을 낳아 홀로 훌륭히 키웠다. 그리고 그녀는 건국을 위해 집 떠나는 아들을 고무하고 도와주었다. 물론 그 아들은 고대 영웅으로서 자신의 목적을 성취하여 위대한 국조가 되었다.

그런데 성모신화의 본래적 형태는 현전하는 고구려 건국신화에는 크게 약화되어 있을 듯하다. 유화 즉, 성모를 주신으로 하는 집단의 시조신화가 건국신화에 포섭되면서 신화의 전체적인 틀이 국조의 탄생, 건국의 원리를 천명하는 데로 바뀌었기 때문이다. 이는 고조선 건국신화에서 환웅 신화가 웅녀 신화를 안고 단군 신화를 형성하는 것과 같다. 따라서 현전하는 고구려 건국신화와 고조선 건국신화에서 성모의 본 모습을 찾는 것은 무리라고 본다. 그들은 건국신화 내에서 지모로서의 역할에 충실하기 때문이다.

이러한 점에서 신라의 선도산 성모와 가야의 정견모주는 주목할 만하다. 선도산 성모는 홀로 이성(二聖)이자 건국주인 혁거세와 알영을 낳았고 가야산신인 정견모주는 천신에 응감하여 대가야왕 뇌질주일과 금관가야왕 뇌질청예 즉, 수로왕을 낳았다.71) 이들 혁거세와 알영 남매가 부부가 되어 천부지모로서 건국 신화상의 역할을 수행

之)이고, 두 번째는 금와와의 만남(金蛙嗣位 于時得一女子/金蛙異之 幽閉於室中)이고, 세 번째는 '일광감응(日光感應)'(爲日光所照 引身避之 日影又逐而照之 因而有孕 生一卵)에 의한 것이다. 이러한 모순은 신화 전승상의 문제로 이를 설명하기 위해 일광감응에 의한 잉태를 '천신(天神) 신격의 퇴장'으로 보면서 이를 후대의 불부이잉과 관련시키기도 한다.(김준기, 「神母神話硏究」, 경희대학교 박사학위 논문, 1995, 46쪽) 한편 『世宗實錄地理誌』 평양편에서 "首戴烏羽之冠 腰帶龍光劍 朝則廳事 暮則昇天 世爲之天王郎"이라 한 것을 보면 해모수는 천계의 신이고 태양의 속성을 가진 것으로 볼 수 있어 '일광'과 의미상 통한다. 또한 문맥상 일광감응에 의한 잉태가 바로 알을 낳는 데로 귀결된다는 점도 간과해서는 안 된다. 이에 대해서는 고구려 건국 신화 각편 간의 관계에 대한 많은 논증이 필요하지만(조현설, 「건국신화의 형성과 재편에 관한 연구」, 동국대학교 박사학위논문, 1997, 142~158쪽 참조) 유화의 경우 일광감응에 의한 잉태를 그 원 모습으로 보는 데 무리가 없다고 본다.

71) 선도산성모 신화와 박혁거세 신화, 정견모주 신화와 김수로왕 신화의 관련성에 대해선 졸고, 「신라·가야 건국 신화의 체계화 과정 연구」, 동국대학교 박사학위논문, 1999, 14~26쪽, 70~78쪽 참조.

하고 주일과 청예 형제가 별개의 국조가 되면서 성모의 모습이 퇴색한 것은 후대의 일이다. 요컨대 고대 성모신화의 원초적 형태는 여신 홀로 국조를 낳았다는 것이다. 특히, 정견모주의 경우 신화적 서사라 할 수 없을 만큼 자료가 단편적으로 남아 있으면서도 국조를 낳았다는 탄생담만 남아 있는 것을 보면 성모의 제 1역할은 역시 위대한 영웅, 즉, 국조를 낳는 것임을 알 수 있다. 따라서 이야기 내의 역할에 한정할 때 이러한 고대 국가의 성모에 비견할 만한 것은 고승의 어머니로서의 여성이다.

그런데 문제는 이렇게 단순하지 않다. 불교 설화에 큰 영향을 미쳤으리라 보는 불전 설화에는 이러한 고승의 어머니상이 잘 나타나지 않기 때문이다. 이는 앞서 논한 바 있듯이 불전설화의 바탕인 불교의 부정적인 여성관에서 비롯되었을 것이다. 또한 이와 관련되는 것이지만 여성, 가정, 속세, 번뇌를 벗어나 성도(成道)의 초입에 들어서는 출가는 혈연을 끊는 데서 시작되기 때문인 듯하다. 불전설화의 주인공인 승려는 탄생에서 죽음에 이르는 영웅의 일대기와는 다르게, 인간적인 관계를 넘어선, 출가자로서 서사문맥에 등장하여 성도하기까지의 노정을 밟는다. 사정이 이러하다면 불전설화에 고승의 어머니상이 등장하지 않는 것은 당연하다. 그렇다면 불교 설화에 나타나는 이러한 어머니상의 원천은 불전설화보다 민간 전승의 성모신화에서 찾아야 할 것이다. 김승호는 한국 승전에 특유한 이상탄생(異常誕生)과 기아(棄兒), 이물지감(異物知鑑) 모티프를 들어 승전에 대한 건국 신화의 영향을 논한 바 있다.72) 물론 승전과 불교설화의 개념이 일치하지 않고, 역시 고승의 탄생을 중심으로 건국신화의 계승 양상을 논한 것이라는 한계에도 불구하고 이러한 논의는 성모신화와 불교설화와의 관련성 논의에 중요한 단서를 제공했다고 할 수 있다. 불교설화가 불교라는 테두리에 갇혀 있지 않고 즉, 불전설화에만

---

72) 김승호, 「神話素의 傳記文學的 수용양태」, 앞의 책, 249~272쪽.

의하지 않고 주변의 구비 전승을 폭넓게 수용했으리라는 가설 하에 성모신화와의 관련성 논의가 힘을 얻기 때문이다.[73] 요컨대 불교 설화에 나타나는 고승의 어머니상은 고대 성모신화의 영향을 다분히 받은 한국적 특유의 현상이라고 본다.

4. 불교설화에 나타난 여성상의 특징과 그 소종래
- 결론을 대신하여

지금까지 불전설화와 대비하여 한국 불교설화에 나타난 여성상의 특징을 검토해 보았다. 여기에서는 이를 종합적으로 검토하고 특히, 그러한 여성상이 빚어지는 데 작용했으리라 보는 사회·문화적인 배경을 짚어보기로 한다.

먼저 불전설화에는 애욕의 화신이라는 부정적인 여성상과 구도자라는 긍정적인 여성상이 공존한다. 이는 오랜 세월 동안의 구전을 바탕으로 불경이 성립되면서 역시 그 시기 동안의 여성사의 부침이 거기에 반영되었기 때문이다. 특히, 불경 결집을 전후한 시기의 여성사적 특징 즉, 여성의 사회적 위상 하락이 거기에 반영되어 부정적인 여성상이 많이 나타난 것이라 본다. 또한 무엇보다도 불교 내 여성관의 변모가 불전설화의 여성상 형성에 작용했으리라 본다. 초기 불교 시대에서 부파불교 시대, 다시 대승불교 시대에 이르는 기간

---

73) 조동일 역시 성모신화를 염두에 둔 것은 아니지만 『삼국유사』가 "불교가 고대의 신화가 하던 과업의 발전적 계승자임을 알리고자 했다."고 했다(조동일, 앞의 책, 233쪽). 또한 구전 설화와 관련하여 "바람직한 방향으로의 편향과 집약을 원래는 건국신화가, 그 다음 단계에는 불교신화가 보장해 주었으며, 일연은 뒤의 것에서 앞의 것까지 포괄하고자 했다"고 하였다.(같은 책, 234쪽)

동안 불교 내 여성의 위상은 극심한 변동을 겪는데 그 좋은 사례가 '여신불성불'에서 '여신성불'로의 변화이다. 다만 불전설화에는 불교 사상적인 측면에서의 이러한 변모 양상이 올곧게 담겨 있지 않은 듯하다. 역시 그것이 설화로서의 성격이 강한 한 거기에는 일반 사회의 여성적인 면모 특히 억압적인 여성상이 더 많이 반영되어 있을 터이다. 불전설화에 부정적인 여성상이 많은 것은 이 때문일 것이다.

한편 한국 불교설화에 나타나는 여성상은 대체로 긍정적이다. 불교설화 형성에 대한 불전설화의 영향을 고려하면 그 소종래가 궁금하지 않을 수 없다. 이를 몇 가지로 나누어 간단히 살펴보려고 있다.

첫째, 중국을 거쳐 이 땅에 전래된 불교는 여신성불설을 낳은 대승불교계통이다. 따라서 여성의 종교적 지위는 인도의 경우처럼 결코 낮지 않았다. 대승불경으로서 여신성불설을 강조하는 승만경이 이미 삼국시대[74]에 들어와 널리 읽혔다는 것도 이와 무관하지 않다.

둘째, 한국여성사의 특징으로 불교 전래를 전후하여 고대 여성의 사회·문화적 지위 특히, 종교상의 지위가 낮지 않았다는 것이다. 물론 조선 시대 등 후대 사회와 비교하여 상대적으로 그렇다는 것이지만 그 때와는 비교할 수 없을 정도로 여성의 사회적 위상은 높았다고 할 수 있다. 따라서 여성들도 외래 종교인 불교에 관심을 갖고 신앙생활에 적극적이었을 것이다. 이러한 불교 내외의 여성의 위상이 설화에 반영되어 긍정적인 여성상이 많이 존재하게 된 것이라 본다.

셋째, 불교설화는 포교를 목적으로 사찰 주변 내지 신도들 사이에서 불전설화를 구전하면서 비롯되었겠지만 신도수의 증가와 더불어 그것이 민간에 널리 회자되면서 현전하는 형태를 갖추었을 것으로 보인다. 그 과정에서 그 때까지 민간에 폭넓게 전승되고 있던 구전

---

74) 이 경은 진흥왕 37년(576)년에 안홍(安弘) 법사에 의해 전래된 뒤 신라 사회에 큰 영향을 끼쳤다 한다.(김상현, 『한국불교사산책』, 우리출판사, 1995, 168쪽)

문학, 특히 건국신화의 여성상이 거기에 흘러들어갔을 것이다.[75] 이로써 불전설화에 없는 고승의 어머니 내지 관음으로서의 여성상이 빚어지지 않았나 한다.

이상 불교설화의 여성상이 불전설화와는 다르게 뻗어나간 사실을 확인하고 그 원인을 대략적으로 추론해 보았다. 한국 불교설화에 특유한 여성상의 소종래는 사실 본고에서 가장 관심을 갖고 중점적으로 다루려던 항목인데 힘이 못 미쳐 구체적인 자료로서 일일이 논증하지 못했다. 다만 이 글이 불교와 여성, 불교설화와 여성을 둘러싼 많은 문제점들이 활발히 논의되는 데 한 계기가 되었으면 한다.

---

75) 리영자는 『삼국유사』권5, 감통편의 <선도성모(仙桃聖母)의 수희불사(隨喜佛事)>에서 비구니 지혜가 점찰법회를 관장한 것을 놓고 '불교가 재래의 성모신앙과 습합'한 한 형태로 보았다.(리영자, 앞의 책, 165쪽)

관음설화에 나타난 여성상

-성불유도형을 중심으로-

박상란

1. 서 론

관음설화는 관음보살이 현실계의 인간의 모습으로 화현하여 갖가지 고난에 직면한 중생을 구원한다는 내용의 영험담이다. 그간 관음설화 연구의 주된 경향도 관음의 이러한 구제 양상에 초점을 맞추어 그 특징을 검토하고 유형을 나누는 것이었다.[1] 『삼국유사』 소재 관음설화 13편을 고난구제형(苦難救濟型), 성불유도형(成佛誘導型), 불사보조형(佛事補助型), 치병구고형(治病救苦型)[2] 등 네 가지로 분류하는 것도 관음의 구제 기능에 초점을 맞춘 것이다. 이 중 성불유도형은 별도의 서사적 문제를 안고 있는 것으로 보인다. 관음이 여성으로 등장하여 수행 중인 고승의 어리석음을 깨우치고 성불로 이끈다는 서사 구조는 보살이 고승까지도 구제한다는 식의 단순한 영험담의 측면에서 볼 것이 아니기 때문이다. 여기에는 불교에서 남성과 여성의 관계를 다루는 방식이 드러나 있어 주목된다. 기왕에 성불유도형 관음설화를 대상으로 한 논의도 이러한 문제의식에 근접해 있다고 본다.

---

1) 인권환, 「新羅 觀音說話의 樣相과 意味」, 『韓國佛敎文學硏究』, 고려대출판부, 1999.
2) 인권환, 앞의 논문, 255~256쪽.

이희준은 관음화현의 인물 중 여성이 많다는 점, 그 여성이 고승 (高僧)의 성도(成道)를 이끈다는 점을 들어 관음설화는 관음의 '남녀 평 등적 기능'[3]을 드러낸 것이라 한 바 있다. 이와 관련하여 김헌선은 관음설화의 진정한 의미는 '남성과 여성의 초월적 평등성'이라 하고 관음화현 여성은 남성을 구제하는 여성상으로 그 직능상 고대 신화 의 여신이 중세화된 것[4]으로 보았다.

물론 성불유도형 설화에서 여성 인물이 숭고한 모습으로 남성 인 물을 계도하고 성도로 이끄는 것은 특기할 만하다. 하지만 문면에 나타난 바, 과연 관음의 변화신인 여성 인물이 숭고하기만 한가 의 문시된다. 결론부터 말하면 이 설화에서 관음의 화신인 여성은 성적 (性的)인 의미에서 자유롭지 못하다. 이 여성은 성으로써 고승을 유혹 하거나 그로부터 유혹을 받는, 그러한 맥락 속에만 존재한다. 여기에 서 말하는 성(性)은 승속(僧俗)을 둘러싼 종교적 담론 내지 애정이라는 추상적인 개념과 거리가 있는, 1차적인 바로 그 성욕(性慾)을 말한다.

관음의 여신화에 대해선 그 '대자대비(大慈大悲)'와 '관자재(觀自在)'의 속성으로 각국의 민속상의 여신과 쉽게 결합된 것이라는 논의가 있 어 왔다.[5] 그런데 성불유도형의 경우 여신화된 관음은 또 한차례 성 적인 존재로의 변모를 겪었다고 본다. 관음의 여신화에만 초첨을 맞 추어 그 2차적인 변모를 소홀히 한 채 '구원의 여성상', '남녀평등'의 의미를 관음 내지 관음설화에 부여하는 것은 성급한 결론이라 할 수 있다.

---

3) 이희준, 「『日本靈異記』と『三國遺事』の觀音說話に 關する比較研究」, 한국외대 석 사논문, 1991, 60쪽.

4) 김헌선, 「불교 관음설화의 여성성과 중세적 성격 연구」, 『구비문학연구』 9, 한국 구비문학회, 1999.

5) 한정섭, 『佛教說話大事典』(上), 이화문화사, 1991, 669~671쪽 참조. 이에 대해 조 현설은 성모신앙의 계보 속에서 발생한 현상이라 하면서 각국의 구체적인 역사 와 신화 속에서 관음의 여신화 현상을 검토한 바 있다.(조현설, 「동아시아 관음 보살의 여신적 성격에 관한 시론」, 『동아시아 고대학』 7집, 동아시아 고대학회, 경인문화사, 2003)

불교 설화에서 관음설화의 비중이 높고,6) 따라서 그 여성상이 동시대 내지 후대 문학사의 여성상 정립에 적지 않은 영향을 끼쳤을 것이라면7) 이에 대한 면밀한 검토가 선행되어야 할 것이다. 본 논문은 『삼국유사』 소재 관음설화 중 관음이 여성으로 등장하는 성불유도형 설화를 중심으로 여성 인물의 속성을 검토해 그 성적인 면모 여부를 가릴 것이다. 그리고 여신으로서 관음이 성적인 모습으로 변모된 배경과 그 의미에 대해 논하려고 한다.

2. 관음화현 여성과 유혹

(1) 유혹 받는 여성

<광덕 엄장(廣德嚴莊)>8)에서 엄장은 광덕의 사후 그 처와 부부로서 동거하게 되었다. 밤에 엄장이 성적인 관계를 맺으려 하자 그녀는 "남편은 나와 함께 십여 년을 같이 살았지만 일찍이 하룻밤도 자리를 함께 하지 않았거늘, 더구나 어찌 몸을 더럽혔겠습니까(夫子與我 同居十餘載 未嘗一夕同床而枕 況觸汚乎)" 하며 거절했다. 이어 죽은 남편이 밤마다 수행 정진하던 모습을 들어 엄장의 그릇된 길을 깨우치고 발심을 촉구한다. 그녀는 바로 관음보살 19응신(應身)의 하나였던 것이다.

여기에서는 여성이 정상적인 부부 관계조차 몸을 더럽히는 것이라 하여 남성의 성적인 유혹을 뿌리친다. 여성에겐 성욕이 없는 것

---

6) 인권환, 앞의 논문, 253~254쪽 참조.

7) 인권환은 관음 화신이 구원의 여인상으로서 고소설 뿐만 아니라 현대소설에 이르기까지 계승되어 왔다고 구체적인 작품 분석을 통하여 논하였다.(인권환, 「觀音說話의 小說的 展開」, 앞의 책)

8) 『三國遺事』 卷五 感通.

으로, 없어야 되는 것이라 하여 다른 방식으로 여성과 성욕의 관계를 문제 삼았다. 물론 여기에서 엄장의 태도는 일반의 남성으로서는 정상적인 부부관계를 전제로 한 욕구이다. 이에 대해 단호히 거절하는 것은 부부 관계에 있는 일반의 여성으로서는 정상적인 반응이라 할 수 없다.

사찰 사료집 등에 전하는 관음 설화 중에 이와 유사한 상황을 설정한 자료가 있다. <어린 딸이 아버지와 벗을 구한 이야기>9)에서 관음의 화신인 묘련은 비구의 유혹을 받자 법당 안에 그를 불러들인 후 탱화를 떼어 바닥에 깔고 옷을 벗었다. 비구가 "아무리 사랑이 좋기로서니 부처님 탱화를 깔고 누울 수야 있겠습니까?" 하면서 거부하자 묘련은 "너는 만들어 놓은 그림 부처는 무섭고 진짜 살아 있는 사람부처는 무섭지 않느냐?"며 큰 소리로 꾸짖는다. <수덕사의 버선꽃>10)에서 관음의 화신인 덕숭은 결혼한 첫날밤에 남편에게 잠자리를 따로 하자고 했다. 남편이 개의치 않고 그녀를 덥석 잡는 순간 뇌성벽력과 돌풍이 일면서 덕숭은 사라졌다. <관음기도 하고 관음진신을 친견한 회정대사>11)에서 회정대사와 결혼한 보덕은 '생식기가 제대로 생기지 못한' 여자다. 회정은 크게 실망하여 그녀의 거처를 떠났다. 그런데 알고 보니 보덕이 바로 관음이다. 관음을 만나고도 관음인 줄 모른 채 헤어진 것이다. 이 이야기에서 특이한 것은 관음이 성불구자인 여성으로 화현해 비구의 어리석음을 깨우쳐 준다는 점이다.

이상 세 편의 설화에서 관음은 여성으로 화하여 비구 내지 일반 남성과 결연하지만 처음부터 남성을 유혹하거나 성적 면모를 거의 드러내지 않는다. 오히려 남성이 애욕을 이겨내어 수행에 정진하도

---

9) 한정섭, 앞의 책(하).
10) 한정섭, 앞의 책(하).
11) 한정섭, 앞의 책(하).

록 이끈다. 앞의 두 설화에서 남성은 애욕을 견디지 못해 갖은 수단을 다해 여성과 성관계를 맺고자 한다. 그러한 남성의 집요한 유혹과 대조적으로 여성은 냉담할 정도로 성에 무관심하다. 덕숭은 결혼 첫날 밤에 동침을 거부하고 보덕은 아예 '생식기가 제대로 생기지 못한' 성불구의 여성이다. 여기에서는 여성 스스로 성을 금기시거나 경계한다는 점에서 여성과 성을 다루는 방식이 문제된다.

(2) 유혹하는 여성

<남백월이성 노힐부득 달달박박(南白月二聖努肹夫得恒怛朴朴)>[12]에서 부득과 박박의 성불을 도운 관음은 유혹하는 여성으로 등장한다. 궁극에는 두 사람이 성불하고 그 여성이 관음임이 밝혀지지만 애초에 관음은 미모의 여성일 뿐이다.

처음 여성은 박박의 암자에 기숙하기를 청한다. 그녀는 "나이 20이 가깝고 얼굴이 매우 아름다운 낭자(有一娘子年幾二十 姿儀殊妙)"[13]로 "난초의 향기와 사향"을 풍기면서(氣襲蘭麝) 나타났다. 이러한 인물 묘사는 이 여성이 성적으로 남성을 유혹하기 위해 등장했고 또한 그러기에 충분한 조건을 갖추었음을 말한다. 사향은 강심제의 하나로서 여성이 남성을 유혹하는 데 사용된 약제이다. 이에 박박은 "절은 깨끗해야 하는 것이니 그대가 가까이 올 곳이 아니요. 어서 다른 데로 가고 여기에서 지체하지 마시오." 하고는 문을 닫고 들어갔다.(蘭若護淨爲務 非爾所取近 行矣無滯此處 閉門而入) 절은 깨끗해야 하기 때문에 받아들일 수 없다는 것은 곧 여성은 혹은 '유혹의 혐의가 있는 여성'은 부정(不淨)하다는 말이다. 이 거절의 말에 딸린 주에 따르면 박박은

---

12) 『삼국유사』 3권 탑상.
13) 이민수 역, 『삼국유사』, 을유문화사, 1988, 253쪽. 이후 『삼국유사』를 인용할 때는 이 책의 번역문과 원문을 대조하여 활용한다.

"나는 모든 잡념이 없으니 혈낭을 가지고 시험하지 말라(記云. 我百念灰 今無以血囊見試)"고 했다는데 이로써 그녀의 등장 의도는 좀더 확연해진다. 혈낭은 육색(肉色) 곧 육체미를 말하는 것이니 그것으로써 성도를 시험하기 위해 그녀가 등장했음을 알 수 있다.

다음 여성은 부득의 암자에 나타나 세 단계에 걸쳐 그를 유혹한다.

❶ 유숙 : 미모의 여성이 늦은 밤 남성 홀로 수행하는 암자에 이르러 하룻밤 자고 가기를 청하는 것은 무엇보다 유혹의 의미가 짙다고 할 수 있다. 여성은 부득에게 "어진 선비의 바라는 뜻이 깊고 덕행이 높고 굳다는 말을 듣고 장차 도와서 보리를 이루고자 해서(但聞賢士志願深重 德行高堅 將欲助成菩提)" 왔다고 자신의 본체를 넌지시 드러낸다. 그렇다고 부득이 관음으로서의 그녀의 정체를 알아챈 것은 아니다. 역시 이곳은 여자가 더럽힐 곳이 아니지만(此地非婦女相汚) 중생을 따르는 것도 역시 보살행의 하나이기 때문에 받아들인다고 했다. 밤이 되자 부득은 마음을 맑게 하고 지조를 닦기 위해 염불에 몰두했는데 이는 여성에 대한 애욕을 억제하기 위한 것이다.

❷ 해산 : 유숙의 허락을 받은 여성은 이제 해산을 도와 달라고 더욱 곤란한 청을 한다. 여기에서 해산은 두 사람의 성불을 상징하지만14) 일반적인 의미에서 극히 성적인 장면이다. 이는 남녀 성애의 결과물을 낳는다는 의미 외에 해산 과정이 여성의 몸체 중 가장 비밀스러운 부분을 통하는 것이기 때문이다.

❸ 목욕 : 여성이 해산 뒤의 목욕을 청하자 부득은 부끄러움과 두

---

14) 이 글 끝 부분 일연의 의론(議論)에 따르면 마야부인이 석가를 낳은 것과 이 여성이 해산한 것은 같은 의미를 지닌다.(摩耶夫人善知識 寄十一地生佛 如幻解脫門 今娘之桷産微意在此) 그렇다면 마야 부인이 염부제 속세에서 부처를 낳은 것처럼 이 여성 역시 목욕이라는 강력한 성도 시험을 통해 두 사람을 부처로 태어나게 한 것으로 볼 수 있다.

려움을 느꼈으나 마지못해 목욕을 시킨다.(慙懼交心 然哀憫之情有加無已) 더욱이 그는 그녀의 권유에 따라 목욕통에 함께 들어가는 지경에까지 이른다. 남녀가 함께 목욕하는 것은 동침과 다른 것이 아니다. 이는 부득에게 가장 강력한 성적 유혹으로 그가 성불하게 되는 것도 이 시점에서이다. 계율을 비롯해 수행자로서의 모든 것을 다 버렸을 때에야 그가 바라던 바 모든 것을 얻게 된 것이다. 하지만 이렇게 되기까지 즉, 목욕물에 몸이 금빛으로 변해 성불하기 직전까지 부득은 여성의 유혹을 뿌리치지 못하고 파계의 두려움과 남성으로서의 부끄러움을 벗어나지 못하고 있다. 유혹의 정도가 더 강해짐에 따라 부득이 느끼는 부끄러움과 두려움의 정도도 더 세짐을 알 수 있다.

이상의 검토 결과 이 설화에서 여성은 성적인 시험을 통해 고승의 성도를 완성하기 위해 등장한 것이다. 궁극적으로 부득이 성불하고 여성이 관음임이 밝혀진다 해도 그 과정에서 여성이 성욕을 지닌 채 유혹하는 모습으로 등장하는 것엔 어떤 사연이 있을 것이다.

3. 유혹의 유래와 그 의미

이상 관음이 여성으로 등장하는 성도담에서 특히 여성 인물의 면모를 검토해 보았다. 이들 성도담에선 관음의 역할이 무엇보다 중요하다. 관음의 계도에 따라 수행자가 성도라고 하는 궁극적인 지점에 도달하기 때문이다. 문제는 그 화현으로서 여성이 유혹받는 여성이나 유혹하는 여성이라는 두 가지 유형으로 나타남으로써 여성의 성적인 유혹 혹은, 여성과 성의 문제가 대두되는 것이다. 작품 전체의 의미 구현에 있어도 다음과 같이 '유혹'을 전후로 사건이 급진전한다는 점에서 관음설화에 있어 성적 요소는 필수적인 요소이다.

- 광덕은 유혹을 하지 않아 성불에 성공한다.
- 엄장은 유혹을 해 1차 성불에 실패한다.
- 박박은 유혹을 뿌리쳐 1차 성불에 실패한다.
- 부득은 유혹을 견뎌 내어 성불에 성공한다.

여성이 유혹의 대상 혹은 유혹의 주체로 형상화되었다는 것은 여성을 성적인 존재로 간주했기 때문이다. 전자의 경우 자신은 성욕을 극도로 경계하지만 상대방에게 성적인 존재로 비친다는 점, 그래서 후자와 마찬가지로 설화의 작중 상황이 에로스적인 분위기에 빠지기 쉽다는 점에서 그렇다. 문제는 비구 내지 고승의 깨달음을 위해 여성의 성적인 면모가 동원된다는 것이다. 비속함의 초극이 필요한 자리에 하필 유혹받(하)는 여성이 등장하는가 하는 점이다.

『일본영이기(日本靈異記)』 소재 관음설화 중 아내를 범하는 이야기에 대해 "성과 관련된 주제를 다룸으로써 청자의 호기심을 자극하며 이야기의 주제를 강렬하게 전달할 수 있는 효과를 노린 것"이라는 견해가 제기된 바 있다.[15] 하지만 이러한 해석은 성을 다룬 모든 문화 양식에 해당되는 보편적인 견해로 딱히 관음설화의 문제를 해결하는 데에는 한계가 있을 수 밖에 없다. 또한 이러한 관점은 성을 다룬 작품이 산출된 배경보다 그 효과면 내지 제작 의도를 지적한 것에 가깝고 무엇보다 자연스럽게 유포되는 설화 전승의 측면보다 의도적인 제작 과정에 무게를 둔 것이다. 이에 대해선 불교 설화의 전승, 유통 방식 등에 초점을 맞추어 별도의 접근 방식이 필요하다. 즉, 관음설화를 비롯해 불교설화의 많은 요소가 불전(佛典)에서 유출되었거나 그것으로부터 상당 부분 영향을 받았을 것이란 점에 착안

---

15) 최정선, 「『三國遺事』 觀音說話와 그 詩的 變容에 관한 硏究」, 연세대 박사논문, 1998, 91쪽.

할 필요가 있다.

불전 설화에는 고승의 수행을 방해하는 애욕적인 여성 인물이 많이 나타난다. 이런 경우 대개 수행의 막바지에 도달한 고승이 미모의 여성으로 인해 선정(禪定)을 잃고 파계(破戒)하거나 스승으로부터 꾸지람을 받고 정신을 차리게 된다. 고승의 마지막 시험 무대에 여성이 동원된 것이지만 여성의 입장에서 보면 단지 수도의 방해자 역할로만 그 존재 의의가 있는 것이다. <나라타 비구의 본생>16)은 이러한 점에서 가장 일반적인 구조를 갖고 있다.

① 나라타 비구의 수행
② 대인(여성)의 유혹
③ 나라타 비구의 파계 위기
④ 대사(大師)의 훈계
⑤ 나라타 비구의 항변
⑥ 제 2의 전생담
⑦ 나라타 비구의 선정 회복

여기에서 대인이라는 여성이 문제되는 것은 비구에게 애욕을 일으키기 때문이다. 문제는 한 순간의 애욕이 아니라 그로 인해서 '감관(感官)'의 지배를 받아 미래의 삶은 차치하고 현세에서마저 시들하게 살게 된다는 것이다. 여성이 불교의 궁극적인 도달점인 성도(成道)를 위협하는 극약과 같은 것으로 취급됨은 이 때문이다.

여성은 이렇게 남성의 성불을 방해하는 유혹자일 뿐이다. 여성은 남성의 수행을 방해할 가능성이 있다는 것 때문에 대개 악녀로 취급되며 인격조차 갖추지 못한, 인간 권외의 존재로 간주된다. 성불은커녕 숨쉬고 살기조차 죄스러운 존재인 것이다. <전사 여인의 전생 이야기>에서 보살은 "여자란 음욕에 만족할 줄 모르는 것입니다. 그것

---

16) 『본생경(本生經)』 제18편 제1장 가전연품(迦旃延品), <전생의 근본 이야기>, 동국대학교 역경원, 1988, 189쪽.

은 사실 여자의 천성으로서 그 음욕은 여자에게 필연적으로 붙어 있는 것입니다."[17]라고 말한다. 여기에선 여성의 음욕을 천성적인 것 즉, 여성의 본질로 보고 있다.

이러한 여성상의 원형은 무엇보다 『팔상록(八相錄)』[18]과 같은 불타 전기에서 공히 볼 수 있는 수하항마상(樹下降魔相)의 마녀로서의 여성상이다. 마왕은 마녀 중에 인물이 뛰어난 자들을 뽑아 만반으로 실달 태자를 유혹하여 도심을 '퇴타(頹惰)'케 하라고 영을 내린다. 이에 마녀들이 온갖 교태로 유혹하지만 석가는 조금도 요동치 않고 그들을 교화했다는 것이다. 이것이 성도담의 원형이라면 유혹하는 여성의 뿌리 또한 여기, 석가를 유혹하는 마녀들이 아닌가 한다.

물론 이들은 관음화현 여성과 달리 단지 성도를 방해하는 역할을 할 뿐이다. 관음화현 여성은 그러한 방해를 통해 성도를 시험하고 궁극에는 고승을 성불로 이끄는 역할을 한다. 무엇보다 여신으로서 관음의 직능이 표출되면서 여성의 우월한 위치가 강조된 것이다. 이러한 점에서 성불유도형은 관음의 여신화 문제와 성적 변모의 문제를 둘 다 안고 있는 것으로 나머지 제 유형과는 다른 출처와 배경을 갖고 있는 것으로 볼 필요가 있다. 요컨대 관음설화의 유혹하는 여성상은 불전 소재의 성도 방해자 역할을 하는 애욕으로서의 여성상, 더 올라가서 불타 전기에서 보이는, 수행 중인 석가를 유혹하는 마녀들이다.

성에 대한 금기는 불교의 수행 과정에서 필수적이다. 출가 수행을 장려할 만큼 혈연을 비롯한 세속과의 인연을 끊기를 바라는 불교에 있어 세속의 뿌리인 성은 가장 금기되어야 할 것으로 간주되었을 것이다. 성 금기가 여성 금기로 바뀐 것은 불교에서 수행자가 대부분

---

17) "사실 여자란 음욕에 만족할 줄 모르는 것입니다. 그것은 여자의 천성(天性)으로서 그 음욕은 여자에게 필연적으로 붙어 있는 것입니다."(『본생경(本生經)』 1, 제1편 제12장 설문품(設問品), <결발 풀기의 전생 이야기>, 439쪽)
18) 『新編八相錄』, 불서보급사, 1973, 157쪽 참조.

남성인 까닭이다. 남성 수행자를 중심으로 여성을 대상으로 한 성욕이, 더 나아가 여성과의 만남 자체가 금기시되고 이러한 것이 여성과 성욕을 동일시하는 데까지 나아갔을 것이다. 수행자의 성별에 따라 성욕의 주체가 바뀐 것이라 본다. 남성 수행자의 성도담에서 여성이 성욕의 주체로 나타나는 것은 이 때문이다. 즉, 남성의 애욕이 투영되어 여성은 애욕의 덩어리로 간주된 것이다. 그리고 이러한 여성상은 불전에 반영된, 불교 발생 당시 인도 여성의 사회적 지위, 거기에서 비롯된 부정적인 여성관과 무관하지 않다. 물론 '초기불교 시대'를 맞아 평등 사상에 근거한 불타의 여성관이 대두되고 더 시간이 지나 대승경전 시대에 이르면 여성성불설이 확립되어 긍정적인 여성상이 정립되기도 한다. 하지만 '부파불교 시대'에 이르러 붓다의 가르침이 해석되는 과정에서 불교의 여성성 역시 많은 왜곡을 겪는다.[19) 여성을 둘러싼 이러한 열악한 사정이 반영되어 고착된 결과 성욕의 주체로서의 여성이 불전에 강하게 남아 있는 것이 아닌가 한다.

조신(調信) 설화[20)에선 여성이 유혹하지 않는다. 조신 혼자 김흔공의 딸을 좋아한다 했다. 그녀는 꿈 속에서 그의 사랑에 공모하는 몸짓을 하지만 이는 모두 조신의 애욕이 꿈으로 화한 결과이지 현실이 아니다. 그야말로 조신의 짝사랑이고 꿈이요 애욕이다. 문제의 성욕이 누구에게 있는가 분명히 알 수 있게 하는 설화이다. 여기에서 더 나아가 이러한 애욕의 주체가 제자리를 잡은 것이 고승이 성도 과정에서 여성을 유혹하는 앞의 이야기다. 이를 여성의 입장에서 보면 여성은 유혹을 받는 것이다.

유혹 받는 여성의 경우 애욕의 주체가 남성임을 제대로 천착한 것

---

19) 이상 불교 여성관의 변천에 대해선 리영자, 「불교의 여성관」, 『불교와 여성』, 민족사, 2001, 137~151쪽 참조.
20) 『삼국유사』 3권 탑상, <洛山二大聖觀音正趣調信>.

이라 할 수 있다. 남성의 성욕이 여성에게 전가되지 않았다. 여기에서는 고승의 성욕을 문제시한 것이기 때문이다. 여성의 유혹 여부와 무관하게 고승 자신이 집요하게 성욕을 추구하여 수행을 그르친다는 것이다. 여성은 이를 경계하기 위해 성을 금기시하고 궁극적으로는 그를 성도로 이끄는 역할을 할 뿐이다. 관음과 관련해 보면 성도의 주도자로서의 그 본래의 면모가 성적인 의미에 침윤되지 않았다고 할 수 있다. 성욕을 자신의 것으로 떠안으면서까지 고승, 대중의 성도를 이끌지는 않는다. 이러한 관음의 형상은 '관음의 여신화 단계'에 보다 근접한 것으로 보인다. 아직 성적인 모습으로의 2차적인 변모를 겪지 않은 형상이라 할 수 있다. 따라서 여기에 나타나는 여성은 같은 성적인 여성상이라 해도 유혹하는 여성과는 차원이 다르다. 이러한 관음의 형상이 사찰사료집 등에 많이 전하는 것은 그 한국적 변용 내지 특징의 문제와 관련해서 주목할 만하다.

하지만 앞에서 말했듯이 관음이 여성으로 화현했기에, 고승과의 관계에서 자연스럽게 성적인 의미를 갖게 된다. 고승의 수행 과정에서, 그 막바지에서 성욕을 극복하는 과제가 남았는데 그것을 도와주는 관음이 여성임으로 해서, 그로부터 유발되는 성욕의 문제가 개재된 것이다. 따라서 관음설화에 있어서 여성과 유혹, 여성과 성의 문제에 초점을 맞출 때 유혹하는 여성의 경우가 더 근본적이지만 유혹 받는 여성의 경우도 성과 무관하지 않다고 본다. 무엇보다도 여성이 애욕의 대상으로 비친다는 점, 그래서 작중 상황이 에로스적 장면으로 흐를 가능성이 있다는 점 때문이다. 이렇게 볼 때 '유혹 받는 여성-유혹하는 고승'은 '유혹하는 여성-유혹 받는 고승'과 같은 서사적 기능을 한다고 할 수 있다. 그리고 여성의 측면에서 둘 다 여성을 성적인 문맥에다 배치한다는 점에서 동일한 것이다.

불교 문학에서 여성과 성을 긴밀히 관련시키는 것은 그것이 대승적 보살 정신을 보여 주기 위한 것이라 하더라도 외설의 혐의를 벗

기 어렵다. 인권환이 적절히 지적했듯이 불교소설이란 이름으로 비
구니의 탈선 등 외설적인 내용을 다루는 대중소설[21] 등은 불교문학
혹은 불교정신의 왜곡일 뿐이다. 또한 문학에서 여성과 성의 문제를
다루는 방식은 여성상 정립에 큰 영향을 끼친다는 점에서 관음설화
에서 여성이 다루어진 방식은 재고할 필요가 있다. 관음설화에서 여
성은 유혹 받는 여성 즉, 성에 무관심한 여성 혹은, 유혹하는 여성
즉, 성욕에 충만한 여성으로 그려져 있다. 여성을 성에 무관심한 것
으로 보든 지나치게 성에 집착하는 존재로 보든 둘 다 여성을 온전
한 인격체로 보는 것이 아니다. 이는 여성을 여성 아닌 것으로 보는
즉, 여성 소외에 다름 아니다. 관음설화에서 여성은 성적인 문제로부
터 자유롭지 못하다. 여성이 관음으로 즉, 성스러운 존재로 나타나는
그 틈새에서 여성은 성적인 존재로, 불편한 몸가짐으로 처신하도록
방치되어 있다. 관음설화의 문학사적 중요성을 고려한다면 그 인물
의 실상에 대한 면밀한 검토와 해석이 선행되어야 하리라 본다.

4. 결 론

 이상 관음설화 중 성불유도형 설화를 중심으로 관음화현 여성의
형상과 그 유래를 검토해 보았다. 특히, 문제의 여성이 유혹 받거나
유혹하는 모습으로 등장하는 것에 초점을 맞추어 이를 불교에서 여
성과 성을 관련시키는 방식의 하나로 보고 그 유래를 추찰해 보았
다. 유혹 받는 여성은 성욕의 대상으로, 유혹하는 여성은 성욕의 주
체로 둘 다 여성의 성욕을 왜곡한 것이고 더 나아가 여성을 소외시
킨 것으로 이는 불전 소재 애욕의 화신으로서의 여성상 내지 불타

---

21) 인권환, 「佛敎文學의 槪念・領域・形成・展開」, 앞의 책, 39쪽.

전기의 마녀상에서 유래된 것이다. 그간 관음이 여성으로 나타나 우월한 위치에서 고승인 남성을 계도하고 성불로 이끈다는 점에 초점을 맞추어 이러한 성적인 여성상의 문제를 간과하였다. 관음설화에서 여성과 성을 다루는 방식은 여성상 정립에 상당한 영향을 끼치므로 이에 대한 면밀한 검토가 요구된다.

성녀와 악녀

- 조선 전기 불교계 소설의 여성 형상과 유가 이데올로기의 접점 -

조현설

1. 문제 제기

조선 건국의 설계자 정도전의 기획에 의해 두 왕조를 지탱하던 불교가 심각한 타격을 입은 것은 주지의 사실이다. 정도전의 『불씨잡변(佛氏雜辨)』으로 대표되는 선초의 반불교적, 반신이적 담론은 불교가 내세웠던 인과응보나 윤회지옥설을 허탄한 것으로 매도하고 그 위에 주자학의 이치(理致)의 철학을 구축했다. 이는 귀신과 부처의 세계에 거주하고 있던 고려의 인민을 조선의 충직한 신민으로 재구성하기 위해서 건너야 할 정치철학의 다리[1]였지만 이 담론과 담론의 제도화 과정을 통해 불교는 서서히 주변부로 밀려났던 것이다. 물론 여전히 궁실 내부에 불당이 건재하고, 세종이나 세조와 같은 친불교적 군주에 의해 불경언해와 같은 작업이 이뤄지기는 했지만 불교의 신이 담론은 유가의 반신이 담론으로 점차 대체되어 갔고, 16세기 중종 이후 사림이 목소리를 높이면서 사태는 돌이킬 수 없게 되었다.

---

1) 조현설, 「조선 전기 귀신이야기에 나타난 神異 인식의 의미」, 『고전문학연구』 23 집, 한국고전문학회, 2003, 149쪽.

나말여초에 얼굴을 드러내기 시작했던 소설은 어떤가? 귀신이나 이물과의 만남, 혹은 꿈의 세계를 이야기하던 소설은 국가나 제사의 신이와 같은 권력 내부의 신이를 제외한 신이를 부정하고 있던 유가들에 의해 고려 후기를 거쳐 조선 초에 이르러서도 여전히 소외된 양식이었다. 15세기의 『금오신화』와 같은 돌출이 있었지만 이 돌출이야말로 소설이 주변부적 서사 양식이었다는 것을 증명하고 있지 않은가. 그러나 조선 전기는 한편에서는 문이재도(文以載道)의 문장보국을 주창하고 있었지만 다른 한편에서는 16세기 <설공찬전> 파동2)에서 알 수 있듯이 '잡스러운' 소설을 향한 주변부의 들끓는 욕망이 누출되는 시기이기도 했다. 전기 소설, 몽유록, 불교계 소설, 그리고 명대 화본 소설 등이 유통되면서 소설이라는 '생물'이 조금씩 꿈틀대고 있었던 것이다.

정치적 탄압과 사상적 비판 앞에서 차츰 주변화되어 민간의 비공식적인 종교로 전락해 가던 불교, 불교적 토양에서 출생했으면서도 여전히 변두리를 떠돌던 소설, 그리고 분서(焚書)의 위협에 처해 있던 소설이, 남성지배 사회에서 역시 타자화되어 있던 여성들과 만나게 된 것은 어쩌면 운명이었을 것이다. 불교의 말로 바꾸면 피할 수 없는 인연이었을지도 모르겠다. 우리는 저 17세 이래 소설 부흥의 배후에 사대부가의 여성들이 있었다는 것, 나아가 평민 부녀자들로의 확산이라는 사회적 문맥이 웅크리고 있었다는 것, 그리고 우연하게도 그런 흐름이 17세기 후반을 기점으로 강화되고 경직되어간 가부장권의 흐름과 조우하고 있다는 것을 잘 알고 있다. 그렇다면 저 17세기의 전사로서 조선 전기는 어떠했는가? 불교·소설·여성, 즉 세계관·양식·독자라는 소외된 지대들은 문학사의 배후에서 어떻게 웅성거리고 있었던가?

그간 불교와 소설의 관계에 대한 연구는 불교적 색채가 뚜렷한 작

---

2) <설공찬전> 파동의 의미에 대해서는 조현설, 앞의 논문, 4절을 참조할 것.

품 안에 수용된 불교적 요소를 규명하는 작품론적 연구, 불교가 국문소설의 생성과 발전에 끼친 영향을 밝히는 소설발달사적 연구가[3] 주된 경향이었다고 할 수 있겠는데 두 경향 가운데 이 글은 후자의 맥락에 서 있다. 그러나 이 글은 이전의 소설사의 흐름에 대한 연구들이 누락했던 지점, 다시 말해 여성을 그 중심에 두고 다시 사유한 결과이다. 조선 전기 소설사에서, 특히 불교계 소설에서 여성과 불교는 어떤 식으로 만나고 있는가? 그리고 그 만남은 유가적 담론의 무게 속에서 어떻게 자기 존재를 확보해갔는가? 문학사의 변두리에 있는 불교·여성·소설의 만남과 그 서사 운동의 포착이 어떻게 기존의 소설사를 갱신할 수 있을까? 이런 의문들 앞에서 이 시론적인 글은 불교계 소설들이 그려내고 있는 여성의 이미지에 주목했다.

2. 성녀와 악녀의 계보학

(1) 조선 전기 불교계 소설이 형상화하고 있는 여성의 이미지는 둘이다. 하나가 성녀(聖女)라면 다른 하나는 악녀(惡女)이다. 성녀란 신성한 여성의 이미지를 지닌 존재로 신화 속에 대모신, 시조모, 혹은 무속의 여신처럼 숭앙의 대상이 되는 여성을 말한다. 지리산 성모, 유화신, 당금애기 등의 무속신이 그런 존재들이다. 이들 신성한 여신의 형상은 문학사에서 희생적인 여성상, 현모양처적인 여성상으로 이어진다. 악녀는 그 반대쪽에 있다. 그러나 우리 신화 속에 악한 여신은 별로 보이지 않는다. 그러니 악한 여신 속에서 악녀의 기원을 찾기는 어렵다. 악녀는 우리 문학사 혹은 문화사에서 세속적인 존재

---

3) 정하영, 「僧傳의 傳統과 소설적 수용」, 『東洋學』 31집, 단국대 동양학연구소, 2001, 32쪽.

에서 그 시원을 찾을 수밖에 없고, 현모양처의 반대편에 있는 존재인 악모나 악처의 형상이 그에 부합될 것이다. 성녀와 악녀의 이미지를 이렇게 넓게 규정하면 성녀와 악녀는 어느 시대 어느 작품 속에나 쉽게 등장할 법한 여성의 형상이지만 실상이 기대와 꼭 맞아떨어지는 것은 아니다. 필자가 조선 전기 불교계 소설을 주목하는 이유는 이들 작품 속에서 양자의 대립적 형상이 비교적 뚜렷한 모습으로 부각된다고 보기 때문이다.

조선 전기 불교계 소설의 성녀와 악녀를 이야기하기 전에 전사(前史)에 대한 약간의 검토가 필요할 것 같다. 이때 우리가 관심을 가져야 할 것이 관음보살이다. 『삼국유사』 권3의 <낙산이대성(洛山二大聖)>조를 보면 원효를 시험하는 관음보살의 모습이 그려져 있는데 관음을 못 알아본 원효가 파랑새의 말을 듣고서야 "비로소 전에 만났던 성녀(聖女)가 관음의 진신(眞身)임을 알았다"는 대목이 있다. 대모신 → 시조모신 → 관음보살로 이어지는 성녀의 계보가 여기서 확인되는 셈이다. 그런데 성녀 관음보살 안에는 또 다른 모습도 있다. 『삼국유사』에서 꽤나 유명한 이야기인 <남백월이성(南白越二聖)>조의 관음은 낭자의 모습으로 나타나 두 사람을 시험하는데 노힐부득과는 달리 달달박박은 유숙을 청하는 여자를 절은 깨끗한 곳[護淨]이라며 물리친다. 관음의 정체를 몰라본 달달박박의 눈에 여자는 부정(不淨)한 존재로 인식된 셈이다. 이때 관음은 성녀가 아니라 오히려 악녀에 가깝다고 해도 좋을 것이다. 그러나 그렇다고 해서 관음을 악녀라고 규정할 수 있는 것은 아니고, 악녀의 기원을 관음보살에서 구할 수도 없는 것이다. 불교의 대승적 보살사상의 해석학에서는 성녀와 악녀의 구분이 있을 수 없겠지만4) 문학 텍스트 속에서 성녀와 악녀는

---

4) 제13차 한국불교어문학회 학술회의(「불교담론과 여성」, 2003. 11. 8)에서 필자의 발표문에 대해 토론자로 나선 오대혁 선생이 이런 견해를 피력했다. 필자는 불교 사상 쪽에서의 해석과 문학 작품 속에 구체적으로 드러난 형상을 구분해야 한다는 쪽이다. 일반대중은 달달박박이 물리친 여성이 관음이라는 사실을 사전

분명히 구분된다.

『삼국유사』의 관음에서 알 수 있듯이 성녀의 존재는 조선 전기 이전에도 분명 확인된다. 주지하다시피 초기 소설사의 주류를 점유하고 있는 전기(傳奇)를 보면 이물(異物)이나 귀신은 등장하지만 어디에도 악녀라고 규정할 만한 여성은 보이지 않는다. 『삼국사기』<열전(列傳)>에는 성녀의 이미지를 지닌 효녀나 열녀가 있지만 어디에도 악녀는 그려놓고 있지 않다. 성녀나 악녀는 선악에 대한 분명한 인식과 무관하지 않은 것으로 보이는데 전기는 선악에 대해 별로 관심이 없었던 것으로 보이고, 열전은 선악에 대한 관심은 있으나 여성에 관한 한 악녀보다는 마땅히 본받아야할 효녀나 열녀와 같은 긍정적 인물상에만 관심을 보였던 것으로 판단된다. 이런 서사문학사의 맥락에서 볼 때 조선 전기 불교계 소설들에 보이는 여성들의 두드러진 이미지인 성녀와 악녀의 형상은 마땅히 주목할 만한 문학사적 가치가 있다고 생각한다.

이제 조선 전기 불교계 소설 속의 여성 형상을 성녀와 악녀, 두 계열로 나눠 그 구체적인 형상과 의미를 논의해 보기로 한다.

(2) 성녀 계열에 포괄될 수 있는 작품들은 <안락국태자전>, <금우태자전>, <왕랑반혼전>, <부설전>이다. 앞의 두 작품에 등장하는 여성이 성모(聖母)라면 뒤의 두 작품에 등장하는 여성은 성처(聖妻)라고 할 수 있다. 유가의 용어로 바꾸면 전자는 현모, 후자는 양처의 이미지를 지니고 있다고 해도 좋을 것이다.

에 혹은 사후에 알았다고 하더라도 관음을 악녀로 보지는 않는다. 조선 초기 불교계 소설의 독자들 역시 마찬가지였을 것이다. 설법자들이 이야기에 대한 해석을 통해 선악은 모두 마음이 빚어낸 것이니 세상에 성녀도 악녀도 있을 수 없다는 식으로 가르쳐 고개를 끄덕이는 차원과 이야기를 듣거나 읽고 이야기의 맥락 속에서 성녀와 악녀로 판별하는 문학감상의 차원은 다르다는 것이다. 일시적 깨달음으로 고개를 끄덕여도 돌아서면 '그래도 이 여자는 나쁜 여자야'라고 생각하는 것이 대중의 차원이라는 말이다.

주지하다시피 <안락국태자전>의 범마라국 사라수대왕의 왕비 원앙부인(鴛鴦夫人)은 서천서역국으로 찻물을 길러 가는 왕을 따라 가다가 죽림국 자현장자의 종으로 팔리는 신세가 된다. 부인은 내 몸을 팔아 몸값과 이름을 서천서역국의 광유성인에게 바치라고 당부하고, 사라수대왕은 종으로 부인을 팔게 된다. 여기서부터 원앙부인은 남편 없이 다른 남자를 주인으로 섬기면서 아들을 낳아 키우는 '유화'의 길, '당금애기'의 서사를 따라간다. 아버지를 찾아 자현장자의 집을 벗어나다 자자(刺字)를 당한 안락국은 다시 도망쳐 아버지를 찾아가지만 남은 원앙부인은 자현장자에 의해 세 토막 시신이 된다. 수난의 강도로 따진다면 유화나 당금애기보다 훨씬 윗길이고 바리데기나 청정각시에 근사하다. 이 때문에 한 연구자는 이 이야기를 <안락국전>이라고 할 것이 아니라 <원앙부인본풀이>라고 해야 한다고 강조하기도 했다.5)

원앙부인은 결국 스스로 당한 수난 때문에 서방의 부처가 된다. 문제는 수난의 내용인데 원앙부인은 남의 종으로 아비 없는 아들을 키우고 아버지를 찾겠다는 아들을 몰래 보낸 죄로 장자에 의해 살해된다. 말하자면 자식을 위해 몸을 던지는 거룩한 희생자로 형상화되어 있는 것이다. 물론 남편의 서역길을 돕기 위해 스스로 몸을 파는 행위에서 성처 혹은 양처의 형상을 발견하기란 어려운 일이 아니지만 좀더 비중이 있는 쪽은 성모 혹은 현모의 형상이 아닌가 한다. <안락국태자전>에는 '수난을 통한 성화', 즉 현모가 되는 과정에서 겪는 고난을 통해 신성한 존재로 거듭나게 된다는 종교적인 논리가 구조화되어 있는 것이다.

이런 구조화는 <금우태자전>에서도 작동하고 있다. 금우태자의 어머니 보만왕후는 파사국왕의 셋째 왕후인데 아들을 낳았다는 이유로 위의 두 왕후로부터 핍박을 받는다. 그리고 왕은 두 왕후에게

---

5) 조흥윤, 『한국의 원형신화 원앙부인 본풀이』, 서울대 출판부, 2000.

속아 괴물(껍질을 벗겨 금분을 칠한 고양이 새끼)을 낳았다는 죄로 보만왕후를 밀방아간에 유폐시키고 밀을 갈라는 벌을 내린다. <안락국태자전>과 마찬가지로 이런 보만왕후의 형상에서 유화나 당금애기의 모습을 발견하는 것은 어려운 일이 아니다. 그러나 <안락국태자전>과 마찬가지로 보만왕후는 스스로 고난 속에서 걸어 나오지는 않는다. 원왕부인이 죽음에 이르기까지 했듯이 보만왕후 역시 아들의 구원을 받기까지 밀방아간의 유폐를 벗어나지 못한다. 이는 아마도 이 서사 자체가 남성이 중심인 이야기, 다시 말해 석가모니의 전생담이기 때문일 것이다. 그러나 눈물로 세월을 보내면서도 "우리 자식은 엇지되엿는가? 사랏는가 죽엇는가, 사랏시면 어느 곳에 있는가?"[6] 탄식하며 밀방아를 돌리는 보만왕후의 형상에서 보이는 것은 현모, 나아가 성모의 모습 바로 그것이다.

두 작품에 비해 <왕랑반혼전>과 <부설전(浮雪傳)>에 보이는 여성은 처의 형상으로만 등장한다. 이미 고려시대에 창작되었고 조선 초기에도 유통되고 있었던 것으로 보이는 <왕랑반혼전>에서 왕사궤의 부인 송씨는 남편을 구원하는 구원자의 형상으로 그려져 있다. 부부가 함께 염불하는 이웃을 비방했는데 그 잘못으로 죽은 송씨가 여전히 염불을 하지 않아 죽을 지경에 빠진 남편을 구하기 위해 10년만에 환혼(還魂)한 것이다.[7] <왕란반혼전>은, 이 환혼으로 인해 연명(延命)한 왕사궤가 다른 이의 몸을 빌려 되살아난 부인 송씨와 해로한 후 극락국에 간다는 다분히 불교적 권선(勸善)을 촉구하는 교화담이지만 그것이 먼저 죽은 부인의 환혼에 의해 성취된다는 점이 주목된

---

6) 안진호 편, 『서가여래십지행록』, 1941, 38쪽.

7) 송씨 부인이나 왕사궤나 염불을 하던 이웃을 비방한 죄를 지었다는 점에서는 악인이고 죄인이다. 이 점을 강조하면 송씨 부인은 악녀와 성녀의 이미지를 공유하고 있다고 할 수도 있다. 그러나 이 경우도 핵심은 송씨 부인이 어떻게 악녀에서 성녀로 존재의 전환을 이룰 수 있었는가 하는 것이고, 그것은 남편과의 관계 속에서 구원자가 됨으로써 가능했다는 것이다. 따라서 송씨는 성녀 계열에서 다룰 수 있고 다뤄야 한다고 본다.

다. 부인 송씨는 저승을 건너 생명의 묘약을 가지고 온 구원자인 셈이다. 부인 송씨의 얼굴에 무속 여신 바리데기의 모습이 겹쳐지는 것은 이 때문이다.

<부설전>에서 주목되는 인물은 부설과 부부의 인연을 맺은 구무원의 딸 묘화(妙花)이다. 묘화는 승려 부설을 파계에 이르게 하는 존재지만 오히려 그 파계를 통해 더 큰 깨달음의 경지에 오르게 하는 조력자로 설정되어 있다. 부설은 자신의 설법을 듣고 죽기를 각오하고 동거를 요구하는 묘화를 "몸은 속세에 두나 마음은 물외(物外)에 두어 삼업(三業)을 정수(精修)하고 육도(六度)를 널리 행하여 물의 안과 밖을 통하게 하려네"라며 받아들이는데 바로 이 대승(大乘)의 마음8) 을 통해 전국을 돌며 함께 수도하던 도반 영조(靈照), 영희(靈熙)보다 높은 경지에 이르렀다는 것이다. 이야기는 부설이 세상을 떠난 뒤 묘화와 아들 등운, 딸 월명도 각기 수도에 전념하여 일가를 이루었다는 전기적 결말로 이어지지만 우리는 묘화의 형상에서 노힐부득(努肹不得)을 득도로 이끈 '수도처를 범한 자태가 묘한 낭자'가 저절로 떠오르는 듯한 느낌을 지울 수가 없다. 말하자면 묘화는, 노힐부득을 대보리(代菩提)로 이끈 낭자가 관음보살의 화신이었듯이 관음보살의 이미지를 체현하고 있는 여성인 것이다.

여기서 우리는 일련의 불교계 소설에서 수난자·조력자·구원자 등의 이미지로 구현되고 있는 여성들의 형상에 건국신화나 무속신화의 여신이나 불교의 관음보살과 같은 여신의 형상이 어른거리고 있다는 사실을 확인할 수 있다. 원앙부인이나 보만왕후는 무속신화에 등장하는 당금애기, 건국신화의 유화부인의 소설적 재현이고, 송씨 부인은 서사구조는 판이하지만 저승을 건너온 구원자라는 점에

---

8) <부설전>과 대승사상의 관계나 <부설전>의 소설사적 의의에 대해서는 김승호, 「16 세기 승려작가 暎虛 및 <浮雪傳>의 소설사적 의의」, 『고소설연구』 11집, 2001, 참조.

서는 바리데기의 이미지를 가지고 있고, 묘화는 관음보살의 이미지를 지닌 소설의 여주인공이다.

그런데 <안락국태자전>의 에필로그가 "光有聖人은 이젯 釋迦牟尼佛이시고 沙羅樹大王온 이젯 阿彌陀佛이시고 鴛鴦夫人은 이젯 觀世音菩薩이시고 安樂國은 이젯 大勢至菩薩이시고"[9]로 이어지면서 각 인물들의 본상이 드러나는데 원앙부인이 바로 관음보살의 화신이라는 점을 주목할 필요가 있다. 원앙부인이 관음보살의 화신이고 원앙부인의 수난과 성화가 건국신화나 무속신화의 여신의 수난과 성화의 코스를 밟아가고 있다면 불교의 관음보살은 결국 수난 당하는 무속여신의 계보로 이어지기 때문이다. 그래서 필자는 불교의 관음보살은 우리의 경우 성모 신앙의 토양 위에서 대중들의 심상에 수용되었고, 그런 토양 위에서 여신으로 고착되었을 가능성이 있다고 보았던 것이다.[10] 이런 관점에서 보면 불교계 소설에 등장하는 여성들의 성녀로서의 이미지는 단지 불교 자체의 소여가 아니라 불전계 서사들의 여성 이미지가 전래의 신화 서사에 그려진 여신들의 이미지와 '행복하게' 결합한 결과라고 해야할 것이다.

(3) 악녀 계열에 포괄될 수 있는 작품들에는 <목련전>과 <금우태자전>, 그리고 성격이 좀 나르기는 하지만 <금광공주전>이 있다.

<목련전>에 등장하는 나복의 어머니 청제부인은 우리 서사문학사의 전통에서는 쉽게 만날 수 없는 인물이다. 부친 왕사성이 죽자 나복은 장삿길을 나서면서 재산을 삼등분하여 한 부분은 추천불사에, 한 부분은 모친의 몫으로 남기는데 청제부인은 불사는커녕 온갖 악업(惡業)을 쌓는다. 청제부인은 산 짐승들을 죽여 살과 피 냄새를

---

9) 『月印釋譜』 卷8 <詳節部>(띄어쓰기는 필자)

10) 조현설, 「동아시아 관음보살의 여신적 성격에 관한 시론」, 『동아시아고대학』 7집, 동아시아고대학회, 2003, 73쪽.

즐기고 승려를 내치고 매질을 하는 악녀의 형상으로 그려진다. 아들이 돌아오자 자신의 악행을 숨기기 위해 거짓 맹세까지 하는데 결국 거짓 맹세 때문에 병들어 죽어 지옥에 떨어지게 되는 것이다. 악모는 이제 선하고 효성스런 아들의 구원을 기다릴 수밖에 없는 대아비지옥(大阿鼻地獄)의 수인이 된 것이다.

<금우태자전>의 경우 성녀 계열에서 이미 다룬 바 있는데 그것은 성녀와 악녀가 동시에 출연하기 때문이다. <금우태자전>에 등장하는 악녀는 첫째 왕후 수승부인과 둘째 왕후 정덕부인이다. 이들은 보만왕후가 아들을 낳아 정비가 되는 것을 막기 위해 산파를 매수해 껍질 벗긴 고양이 새끼와 태아를 바꿔치는 술수를 부리고, 하인을 시켜 태아를 죽이려고 칼로 찌르거나 산에 버리는 등 온갖 악행을 자행한다. 그래도 뜻대로 되지 않자 결국은 밟아 죽이리라는 기대를 가지고 성미가 사나운 암소에게 던진다. 그야말로 극악한 악첩의 형상을 두 왕후는 보여주고 있는 셈이다.

두 작품과 달리 <금광공주전>은 공주의 추모(醜貌)가 문제가 된다. 얼굴이 추한 것이 악이 될 수는 없겠지만 <금광공주전>은 공주의 추한 얼굴을 공주의 악업과 연계시킨다. 공주는 전생에서 얼굴이 추하고 여윈 푸라데카 부처를 미워하고 업신여겼기 때문에 그 업보로 금생에서 추악한 용모를 지니게 된 것이고 세상과 절연된 채 갇혀 지냈고, 결혼을 해서도 그럴 수밖에 없었던 것이다. 말하자면 공주는 금생의 악행으로 인해 악녀인 것이 아니라 전생의 악행으로 인해 악녀가 된 것이고, 추모는 바로 그 악의 체현인 셈이다. 물론 금광공주는 참회를 통해 추녀에서 미녀로, 다시 말해 악녀에서 성녀의 이미지로 재생하지만 서사를 끌고 가는 힘은 추악한 용모라는 점에서 이 계열에 놓을 수 있을 것으로 생각한다.

그런데 흥미로운 것은 성녀와 달리 악녀의 형상은 우리 서사문학사에서 불교계 소설의 악녀 이전에는 보이지 않는다는 점이다. 필자가 과문한 탓인지는 모르겠지만 『삼국사기』나 『삼국유사』, 혹은 『고려사』에도 악녀의 형상은 나타나지 않는다. 『삼국사기』 열전에 보이는, 왜국 사신을 불태워 죽여 남편의 원수를 갚은 석우로의 처나 개루왕을 속이고 도망친 도미의 처를 악녀라고 할 수는 없지 않는가. 『삼국사기』나 『삼국유사』에 열녀나 효녀는 드물지 않지만, 그리고 악한 남성은 적지 않지만 악녀는 없다. 신화의 경우에도 함경도 지역 무가인 <창세가>(김쌍돌이 본)에 나타나듯이 선한 미륵과 싸우는 '악한 석가'와 같은 남성신은 등장하지만 여신 가운데 악을 표상하는 존재는 보이지 않는다. 성녀는 불교계 소설 이전에 이미 마련된 계보가 있었지만 악녀는 그런 계보가 없다.[11]

이 문제를 어떻게 이해해야 할까? 먼저 원시종교의 경우 선악이 경계가 불분명하므로 선악을 분명히 분별하고 규정하는 고대종교, 우리의 경우 불교에 의해 비로소 악이 드러나고 악에 관한 이야기가 생성되었다고 설명할 수 있을 것이다. 앞에서 거론한 불교계 소설들은 거개가 붓다의 교화에 의해 악을 선으로 인도하는 이야기가 아닌가? 물론 유가적 담론이 비례(非禮)를 규정하면서, 그 유가적 교육과정을 통해 악에 대한 분별심을 연습했을 수도 있을 것이고 관련된 이야기가 구성되었을 수도 있을 것이다. 만약 그렇다면 『삼국유사』나 『삼국사기』에 악녀의 형상, 혹은 악녀에 관한 담론이 보이지 않는 것은 어떻게 설명해야 하는가? 그것은 김부식이나 일연이 악을 통한 경계의 담론이 아니라 효와 열을 통한 교화의 담론을 선택했기 때문이 아닐까? 악녀에 대한 이야기가 없어서가 아니라[12] 편찬의 이

---

11) 물론 드물게 제주도 무속신화 <문전본풀이>에 노일제대귀일의 딸과 같은 악녀가 보인다. 이 악녀가 후에 변소의 신인 측도부인이 되니 악신이라고 할 만하다. 그러나 이 악한 여신은 전처를 죽이고, 전처소생인 일곱 아들마저 없애기 위해 병을 가장해 남편인 남선비에게 아들들의 간을 요구하는 악첩, 악한 계모의 모습을 지니고 있어 오히려 <금우태자전>과 같은 불교계 소설이나 조선 후기 가정 소설의 영향을 받은 것으로 판단된다. 따라서 악녀의 계보를 신화에서 찾기는 어렵다는 것이다.

데올로기가 악녀의 서사를 배제했기 때문일 것이다.

악녀의 담론은 불교계 소설을 통해 비로소 한국문학사에 들어온
다. <목련전>, <금우태자전>, <금광공주전>은 모두 15세기에 지어진
『석보상절』에 들어와 있지만 <왕랑반혼전>의 사례나 고려 공민왕대
에 우란분재에서 법화(法話)로 활용되었다는 <목련전>[13]의 사례를 참
조한다면 이미 고려시대에도 이들 이야기들이 유통되었으리라 것은
분명하다. 그러나 우리가 볼 수 있는 자료들은 오히려 숭유억불의
담론이 횡행하던, 인과응보의 논리나 윤회지옥설이 허탄한 이야기로
심판되던 시기에 간행된 것들이다. 따라서 이렇게 말할 수 있을 것
이다. 조선 전기 불교계 소설이 지닌 소설사적 의미의 한 가지는, 그
것이 비록 불전(佛典)을 따라 유입된 것이기는 하지만 이전에 없던 악
녀의 형상을 소설사 안에 심어 놓은 것이라고. 17세기 <사씨남정기>
의 교채란과 같은 악첩, <박씨전>의 추녀, <장화홍련전> 등의 악모
형상의 전사(前史)가 불교계 국문 소설에 있었던 것이다.

3. 두 계열의 여성형상과 유가 이데올로기의 접합

(1) 숭유억불을 통해 불교를 밀어내고 유가적 제도를 정착시켜
가던 조선 전기에 생산되고 유통된 불교계 소설들의 의미는 무엇인
가? 이 글의 관점에서 질문을 바꾼다면 불교계 소설들이 형상화하고
있는 성녀와 악녀의 이미지가 의도하고 있는 것은 무엇인가 하는 것

---

12) 고려 숙종조에 있었던 이경택의 처 김씨의 남편의 계모 독살 미수 사건이 한
    사례가 될 것이다. 肅宗六年正月, 注簿李景澤妻金氏, 欲殺夫之繼母, 陰使婢, 置毒於
    食以進, 母, 知之以告御史臺, 金, 不服, 御史臺, 請更鞫問, 王曰, 犯狀已白, 宜卽論
    決.(『高麗史』 志38 刑法 條)
13) 『고려사』 世家 睿宗 元年 七月.

이다. 이들 불교계 소설들은 단지 석가모니의 본생담(본풀이)이나 위경(僞經)들의 소설화를 통해 불교의 포교를 의도한 교화의 담론일 뿐인가? 그런 측면이 있다는 것, 그리고 그것이 조선 초기 불교계 소설들의 긴요한 일면이라는 것을 부정할 수는 없지만 거기에는 다른 면모도 있다는 점에 주목해야 할 것 같다.

(2) 먼저 <안락국태자전>을 통해 실마리를 풀어보기로 하자. 고구려 건국신화나 무가 <제석본풀이>의 서사구조를 따라가는 원앙부인이 보여주는 이미지는 앞에서도 언급했듯이 성녀(聖女)의 그것이다. 원앙부인은 남편의 서역 길을 방해하지 않기 위해 스스로 몸을 파는 헌신,14) 아버지를 찾아 나선 아들 때문에 결국 살해당하는 살신15)의 길을 보여준다. 그런데 여기서 놓치지 말아야 할 것은 원앙부인의 성녀되기가 소설 속에서 남편과 아들의 길을 열기 위한 일방적 희생을 통해 획득되었다는 사실이다. 서사는 이 성녀되기의 과정이 관음보살에 이르는 마땅한 통과의례인 것처럼 짜여져 있지만 이 통과의례의 과정에 가부장제라는 남성지배의 제도가 스며 있다는 것을 부정할 수는 없다.

<안락국태자전>에는 이상한 이별의 장면이 있다. 원앙부인이 떠나는 남편에게 아이가 태어나면 효자(孝子), 딸이 태어나면 효양(孝養)이라고 짓겠다고 청하자 아비 없는 자식은 못 배워 아비 이름을 더럽힐 테니 태어나거든 땅에 묻어버리라고 한다. 그러나 원앙부인의 재청을 받은 사라수대왕은 아들이 나면 안락국(安樂國)으로, 딸이 나면 효양으로 지으라고 수정해 주다. 생이별하는 이들 부부 사이의

---

14) 부인이 왕께 사뢰되 내 몸을 종으로 삼아서 장자의 집에 데려가 내 몸을 팔아서 내 값과 내 이름을 가져다가 성인께 바치소서.

15) 그 장자가 원앙이를 잡아 네 아들 어디 갔느냐 하고 환도를 메어칠 때 원앙이 노래를 부르대, 고운 임 못 보아 애타게 울며 다니더니 임아 오늘날에 넋이라 하지 마소서 하거늘 장자가 보리수 밑에 데려다가 세 토막을 내 베어 던졌느니라.

대화에서 우리가 쉽게 포착할 수 있는 것은 '아버지의 이름'으로 표상되는 가부장의 권위, 그리고 그 가부장제를 지지하는, 아들딸의 이름으로 표상되는 충효라는 이념이다.

물론 이 이름짓기를 간단히 유가의 충효 이념으로 치환하는 문제는 간단한 것이 아니다. 안락국이라는 이름이 나라를 안락하게 한다는 말뜻 이전에 『무량수경』에 보이는 아미타 정토를 지칭하는 것이라면,16) 효양이라는 이름도 『관무량수경』에 보이는 정토왕생자의 3종 업(業)의 첫 번째인 '효양부모(孝養父母)'와 무관치 않은 것이라고 한다면 이 이름짓기에는 이미 불교적 맥락이 전제되어 있는 것이다. 그러나 이 이름짓기에서 단지 불교적 컨텍스트만을 지적하는 것으로는 왜 <안락국태자전>이라는 소설이 반불교적인 분위기에 휩싸여 있던 조선 전기 사회에서 유통되었는지를 설명하기 힘들다. 이 이름짓기에는 불교적 맥락 이상의 맥락이 함께 작용하고 있는 것이다.

여기서 우리는 불교적 교화의 담론이 유가적 교화의 담론과 접합되는 지점을 발견할 수 있다. 안락국이 의미하는 것은 불교적 정토일 수 있지만 정토는 현실의 문맥에서는 안락한 국가의 상징으로도 읽힌다. '모순이 해결된 평안한 국가'라는 <안락국태자전>의 에필로그가 바로 그것을 잘 보여준다. 효의 문제 역시 마찬가지이다. 우리는 『부모은중경(父母恩重經)』과 같은 위경에서 알 수 있듯이 불교가 말하는 효가 불교에 대해 쏟아지는 불효 시비에 대응하게 위해 마련된 담론이라는 것을 잘 알고 있다. 그렇다면 불교적 통과의례를 통과한 공덕으로 서방정토의 아미타불과 관세음보살로 좌정할 사라수대왕과 원앙부인의 입을 통해 흘러나오는 것은 불교의 가르침이면서 동시에 유가적 충효 이데올로기라고 말해도 좋으리라고 생각한다. 좀 더 발언의 강도를 높이자면 두 부처는, 특히 아버지 아미타불은 자

---

16) 오대혁, 「안락국태자경과 이공본풀이의 전승 관계」, 『불교문학과 불교언어』, 이회, 2002, 참조.

식의 이름짓기를 통해 한편에서는 저 『소학(小學)』이 강조하는 효의 시종(始終)[17]을 이야기하고 있는 것이라고 해도 좋으리라. <안락국태자전>은 아미타불의 공자되기를 보여주고 있는 텍스트이고, 이 과정에서 성모 원앙부인(관음보살)은 가부장의 부재를 대신하여 스스로 아버지의 이름을 구현해야할 중개자가 되는 것이다.

효를 강조하기는 <금우태자전>도 마찬가지다. <금우태자전>에 보이는 금송아지의 효행은 더 절절하다. 금송아지는 자신을 낳았다는 이유로 두 왕후에게 모함을 당해 밀 방앗간에 유폐되어 방아를 돌리는 벌을 받고 있는 모후를 찾아가 대신 방아를 돌려준다.

> 송아지가 홀연히 어미를 생각하되 어느 곳에 잇슴을 알지 못하야 무수히 애를 씨우더니 효심의 감동일는지 이느 날 밤에 신장이 송아지를 인도하야 바로 말방아깐에 이르니 그째 어미는 방아기계를 돌림에 큰 고통을 밧으며 얼골이 누리고 살은 야빗는지라 … 그 후로 송아지는 모자의 은애를 잇지 못해서 밤마다 달려와 어미를 대신하야 사역을 힘씨드니[18]

금우태자의 눈물겨운 효심은, 결말에서 밝혀지듯이 금우태자가 바로 석가모니의 전생의 모습임을 생각한다면, 불교가 얼마나 효 이데올로기에 예민하게 반응했는가를 역으로 보여준다.

그런데 <금우태자전>의 특이점은 금우태자의 효가 보모나 아버지를 향한 것이 아니라 어머니를 향한 효성이라는 데 있다. 이는 서사의 논리상 왕비들에게 속아 자신을 버리고 자신을 죽이려고 한 아버지에 대한 부정이라고 볼 여지도 있지만 건국신화나 서사무가에서 버려진 아들들이 아버지를 부정하는 것이 아니라 아버지를 찾아 길을 떠나는 것에 견주어 볼 때 분명 차이가 드러난다. <금우태자전>

---

17) 孔子謂曾子曰, 身體髮膚, 受之父母, 不敢毀傷, 孝之始也. 立身行道, 揚名於後世, 以顯父母, 孝之終也.(『小學』34章)
18) 안진호 편, 『서가여래십지행록』, 1941, 40~41쪽.

의 결말부를 보면 아버지를 찾아와 어머니의 누명을 벗기고 모든 문제를 해결하지만 금우태자는 결국 아버지의 나라를 계승하지 않고 어머니를 모시고 금륜국으로 돌아간다.

> 하로는 태자 l 엿자오대 부왕계서는 국정을 잘 다시리사 그 위엄이 이웃나라까지 쩔치게 하옵소서. 자식은 오늘날 어머니를 모시고 금륜국으로 도라가겟나이다 하며 부왕과 두 부인 쎄 숙배하고 … 모부인을 모시여 금륜국으로 돌라와 국모로 봉하시고 자긔는 왕위에 올라 모자의 그리든 정서를 베푸며 모든 환락을 밧게 하더라.19)

이 아버지 부정을 어떻게 설명해야 하는가? 성모와 효성의 논리를 통한 아버지-유가 이데올로기의 거부인가? 그렇지는 않은 것으로 보인다.

금우태자(금륜왕)의 행로는 서사의 기원으로 돌아가면 석가족의 시조가 된 석가모니와 무관치 않을 것이다. 시조는 아버지가 없다. 시조는 시조모와의 관계 속에서만 시조가 되는 것이 아닌가. 한 집단의 시조되기는 아버지와의 상징적 단절을 통해서만 가능하다. 그렇다면 금륜왕이 아버지를 뒤로 하고 어머니를 모시고 금륜국으로 와 어머니를 국모로 봉한 서사의 논리가 이해된다. 금우태자가 아버지를 부정하고 어머니로 돌아간 것은 아버지를 부정하기 위한 것이 아니라 스스로 아버지가 되기 위한 길이었다고 보는 것이 옳다. 그렇다면 금우태자의 어머니에 대한 지극한 효성은 아버지로부터의 탈구축이 아니라 그 효성 이데올로기의 통어자인 유가 이데올로기의 재구축이었던 셈이다.

(3) 그렇다면 악녀 계열은 어떤가? 악녀 계열의 불교계 소설의 요

---

19) 안진호 편, 『서가여래십지행록』, 1941, 54~55쪽.

체는 악이 명쾌하게 징치되지 않는다는 점이다. 오히려 악녀는 구원의 줄을 잡는다. <목련전>의 청제부인은 물론 지옥에 떨어져 악행에 대한 보응을 받기는 하지만 거기 머물지 않고 결국은 도리천궁에 오른다. <금우태자전>의 두 왕비 역시 처벌의 위기에 처하지만 죄를 용서해 달라는 금우태자의 중재로 사면의 복을 받는다. 이는 권선징악의 논리, 불교의 인과응보의 교리와 다분히 배치된다. 왜 이런 서사의 곡절이 발생했을까?

해답은 효행 이데올로기에 있다. 나복은 아버지가 죽자 3년 동안 시묘살이를 한다. 악모 청제부인이 죽은 후에도 그렇게 한다. 시묘는 자식의 효도를 공식화하는 방법인데 주지하다시피 이는 유가의 제도이다. 지상에 존재의 흔적을 남기지 않는 불가의 윤리에서 3년 시묘살이라는 모티프는 생성될 수 없다. 말하자면 나복은 줄가하여 복련이 되기 전에 이미 지극한 효자였던 것이다.

바로 이 효행 때문에 <목련전>의 청제부인은 아비지옥 → 흑암지옥 → 아귀지옥 → 축생을 거쳐 도리천궁으로 가는 '급행열차'를 탈 수 있었다. 출가하여 목련존자가 된 나복은 염불과 불공과 우란분재를 통하여 어머니의 구원을 기원하고, 마침내 천모(天母)는 목련의 지극한 효행에 감동하여 어머니를 도리천궁에 태어나게 하고 복락을 누리도록 하는 것이다. 여기서 목련존자는 효자로서의 역할을 다한 것이다. 출가 이전에 어머니의 이승을 돌보고, 혼을 돌보는 효자였을 뿐만 아니라 출가 이후에는 저승마저 돌보는 '완전한' 효자가 된 것이다.

<목련전>이 인과응보의 교리를 넘어 악녀를 구원에 이르게 한 것은 유가의 효 이데올로기를 수용한 결과이다. 물론 스스로 선업을 쌓는 것이 아니라 자식이 부모를 대신해 선업을 쌓음으로써 부모를 구원하는 것 역시 인과응보의 교리라고 할 수 있겠지만 거기에는 이미 자식이 마땅히 해야 할 효도라는 이념이 게재되어 있는 것이다.

결국 유가의 효 이데올로기에 불교의 교화가 포획되어 들어간 것이라고 해도 좋으리라.

그런데 여기서 좀더 생각해 볼 문제가 있다. 그것은 나복의 효와 목련의 효라는 이원적 문맥이 <목련전>에는 게재되어 있다는 점이다. 앞에서 '완전한' 효자라는 표현을 썼는데 유가에 포획되어 효 이념을 수용했지만 불교로서는 유가의 살아서의 효, 입신양명으로서의 효, 3년 시묘살이의 효에 대해 불만스러웠을 수 있다. 현세를 부정하고 내세를 긍정하는 불교로서는 윤회의 굴레에 빠진 부모를 구원하는 것이야말로 진정한 효라고 생각했을 수 있다는 것이다. <목련전>이 말하는 것은 바로 이런 것이 아닐까? 유가 이데올로기에 어쩔 수 없이 포획되어 들어가면서도 그 내부에서 고유한 영토를 확보함으로써 자기 존재의 정당성을 구현하는 방식, 악모는 그 포월(抱越)의 드라마를 위해 소설사 안으로 들어온 것이 아닐까? <목련전>이 극명하게 그려내고 있는 악녀의 진정한 의미는 여기 있다고 생각한다.

<금우태자전>의 악녀들도 구원을 받는다. 그녀들은 물론 보만왕후의 고난을 부각시키고 금우태자의 효심을 드러내기 위해 동원된 존재들이지만 이들의 기능은 거기에만 머물지 않는다. 그것은 금우태자가 두 왕후의 용서를 부왕에게 청하는 대목에서 분명히 드러난다.

> 부왕계옵서 지금 대국에 군림하여 계시고 어머니도 국모가 되야
> 한 자리에 단락하시니 원컨대 두 부인과 여르 죄인을 일시에 노와
> 주셔서 국가에 너그러운 정사를 뵈여 주옵소서.[20]

여기서 금우태자가 말하고 있는 것은 대사면령의 논리이다. 말하자면 모든 것이 '귀정(歸正)'했으니 국가의 위신을 위해, 다시 말해 가부장제의 정점에 있는 국왕의 너그러움을 만방에 드러내기 위해 용

---

20) 안진호 편, 『서가여래십지행록』, 1941, 53~54쪽.(띄어쓰기는 필자가 조정)

서해 주자는 것이다. 이 말은 효자인 금우태자의 말이기도 하지만 이미 고려국의 공주와 결혼하여 금륜국의 국왕이 된 왕의 말이기도 하다. 악녀들은 자신들이 구하지도 않은 구원을 통해 국가 이데올로기에 복무하는 셈이다. 악녀들의 구원을 통해 두 왕비를 악녀로 만든 처첩제의 모순이나 악녀들의 말을 믿고 보만왕후를 사지로 내몬 왕의 과오는 은폐되고 있으니까 말이다.

4. 잠정적 결론

　조선 전기 불교계 소설에는 성녀와 악녀라는 특징적인 여성 이미지가 '함께' 등장한다. 이는 조선시대 이전의 우리 서사문학이 크게 주목하지 않은 여성의 형상이고, 문학적 주제라고 할 수 있다. 일련의 불교계 소설에서 수난자·조력자·구원자 등의 이미지로 구현되고 있는 성녀는 단지 불교를 통해 우리 문학사에 이입된 것이 아니라 건국신화나 무속신화 속에 이미 보이던 여신의 형상이 불전계 서사문학의 여성 이미지와 결합하여 새롭게 주조된 것이다. 그러나 악녀의 형상과 악녀의 담론은 불교계 소설을 통해 비로소 한국문학사에 들어온다. 17세기 이후의 가정소설 혹은 가문소설 안에 악한 첩이나 악한 계모 등의 형상으로 무수히 등장하는 악녀 형상의 가장 가까운 기원은 <목련전>이나 <금우태자전>과 같은 조선 전기 불교계 국문소설에 있는 것이다.

　유가들이 불교를 비판하는 이유 중의 하나였던 불효의 논리를 극복하기 위해 불교가 효를 특히 강조했다는 것은 이미 상식에 속한다. 『목련경』이나 『부모은중경』과 같은 위경들이 제작된 이유도 거기에 있다. 조선 전기 불교계 소설들은 억불(抑佛)이라는 종교적 위기

속에서 성녀와 악녀의 이미지를 통해 한편으로는 불교적 교화를 전
파하면서, 다른 한편으로는 효나 충을 강조함으로써 유가의 이데올
로기, 나아가 가부장제의 이념에 동의했던 것이다. 바로 이 점 때문
에 억압과 분서(焚書)의 분위기 속에서도 이들 소설들은 한문만이 아
니라 국문으로 국가에 의해 공식적으로 출판될 수 있었으리라고 생
각한다. 그 결과 불교계 소설들은 조선 전기 소설사의 중요한 지점
을 확보하면서 17세기 이후로 전개된 소설사의 긴요한 발판이 될 수
있었을 것이다.

이상의 잠정적 결론은 중세 문학사의 변두리에 있던 불교·여
성·소설의 관계에 대한 관심을 통해 어떻게 기존의 소설사를 갱신
하거나 보완할 수 있을까 하는 물음에서 빚어진 것이다. 그러나 이
가설은 아직 상당한 논증을 기다리고 있다.

조선후기 소설에 나타나는 여성과 불교적 공간

심혜경

1. 머리말

근래 들어 여성의 삶의 문제를 다루고 있는 작품으로 가장 많이 거론되곤 하는 <사씨남정기>의 여성인물에 대해서 여성의 눈, 여성의 의식, 여성의 욕망이라는, 남성들과는 그 본질적인 출발점이 다른 '여성'을 해명하는 논의[1]들이 다양하게 생산되고 있다. 이러한 현상은 우리 고소설의 새로운 독법을 제시하는 긍정적인 일면이 아닐 수 없다. 그 동안 남성의 눈으로만 여성을 재단해 온 오류들을 비판하고 여성의 눈으로 여성 읽기, 여성의 눈으로 남성 읽기를 통하여 기존의 관념들을 전복시키는 신선한 충격을 가하고 있는 것이다. 따라서 본고는 이러한 논의들과 같은 시각을 유지하면서 '여성'과 '불교'가 우리 고소설에서 어떻게 만나고 있는지, 또 여성의 불교적 신앙생활 혹은 불교적 세계에 대한 인식이 어떻게 드러나고 있는가를 살펴보려 한다.

---

1) 대표적 주자인 박명희는 여성의 시각을 통해 여성을 하나의 인격과 개성을 지닌 존재로 인정하며, 인간으로서의 다양한 면모를 드러낼 수 있는 것으로 이해함으로써 여성인물들을 새로운 방식으로 읽어내려고 하였다.(「고소설의 여성중심적 시각 연구」, 이화여대 박사학위 논문, 1990)

우선 선별된 작품들은 <사씨남정기>를 비롯하여 그와 가장 많이 비교되어온 <창선감의록>, 또 유사한 형태의 여성의 삶을 그리고 있는 작품들인 <화문록>과 <쌍선기>이다.[2] 이들 작품들은 17세기부터 19세기라는 시공을 아우르며 여성들의 삶을 반영하고 있으며, 여성주인공들의 삶이 대체적으로 비슷한 경로를 거치면서 서사화되고 있음을 주목하였다. 크게 보면 처와 처 혹은 처와 첩의 쟁총을 중심으로 여성과 여성의 대결양상을 보이고 있는데, 이 가운데 드러나는 여성들의 의지처가 곧잘 불교적 공간인 사찰로 나타나고 있음을 확인할 수 있다. 이에 대해서는 이미 김탁환[3]이 초월적 공간의 개입 문제에 대해서 거론한 바가 있다. 그러나 이들 개별작품별로 살펴볼 때, 과연 작품 내 불교적 공간들이 주인공들을 위협하는 현실세계와 유리된 안전성이 보장되는 '이상적' 공간으로만 기능하는지 의심스러운 바가 없지 않다. 따라서 이들 작품 내에서 불교적 공간들이 어떻게 기능하는지 알아보기 전에 우선 작품 속 인물들의 위기상황과 극복과정을 들여다보기로 하자.

2. 여성의 위기와 불교적 공간의 개입

처첩갈등을 기본으로 하는 작품들에서 흔히 위기에 처하는 여성은 '처'의 위치를 점유하고 있는 이들이다. 이들은 가문 내에서 가장(家長)을 제외하고는 제일 큰 실리적인 권력을 손에 쥐고 풍요로움이

---

2) 선별된 작품들은 구체적으로 가정소설, 가문소설, 쟁총형 소설, 사씨남정기계 소설 등이라는 다양한 유형으로 분류된 바가 있지만, 여기서는 그런 명칭들을 떠나 각 작품들이 남성중심 세계에 순응하는 여성들의 성리학적 이념을 강하게 나타내는 것들을 우선적으로 고려하였다.
3) 김탁환, 「사씨남정기계 소설 연구」, 서울대학교 석사논문, 1993, 50~52쪽.

넘치는 귀족 가문의 안주인으로 행세하는 자이다.4) "구고(舅姑)는 효성을 다하여 섬기고, 비복(婢僕)은 은혜로운 마음으로 대했다. 제사는 정성을 기울여 받들고, 가사는 법도에 맞게 다스렸다."5)는 사씨는 유씨 집안에서 유연수를 제외하고서는 가장 큰 권력을 지닌 자로 나타난다. 또 <창선감의록>의 남씨는 "성품이 모나고 엄하여 부친의 풍절이 있는 고로, 언어당당하여"6) 불순한 의도로 자신을 모해하려고 하는 처첩들의 압박과 참소에도 전혀 굴하지 않는 당당함을 드러낸다. 그렇기에 결국 사씨는 자신이 가진 권력을 탐내는 교씨의 모략에 의해 유씨 가문으로부터 축출 당하며, 남씨는 조씨에 의해 독살 당하여 아무도 모르게 버려지는 위기에 빠진다.

이러한 출문(黜門)의 상황은 새로운 조력자의 도움 없이는 여주인공들이 더 이상 살아남을 수 없는 급박한 상태로 전개된다. 사씨는 두부인의 편지를 위조한 동청과 냉진의 겁박으로부터 달아나지만 결국 두부인과 만날 수 없는 지경에 이르러 회사정(懷沙亭)에서 목숨을 끊고자 한다. 너무나 비분스러운 이 상황에서 사씨는 잠시 혼절하고 마는데 꿈 속에서 아황과 여영을 만나 자신의 앞길, 특히 남해도인(南海道人)과 인연이 있다는 말을 듣게 된다. 꿈에서 깬 사씨가 황릉묘에서 묘희를 만나는 장면은 서사내용상 당연히 여주인공을 살리기 위한 전개에 해당한다.

오늘 꿈에 관세음보살께서 '어진 부인이 환난을 만나 물에 뛰어들려 하신단다. 급히 황릉묘로 가서 그 분을 구하여 함께 모시고 오너라' 라고 말씀하셨답니다. 우리는 급히 배를 저어 넓은 호수를 건너 이곳으로 왔습니다. 그리고 과연 낭자를 만났습니다.7)

4) 여성주인공의 가문내 권력과 현실에 대해서는 정출헌, 「가부장적 가족제도의 질곡과 사씨남정기」, 『배달말』 27, 2001 참조.
5) 김만중 지음, 이래종 옮김, <사씨남정기>, 태학사, 1999, 29쪽.(이하 인용할 때는 <남정기>라 하고 쪽수만 기록함)
6) <창선감의록>, 『한국고전문학전집』 7, 양우당, 1981, 362쪽.(이하 인용할 때는 <창선>이라 하고 쪽수만 기록함)

관세음보살의 현몽으로 묘희는 사씨를 구하여 자신의 거처인 수월암으로 데려가는데, 나중에 사씨가 예전에 관음찬을 지었던 사소저임을 알게되어 두 사람이 모두 그 인연에 놀란다. 그리하여 사씨는 자신의 액운이 다할 때까지 묘희와 함께 수월암에서 세월을 보내게 된다. 또 조씨에 의해 독살을 당한 남씨도 꿈속에서 관음보살에게 환약 3개를 받은 청원의 노력에 의해 구사일생으로 목숨을 건진다. 청원은 7년 전에 남씨에게 관음화상을 받았던 것을 상기시키며 역시 자현암에 머물 것을 권한다.

> "부인이 아직도 또한 구년 재액이 있어서 불가로 더불어 인연이 있사오니 이제 빈도와 한가지로 돌아가 관음보살을 의지하여 수년만 지나면 자연 복록이 무궁하고, 재앙이 영영 물러가리이다." 부인은 탄식하고 쾌히 허락치 아니타가 그 날밤에 일몽을 얻으니, 관음보살이 현몽하사, 징조를 보이고 다음날 남부인이 계앵으로 더불어 남복으로 갈아입고, 청원을 따라 촉중으로 들어간 것이었다.[8]

<쌍선기>의 이씨 역시 불교와의 인연으로 인해 생명이 보존되는 경우에 해당한다. 이씨는 부실인 윤씨로 인해 간부와 정을 통한 여인으로 내몰려 가문에서 쫓겨나며 자식마저 핏줄의 정통성을 인정받지 못하는 처참한 지경에 이른다. 그러던 중 윤씨가 보낸 풍한에게 겁박을 당하는 위험을 간신히 넘기고 살아갈 방도를 잃은 막막한 상황에서 노중에 권선(勸善)을 올렸던 것이 선업(善業)이 되어 그 자신을 보존할 기반을 마련하게 된다.

> 빈도는 보화산 운수암에 있는 보살이요. 법명은 청정이니, 전일 노중에 권선을 올리매 정성이 지극하기로 돌아가 불전에 발원하고 장차 절을 중수하며 불상을 개비하려 하올 차에 거야에 관음께옵

---

7) <남정기>, 108쪽.
8) <창선>, 367쪽.

> 서 빈도더러 일러 왈, '명일 모시에 소상 언덕에 불쌍한 사람이 있
> 어 장차 이 절에 수년 인연이 있으니 빨리 가 구하라' 하시기로 왔
> 사오니 어찌 우연타 하리오.9)

충직한 득심에 의해 아들의 목숨이 보존된 것을 알았지만 그 자신의 몸은 어디에 둘 바를 몰라 방황하던 차에 이러한 노승의 제안은 이씨에게 있어서는 받아들이지 않을 수 없는 최선책이었던 것이다. 이렇게 사씨와 남씨, 이씨는 이미 묘희나 청원과 같은 비구니들과 '관음찬'과 '관음화상'이라는 불교적 매개물로, 혹은 우연찮게 만난 승려에게 정성어린 시주를 함으로써 불교와 적잖은 인연을 맺게 되고, 각각 자신들의 생존을 위협하는 절대절명의 위기에 이르러서는 이들과의 인연으로 말미암아 죽음 앞에서 구제되는 것이다.

반면 정실이 가진 권력을 쟁탈하기 위해 갖은 권모술수로 정실을 모함하여 그들을 죽음의 순간으로 내몰았던 부실들에게도 생명과 관련된 직접적인 위기들이 찾아온다. <화문록>에서 호씨는 이씨를 몰아내고 일시적으로 가장인 화자경의 사랑과 가권(家權)을 독점하지만 곧 그 죄상이 드러나 오히려 자신의 친정가문이 화를 당하는 지경에 이른다. 친정으로 쫓겨난데다 부모와 재산을 모두 잃고 시비 약난과 함께 국가의 처벌로부터 도망한 호씨는 잠시 약난의 외족인 사용의 집에 머무르게 되지만 곧 사용의 겁박에 이르러 '하늘이 날을 벌호시니 투싱호여 욕을 엇지 면호리오'10)하며 통주강으로 뛰어든다. 이때 예운암의 주지 청원이 우연히 강에서 호씨를 발견하여 그녀를 살려내고 역시 절로 들어가 속세와 인연을 끊고 지낼 것을 종용한다.

---

9) 김기동 편, <쌍선기>, 『한국고전문학』 100, 서문당, 1984, 117~118쪽.(이하 인용할 때는 <쌍선기>라 하고 쪽수만 기록함)
10) <화문록>, 『한국고대소설대계』 3, 한국정신문화연구원, 1982, 126쪽.(이하 인용할 때는 <화문록>이라 하고 쪽수만 기록함)

> 져러틋 비상ᄒᆞ믈 마르스 이졔는 홀 일 업스니 원컨더 빈도롤 됴
> 츠 암즁의 도라가 인셰롤 스졀ᄒᆞ고 니셰롤 닷그미 엇더ᄒᆞ시니잇고.
> 호시 져의 아라보믈 신긔이 녀겨 감히 긔이지 못ᄒᆞ여 구활지은(救
> 活之恩)을 스례ᄒᆞ고 한가지로 암즁으로 도라올 시….11)

　서사전개상 마땅한 결론으로 이끌어가자면 악역을 자처했던 호씨의 죽음이 당연스러운 것임에도 불구하고 실제로 호씨는 위급의 상황에서 청원이라는 비구니에게 목숨을 건지게 되고, 의탁할 곳마저 없는 처지에서 '예운암'이라는 의지처를 얻게된다. 이것은 앞으로의 전개상 호씨를 살려둠으로써 나중에 호씨를 용서하고 받아들이는 이씨의 관용과 그 숙덕(淑德)을 강조하기 위한 조처이지만, 일단 서사 전개상 중심인물에 해당하는 호씨가 급박한 위기상황에서 목숨을 구하는 과정에 불교적 공간이 큰 역할을 하는 것만은 부인할 수 없을 듯 하다.

　그렇다면 이러한 여성주인공들의 삶, 특히 생의 가장 불행한 정점에서 목숨을 구하고 새로운 안정을 찾게 되는 공간으로 사찰이 등장하는 경우는 다만 여성인물을 끝까지 생존케 하기 위한 서사적 장치에 불과한 것인가. 만일 그렇지 않다면 여성의 위기극복, 그 너머의 의미를 읽어낼 필요가 있다.

3. 억압적 세계로부터의 도피, 뜻밖의 손길

　사씨와 남씨, 이씨는 모두 자색의 뛰어남 못지 않게 현숙함이라는 부덕(婦德)을 완벽하게 재현하고 있는 인물들이다. 이들은 이미 어릴 때부터 '피와 불로 달구어진 가부장적 가족제도의 훈육과정과 이를

---

11) <화문록>, 126~127쪽.

내면화해야 했던 험난한 시절'12)을 겪은 그야말로 중세 유교사회의 철저한 이념으로 완벽하게 무장되어 있는 여인들이다.

한미한 사족의 딸로 빈한한 친정의 살림, 모친과 남동생 외에 뚜렷이 내세울 것이라고는 없는 사씨에게 있어서 그녀가 가진 철저한 성리학적 이념들은 자신을 지탱시키는 가장 중추적인 힘이며 그것으로 인해서만 자신의 존재를 당당하게 내세울 수가 있다.13) 후사를 잇지 못한다는 이유로 직접 유연수에게 첩을 둘 것을 권고한 사씨에게 두부인은 '한갓 투기하지 않는 것만을 믿고 이남(二南)의 교화를 이루려 한다면, 이는 참으로 이른바 허명(虛名)을 탐하다 실화(實禍)를 부른다는 형세라 할 것이야'라고 충고한다. 하지만 사씨는 그에 아랑곳하지 않고 교씨를 소실로 들이고서 조금도 흐트러짐이 없는 태도를 지닌다. 오히려 자신을 더욱 몰아쳐 단속했다고 해도 과언이 아닐 만큼 철저하게 현부(賢婦)의 자세를 취하는 것이다. 교씨의 음률을 현숙한 여인이 취할 바가 아님을 따끔하게 꼬집고, 교씨가 낳은 아들 또한 자신이 낳은 아들과 진배없이 대할 수 있는 여유로움을 보일 수 있었던 까닭은 사씨의 타고난 천성이 선하기도 하겠지만 그 이면에는 오히려 철저하게 자신을 다스리고 정실로서의 위엄을 나타내고자 하는 의도가 깔려 있다 할 것이다.

이러한 사씨의 기질은 <쌍선기>의 이씨에게서도 고스란히 드러난다. 이씨 역시 후사를 잇지 못하는 이유로 한회에게 부실을 권유하고 어질지 못한 집안의 내력을 알면서도 윤씨를 부실로 들이는데 일조한다. 아무리 사족의 집안에서 부실을 얻더라도 그 인물됨을 헤아려야 하는 것인데 이씨가 구태여 윤씨를 거둬들이는 저변에는 이씨의 자존심이 만만치 않게 작용하고 있음을 짐작할 수 있다. 설사

---

12) 정출헌, 앞의 논문, 409쪽.

13) 사씨의 이념적 성향과 현실적 대응태세에 대해서는 지연숙, 「사씨남정기의 이념과 현실」, 『민족문학사연구』 17, 2000 참조.

어질지 못한 부실이라 하더라도 정실인 자신이 지금까지의 숙덕(淑德)함을 그대로 보인다면 아무런 문제가 발생하지 않을 것이라는 당당함에서 나온 태도인 것이다. 게다가 윤씨에게 자신의 소임을 대신함에 있어서 족히 다행히 여기고 '내 또한 상공을 권하여 침소를 매양 부인 근처에 옮기게 하였음은 전혀 부인의 적막한 심회를 위로코자 함이니, 이제 한 잔 술로써 그 은공을 갚으라'14)하며 조롱하는 것은 어떻게 보더라도 정실로서의 당당함이 아니고서는 할 수 없는 행동들이다.

<창선감의록>의 남씨는 화진의 양부인 중 한 사람이다. 화진의 형인 화춘이 첩 조씨를 들이면서 화씨가문은 더더욱 분란의 회오리 속으로 빠져드는데 특히 조씨와 직접적으로 부딪히는 남씨가 가장 위태로운 상황에 처한다. 조씨는 화춘의 정실인 임씨를 모함하여 쫓아내고 자신이 정실의 위치를 차지하게 되면서 화진의 양부인들에게도 점차 위압적인 태도를 취한다. 특히 남씨는 그 성품이 모나고 언어가 당당함으로 인해 매양 조씨의 처사를 꼬집고 훈계하였다. '낭자는 장부의 은총을 믿고, 말씀이 너무 무례하니'15) 그래서야 되겠느냐는 힐책은 감히 첩이 정실을 몰아내고 그 자리에 들어앉았으나 가히 용납할 수 없다는 뜻이 직설적으로 반영되어 있다. 조씨가 화춘의 정실이 된 이상, 마땅히 동서지간으로 형의 예우가 있어야 할 것이지만 '낭자'라고 호칭한 것은 그 정당성을 부인하겠다는 속내를 그대로 표현한 것이라 하겠다. 즉, 윤부인이나 자신과 같이 예우를 갖춰 육례를 올린 정실이 아니니 자신들과는 등급이 다르다는 뜻일 수밖에 없겠다.

이처럼 한 가문에서의 권력을 확실하게 장악하고 있었던 정실들은 부실이나 소실을 바라보는 시각에서 이미 한 단계 높이 있었기

---

14) <쌍선기>, 35쪽.
15) <창선>, 362쪽.

때문에 아량과 현덕(賢德)으로 부족함이 많은 부실과 소실을 감싸안 겠다는 태도를 보이며 그들의 집요한 모략과 참소에 지나치게 방만 하게 대처하고 있다. 정실로서의 자신감, 이미 모든 것을 가진 자로 서의 여유로움, 타고난 자색에 어울리는 성리학적 지식과 무장화된 이념, 이것들은 그녀들이 살아가는 중세사회에서 훌륭한 가문의 여 인으로 살아가는데 크나큰 원동력이 되는 것들이다. 특히 가문의 수 호, 가문의 질서 세우기, 가문의 번성 추구, 자녀교육, 가문간의 혼인 등의 가문의 문제16)들에 직접적으로 관여하는 가권을 쥔 정실들의 역할은 결코 작은 것이 아니다.

그러나 이들을 보호해주고 지켜주었던 세계의 질서가 한순간에 등을 돌리고 그들을 매도한다. 가진 자의 것을 탐하는 다른 무리의 여성들과 공명정대한 판단과 이성을 잃어버린 가장에 의해 무참하 게 내팽개쳐진다. 그동안 그들이 지켜왔던 가장 큰 부덕이었던 '열 (烈)'을 손상당한 채 사씨와 이씨는 가문으로부터 밀려나며, 남씨는 가문 내의 일은 나 몰라라 한 채 오로지 효에만 매달려 있는 남편의 무관심 속에서 소리 없이 한 구의 시체로 화한다. 사씨가 완벽하다 고 믿었던 세계, 남씨가 온전히 누렸던 세계, 이씨가 따를 수밖에 없 었던 세계는 그녀들이 그토록 열심히 쌓아올렸던 인내의 탑을 일시 에 무너뜨렸다.

이때 수월암과 같은 불교적 공간들은 그녀들을 내친 성리학적 세 계로부터 자유로운 곳으로 등장하여 여성들의 한숨을 돌리게 해준 다. 어떠한 죄명과 손가락질도 없는 곳, 그녀들을 해하려는 악한 존 재들로부터의 안전성이 보장된 곳으로 기능하는 것이다. 어찌할 수 없는 중세적 질서 속에서 처절하게 고수하였지만 오히려 그 철저함 이 화가 되어 현실 자체가 억압의 대상으로 다가와 버린 순간,17) 죽

---

16) 양민정, 「초기 가문소설의 형성과 여성의 가문의식」, 『고소설연구』 제12집, 2001, 60쪽.

음을 대신할 수 있는 유일한 방법이란 유교적 세계와 동떨어진 곳, 자신들의 깨끗함을 알아주는 곳, 속세의 손길에서 자유로울 수 있는 곳으로 도피하는 것이다. 죽음으로까지 내몰았던 숨쉴 틈 없는 세계의 질서를 벗어나기 위해서는 그곳이 어디든 일단은 먼저 몸을 피하는 것이 상책이며 뜻밖에도 불교적 공간은 그들에게 아무런 조건 없이 손쉽게 문을 열어준다. 그녀들의 일상생활 귀퉁이에 조용히 자리하고 있던 불교가 성큼 다가와 그녀들의 손을 잡아 준 것이다.

4. 재생 그리고 세계를 향한 재진입의 염원

막상 생존의 위협에서 벗어나고 보면 다시 한번 과거사를 돌이켜보는 것이 인지상정이다. 그리고 부차적으로 앞으로 어떻게 살아갈 것인가 하는 문제에 직면하게 되는데, 지금까지 여주인공들이 살아왔던 세계와 그들의 신념을 생각해본다면 그녀들이 선택할 수 있는 방법이란 그렇게 다양하지가 않다. 다만 표현하지 않았을 뿐, 오로지 자신들의 덕이 없음만을 한하고 죄인으로 자처하였지만 실은 결백하다는 것을 세상에 보여야 한다. 그래서 그녀들이 뒤집어썼던 오명을 벗고 한시바삐 가문으로 돌아가야 한다. 가문으로 돌아가 그녀들이 줄곧 해왔던 종사를 받들고, 가장을 모시고, 자녀를 훈육하는 본연의 자리를 되찾아야 하는 것이다.

---

17) 이들은 가문내의 권력투쟁에서 패배한 여성들로 자신들의 기반을 고수하기 위한 과정에서 모두 지나치게 세계의 질서로 스스로를 무장했으며 그것이 올가미가 되어 쉽게 상대의 덫에 걸리는 우를 범하고 있다. 부실이나 소실이 정실을 몰아내기 위해 벌인 책략들은 대부분 ‘열’과 ‘효’의 문제들을 교묘히 이용한 것들이었음을 기억하자.

(가) 사씨는 매일 향을 피우고 축원하였다. 그 말은 오직 '한림
　　　이 회심(回心)하기를 바라고 인아를 다시 만나기 원한다'는
　　　것뿐이었다.[18]

(나) 차시 이씨 득심을 보내고 다만 매섬으로 더불어 공자를 기
　　　다리고 세월을 보낼새, 매양 날이 밝으면 목욕재계하고 불
　　　전에 분향하여 신상 누명을 신설한 후 봉임 남매의 얼굴을
　　　금세에 다시 보기를 발원하다가…[19]

　수월암에서의 사씨는 한시도 유씨 가문으로 돌아갈 것을 의심치
않는다. 이미 구고가 현몽하여 알려준 바와 같이 '육 년이 지난 후
사월 보름날 저녁에는 반드시 백빈주 하류에 배를 대고 있다가 고초
겪는 사람'을 만날 수 있다는 믿음을 저버리지 않으며, 혹 그 사람이
'한림이라 하더라도 나는 한림에게 죄를 지은 사람입니다. 어떻게
감히 몸소 한림을 맞을 수 있겠습니까? 한편 한림이 어떻게 백빈주
로 오실 수가 있다는 말씀입니까?'[20]라고 되물으며 묘희에게 자신을
안심시켜 줄 확답을 기대한다. 그녀가 수월암에서 보내는 시간은
(가)에서처럼 오로지 한림의 회심과 아들과의 만남을 염원하는 것뿐
이다. 잠시 미혹에 빠진 남편이 반드시 올바른 성정을 회복할 것이
라는 믿음, 이것은 곧 지금까지 살아왔던 자신의 삶이 한치도 그릇
됨이 없다는, 자신이 믿고 실천해왔던 세계의 질서가 틀림없다는 믿
음이기도 하다. 그래서 반드시 장자인 아들을 찾아 후사를 잇고 가
문에서의 자기의 역할을 다하겠다는 소신을 지키고자 한다.
　운수암의 이씨도 사씨와 마찬가지로 지극하기 짝이 없다. 매일같
이 목욕재계에 기도를 연이으며 가문으로 돌아갈 날만 기다린다. 그
생사여부조차 가늠할 수 없는 아들, 딸과의 만남을 기다리면서 그들

---

18) 〈남정기〉, 111쪽.
19) 〈쌍선기〉, 156쪽.
20) 〈남정기〉, 136쪽.

이 다시 자신의 위치를 회복시켜 줄 날만 고대하는 것이다. 그러는 와중 5년이 지나고서야 액운이 다했음을 뜻하는 꿈을 얻게 되는데, 청정에게 몽사를 말하고서도 '무슨 좋은 일이 내게 있'[21]겠는가 하며 반문하지만 곧 남편 한회와의 만남에서는 한치의 부드러움도 없이 꼿꼿하게 대응하며 자신에 대한 한회의 태도를 은근히 질책하고 법도에 맞게 다시 입문시킬 것을 유도한다.

자현암의 남씨는 앞서의 사씨와 이씨에 비하면 표면적으로는 가문에 대한 의식이 강하게 드러나지 않지만 역시 자현암에서 무수한 기다림의 세월을 보낸다.

> 소녀의 신수가 궁참하와 부모를 잃고, 유리곤액하여 이렇듯 되오니, 진실로 한 번 죽는 것이 백번 사느니보다 나을 줄 알았사오나 용왕의 밝히 가르치심과 관음의 자상히 지도하심이 정령한 고로, 이 세상에 혹 다시 부모를 뵈올까 하여 지금까지 살아있었나이다.[22]

남씨의 경우 어려서 양친을 잃고 그 생사를 알 수 없어 윤시랑 내외의 수양딸이 되었으나 청원과 같은 조력자들로부터 친부모의 생존을 예시 받고 있었고, 양친의 존재가 화씨가문에서의 자신의 위치를 공고히 하는데 긍정적으로 작용할 것이므로[23] 이러한 기다림을 통해서 다시 자신의 위치를 회복하리라는 희망을 걸 수가 있다. 친부모를 찾고 나서 남씨가 양부모인 윤시랑 내외와 윤부인을 생각하

---

21) <쌍선기>, 156쪽.

22) <창선>, 409쪽.

23) <창선>은 초기 가문소설로 주목받을 만큼 가문과 가문들의 복합적인 양상이 잘 나타나 있는 작품이다. 등장하는 모든 가문들이 뛰어난 귀족가문으로 국정을 책임지고 있을 만큼 권위와 세력을 가진 것으로 나타난다. 이렇게 볼 때, 남씨만이 유일하게 어릴 때 부모와 헤어져 자신을 뒷받침해 줄 가문의 힘이 부족하다고 볼 수 있다. 그렇기 때문에 조씨와 심씨에 의해 윤부인보다 쉽게 제거될 수 있는 인물로 먼저 지목을 받았을 가능성도 배제할 수 없다.

며 울음으로 나날을 보냈다는 것도 이와 전혀 무관치는 않을 것이다.

이러한 생각은 <화문록>의 호씨에게도 적용된다. 앞서의 정실들과는 달리 호씨는 악행을 저지르고도 불교에 의해 구제되는 인물로 나타난다. 어쩔 수 없이 불문에 의탁하게 되지만 '뎐일 부귀룰 혜으리미 심시 울읍ᄒ니 ᄭᅵᄭᅵ 통곡ᄒ'24)므로 청원에게 노여움을 사기도 한다. 이는 몸은 속세를 떠나 있지만 마음은 늘 속세의 부귀와 탐락을 잊지 못하고 있기 때문이다. 당장 예운암을 떠나 마땅히 의지할 곳도 없는 그녀의 처지에서는 이러지도 저러지도 못하는 상황인 셈이다. 그러므로 '화됴월셕의 체읍ᄒ여 ᄎ셩의 화싱 맛ᄂ를 일야 축원'25)하고 동료승들과도 어울리지 못한 채 적적한 심사를 달랠 뿐이다. 원래 호씨가 도망을 한 까닭도 '집이 망ᄒ고 부모 형데 피화ᄒ여 가산을 젹몰ᄒ니 진실노 술 뜻이 업ᄉ나 혹 ᄉ라 잇셔 니녀의 쥭으미 명빅ᄒ믈 괘히 알고 화낭으로 더브러 다시 맛ᄂ믈 어들가'26) 바란 것이었으니 당연한 처사라고 볼 수도 있겠다. 이씨를 쫓아내고 호씨가 맛본 정실의 위치는 지극히 달콤한 권력의 맛을 그녀에게 느끼게 해주었을 것이고, 자신의 죄상이 폭로되어 이미 모든 것을 잃어버렸음에도 불구하고 여전히 미련을 버리지 못하는 것은 어쩌면 당연한 일이 아닐까.

이미 생사의 경계선을 체험한 여성주인공들은 죽은 것이나 다름없다. 이때 그들의 죽음은 육신의 죽음을 떠나 세계에 대한 자아의 죽음으로 해석되며 다시 자아의 죽음은 성리학적 세계관의 죽음에서 보다 강화된 세계관의 재생으로 귀결된다. 철저하게 유교적 질서를 내면화했던 여성들은 세계로부터의 일탈 과정에서 세계를 의심하고 자신들의 정체성에 대해 사유할 시간을 불교적 공간에서 획득

---

24) <화문록>, 128쪽.
25) <화문록>, 130쪽.
26) <화문록>, 124쪽.

한다. 하지만 이때 불교적 공간과 그 공간의 제공자들은 여성들에게 아무런 종교적 조치를 취하지 않는다. 불법을 통한 '여성' 이전의 '인간'을 깨우쳐 줄 수 있었던 충분한 시간이 있었음에도 불구하고 오히려 그들의 세계로 돌아가기까지 일시적인 방편을 제시하는 것으로만 나타날 뿐 그 이상의 기능은 전혀 고려되어 있지 않다. 이것은 성리학적 세계관이 주축을 이루고있는 전체적인 서사맥락을 고려해 볼 때, 의도적으로 불교세계의 기능을 축소시키고 성리학적 세계에서 수용할 수 없는 죄인, 혹은 잉여인을 수용하는 공간으로 하락시키고 있는 것이다. 따라서 세계의 모순을 감지하고 여성의 정체성에 눈뜰 수 있었던 자아는 그러한 기회를 잃게되고, 오히려 이전보다 더 완고해진 세계관으로 다시 태어난다.

이제 세계로부터 추방당한 여성들은 불교적 공간에서 현실로의 재진입을 도모하면서 더욱더 성리학적 질서를 재현하는 인물로 새로이 태어날 것을 다짐한다. 그것은 잃어버린 세계를 다시 찾는 것이요, 손상된 자아를 회복하는 것이다. 비록 그토록 믿었던 세계의 질서가 자신들을 밀어내 버렸지만 그녀들은 언제든지 다시 그 질서 속으로 편입될 의지를 가지고 있으며, 그럴만한 자격도 충분히 있다고 생각한다. 그래서 지금 당장의 곤액을 피하여 제도권 밖의 공간에 머물고 있지만 일시적일 뿐이라고 재차 다짐하는 것이다.

5. 자비평등의 의지처 그 이면의 의미

지금까지의 정황을 살펴보면 일단은 여성들과 불교는 그 친화력이 상당히 높게 나타났다. 생활의 저변에서 풍부하게 불교의 의례나 행사에 관련된 여성의 모습을 찾아볼 수가 있다. 이씨를 쫓아내고 정실의 자리를 차지했지만 아들을 갖지 못해 불가에 발원하였다는 호씨의 경우도 그 가까운 예이다. 게다가 위기에 처할 때마다 조력자로서 등장하는 인물들이 승려이거나 불교와 관련된 경우가 허다한데도 작품 속 등장인물들이 처음부터 불교에 대해 적극적인 호불적 성향을 드러내지 않음은 무언가 석연치가 않다. 그저 불교적 인연만 남발하고 있다는 느낌이다. <창선감의록>에서 남씨의 불교 인연은 그 어머니 한부인과 더욱 직접적으로 맺어진다. 관음도를 부탁하러 온 청원에게 한부인은 목욕재계의 정성을 다하여 관음화상을 그려준다. 그 자리에서 남씨 역시 친히 금박과 단청을 받들어 선업의 무궁한 공덕을 쌓는데, 이때 청원은 이들 모녀에게 닥칠 위기와 액운을 감지하지만 다 정해진 업보의 소치임을 알고 묵묵히 떠날 뿐이다. 이 한번의 만남이 남씨에게는 커다란 복록이 된다. <사씨남정기>의 사씨의 경우도 유소사가 묘희를 통해 보내온 관음화상에 찬을 지은 것이 인연이 되어 그 목숨을 구제 받고, <쌍선기>의 이씨도 길거리에서 만난 노승에게 시주한 것이 뜻밖의 인연으로 보답이 된다. 하다못해 <화문록>의 호씨가 그 생명을 구한 것도 예전에 불가에 발원한 일들이 그 영향을 끼친 것은 아닌가 생각될 정도로 각 작품 속에서 승려와 사찰의 등장은 일정한 거리를 두고 계산된 '인연'의 바퀴를 드러내고 있다.

　물론 거론된 작품들이 유학자들이 지은 것이고, 그들이 그려낸 인물들이 성리학적 사상에 깊이 침윤된 인물들이라 할지라도 삶의 모습을 재현해내는 과정에서 불교적 인물과 공간이 등장한다는 사실은 현실적 측면을 반영한 것이라 볼 수 있다. 여성에게 있어서 불교란 아주 친숙한 상대임을 부인할 수 없기 때문이다. 사씨나 남씨, 이씨의 불교인연은 현실에서도 충분히 가능한 일들이며, 조선후기라는 시대를 고려해 보건대 여성들은 지위고하를 막론하고 현실 주도의 측면에서는 소외된 부류였으므로 여성들의 불교에의 친화력은 더욱

강할 수밖에 없었다[27]는 것이 일반론이다. 게다가 대부분의 삶의 의미를 가정에 두고 있었던 여성에게 있어서 가정의 복(福)은 가장 중요한 문제였고, 그런 기복적 욕구를 만족시켜주는 곳으로 불교적 공간은 늘 일상에 존재하던 것이었다.

우선 표면적으로 여성인물들과 일정의 관계를 맺고 있는 불교는 여성뿐만 아니라 누구에게나 관대한 문을 열어놓고 있음을 특징적으로 나타낸다.

> 어느 날 묘희가 조용히 사씨에게 물었다. "부인은 이미 이 땅으로 오셨습니다. 복색은 어떻게 해야 마땅할까요?" "내가 이곳으로 온 것은 부득이한 일이었습니다. 본래 유가(儒家)의 자제이니 어떻게 승복을 입을 수 있겠습니까?"[28]

처음 불문에 들어서기 전 사씨는 묘희에게 '매우 고맙기는 하지만 암자로 가서 폐를 끼칠 일을 생각하니 마음이 편치가 않'[29]다고 짐짓 거절의 뜻을 내보인다. 관음보살의 명을 받고 자신을 구하러 온 사람에게 대하는 인사치고는 참 어이없다고 할 정도다. 하지만 당사자인 사씨의 입장에서 보면 자신이 그토록 믿었던 세계에서 추방당했다하여 처참한 몰골로 선뜻 불가와 삶의 인연을 맺는 것도 쉬운 결정이 아닐 것이다. 따라서 인용문에서처럼 살기는 살되, 잠시 머무는 것일 뿐 곧 자신은 자신의 세계로 돌아가야 할 사람이라는 것을 못박는 것이다. 이러한 냉정한 태도에 묘희의 답변은 그녀의 뜻을 인정해주고 위로해주는 정도로 그친다. 딱히 유가의 사람이라 할지라도 배타적인 태도를 취하지 않는 것이다. <창선감의록>의 남씨도 처음에 불문에 들어서는 데 선뜻 응하지 않는다. '탄식하고 쾌히 허

---

27) 이순구, 「조선초기 여성의 신앙생활」, 『역사학보』 150, 역사학회, 1996, 48쪽.
28) <남정기>, 111쪽.
29) <남정기>, 108쪽.

락지 않'[30]았다는 대목은 다 죽은 시신에서 바로 소생한 자의 입장에서 미처 생각할 겨를이 없었을 것이라는 추측에도 불구하고 매우 이성적이고 단호한 의지를 보여준다. 무언가 불문에 발을 들이는데 썩 내키지 않는다는 의미이다. 그녀의 탄식은 갈 곳이 없긴 하지만 정녕 의탁할 곳이 불가인가 하는 한스러움으로만 느껴진다. 그럼에도 청원은 마치 자신의 일인 양 관음의 현몽을 운운하며 종교적 경이감에 도취되어 남씨를 자현암으로 데리고 가기 위해 재차 설득을 시도한다.

특히 호씨의 경우는 아무리 자비를 표방하고 있지만 그 정도가 너무 지나친 것이 아닌가 생각될 정도로 감싸는 의도가 엿보인다. 늘 화씨가문으로 돌아가기만을 앙앙불락 고대하는 호씨는 어느 날 죽은 줄 알았던 이씨가 버젓이 둘째아들까지 데리고 환가(還家)하는 과정을 보게된다. 그것도 자신이 머물고 있는 예운암에서 이씨를 바라보는 순간, 세속에 대한 미련을 버리지 못한 호씨의 가슴 속에는 또다시 시기지험이 일어난다. '니 두 번 추인을 죽이려 ㅎ다가 둑지 못ㅎ여시니 이졔 세번 눌을 맛ᄂᆞ미 희훈ㅎ도다 추야의 니 녀ᄌᆞ를 죽여도라가 화군으로 더브러 상봉치 못ㅎ게 ᄒ리라'[31]하며 이씨가 잠든 숙소에 불을 지르고 마는 호씨. 정녕 불문에 몸을 담고 있는 자로서 차마 할 짓이 아닌 일을 저지른 호씨는 끝내 이씨를 죽이지도 못한 채 오히려 예운암을 모조리 태우게 되어 그 자신을 비롯하여 모든 승려들이 머물 곳 마저 잃는 상황에 이르게 된다. 이런 호씨의 극악함과 어리석음을 감싸주는 인물인 청원은 부처의 자비를 표방하고는 있지만 이씨가 베푸는 관용의 덕에 탄복하고 마치 그녀의 후원인처럼 그녀를 도와 호씨를 개심의 길로 유도한다. 성리학적 여성의 본보기가 될만한 이씨의 덕성에 승려인 청원도 감복하여 따르지 않

---

30) 앞의 각주 8)의 인용문 참조.
31) <화문록>, 131쪽.

을 수 없었다는 식인 것이다.

이처럼 선인이나 악인, 혹은 불교를 배척하는 유가의 사람이건 아니건 불교적 공간은 이들 작품 속에서 불교와의 인연, 혹은 선업의 복록이라는 이유로 아무런 조건 없이 활짝 열려 있다. 비록 누명을 썼다 할지라도 유교적 공간에서 죄를 얻은 사람이 도피할 수 있는 공간으로, 흉심을 버리지 않고 오히려 도반들의 생명을 위협하는 불의를 저지르는 인물의 거주처로 당연하게 제공되는 것이다. 이때 불교적 공간의 제공자들의 입에서는 늘 하나같이 '자비'라는 부처의 가르침이 맴돌고 있다. 마치 '자비'라는 이름으로 세상 모든 것들을 감싸안겠다는 순수한 대종교적 교화의 덕성이 작품 속에 깔려있는 것처럼 보이는 것이다. 하지만 주인공들의 불교적 덕성이 뚜렷이 드러나지 않고, 그들의 의식에 불교적 사상이 자리잡고 있음이 전혀 고려되어 있지 않다는 것은 이들 작품들의 서사맥락에서 불교는 현실세계의 수사물에 불과하다는 것을 반증하고 있는 셈이다.

그러므로 여성인물들이 억압적인 세계로부터 그 몸을 숨기고, 그들이 다시 성리학적 세계로 진입하기 위한 발판을 마련하는 공간으로 사찰이 선택된 것은 다분히 남성적, 성리학적 서술자의 의도가 짙게 드리워져 있음을 뜻한다. 앞서의 여성들은 모두 실제로 죄를 지었든 아니든 간에 성리학적 세계에서 축출 당한 자들이다. 세계로부터의 일탈은 곧 그들에게 죽음을 의미하는 것이지만 교묘하게도 죽음을 대신하여 그들에게 부차적인 삶의 공간을 불교로부터 도출해낸다. 이미 알다시피 불교는 '모든 중생을 평등하게 사랑하는' 크나큰 덕성을 가진 종교이므로 비록 그것을 성리학적 세계에서는 용납하고 있지 않지만, 자신들이 쫓아내고 몰아낸 죄인들을 수용하기에는 이만큼 적절한 공간이 없는 것이다. 그러므로 죄인들을 참회하게 하고, 다시 자신들의 세계 속으로 진입시키기 위한 중간단계로 사찰을 설정함으로써 서사전개상 큰 손상[32]을 입지 않고 원하는 성리학적 세계의 완성을 달성하는 것이다.

이렇게 볼 때, 이들 <사씨남정기>와 같은 성리학적 여성이념을 강조하는 소설들에 등장하는 불교적 공간들은 단순히 여성인물들의 생명을 연장시키고, 그들의 안전을 보장해주는 기능뿐만 아니라 여성의 성리학적 의식세계의 공고화와 남성적 시각에서의 성리학적 세계의 완벽한 구축을 위한 매개물로 의도적으로 차용되고 있음을 확인할 수 있다.

6. 맺음말

본 글은 성리학적 중세사회에서 약자의 위치에 서 있었던 '여성'과 '불교'가 고소설 속에서 어떻게 연관을 맺고 있는지 살피고자 한 것이 주목적이었다. 특히 처첩갈등을 중심으로 하는 작품으로 <사씨남정기>, <창선감의록>, <화문록>, <쌍선기>를 선별하여 이들 작품 속의 '여성'과 '불교'에 주목하였다.

우선 2단락에서는 여성인물들이 자신들의 이념을 지키는 과정에서 죽음이라는 위기에 처하게 되는데 그 위기의 순간 불교적 공간들이 항상 등장한다는 점을 살펴보았다. 이때 여성들은 어쩔 수 없이 죽음 대신 불교적 공간에서 삶을 연장하며, 불교적 공간 또한 여성인물의 선악이나 그 외의 기타 조건들을 따지지 않고 인물들을 받아들인다.

3단락에서는 성리학적 세계관을 고수하는 여성들이 어떻게 그들

---

32) 유교이념을 거스른 자를 유교체제가 보호한다는 것은 자기모순이다. 따라서 유교이념이 존재하지 않는 공간이 필연적으로 요구되며 그러한 공간으로 여성과 가까운, 여성의 생활과 밀접한 불교적 공간이 채택된 것이다.

의 삶을 살아가고 있는지 처첩의 권력기반을 위주로 살펴보면서 무엇보다 이념화에 적극적이고 뛰어났던 정실들이 부실이나 소실들에게 패함으로써 가문에서 축출 당하고 죄인의 이름으로 불교적 공간에 도피하게 되는 과정을 따라가 보았다.

다음으로 4단락에서는 도피한 여성들이 선택하는 삶이 종교적 삶이 아니라 오히려 다시 자신들의 세계로 재생하기 위한 유교적 관념의 재무장화와 재진입을 위한 발판을 마련하는 것이었음에 주목하였다. 다시 말해 성리학적 세계로 돌아가기 위한 필연적인 이유로 불교적 공간의 종교적 기능을 의도적으로 축소시킨 것이 아닌가 되돌아보았다.

마지막으로 5단락에서는 결국 누구에게나 대자비의 문을 열고 있다는 불교의 덕성을 이용하여 서사전개상 큰 모순을 범하지 않고 여성인물들을 성리학적 세계로 복속시키는 데, 불교적 공간을 매개체로 사용하고 있음을 확인할 수 있었다. 이렇게 작품들이 여성과 불교적 공간을 관련시킨 가장 큰 이유는 여성과 불교가 남성과 성리학에 비하여 약자의 위치를 점하고 있음과 무관하지 않다. 여성은 남성에 비해 소외 받는 대상이며, 역시 불교도 성리학에 비해 소외받는 종교였다는 것을 떠올린다면 여성과 불교의 결합은 결코 무리한 것이 아니었다.

일련의 여성길들이기 소설[33])에서 위와 같은 의미를 밝혀볼 수 있었지만, 과연 여성영웅소설과 같은 다른 여성소설에서도 그러한 의미를 찾아낼 수 있을지는 의문이다. 또한 남성소설에서 드러나는 남

---

33) '여성길들이기 소설'이라는 용어는 김연숙이 명명한 것으로 '여성이 남성 중심적 체제에 순응하고 남성들을 위하여 봉사하고 헌신하면서, 자신들에게 불리한 여러 가지 제약도 감수하고 견딜 수 있도록 여성을 교화하는 소설'들을 의미한다.(『고소설의 여성주의적 연구』, 국학자료원, 2002) 본고에 선택된 작품들이 모두 이에 해당한다 할 수 있어 같은 시각을 공유하는 입장에서 그 용어를 채용해보았다.

성과 불교의 관계는 어떤 양상을 나타내는지 두 성(性)의 시각적 차이를 고려한 연구는 여기에서 전혀 시도되지 못하였다. 다만 여기서는 '여성'과 '불교'의 입장과 세부적인 관계들을 고려하였기 때문에 나머지 부족한 부분들의 연구는 보다 많은 자료들의 확보와 대조 후에 확장시켜 볼 것으로 그 후일을 기약한다.

조선후기 문헌설화에 나타난
완승(頑僧)의 의미

박상란

1. 서 론

『용재총화』 등 조선 초기의 문헌설화집에는 여러 부류의 불승이 등장한다. 정치적으로 사악한 행태를 일삼는 요승이 나오는가 하면 사대부 주변에서 삶의 방도를 꾀하는 시승(詩僧), 성욕에 눈멀어 골탕을 먹는 어리석은 승려, 심지어 다리 공사 등 국가의 노역에 동원되는 승려의 모습도 보인다. 하지만 무엇보다도 생불이라 불리는 고승의 비중이 높다. 이는 당시 국시에 따라 불교, 불승이 핍박을 받았다 해도 이면에는 수백 년을 이어 온 신앙과 불승에 대한 존숭 풍조가 살아 있었음을 입증하는 것이다.[1]

『어우야담』을 비롯해 임란 직후(1600년대)에 간행된 설화집의 경우

---

[1] 마지막 문장과 관련하여, 이재창, 『韓國佛敎史의 諸問題』, 우리출판사, 1994, 221, 266쪽 ; 김승호, 「野談所載 僧의 인물기능 분화」, 『불교민속학의 세계』, 집문당, 1996, 245~246쪽 참조. 장덕순은 『용재총화』에 한해 승려로서의 영험보다 경학(經學)이나 시문(詩文)이 능한 승려를 칭찬하고 무식한 승려라든가, 이고(尼姑)에 대해서는 무자비하게 타기하는 태도를 보였다고 하였다. 이는 같은 고승담이라 해도 선초의 고승담이 해당 문헌 찬자의 신분 내지 대불교관에 의해 일정하게 제약되었음을 말해주는 것이다.(장덕순, 『한국설화문학연구』, 서울대학교출판부, 1978, 74~75쪽)

전 시대에 이어 고승담이 적지 않게 들어 있는 한편 새로운 부류의
불승이 많이 등장한다. 환술과 풍수에 능한 이승과 함께 승군장을
비롯해 왜적 퇴치에 공을 세운 승려, 모역·시사 비판 등 정치적 사
건에 연루된 승려, 힘 자랑을 하거나 완력으로 부녀자를 강간하는
완승(頑僧) 등이 이 때 새로이 등장한 불승의 형상이다. 이들 새로운
불승의 형상은 임란 직후의 사회적 분위기와 관련해서 검토해 보아
야 하겠거니와 이 중 완승의 경우는 그 의미가 단순하지 않다.

완승은 완악한 즉, 사납고 불량한 성질의 불승을 의미하는데 이들
의 공통점은 출중한 완력을 지니고 있고, 그것을 그릇 사용하고, 그
때문에 단죄를 받는다는 것이다. 따라서 '여력(膂力)' 즉, 육체적으로
억누르는 힘이 뛰어나고 '영한(獰悍)' 즉, 흉악하고 사나운 불승이 주
변 사람들을 위협하는 경우 모두 완승의 범주에 넣을 수 있다. <태인
로적사영승(泰仁路鏑射獰僧)>[2])에선 선비 일행을 무참히 구타한 승려를
'영승(獰僧)'이라 했는데 이는 흉악한 측면을 강조한 것으로 의미상
완승과 크게 다르지 않다. 영승이든 완승이든 기본적으로 완력을 갖
추고 있기 때문이다.

완승의 위협 대상은 문인이나 무인에서 부녀자까지 다양한데 특
히 불승이 부녀자를 희롱하거나 강간하는 경우 완승이라는 명칭에
가장 부합한 것이라 할 수 있다. 승속간의 문제를 떠나 그 불량한
성질이 가장 노골적으로 드러난 것이기 때문이다. <박창두주사흔관
(縛蒼頭主師欣款)>과 <투검술이비장참승(鬪劍術李裨將斬僧)>[3])에서 부녀자
를 희롱하는 승려를 '완승'이라 한 것이 대표적인 사례다.[4]) 이 경우
완승은 불승의 모습 중 가장 극악한 형상이며 신분만 불승이지 본질
적으론 불도와 전혀 무관하다. 이들은 후안무치의 범죄인으로 대개

---

2)『천예록』
3) 각각『동야휘집』(서울대본) 4권, 性行部 下 ;『청구야담』(규장각본) 1권.
4)『청구야담』8권의 <착흉승기성백화구(捉凶僧箕城伯話舊)>에선 이러한 승려를 '흉
   승(凶僧)'이라 하였다.

현장을 목격한 무사나 유생에 의해 즉각 죽임을 당하게 된다. 전기 문헌 설화에서 성욕에 눈먼 승려를 어린 상좌가 골탕 먹임으로써 불승의 탐욕을 풍자하고 경계하는 것과는 차원이 다른 것이다.

성과 관련해서 불승을 다룬 이야기는 전래하는 불교(전) 설화에서도 많이 볼 수 있는 것이다. 그 경우 관음보살의 화신인 매혹적인 여성이 불승의 성불을 시험하기 위해 등장하고 불승은 계율을 넘어 자비를 시현하기 위해 그 여성에게 접근하기도 한다. 성이 성불의 도구로 쓰인 것이다. 사설시조, 민속극의 경우 남녀 승의 적나라한 성희를 묘사한 파계승 화소가 자주 등장하는데 이는 조선 후기의 시대적 분위기 속에서 향유층의 본능 분출, 해방의 욕구를 상징적으로 드러낸 것이라 할 수 있다.5) 구비 설화의 경우 불승이 민간 부녀자와 성관계를 맺는데 이는 불승의 파계, 혹은 성속 간의 사통 등의 의미가 있다. 이들 파계, 사통과 완승의 강간은 다른 것이다. 파계, 사통이 여승 혹은, 민간의 부녀자를 대상으로 합의하에 이루어진 것이라면 완승의 강간은 특히, 양반 부녀자를 대상으로 강제적으로 행해졌다는 점에서 의미의 차원이 다른 것이다.

완승에 대한 선행 연구로는 2편 정도가 있다. 김승호는 문헌설화에 나타난 승려상을 통시적으로 살피면서 조선 후기에 빈번히 나타나는 '악한(惡漢)', 그 중에서도 '색광(色狂)'으로서의 승려상에 주목한 바 있다.6) 문헌 설화의 담당층인 사대부의 반불적 의식이 이러한 승려상을 낳았다는 것인데 이 '색광'이 바로 완승과 같은 부류이다. 김현룡은 모든 문헌 설화를 유형별로 나누어 살피던 중 '사간(私姦)' 항목에서 완승의 이야기를 다룬 바 있다.7) 여말선초의 임금들이 권력

---

5) 이창식은 이를 조선 후기 승려들의 현실대응 방식으로서의 '불교의 세속화, 민간화 양상'으로 보았다.(이창식, 「조선후기 구비문학의 불교적 성격-파계승 화소를 중심으로」, 『대전어문학』11, 대전대국어국문학회, 1994, 75~76쪽 참조)
6) 김승호, 앞의 논문, 257~258쪽.
7) 김현룡, 『한국문헌설화』4, 건국대학교출판부, 2000.

을 이용해 음행한 자료에 이어 일반 백성들 사이의 강간 사건 이야기 중 승려가 관련된 자료를 다룬 것이다.

이들 선행연구의 경우 완승의 이야기만을 다룬 것이 아니기 때문에 그 다층적 의미를 자세히 다룰 여지는 없었겠지만 몇 가지 연구사적 과제를 남겨 놓고 있다. 전자는 불승을 부정적(패륜)으로 다루는 데 하필 부녀자를 강간하는 형상으로 그렸는가 하는 점을 밝히지 않았다. 그리고 후자의 경우 '사간'의 측면에서 완승의 행위를 다룸으로써 하필 불승이 그런 행위를 하는가, 하는 점을 밝히지 않았다. 불승으로서의 특수성보다는 힘있는 남성이 여성을 강간했다는 것에 주안점을 두었다는 것이다.

본 논문은 이상의 연구 과제에 착안하여 불승을 부정적으로 다루는 데 부녀자 강간 사건이 관련된 맥락을 짚어 보려 한다. 또한 이러한 불승이 대개 출중한 힘을 지닌 것으로 나타난다는 점에서 힘과 그것을 바탕으로 한 강간의 측면에서 완승의 의미를 살필 것이다. 강간을 '색광' 내지 '성욕 충족' 등 다소 성적인 측면보다, 혹은 불승으로서의 파계의 의미보다는 완력의 행사로 즉, 공격, 범죄 행위로 보려는 것이다.

2. 완승의 형상

(1) 힘센 중

먼저 불승을 중심으로, 그리고 완승의 정의에 맞게 자료의 개요를 제시한다.

자료-1

　호남에서 씨름을 잘 하는 중이, 방자하게 굴고 유생의 종을 구타해서, 나약한 유생에게 죽을 만큼 두들겨 맞는다.

▷『어우야담』(만종재본) 4권, 사회편, 교학

자료-2

　씨름을 잘 하는 굴암사의 중이, 완력을 과시하기 위해 나그네에게 집요하게 결투를 청하다가, 나그네에게 두들겨 맞고 두세 달 후에 죽는다.

▷『어우야담』 4권, 사회편, 교학

자료-3

　힘께나 쓰고 교만한 중이, 선비 일행을 무참히 구타한 일로, 나약한 무인이 쏜 활을 맞은 후 선비 일행에게 죽임을 당한다.

▷『천예록』, 태인로적사영승(泰仁路鏑射獰僧)

　이들 자료에서 불승은 대개 '여력절륜(膂力絶倫)'해서 즉, 완력이 출중해서 그 힘으로 주변 사람들을 압도하고 위협하는 것으로 나타난다. 자료-1의 경우 중은 힘이 뛰어나서 도내 씨름판을 독점하고, 자료-2의 중 역시 씨름을 매우 잘 하고 그에 대해 대단한 자부심을 갖고 있다. 자료-3에서 완승은 씨름을 잘 하는 것으로 알려져 있진 않지만 선비의 종 여러 명을 감당할 만큼 힘이 세다.

　승려가 힘이 세다는 것은, 혹은 힘만 세다는 것은 범상한 일이 아니다. 고승담에서와 같이 불도를 이루기 위해 수행에 힘쓴다든지, 신앙적인 영험을 보인다든지, 세간에 자비를 베푼다든지 하는, 불승으로서의 통상적인 이미지와 너무 멀기 때문이다. 이는 불승에 대한 세간의 기대가, 혹은 당시 불승의 처지가 어떠했는가를 단적으로 알려준다.

　완승의 형상은 힘이 세다는 것에만 있지 않고 그것을 믿고 교만한 행태를 보이는 것으로도 나타난다. 자료-2에서 승려는 절에 든 객에게, 사양하는 것도 마다하지 않고 끈질기고도 거만하게 결투를 청해 결국 낭패해 죽고 만다. 힘센 자보다 더 힘센 이가 있다는 것으로도 볼 수 있지만 불승이 교만하다는 것이 문제다. 무력과 마찬가지로 교만함 역시 불승의 면모로는 어울리지 않기 때문이다. 자료-2의 경우 이러한 거만한, 호전적인 불승으로 인해 싸움이 시작되었기 때문에 그의 죽음은 당연한 것으로 여겨질 만하다. 하지만 나머지 자료는 유생이나 무인 쪽에서 시비가 비롯돼 의미가 다르다.

자료-1의 경우 중은 그냥 갈 길을 가고 있는데 젊은 유생이 먼저 시비를 건다. 물론 당시 불승의 처지로 보아 선비가 오라면 가고 그것을 거부할 경우 동자에게 귀를 잡혀 끌려 갈 수도 있는 것이다. 그런데 여기에서의 중은 선비를 '업신여겨 응대하지 않고 갔다(僧蔑之不應而行)'고 해서, 자료-3에서는 중이 '거드름을 피우며 인사도 없길래 종 하나가 화가 나서(僧蹇不拜 一奴怒)' 싸움이 시작되었다. 불승은 지나가다가도 선비가 오라면 가고 오라고 하지 않아도 가서 인사를 해야 하는데 그렇게 하지 않아 시비가 붙은 것이다. 싸움의 발단은 불승의 무력이 아니라 그 교만함, 특히 처지에 대한 분별없이 상대방에게 굽히지 않은 태도에서 기인한 것이다.

하지만 자료-1의 경우 '중아, 이리 오너라.(僧來)' 혹은 '중아, 네가 감히 오지 않는다면, 동자를 시켜 귀를 끌고 오게 하겠다.(僧乎爾敢不來 令童拽耳而來)'와 같은 유생의 말투를 보건대 이미 유생 쪽에서 중을 업신여긴 것이고 중은 그러한 무례한 태도에 불응하고 분개한 것이다. 당시 사회에서 중을 업신여기는 것이 당연시되었다면 그러한 태도가 유생 개인의 문제만은 아니다. 따라서 중의 방자한 태도는 당시 불승의 처우에 대한 저항이고 그것이 유생에게는 혹은, 유생과 같은 부류의 사회 계층에게는 교만함으로 여겨진 것이 아닌가 한다. 따라서 여기에서 중의 교만함은 특정 승려의 불량한 성격에 한정되는 것이 아니라 당시 불승에 대한 사회적 통념, 내지 불승의 사회적 처지와 관련되는 것이다.

싸움의 결과 완승은 무참히 죽임을 당하게 되는데 문제는 상대방이 삼척 동자만을 대동한 '비쩍 마르고 나약해(瘦僞纖弱)' 보이는 젊은 유생(자료-1)이거나 역시 나이 어린 종 하나를 대동한 '마르고 약해서 기운이라고는 없어 보이는(容貌瘦弱 似無勇力)' 샌님(자료-3)인 것이다. 씨름판을 독점할 만큼 힘이 센 중과 대조적인 형상이다. 특히 중은 이들과 대적하기 전에 그 특유의 괴력으로 시비를 거는 동자나 여러 명의 종들을 무참히 구타했는데 유독 이들 나약한 유생들에게만은 힘을 쓰지 못하는 것으로 나타난다.

자료-3의 경우 승려는 선비 일행을 단숨에 때려눕히지만 나약한 선비에게는 꼼짝없이 당하면서 싸움이 역전된다. 완승을 처벌하는 것도 끔찍하기 이를 데 없다. 자료-1의 경우 동행한 다른 선비 덕에 중이 목숨을 구할 수 있었지만 자료-3의 경우 그 '나약한' 유생이 상처 입은 중을 넘겨주자 선비 일행이 '상처 입은 중을 일으켜 세우고는 낫으로 중의 살점을 도려내고 사지를 잘라 버렸다.(扶傷而起 以鑞而支解)'고 하였다.

이런 이야기가 처음 실린 『어우야담』은 조선 후기의 첫 길목에서 편찬된 것이다. 임란의 후유증으로 사회적 혼란 특히, 신분제의 기틀이 흔들리기 시작한 때로 힘센 중, 나약한 선비의 형상은 이러한 시대상을 반영한 것이라 할 수 있다. 하지만 신분제의 변화가 불교의 몰락과 함께 천민 중의 천민으로 전락한 불승에게는 비켜간 것이 아닌가 한다. 혹은 조선 전기 이래 억불 정책의 지속에 따라 불승은 다시 일어설 수 없을 만큼 그 처지가 낮았음을 말하는 듯 하다. 따라서 힘센 중이 나약한 유생에게 당한다는 이야기는 가장 힘 없는 유생보다 못한, 당시 불승 내지 불교의 처지가 반영된 것이다. 한편 나약한 유생의 경우 유독 불승만 대적할 수 있을 정도로 무력해진 당시 사대부층의 현실이 반영된 것으로 보인다. 임란의 과정과 사후 대책에 있어 문제의 핵심을 비켜간, 당시 위정자들의 그릇된 현실 대응 방식이 이러한 형상을 가능하게 했다는 것이다.

요컨대 힘 있는 중과 나약한 유생의 대결, 그리고 그 결과는 특정 승려와 유생의 문제가 아니라 당시 불교의 처지를 비롯한 사회적인 정황 내지 그에 대한 향유층의 시선과 관련된 것이다. 불승은 단지 힘만 갖고 있을 수 있다. 이를 완승이라 하고 교만하다고 한 것은 이러한 이야기를 유독 전승하고 있는 문헌 설화 향유층 즉, 사대부의 시선에 의한 것일 수 있다.

(2) 겁탈하는 중

자료-4

   중이, 유생의 미망인과 사통해서, 그 유생의 친구인 무사가 활로 쏘아 죽였다.

▶ 『어우야담』1권, 인륜편, 붕우

자료-5

   힘센 중이, 교생 곽태허의 처와 사통하고 그 남편을 공격하자, 태허의 개가 물어뜯어 죽였다.

▶ 『어우야담』2권, 종교편, 승려

자료-6

   중이, 양반집 부녀자와 사통하고 그 남편을 죽인 일로, 유생이 활로 쏘아 죽였다.

▶ 『기문총화』(연대본)[8]

---

8) 『동야휘집』에선 같은 이야기가 정문부(鄭文孚)의 일로 나옴.

자료-7

중이 속인이었을 때, 소복 입은 여자를 강간해 자결케 한 일로, 판서 황인검이 검거해 사형을 받도록 하였다.

▶『기문총화』9)

자료-8

중이, 양반집 과부를 강간하려다가 칼로 찔러 죽인 일로, 판서 황인검이 때려 죽였다.

▶『청구야담』8권, 착흉승기성백화구(捉凶僧箕城伯話舊)10)

자료-9

가야사의 힘센 중이, 양반집 부녀자의 가마를 빼앗아 희롱해서, 무인 전림이 결투 끝에 죽였다.

▶『동야휘집』4권, 성행부 하, 박창두주사흔관(縛蒼頭主師欣款)

자료-10

흉악하고 사납게 생긴 건장한 중이, 명나라 제독의 후손 이원을 죽이려고 하여, 이원이 결투 끝에 죽였다.

▶『기문총화』11)

자료-11

완승이, 배에서 양반 부녀자를 희롱해서, 명나라 제독의 후손 이 비장이 결투 끝에 죽였다.

▶『청구야담』1권, 투검술이비장참승(鬪劍術李裨將斬僧)12)

자료-12

중이, 관인의 부녀자를 희롱해서, 내금위 전덕홍이 결투 끝에 죽였다.

▶『어우야담』4권, 사회편, 욕심

---

9) 이 이야기는 『계서야담』에도 나옴.
10) 『동야휘집』에 자료-13과 이 이야기의 이본인 자료-7이 하나의 이야기로 묶여 있다.
11) 『계서야담』에도 나오고 이어지는 자료-11과 이본 관계.
12) 『동야휘집』에선 이여매의 후손 이명명의 일로 나오고, 그가 강가에서 이미 죽인 중과 대결하지 않고 중의 제자와 대결하는 것으로 되어 있다.

자료 - 13

　　중이, 친한 승지의 부인을 강간해 자결케 한 일로, 나약한 서생
이 절벽 밑으로 밀쳐 죽게 했다.

▶『어우야담』 4권, 사회편, 욕심

　　이들 이야기에선 힘센 중이 그 완력을 부녀자 강간이라는 패륜 행위
에 사용한다. 이는 앞서의 힘센 중에 대한 이야기보다 많이 전하고
『어우야담』을 비롯해 그보다 후대에 편찬된『계서야담』,『기문총화』,
『청구야담』,『동야휘집』 등에 수록되어 있다. 더욱이 이들 이야기는
내용상 다소 변모된 채로 여러 문헌에 유전함으로써 조선 후기 문헌
소재 불승에 대한 이야기 중 전승이 활발한 유형임을 알 수 있다.

　　이 중 자료-4와 5, 6은 중의 일방적인 강간이 아니라 중이 일반 부
녀자와 사통한 것이 문제된다. 따라서 이들의 의미는 구비문학의 경
우처럼 성을 중심으로 한 승속 간의 파탈 정도로 이해될 수도 있다.
지속적인 불교의 전락 속에서도 불승의 권위를 묵인하던 풍조 속에
서, 그 지나치게 경직된 권위를 벗기고자 한 민간의 욕구가 반영되
었다는 것이다. 이는 작중 상황을 지켜보면서 그것을 '놀이'로, 승속
간의 파탈로 그린 화자의 시선과 무관하지 않을 것이다.[13] 하지만
이들 자료에선 사통이 그런 승속 간의 파탈로 다루어져 있지 않다.
작중 상황을 지켜보는 무사의 시선은 냉엄할 뿐 그러한 해괴망측한
꼴을 용납할 여지가 조금도 없는 것이다. 구운 고기를 안주 삼아 술
잔을 들이키고 여자와 성관계를 맺는 중의 모습은 무사의 분노를 격
발시키는 '사건'인 것이다.(方熾炭靑銅爐.燒肉煖酒以餉僧.僧喫訖.於燈下恣其歡戱.
武士不勝其忿) 결말 부분에서 중이 죽임을 당한다 점에서도 여기에서의
사통은 강간과 같은 차원의 범죄 행위로 다루어졌음을 알 수 있다.

　　게다가 전통적으로 사통은 남자 쪽에만 죄가 있는 것이 아닐 뿐더

---

13) 이창식, 앞의 논문, 78~79쪽.

러 오히려 여성 쪽에 더 책임이 있는 것으로 받아들여졌다. 자료-5에서 곽태허의 처가 간통했다는 죄로 친정 식구들에게 매맞아 죽었다는 것도 이 때문이다. 하지만 이외 이야기에서는 남성 쪽이 문제가 되는데 이는 그가 중이기 때문이다.

자료-4의 경우, 무사는 죽은 친구의 집에 묵으면서 고연의 부인과 중이 사통하는 것을 목격하고 그 중을 죽인다. 부정의 당사자가 중이었기 때문에 단번에 죽였다고 할 수 있다. 자료-5의 겨우 곽태허가 출타한 사이에 그 처가 중과 사통한 사건이 일어나고 그 중이 처벌된다는 이야기다. 자료-6의 경우 승려가 그 본 남편을 죽이면서까지 양반 부녀자와 사통한 것을 알고 무사가 그 중을 죽인 이야기다. 이 무사 역시 그 사통의 당사자가 중이라는 데 분개하고 즉각 죽인 것이다. 더욱이 이 무사는 길에서 여자를 보고 간음할 생각으로 찾아왔다가 이런 일을 감행하였다. 사통을 위해 그 본 남편을 몰래 죽인 것 때문이기도 하지만 사통의 당사자가 중이 아니었다면 그렇게 분개하여 단번에 죽이지는 않았을 터이다. 요컨대 종교인으로서, 사회의 천민으로서, 양가집 부녀자와 사통했다는 데 문제가 있는 것이다. 중의 행위이기 때문에 여기에서의 사통은 강간과 같은 의미로 받아들여졌음을 알 수 있다.

다음으로 불승이 양가집 부녀자를 강간한 것은 완승의 가장 극악한 면모라 할 수 있다. 중의 행위인 경우 희롱도 강간과 같은 수준으로 처벌되었다는 점에서 함께 살필 필요가 있다.

일반인들 간의 강간 사건도 임란 무렵 급증한 것으로 사회의 도덕적 전락의 표지로 간주되었다 한다.[14] 자료-7의 '살인 사건', '원통한 옥사'는 그러한 류의 사건을 말하는데 이것을 해결하기 위해 해당 관원이 수십 년을 골몰했다고 할 만큼 부녀자 강간 사건은 미증유의 큰 범죄 행위였음을 알 수 있다. 이러한 패륜 행위의 당사자가 사회

---

14) 김현룡, 앞의 책, 178쪽.

적 천민인 불승인 경우 문제는 더욱 심각하다 할 수 있는 것이다.

자료-9의 경우 불의를 참지 못하는 무인 전림이 가야사의 중이 부녀자를 희롱하는 것을 보고 분노를 참지 못하여 결투 끝에 죽여버린다는 이야기다. 이하 전림의 용감한 행적이 나열되어 있는 것으로 보아 이 이야기는 행악에 대적하는 전림의 무용을 보이고자 한 것이다. 이러한 의협심 강한 전림에게 불승이 부녀자를 희롱하는 것은 불의한 것이고 죽여 마땅한 사건인 것이다.

다음 이여송의 후손 이원의 이야기는 여러 문헌에 유전하면서 많은 변모를 겪은 이야기다. 먼저 자료-10에서는 사납게 생긴 중이 찾아와 이원을 죽이려 한다. 결국 이원이 결투 끝에 그를 죽이지만 그 중이 누구인지, 왜 이원을 죽이려 했는지 알 수 없다. 자료-11에선 이와 같은 의문점이 해결된다. 먼저 거구의 완승이 배안에서 부녀자를 희롱하는 사건이 일어난다. 그것을 목격한 이비장이 '네 아무리 완악한 놈이나 승속이 다르고 남녀의 구별이 있거늘 네 어찌 감히 양반 부녀자를 무수히 희롱하고 방자히 욕보인단 말이냐? 네 죄 마땅히 죽으리라.(네아모리완악흔놈이나승쇽이판이ᄒ고남녜ᄌ별ᄒ거늘네엇지감히 냥반의녀힝을무수이희롱ᄒ고방ᄌ히침욕ᄒ니네죄맛당이죽으리라)' 하며 그를 쳐 죽여 강물에 던졌다. 바로 그 완승이 찾아와 앞서와 같이 결투를 청했다는 것이니 왜 완승이 이비장을 죽이려고 했는지 알 수 있게 된 것이다. 물론 이비장이 죽여서 강물에 던진 중이 어떻게 살아 났는지 하는 점은 여전히 해결되지 못했는데 『동야휘집』에선 그 완승의 제자가 원수를 갚으러 온 것으로 되어 있어서 훨씬 합리적으로 변모되었다고 할 수 있다.

자료-12의 경우 완승의 행위는 희롱의 정도를 넘어 강간할 지경에 이른 것이다. 이 역시 전덕홍의 무용에 대한 것으로 원래 겁이 많은 그가 부녀자를 희롱하는, 힘센 중만큼은 이길 수 있고 죽일 수도 있다는 얘기다.

지금까지 부녀자와 사통하고 희롱하는 완승의 형상을 논했는데, 특히 사통의 경우 불승의 처지로 인해 그것이 극악한 일로 여겨졌다면 이제 다룰 강간 사건은 실제적으로 범죄 행위인데다가 불승이 양반집 부녀자를 범한 것이라 문제가 심각하다고 할 수 있다.

먼저, 자료-13은 친한 중이 과거에 승지 부인을 겁탈해서 자결하게 만든 일로 하여 서생이 중을 죽인 이야기다. 목숨보다 중히 여긴 절개를 짓밟았으니 한 여성의 목숨을 앗은 것이다. 서생의 입장에서 보면 평소 친하게 지냈고, 또한 그 중이 과거의 죄를 씻기 위해 매일 승지 부인의 영가를 청했다고 하지만 그러한 것이 양반 부녀를 강간한 죄를 당할 수는 없는 것이다. 이 이야기는 중이 속인이었을 때 부인을 겁탈했다는 것에서 중의 신분으로 그런 짓을 범했다는 것으로 내용이 변하였다. 후대로 갈수록 중의 패륜을 강조하는 방향으로 전승된 것이다.

자료-7의 경우 은혜를 입은 중이 속인이었을 때 절개를 지키는 부녀자를 강간해 자결케 한 과거의 일로 황인검이 중을 검거했다는 이야기다. 그런데 젊은 시절 황인검이 중으로부터 은혜를 많이 입었다는 전반부에 이어 중으로부터 그 범죄 사실을 듣게 되는 정황이 자연스럽지 못하다. 이에 반해 자료-8은 좀더 합리적으로 사건이 조직되어 있다. 전반부에 황인검이 평안감사로서 처리해야 할 도내 살인 사건에 대한 정황이 상세히 나오고 그 다음 중으로부터 사건의 전말을 듣게 되는데 그 과정이 다소 자연스러운 것이다. 게다가 자료-7의 경우처럼 승려가 속인이었을 때 범한 것이 아니라 승려의 신분으로 범한 것이라 불승의 강간이라는 주제가 확고히 자리 잡았다고 할 수 있다. 요컨대 이 이야기는 불승이 양가집 부녀자를 강간한 것으로 승속의 차원을 넘어 범죄행위를 다룬 것이다. 앞서 승지 부인 이야기에선 서생이 사사로이 중을 죽였지만 여기에서는 해당 관원에 의해 법적으로 처결된 것이 다를 뿐이다. 이 두 이야기가 『동야휘집』

에서는 하나의 이야기로 묶여져 있는 것도 주목할 만하다. 그만큼 문헌 설화를 중심으로 불승의 강간 화소가 널리 회자되었음을 알 수 있다..

3. 완승의 의미

완승의 의미에 접근하기 위해선 우선 문헌설화에 나타난 부정적인 승려상의 형성 원인 내지 배경에 대한 이해가 요구된다. 타락한 불승 내지 불승의 타락을 그린 것인가 아니면 불승을 타락한 것으로 그린 것인가 하는 점 즉, 당시 불승의 타락상이 반영된 것인가 아니면 문헌설화 찬자의 반불적 의식에 의해 본 모습이 굴절된 것인가 하는 점이 해명되어야 하는 것이다. 물론 이는 모든 문헌설화의 전승 방식과 관련된 문제이지만 특히, 불승 관련 이야기에 관한한 더 중요한 의미를 갖는다. 완승과 같은 희대의 불승의 형상이 유독 사대부 문인의 손을 빌린 문헌설화에만 나타나고 이들 문인은 대체로 반불적 의식의 소유자로 알려져 있기 때문이다. 따라서 당시 불승의 처지, 속화 현상, 그로 인한 도덕적 타락의 사실 여부를 떠나 문헌설화의 찬자가 그 부정적 형상화의 혐의를 받아온 것은 자연스런 일이다.

장덕순은 사설시조 등에 파계승이 많이 등장하는 것은 당시의 현실이 그러했기 때문이라고 한 바 있다.[15] 그리고 몇몇 불승 관련 이야기에 나타난 문제적 승려상을 당시 불승의 면모로 환원해 서술하기도 했다. 예컨대 『용재총화』의 경우 찬자 성현이 당시 불교의 폐해, 승려들의 타락상을 직접 견문하는 등 비교적 객관적 위치에서

---

15) 장덕순, 앞의 책, 83쪽. 이하의 인용문은 같은 책, 72~80쪽.

설화를 수집했기 때문에 설화 본연의 모습을 비교적 잘 간직하고 있다고 한 것이다. 성현이 불승의 타락상을 직접 견문했다는 점, 자신의 의식을 개입시키지 않고 설화를 찬집했다는 점을 강조한 것이다.

하지만 성현의 체험이라고 하는 것은 '관직에서 견문 체험'한 것으로 척불 정책을 지지한 관인으로서의 체험이다. 성현은 불교 폐해를 노골적으로 폭로했고, 또 승려나 불사의 금단을 통쾌히 여긴[16] 서슬 퍼런 불교 배척론자인 것이다. 따라서 여기에서의 체험은 당시 불승의 생태를 실제로 체험한 것이라기보다는 척불 여론에 대한 견문 내지 척불에 대한 자신의 입장이라고 할 수 있다. 따라서 그가 그려낸 부정적 승려상은 '타락한' 승려를 그린 것이라기보다는 척불 여론 내지 의식에 힘입어 승려를 '타락한 것으로' 그려낸 것이기 쉽다. 물론 이러한 성현의 경우를 모든 문헌설화 찬자에 적용할 수는 없겠지만 그 개연성 즉, 찬자의 반불 의식이 부정적 승려상을 빚었을 것이라는 점은 충분히 납득할 수 있다. 더우기 승려의 현실적 타락상을 명백히 확인할 수 없는 현재로서는 '찬자의 개입'에 비중을 두고 이야기를 이해하는 것이 보다 효과적이기도 한 것이다.

불승의 처지가 조선 후기로 접어들 수록 열악해졌다 함은 주지의 사실이다. 사원 철폐로 길거리로 내몰린 많은 떠돌이 중의 존재는 문헌 설화에서도 많이 나타난다. 물론 그들 중에는 죄를 짓고 사원에 숨어든 범죄인도 섞여 있어 불승의 몸으로 오명을 남기기도 했을 것이다.[17] 하지만 이러한 불승의 처지가 곧 그들의 불량한 행태와 직결되는 것은 아니다. 그러함에도 조선후기 문헌 설화에 완승의 존재가 현저하게 나타난 것은 그것을 향유한 사대부의 시선에 따른 것이라 할 수 있다. 즉, 불교와 불승의 존재를 부정적으로 인식한 사대부들의 손에 의해 완승의 존재가 부각된 것이라고 본다. 그리고 '힘'

---

16) 장덕순, 같은 글.
17) 이능화, 『조선불교통사』 하, 윤재역 역, 박영사, 1980, 48쪽.

과 '강간'은 불승을 부정적인 모습으로 형상화하는 데 있어 가장 유효한 방식으로 활용된 것이다.

전통적으로 우리나라는 외적의 침입과 같은 특수한 경우를 제외하고 문에 비해 무를 천시하는 경향이 있다. 무엇보다 불승은 안으로 '불심'을 키워 그것을 주변 사람들에게 끼치는 것을 본업으로 삼는 이들이다. '힘'의 강조는 이러한 불승의 본질을 무화시키기에 충분하다. 물론 임란기 때 승군을 조직하여 활약하자 상하층에서 그러한 불승의 무용을 높이 평가하였다. 하다 못해 불승들은 다리 공사, 불사 건축 등과 같은 노역에 동원되어 국익에 보탬이 되기도 했고 그것이 그들의 처지로서는 당연한 것이다. 이런 점에서 볼 때 불승이 공익에 도움이 되지 않는 육체적인 힘을 행사한다는 것은 그 본질과 전혀 맞지 않는, 상도를 벗어나는 사태다. 따라서 불승이 힘이 세다는 것이 문제가 아니라 그 힘을 어디에, 어떻게 썼는가가 문제라고 할 수 있다. "중놈이 제 힘만 믿고 사람과 재물을 상하게 한 것"(자료-3)이 문제인 것이다.

한편 힘은 누가 지니고 있는가에 따라서 그에 대한 평가가 갈린다. 힘은 그것을 지닐 만한, 지닐 자격이 있는 사람의 전유물이고 그렇지 않을 때 사단이 일어나는 것이다. 그런 의미에서 천민으로서의 불승이 사사로이, 대단한 힘을 소유하고 있다는 것은 기존 체제를 상징하는 유생이나 무인에겐 도발적인 의미를 지닐 수밖에 없다. 아기장수 설화에서 장수가 어릴 때 관에 의해 죽임을 당하거나 날개가 꺾이는 것은, 그 행위 여부를 떠나 그 잠재적인 파괴력의 싹을 자른다는 명분에서이다. 평천민 출신으로서 대단한 힘을 소유하고 있다는 것 자체가 관이 상징하는 기존 세계를 위협하는 것이기 때문이다. 마찬가지로 완승은 자격 없는 자로서 힘을 소유했기에 그 자체가 도발적인 모습으로 그려진 것이다. 전통 사회에서 체제 위협적인 혐의가 가장 큰 범죄임을 상기할 때 '힘'은 완승을 단순히 부정적인 형상이 아니라 공공연히 죽여도 좋은, 극악무도한 범죄인으로 낙인 찍는 데 유효한 요소라고 할 수 있다.

다음 강간의 경우, 불승이 단순히 지계(持戒)에 실패하고 색욕을 채우는 것으로 이해할 수 없다. 그것은 이미 많은 서사문학에 보이는 바 파계승 화소일 뿐이다. 파계는 지계의 중단을 의미하는 것으로 불승으로서의 면모를 전제로 하고, 불승이기 때문에 가능한 것이라면 완승의 강간은 승속의 문제가 아니라 이미 세속의 문제로 인륜을 파괴하는 것이다.

강간은 반인륜적 행위이지만 다른 반인륜적 행위와는 그 기능이 변별된다. 우선 역사적 인물 특히, 전 시대의 왕을 부정적으로 다루는 데 있어 가장 효과적인 방식은 그를 성적으로 방탕한, 호색한으로 굴절시키는 것이다. 의자왕에 대한 『삼국사기』의 기록이 그러하며, 고려 말의 왕들에 대한 『고려사』[18]의 평가가 그러하다. 한 나라의 통치자는 도덕적으로 완벽한 존재여야 하는데 그렇지 못해 즉, 부도덕한 행위를 일삼아 치세에 실패했다는 것이고 그러한 행위로 흔히 꼽히는 것이 성적인 방탕인 것이다. 이는 그들이 실제로 그러했는가, 그리고 인간으로서 가장 빠져들기 쉬운 것이 무절제한 성욕 추구인가의 여부를 떠나 사회적으로 그러한 성욕을 금기시하고 경계했기에 가능한 것이다. 특히 조선시대의 경우 인간의 본성을 억압하면서까지 정절을 높이 사는 사회적 풍토가 조성되었던 것을 고려하면 성적인 방탕은 남녀를 불문하고 극히 경계해야 할 악덕으로 간주되었을 것이다. 이런 점에서 성적인 방탕이 강제적으로 상대방의 훼절을 불러오고 인권마저 유린하는 데로 치달은 강간은 극히 부도덕한, 패륜 행위인 것이다. 더욱이 이것이 기본적인 성욕마저 억제하고 중생을 자비로 감싸 안아야 할 불승의 행위인 경우 그 패륜의 정도는 훨씬 심각한 것이다.

---

18) 김현룡, 앞의 책, 155쪽.

정치적으로 갖은 행악을 일삼은 요승 신돈은 부녀자를 음행한 것으로 더 악명이 높은데[19] 이로써 '요승은 곧 부녀자를 음행하는 자'라는, 불승을 부정적으로 묘사하는 전례가 남게 되었다 한다. 물론 신돈은 권력을 틀어쥐고 갖은 정치적 행악을 일삼는, 그런 의미에서의 요승일 수 있다. 하지만 그러한 사실 여부를 떠나 신돈은 부녀자를 음행했기 때문에, 혹은 그러한 점이 더 문제가 되어 요승으로 전승된다. 요승과 음행이 긴밀히 관련되어 불승을 부정적으로 형상화하는 데 동원된 것이다. 신돈의 경우가 절대적인 영향력을 행사한 것은 아니지만 그것은 불승을 요승으로, 요승을 음행하는 자로, 묘사하는 데 한 기준이 되었을 것이다.[20] 따라서 불승을 강간과 관련시키는 것은 불승을 가장 부정적인 모습으로 형상화하는 방식이라고 할 수 있다.

4. 결 론

지금까지 힘센 불승이 완력으로 부녀자를 강간하여 죽임을 당한다는 이야기를 검토해 보았다. 먼저 힘센 중이 나약한 유생에게 죽임을 당한다는 이야기는 당시 불교 내지 불승의 열악한 처지, 혹은 사대부층의 불교, 불승에 대한 부정적 시선이 반영된 것으로 볼 수 있다. 하지만 이는 완승의 표면적인 의미일 뿐이다. 하필 불승이 힘이 세고 그것으로 부녀자를 강간하는 모습으로 그려졌는지, 그리고

---

19) "신돈 관련 설화는 정치사회적인 온갖 비행에 관한 것보다는 그의 여성 음행에 관한 얘기가 더 많은 관심을 끌었다."(김현룡, 앞의 책, 161쪽)
20) "신돈의 음행 사실은 조선 초기 이후 불교승려를 불신하게 하는 데에 한 몫을 차지했다."(김현룡, 앞의 책, 160쪽)

나약한 유생에게 죽임을 당하는지 하는 의문이 풀리지 않기 때문이다.

불승이 육체적인 힘을 소유했다는 것은 불심을 키우고 베풀어야 할 승려로서의 본질과 어긋나는 것이다. 또한 천민인 불승으로서 사사로이 힘을 소유하고 그것을 과시함은 기존 체제를 위협하는 것으로 그 자체 극악한 범죄에 다름 아니다. 마찬가지로 기본적인 성욕마저 억제해야 할 불승이 부녀자를 강간하는 것은 파계의 의미를 넘어 인륜을 해치는 행위로 승려로서는 가장 부정적인 형상이라고 할 수 있다. 이런 점에서 볼 때 힘과 강간 화소는 불승을 부정적으로 그리는 데 유효한 장치라고 할 수 있다.

제3부 불교계 서사문학의 사상

태허당의 <가야진용왕당기우록> 연구__김승호

불교문학의 환상성과 사찰연기설화__오대혁

김시습의 선불교적 현실주의와『금오신화』__오대혁

태허당의 <가야진용왕당기우록> 연구

김승호

1. 들어가는 말

본고는 그 동안 잊혀져 있다시피 한 태허당(太虛堂, 1636~1695)의 행적과 그의 작품을 소개[1]하고 나아가 그의 문집『동계집(東溪集)』에 실린 <가야진용왕당기우록(伽倻津龍王堂奇遇錄)>이 차지하는 전기소설적(傳奇小說的) 위상을 매겨보자는 데 뜻이 있다. 4권으로 된『동계집』은 태허당의 시멸 후 영정사(靈井寺)에서 간행된 것으로 오언절구 20편, 육언절구 3편, 칠언절구 20편, 오언율시 43편, 칠언율시 57편, 서(序) 2편, 기(記) 17편, 비명(碑銘) 4편, 잡저(雜著) 6편이 실려 있고 부록으로 <태허당대사행적(太虛堂大師行蹟)>을 덧붙여 놓았다. 문도들의 증언에 따르면 원래 태허당이 남긴 시문은『동계집』에 수록된 것을 훨씬 상회했으나 태허당의 생전에는 제대로 수습, 정리되지 못했다가 시멸 후 17년, 문도 익상(益祥) 등이 주축이 되어 문집을 간행한 것으로 되

---

1) 필자는 99년 4월 28일 동방비교문학연구회 제84차 발표회에서「太虛堂의 伽倻津 龍王堂奇遇錄에 대해서」라는 제목으로 발표한 바가 있다. 본고는 이를 수정 보완한 것임을 밝혀둔다.

어 있다. 간행처가 영정사로 된 까닭은 태허당이 그곳에서 오랫동안 주석한 인연과 무관한 일이 아닐 것이다.

태허당의 시문(詩文) 가운데 <가야진용왕당기우록>이 특별히 주목되는 것은 이 작품을 통해 선초(鮮初)의 『금오신화(金鰲新話)』, 16세기의 『기재기이(企齋記異)』를 거쳐 17세기에도 전기소설(傳奇小說)의 유형적 틀을 고스란히 간직한 작품이 있었음을 확인시켜주기 때문이 아닌가 한다. 여기다 내용적 개별성은 물론 4,500여 자에 이르는 장편의 작품이라는 사실 역시 주목되어 마땅한 특징으로 볼 수 있겠다.

논의는 태허당의 전기적 자취를 우선 살피고 전기소설(傳奇小說)로서의 전통과 개변의 측면에서 <가야진용왕당기우록>의 내용, 주제 구현, 형상적 개별성 등을 살피는 순서로 이어갈 것이나 최종 목표는 17세기 소설사에서 <가야진용왕당기우록>이 차지하는 서사적 의의를 밝혀내는 데 있음을 밝힌다.

2. 태허당의 삶

태허당의 시적, 산문적 특색은 예주인(禮州人) 신주백(申周伯)이 쓴 <동계집서>와 그의 문도였던 익상이 쓴 <동계집발>에서 윤곽을 드러내주고 있으나 생의 자취를 재구해 주는 자료로는 제자 반운도인(伴雲道人) 자감(慈鑑)이 1711년 초여름에 지은 <태허당대사행적>이 거의 유일하다. 우리는 이를 통해 태허당의 생을 어느 정도 재구해 볼 수 있을 것이다.

대사의 법호(法號)는 경일(敬一)이며 도명(道名)은 태허, 거호(居號)는 동계라고 했다. 본래 그는 선원계(璿源系) 곧 태조 이성계의

후손으로 그 부는 세주(世柱)요, 모는 김씨였다. 한날 어머니 김씨
가 한 스님이 나타나 아들 되기를 원한다는 꿈을 얻은 뒤 그를 잉
태한 뒤 숭정 병자(崇禎丙子, 1636) 인동부(仁同府) 약목촌(若木村,
지금의 경북 漆谷郡 若木面으로 구미시 인동동에서 남쪽으로 30리
지점이다.)에서 태어난다. 아이는 어려서부터 영리하고 뛰어났으며
누린내 나는 고기를 좋아하지 않았다. 그러나 7살에 이르러 어머니
가 숨을 거두자 그는 슬픔을 못 이겨 몇날 며칠이고 통곡하며 눈
물을 그칠 줄 몰랐다. 지리산의 신해(信海)스님이 주석하고 있는 곳
에 들렀다가 그 문하에 지내게 되었는데 신해스님은 그를 특이하
게 여기고는 "이 아이의 깨끗함과 지혜로움을 보니 세상에서 보기
드문 진인(眞人)의 얼굴이구나" 하며 감탄했다. 그때 아이는 대사에
게 출가를 청하였다. 그러자 신해대사는 먹을 양식을 풍족하게 챙
겨주며 관동 유점사(楡岾寺)에서 주석하고 있는 벽암대사(碧巖大師)
의 문하에 들어가 공부하도록 주선해 주었다. 벽암대사의 손법(孫
法)이 된 그는 널리 깨닫고 막힘이 없으며 만언에 거침이 없었다.
나이 20살이 되기 전에 이미 부처의 가르침의 경지가 이러했다. 유
교와 도교의 가르침에도 두루 미쳤으니 산문을 나서면 당대 명사
들과 교류했으며 한편으로는 백가의 학문도 어려움 없이 풀어내
공경(公卿)들 사이에서 그 명성이 높았다. 정유년(丁酉年, 1657) 영
남 관찰사 조계원(趙繼遠)의 천거로 그는 금오성장(金烏城將)이 되
었고 2년을 근무한 후 자헌대부(資憲大夫)에 까지 오른다. 그러자
그는 "이것이 어찌 산인으로 있을 있을 곳인가" 탄식하고는 물러
나 해인사 강주(講主)가 된다. 얼마 후 그는 다시 영정사로 자리를
옮겨 그곳에서 3년을 머문다. 그 뒤 다시 여러 제자들과 감로사(甘
露寺) 서암(西庵)에서 법회를 여는데 문인(門人) 종민(宗敏)이 그를
위해 백련사(白蓮舍)를 짓기까지 한다. 무신년(戊辰年, 1688)에 중봉
사(中峰寺)로 자리를 옮겼을 때는 또한 철민(哲敏)스님이 내원(內院)
을 세워 그를 모셨다. 갑술년(甲戌年, 1694) 가을, 대사는 다시 해인
사에서 문도를 모아 화엄법회(華嚴法會)를 열었는데 부르지도 않았
는데 불자들이 수백 명이나 모여들었다. 여기서 3달 간의 하안거
(夏安居)를 마치고 큰 법회를 행하던 중 계획했던 것의 절반도 채
우지 못하고 그는 병을 얻는다. 법회를 파하고 비슬산(琵瑟山) 용천
사(湧泉寺) 극락암(極樂庵)으로 갔으나 한 해가 지나도 차도는커녕
병은 더 위중해지기만 했다. 여러 문도들이 그를 부축해서 일으키
고 붓으로 "대사가 지금 시적하시면 생이 가는 바는 어디입니까?"

라고 게송을 지어 무궁한 세계를 일러주기를 청했다. 대사는 즉시 그 말에 응하여 붓을 쥐고는 사람을 시켜 그 앞에 천을 펼치게 한 뒤 손수 4구를 썼으니, "늘 특별한 안력(眼力)을 열어놓되 생사(生死)의 길은 관여하지 말아라. 맑은 바람 태허(太虛)로 부니 영원히 한가지 이치로 간다."라고 썼다. 그때까지 대사의 정신은 밝았으며 붓을 잡은 힘도 평소와 같았는데 쓰기를 마치자 문득 앉은 채로 그 자리에서 숨을 거두는 것이었다. 때는 을해(乙亥, 1695) 3월 15일이었다. 돌아가신 후 7일이 되자 관을 도유대(闍維臺)로 옮겼는데 상서로운 기운이 그 관으로부터 나와 원근이 밝게 빛났다. 이를 본 이들은 누구나 할 것 없이 얼굴이 변하지 않는 이가 없었다. 그로부터 3일이 지난 후 사중과 스님들이 크게 도유재(闍維齋)를 올리는데 흰 비단과 같은 상서로운 빛이 나와 해와 달도 빛을 잃었다. 그리고 갑자기 정골(頂骨) 한 조각이 바위 위로 날아갔는데 그 거리가 백 보쯤 되었다. 이에 문인인 운현(雲玄)스님이 이를 수습한 뒤 깨끗한 행동을 하는 도인을 불러 단을 정결히 하고 아주 경건하게 꾸몄다. 그러나 갑자기 바람이 일어나더니 오래도록 불고 산계곡이 진동하고 어두워지고 추워지더니 깜깜해졌다. 사람들이 마음속으로 놀라고 두려워하다가 촛불을 켜고 살핀 끝에 사리 9매를 찾아 하얀 사기그릇에 담았다. 사리의 색깔은 마치 유리와 같았고 크기는 콩알만 했으니 알알이 찬탄할 만 했다. 이때에 여러 산의 사찰에서 이 이적을 듣고 이르는 자가 폭주했다. 이후 사리를 맞아다가 여섯 군데에 탑을 세웠으니 대흥(大興), 영정(靈井), 감로(甘露), 중봉(中峰), 홍국(興國), 용천사(湧泉寺) 등이 그곳이다. 이곳들은 대사가 평생 법의 강설로 인연을 맺은 도량들로 사리와 진골을 모시는 부도를 세운 곳이다. 대사가 진신(縉紳)이나 명사(名士) 등과 더불어 주고받은 시와 문장잡록은 수없이 많다. 하지만 세상에 유통되는 것은 이제 『동계집』 4권 뿐이다. 대사의 세수(世壽)는 60이고 법랍(法臘)은 45이다. 세상에 전하는 것은 대사의 전부라 할수 없으며 이를 기록하는 것 역시 만에 하나에도 미치지 못한다. 숭정(崇禎) 후 84년 신묘(辛卯, 1711) 초여름 문인 반운도인(伴雲道人) 자감(慈鑑)은 삼가 쓰다.[2]

---

2) 慈 鑑, <太虛堂大師行蹟>(『東溪集』 卷4, 附錄). "大師法諱敬一 名其道曰太虛 號其居曰東溪 本姓在璿源系 卽我世祖大王後裔也 父名世柱 母金氏夢一佛 請爲子而孕 崇禎丙子 生於仁同府若木村 幼而穎異 不喜羶腥 七齡而喪母 哭泣哀悲久之 會智異山僧信海 偶經其門 見而異之曰 阿兒淨而慧有出世眞人相 遂得請於大人 而提關東之楡岾寺碧

문도가 쓴 만큼 승전(僧傳) 양식에서 흔히 강조되는 태몽(胎夢), 출가
(出家), 청익(請益), 전교(傳敎), 시멸(示滅) 등의 팔상적(八相的) 전개가 중심
적인 줄거리로 수렴되고 있음을 보게 된다. 특히 시멸 전후를 가장
신비스럽고 상세히 묘사해 놓고 있는 것이 눈길을 끈다. 고승들이란
죽음을 앞에 두고도 태연자약하게 제자들의 질문을 맞곤 하는데 태
허당도 생사의 의미를 묻는 제자들에게 "상개정문안 불관생사로(常開
頂門眼 不關生死路)"라고 말하고 있거니와 "늘 세상을 꿰뚫는 밝은 눈은
열어놓고 생사의 길은 관여하지 말라."는 말을 마지막으로 남긴다.
그것은 곧 삶과 죽음은 세속인들이 생각하듯 하늘과 땅으로 표현될
만큼의 격절이 아님을 암시하는 것이겠다. 태허가 유시를 남기고 눈
을 감자 제자는 물론 천지만물도 슬픔을 견디지 못하는 듯 하늘이
어두워지는가 싶더니 바람이 불고 산계곡이 진동하다가 갑자기 어
둠에 휩싸이는 등 불길한 징조가 몰아친다. 다비 중에는 정골이 튀
어나와 백여보 밖으로 날아가는가 하면 유골에서는 영롱한 9개의 사
리가 나왔다. 뒷날 사중(寺衆)들은 사리를 받들어 생전 대사가 주석한

岩大師門下所在 師爲之遜席 博洽貫通 萬言無碍 年未二十矣 已而自念佛教如此 儒老
盖亦遍諸 出而謁當世名士 傍通百家不勞而解 由此藉甚公卿間 丁酉嶺南觀察使趙公繼
遠 薦爲金鳥城將 居二年 職帖至資憲 嘆曰 此豈爲山人地也 去而爲海印寺講主 又移鉢
於靈井寺 結夏三年 又與諸法子 設會甘露寺西庵 門人宗敏 爲師築白蓮舍 戊辰移中峰
寺 又有哲敏比丘 立內院而事師 甲戌秋復聚門徒於海印寺 廣設華嚴法會 諸方釋流 不
召而集 日得數百人 結夏九旬 且大講講未半而疾作 罷而之琵瑟山湧泉寺極樂庵 經年不
愈 疾且革 諸門徒翼而起 以筆硯屬曰 師今示寂後 生何所放 請爲偈語 以召無窮世界
師卽應聲操毫使人伸紙而前 手書四句曰 常開頂門眼 不關生死路 清風吹太虛 萬古活一
道 精神朗然 筆勢如常 寫畢奄然 坐化 時則乙亥三月十五日也 化之七日 運棺於도 維
臺 有祥光 出其中 遠近晃耀 觀者無不灑然變色 日且三七衆比丘大設闍維齋 瑞彩如白
練 日月無光 俄而頂骨一片 超卓層巖上相去 百步虛 門人雪玄得之 輒慕淨行道人 修壇
儀甚盛 久之風忽急 山谷震動 夜色夾寒而黑 衆心聳懼 明燭而視之 得舍利九枚 盛之白
沙盂中 色如琉璃 其大如豆 離離可賞 於是乎諸山寺刹 聞而至者輻輳 迎而樹塔者六所
卽大興靈井甘露中峰興國湧泉諸寺 師之生平因果講法之場 而舍利眞骨 皆建浮屠 其所
與縉紳名士 酬唱之詞及文章散錄 無慮千萬言 有東溪集四篇行于世 師壽六十 法臘四十
五 所傳於世耳者 不足以盡吾師 而記之者 亦不能萬一云 崇禎後八十四年 辛卯孟夏 門
人伴雲道人 慈鑑 謹識"

6개의 절에 모시고 생전의 신통함과 법력의 깊이를 다지는 징표로 삼았다고 했다.

작품해석과 관련, 주목되는 정보 중 하나는 태허당이 불승이면서도 유교나 노장사상은 물론이요, 제자백가에도 퍽 밝았다는 점이다. 내외학(內外學)에 밝다는 것은 교유의 가능성을 넓히는 요긴한 사항이 된다. 과연 그가 사귄 인사 중에는 백곡(白谷)대사(1617~1680), 취징(翠徵)대사(1590~1668), 현상인(玄上人), 영우상인(靈祐上人), 기상인(機上人), 눌상인(訥上人), 한상인(閑上人) 같은 불승은 물론이요, 조세환(趙世煥, 1615~1693), 문곡(文谷) 김수항(金壽恒, 1629~1689), 동명(東溟) 정두경(鄭斗卿, 1649~1736), 만휴당(萬休堂) 임유후(任有後, 1601~1673), 육은(六隱) 이시매(李時楳) 같은 유학자, 신재(愼齋), 덕연(德淵) 조찬(趙璨) 등의 은사(隱士)가 있었고 이들과 나눈 수창지사(酬唱之詞)가 적지 않다. 이 가운데 백곡대사와 동명 정두경은 특히 그의 생에서 지울 수 없는 영향을 남긴 것으로 보이거니와[3] 단편소설로서 몽유체험을 기록한 <신유록(神遊錄)>은 주인공이 천상에 올랐다가 옥황상제까지도 정두경를 애송하더라는 내용을 담고 있는 것이다. 이력 중 특이한 것의 다른 하나는 영남 관찰사였던 조계원이 천거하여 2년동안 금오성장을 지냈다는 사실일 터, 무관직인 자헌에까지 올랐던 이력은 승려의 대사회적 시선의 확대를 가져다준 계기로 작용했을 법하다.

---

3) 시 중에는 여러 인사와의 교류 과정에서 지어진 것이 적지 않은데 그 중에서도 백곡대사와 동명 정두경과 관련된 시가 단연 많다. 가령 <추일기동명정선생(秋日寄東溟鄭先生)>, <기동명정선생(寄東溟鄭先生)>, <경차동명선생증백곡운(敬次東溟先生贈白谷韻)>, <근차백곡대사운(謹次白谷大師韻)>, <차동명선생증백곡운(次東溟先生贈白谷韻)>, <백곡대사백마강회고운(白谷大師白馬江懷古韻)>, <근차백곡대사정영백조상공운(謹次白谷大師呈嶺伯趙相公韻)>, <애백곡대사(哀白谷大師)>, <재차백곡백마강운(再次白谷白馬江韻)> 등이 그런 것으로 이들은 태허당의 정신 세계, 그리고 당대 분위기를 파악하는 전기적, 역사적 증언으로 유용하게 다루어질 수 있을 것이다.

3. 전대 전기소설의 영향과 변이

15세기 소설은 주제 의식의 불철저함에도 불구하고 호기심에 편승한 기이한 공간의 주입, 현실에 대한 관심 대신 개인사를 바탕으로 한 내용 등 전대에 보지 못했던 새로운 서사 방식의 등장에 따라 독자들을 강력하게 끌어당기기 시작했다. 이때 서사 장치로서 꿈만큼 유용한 것은 없었다. 뿐만 아니라 임병(壬丙) 양란을 겪고 나서도 몽유(夢遊) 장치는 여전히 폭넓게 수용되는 현상을 보였으니 16, 17세기는 가히 몽유소설(夢遊小說)이 활짝 개화된 시기라 해도 손색이 없을 정도였다. 엄혹한 중세적 이념을 피하면서 주제 의식을 무리 없이 포장할 방식으로서 작가들에게 몽유양식만큼 적절한 대안은 달리 없었던 것이다. 이 시기에 출현한 심의(沈義)의 <대관재몽유록(大觀齋夢遊錄)>, 신광한(申光漢)의 <안빙몽유록(安憑夢遊錄)>, 임제(林悌)의 <원생몽유록(元生夢遊錄)>, 최현(崔晛)의 <금생이문록(琴生異聞錄)>, 윤계선(尹繼善)의 <달천몽유록(㺚川夢遊錄)>, 황중윤(黃中允)의 <달천몽유록(㺚川夢遊錄)>[4] 그리고 작자가 알려져 있지 않은 <피생몽유록(皮生夢遊錄)>, <수성궁몽유록(壽聖宮夢遊錄)>, <금화사몽유록(金華寺夢遊錄)> 등은 전란 후 비등하는 민중들의 비판 의식 혹은 남녀 간의 애정이나 비련을 몽탁서사(夢托敍事)라는 기법을 통해 대사회적 문제로 적극 확장, 연계시켜 나간 예라고 하겠다.

하지만 일시에 전기(傳奇)에서 몽유로 전환했다고 볼 수는 없거니와 특히 <기우록>[5]은 도리어 조선 초기의 전기적(傳奇的) 전통을 아주 굳건히 고수하고 있어 17세기의 작품으로는 도리어 기이할 정도

---

4) 신해진(申海鎭)은 『朝鮮中期 夢遊錄의 研究』, 박이정, 1998에서 이 6편의 조선중기 몽유록에 나타난 주제 의식을 상세히 천착하고 있다.
5) 이후 <가야진용왕당기우록>은 <기우록>으로, <용당영회록(龍堂靈會錄)>은 <영회록>으로, <용궁부연록(龍宮赴宴錄)>은 <부연록>으로 줄여 부르기로 한다.

이다.6) 이렇게 본다면 <기우록>은 시대의 자각조차 눈치채지 못하고만 퇴영적 자취로 폄하될 여지도 없지 않다. 그러나 한 면만 보아서는 곤란할 터인 즉, 틀은 전대의 것을 따르면서도 그 내용에서는 사회와 개인 간의 불화나 갈등에 초점을 두고 있다는 점은 주목할 점이 아닐 수 없다. 특히 <기우록>은 용궁담의 하나에 불과하지만 호기심에 편승한 이계 체험 등의 홍미적 소관을 넘어서 용궁과 인간 세계가 둘이 아닌 하나의 공간으로 인식될 만큼 공간의 경계가 부정되는가 하면 신령과 인간의 영역조차도 크게 흐려지는 등 이전 전기와 결별의 조짐을 아울러 내재하고 있는 드문 예가 아닌가 한다.

하지만 선행 연구가 없는 만큼 필자는 이 작품의 소설사적 위상을 단숨에 매거하기가 버겁다. 한계를 조금이나마 더는 길은 이 작품에 창작 동기를 부여하고 형식적 틀의 구실을 했다고 보는 전대의 작품을 찾아 비교검토하는 것이 아닐까 싶다. 따라서 『전등신화(剪燈新話)』 중의 <영회록>, 『금오신화(金鰲新話)』 중의 <부연록>과 상호대조하는 방식으로 논의의 실마리를 풀어나가려 한다.

(1) <용당영회록>과의 대비

『전등신화』의 개별작품 가운데 <기우록>에 가장 영향을 크게 준 작품은 <영회록>으로 이계인 용궁을 배경으로 삼고 있는 것은 말할 것도 없고 세부적인 묘사 형상에 걸쳐 유사성을 고스란히 내재하고

---

6) 최근 소재영은 「古小說史의 時代區分問題」(한국고소설학회, 『고소설연구』 5집, 1998), 32~34쪽에서 그 동안 자신의 연구와 김태준, 박성의, 김춘택 등의 고소설사 목차를 참고하여 우리소설사를 15~16세기, 17세기, 18세기, 19세기 등 크게 4 시기로 나누어 시대구분을 꾀하고 있다. 그에 의하면 17세기는 임병양란과 불가분의 관계를 맺고 있으며 심성류, 염정류, 역사군담류와 중국소설의 번안이 적극적으로 모색되던 시기이면서 동시에 전기소설이 자취를 감추는 시기로 파악된다. 이런 소설사적 흐름에 비출 때 <기우록>이 전기(傳奇)의 전형을 보여준다는 점은 또 다른 주목거리가 아닐 수 없다.

있어 주목된다. 뒤에서『금오신화』의 <부연록>과 태허당의 <기우록>
의 연관성도 따져볼 터이나 이 땅의『금오신화』보다도『전등신화』에
매달리다시피한 것은 이국 문학에 대한 지나친 맹종처럼 보여 후인
들을 씁쓸하게 만드는 점도 없지 않다. 그러나『금오신화』가 산중에
비장된 채 소수에게만 알려졌을 뿐이고『전등신화』는 간행이 거듭될
정도로 널리 인기작품으로 꼽혔다는[7] 현실을 외면해서는 안될 것으
로 본다. 중국에 수입된『전등신화』가 이 땅의 선배작가 김시습의
『금오신화』보다 <기우록>의 출현에 직접적인 영향을 끼쳤으리라는
점이 인정된다는 것이다. 두 작품의 비교를 위해 <영회록> 줄거리
를 발라내 보자.

① 소주부(蘇州府) 오강(吳江)에 용왕당이 있는데 근처를 지나는 이
   는 누구나 지성을 올릴 정도로 고래로 영험성을 지니고 있는
   곳으로 유명했다.

② 원통 연간 문인자술(聞人子述)이 용왕당에 이르러 용의 승천을
   보고 묘당에 시를 지어 붙였다.

③ 용의 사신이 갑자기 나타나 문인자술을 데리고 용궁으로 인도
   했다.

④ 용왕이 문인자술의 제시(題詩)에 대해 찬탄한 나머지 초정했음
   을 밝히고 영접한다.

⑤ 월(越)의 범상국(范相國), 진(晉)의 장사군(張使君), 당(唐)의 육처사(陸
   處士)가 더불어 초정되고 용왕은 이들을 위해 연회를 베푼다.

⑥ 뒤늦게 연회에 참여한 오나라 자서(子胥)가 범려(范蠡)에게 구원을
   토로했고 범려는 전날의 죄를 사과하고 뒤이어 자서의 회고담
   이 이어진다.

---

7) 김기동, 「金鰲新話의 연구」,『(단국대) 동양학연구』5, 1975.
   김현룡, 『韓中小說說話比較硏究』, 일지사, 1977.

⑦ 오자서(伍子胥), 범상국, 장사군, 육처사, 문인자술, 용왕의 순으로 자리를 잡고서 돌아가며 시를 짓는다.

⑧ 초청 인사들이 용궁을 떠나는데 용왕이 문인자술에게 진주와 서우의 뿔을 담아 준다.

⑨ 배를 타고 나오니 동이 트고 있었고 그는 용왕당에 절하고 집으로 돌아간다.

<영회록>과 <기우록> 간의 유사점은 몇 가지로 나누어 따져볼 수 있겠는데, 무엇보다 작품 배경, 주인공의 처지, 시회참여 인물 중심의 대비가 작품 간의 친소 정도나 영향의 유무를 판정하는 데 혼란을 덜어준다. 먼저 배경의 문제. 두 작품에서 배경의 유사성은 거의 절대적이어서 우연의 일치로 돌리기가 어려울 정도이다. 전자가 주인공 문인자술이 원래부터 용왕에 대한 기복(祈福)의 터로 유명한 오강에 나섰다가 뜻하지 않게 용의 승천을 본 뒤 그 심정을 제시(題詩)로 부친 것이 <기우록>에서도 거의 그대로 답습된다.

흔히들 『금오신화』 5편의 소설 중에서도 <부연록>만큼 『전등신화』의 영향을 강하게 반영하고 있는 작품이 없다고 했거니와 이에 대해서는 일찍이 이의가 없었다. 이것은 그대로 <기우록>에도 적용된다고 보겠는데 용궁을 배경으로 한 것으로는 <수궁경회록(水宮慶會錄)>도 있기는 하나 <기우록>이 모본으로 철저히 추종하다시피한 작품은 <영회록>이라고 해야겠다. 주인공의 신분과 처지만 놓고 보더라도 <영회록>, <기우록>은 다 같이 불우낙척한 처지지만 시적 재능이 남달라 일찍부터 그 명성이 자자했던 이들로 지목된다. <영회록>의 주인공 문인자술은 소주부 오강 근처에 살고 있었는데 강가를 소요하다가 용의 승천을 목도한 후 찬탄시를 묘당에 붙인 것이 용궁의 여행의 계기가 된다. 그런데 용궁 체험담이 개입된 것으로는 『전등신화』의 <영회록>, <수궁경회록>, 『금오신화』의 <부연록> 등

이 앞서 출현했으니 상호 영향관계는 <경회록>, <영회록> → <부연록> → <기우록>으로, 연계성을 일단 상정해볼 수가 있겠다. 하지만 앞서 적시한 대로 줄거리의 전체적 구도를 놓고 볼 때 <영회록>만큼 친연성이 널리, 선연히 드러나는 예는 달리 없다. 논의를 위해 우선 <기우록>의 줄거리를 짚어보기로 한다.

a. 예부터 가야진(伽倻津)에는 용왕이 살고 있어 기우(祈雨), 기청제(祈晴祭)를 드리는 등 고하를 막론하고 치성을 다하던 곳으로 알려졌다.

b. 만랑자(漫浪子)가 가뭄이 극심한 가을날 배를 타고 용왕당(龍王堂) 위에 올라가 기우축문을 당의 처마에 붙였다.

c. 그가 용왕당 주위를 배회할 때 갑자기 용왕의 사신이 출현하여 만랑자를 용궁으로 인도했다.

d. 용왕은 만랑자를 아주 반갑게 맞이한 후 세상 밖의 극심한 가뭄은 인륜도덕의 붕괴에 대한 옥황상제의 징벌임을 깨닫는다.

e. 만랑자의 애민(愛民) 정신에 감명된 용왕이 죽어 천택(川澤)의 수장(首長)으로 있는 4위(四位) 곧, 굴원(屈原), 장건(張騫), 이백(李白), 하지장(賀知章)을 초청하고자 각각에게 서신을 보낸다.

f. 4위가 용궁으로 초청되고 용왕, 만랑자를 포함한 6인이 상호 안부를 묻고 소감을 피력한다.

g. 용왕이 만랑자와 4위를 위해 주연을 베푼다.

h. 연회 중에 굴원, 장건, 이백, 하지장, 만랑자 순으로 돌아가며 시를 지고 이를 감상한다.

i. 만랑자가 기우축문을 4위에게 보이며 비를 청하지만 누구도 이를 수용할 권능이 없어 용왕의 제안으로 6명이 합심해 옥황상제에게 기우문(祈雨文)을 올린다.

j. 옥황상제가 여러 신화들과 숙고 끝에 우사부(雨師府)와 해왕욕신

(海王欲神)에게 명하여 수일간 비를 내리게 한다.

  k. 만랑자는 용왕에게 감사의 인사를 올리고 4위와 동행하여 봉래
    산(蓬萊山)으로 들어간다.

<영회록>과 <기우록> 두 작품에는 한미하지만 시재가 출중한 인물이 주인공으로 설정된다. 서두에서 배경이 용당을 중심으로 펼쳐진다는 점 때문에 용왕과의 인연 혹은 용궁 체험의 가능성을 미리 유추해 볼 수 있다는 것도 이 작품의 공통점이다. 풍광 좋은 강이나 정자 등을 찾아 음풍농월하는 것은 문사의 일상에서 흔한 일일 터인데 어느 날 주인공들이 맞닥뜨린 광경은 그런 일상적 체험을 넘어선다. 즉, <영회록>에서 문인자술은 용당 근처를 소요하다가 용의 승천을 목도한 후 그 위엄스런 광경에 감복한 나머지 제시(題詩)하여 묘당에 붙였던 것이다. <기우록>의 만랑자가 강가를 찾은 것은 <영회록>과는 거리가 있으니 혹심한 가뭄 아래에서 비를 내리게 해달라는 간절한 원을 용왕에게 올릴 셈이었고 그런 의중을 기우시(祈雨詩)에 담아 천상천하에 알린다. 여하튼 이들의 시는 즉각 용왕에게 보고되고 마침내 용궁 사신이 이들 앞에 나타나 정중하게 용왕의 초청을 알린다. 이후 3, 4, 5, 6, 7 과 c, d, e, f, g, h는 차례대로 세상 밖 손님의 영접, 또 다른 손님의 영접과 상호인사, 연회(宴會), 시연(詩宴), 사화(史話)와 토론(討論) 등으로 이어지는 바, 두 작품 간 줄거리의 차이란 아주 미미하게만 보일 뿐이다. 그가 들어간 뒤 용왕이 소개해 주는 초청객들의 면모도 <영회록>에서는 오자서, 범려, 장사군, 육처사, <기우록>에서는 굴원, 이백, 하지장, 장건 등 중국 역대인물 가운데 선별된 것을 알 수 있다.

<기우록>에 나타나는 <영회록>적 내용과 배경의 차용에서 우리는 선초『전등신화』의 영향이 『금오신화』와 『기재기이』에 머물지 않고 17세기까지 그 영향력이 지속되고 있었음을 새삼 깨닫게 된다.

하지만 모방이냐 극복이냐 하는 것은 이야기의 전체상을 통해서 판단되어야 할 문제이지 모티브 한둘만 갖고 판가름할 수 없는 노릇이다. 다시 말해 세부적인 면에서 파악한다면 <기우록>는 맹목적으로 <영회록>을 따르기보다 나름의 논리성과 필연적 인과관계를 염두에 두고 자신의 변별성을 구축해가고 있음을 간과할 수 없겠다는 것이다.

우선 <영회록>에서는 용궁에 들어가기 전 주인공이 음풍농월이나 소요를 위해 강변을 거닐던 것으로 그려지고 있는데 반해 <기우록>에 오면 용왕에게 하루빨리 한발이 멈추고 대지에 흥건한 비가 흡족하게 내려달라는 청을 드리기 위해 용당을 찾은 것이었다. 재난에 허덕이는 백성을 위해 일종의 사명감을 지닌 지식인으로서의 만랑자의 형상을 보면 전기적(傳奇的) 상징 공간으로 용궁 세계가 개입되는 <영회록>과의 유사성에도 불구하고 주인공의 처신만은 퍽 달라지고 있는 것이다. 사실 <영회록>에서 비롯되어 <부연록>에 이르기까지 주인공들은 세계와 불화를 일으키는 자아가 지닌 일탈 욕구를 용궁 체험을 통해 발산시킨다는 것이 가장 큰 목적처럼 되어 있다. 한 마디로 용궁은 밖의 세상과 이질적 공간으로 의식주의 충족은 물론 안락과 영생을 보장하는, 동경의 영역으로 여겨졌고 물 밖의 인간은 늘상 그 세계에 이르고자 하는 욕구에서 자유로울 수 없었다. 때문에 용궁에 초청된 외래객들은 세상의 갈등과 불만을 잊고 용궁세계가 보여주는 화려함과 풍족감에 경탄하며 한동안 황홀경에서 헤어나오지 못한다. 만랑자에게서는 용궁을 별천지로 여기고 가능한 용궁의 이모저모를 섭렵하는 구경꾼으로서의 처신은 찾을 수 없다. 그는 기우시(祈雨詩)로 표출하지 못했던 세상의 실상을 용왕에게 구체적으로 보고해 가능하면 빨리 한발로부터 백성을 구원해 내야 한다는 의무감을 결코 망각하지 않고 있다. 그리하여 용왕이 강우의 주재자가 아니라는 점이 확인되자 그는 당혹감에 빠질 수밖에

없었다. 다행히 백성을 위하는 만랑자의 지성을 지켜본 용왕이 하늘
과의 소통을 중개하겠다고 자청하면서 사태는 희망적으로 바뀔 수
있었지만 말이다.

마지막 부분에서 주목할 것은 주인공들의 행적이다. 바라던 바 강
우(降雨)를 이루어냈으니 만랑자는 세상으로 나가 영웅적 환대를 받
아 마땅한 일이 아닐 수 없다. 그러나 <영회록>의 문인자술과 달리
만랑자는 자기 세계로의 귀환을 미루고 다른 신령들과 더불어 봉래,
방장산으로 들어감으로써 또 다른 세계를 꿈꾸는 자로서의 일탈 의
지가 읽혀진다. 그렇지만 다른 전기(傳奇)에서처럼 허무감이나 염세의
식 때문이었다고 말하기는 성급하다. 태허당이 여러 곳에서 내비치
듯, 도교 신선사상에 대한 관심의 표명일 뿐 인간세상으로부터의 온
전한 일탈이라고 보는 것은 적절하지 않다. 앞서 그가 신령과 인간,
이계와 현실계 등 이원적으로 공간을 나누기보다는 한 사람의 절대
자에 천하를 종속시키는 식의 통치를 선호한 까닭을 고려해 보는 것
이 필요할 것 같다. 이러한 유기성과 논리성에 기반한 구조들을 통
해 <기우록>은 <영회록>의 모방을 넘어 현실에 뿌리를 두고 작자
가 지녔던 애민사상과 도교사상을 무리없이 드러내는 데까지 나가
고 있다 할 수 있을 터이다.

(2) <용궁부연록>과의 대비

<부연록>에서 주인공 한생(韓生)의 잠수를 위해 제시된 서두의 배
경을 두고 작가 김시습의 체험적 공간으로 풀이한 연구가 있었다.[8]
사실 정란(靖亂) 이후 세속적 현달을 버리고 산천을 주유하던 김시습

---

8) 소재영, 「금오신화의 문학적가치」, 『한국고소설의 조명』(고소설학회편), 아세아문
  화사, 1990, 28~29쪽.

이 천마산(天摩山) 박연폭포(朴淵瀑布)에 이르렀고 그때 본 용추(龍秋)가
<부연록>의 배경으로 자연스럽게 편입되었다고 보는 것은 별 무리
가 없는 추론에 해당한다. <기우록>의 배경도 상상에 의거한 상투
적 공간과 달리 체험과 결부해서 취택한 공간임이 미루어 인정된다.
우선 가야진의 용왕당과 태허당이 머물렀던 제 사찰 간의 거리가 퍽
가까웠다는 점을 간과할 수 없을 것 같다. 창작 시기를 구체적으로
잡아내기는 어려우나 그가 일생 머무른 대흥, 감로, 영정, 중봉, 흥
국, 용천사 등의 6개 사찰은 이 작품에서 서두 배경으로 나오는 황
산강(黃山江) 가야진에서 그리 멀지 않은 것을 감안하면 이 중 어느
절에 주석할 때 <기우록>이 지어졌으리라고 볼 수도 있겠다.

　가야진은 고려 이후 천재지변이 따를 때면 거국적으로 제사를 드
리던 독(瀆)의 하나로 한강, 덕진(德津), 웅진(熊津), 두만강, 평양강(平壤
江) 등과 함께 그 명성이 높았다. 그 전통을 입증하듯 가야진사(祠)는
아직도 지방문화재로 보전되고 있으며 양산군(梁山郡)에서는 일년에
두 차례씩 군수 등이 제관으로 참여하여 제사를 올리고 있다 한다.
이런 전통은 世宗 때 황룡이 물 속에서 나타났다고 하는 전설과 함
께 가뭄에 비를 빌면 늘 효험이 있었다는 영험담에 근거하는 것이
아닌가 싶다.9) <기우록>의 첫머리에서도 역시 이 점을 증거해 주고
있다.

　　무릇 나라의 세공(稅貢)을 나르는 배에서 남해의 고깃배, 소금배
　까지 이 당 아래를 지나는 모든 배들은 반드시 제사를 올렸으며
　그 주군(州郡)의 관리에서 고을 사람들까지 때가 되면 희생을 바쳐
　치성을 드렸다. 혹 기우제 기청제를 올리면 그에 응함이 있어 영이
　함이 일찍부터 알려졌다.10)

---

9) 『신증동국여지승람』 권22, 양산군.
10) 태허당, <기우록>, “凡國朝稅貢之船　及嶺海魚鹽之舟楫　皆經宇於堂下過之者　必以
　　香火奉之　其州郡之吏　及鄕居之人　歲時亦以　牲弊致敬　或以雨晴祈　其應如響　靈異夙
　　著也”

평소 가야진의 영험을 익히 듣고 있었던 태허당은 어느 날 저물녘에 용왕당을 향해 배를 띄웠던 모양인데, 단순한 뱃놀이가 아니라 한발(旱魃)을 방관할 수 없어 기우축문(祈雨祝文)이라도 올려 지성을 표할 셈이었을 듯 싶다. 현실감 있는 배경과 더불어 만랑자는 태허당을 대신해 등장한 인물로 보아 하등 어색할 것이 없다.[11]

<부연록>과 <기우록>의 서두는 똑같이 이계(異界)의 사신(使臣)이 급작스럽게 선비를 방문하는 것으로 되어 있다. 사신이 용궁의 지시로 그대를 데리러 왔다는 말에도 한생은 "신과 인간 사이에는 길이 막혀 있는데 어찌 통할 수 있겠소. 더구나 용궁은 아득하고 물결이 사나우니 어찌 같이 가겠소."[12]라 했고 후자는 "낙신왕(洛神王)은 가야진의 수장이며 나는 세상의 한 선비로 숨은 곳, 음양이 서로 다른데 어찌 만날 수 있겠소."[13]라는 반응을 보이고 있어 용궁에 대해 공포감이 의외로 컸음을 간취하게 된다. 한생이 박연폭포의 수심이 한량없다고 여기는 것이나 만랑자가 가야진 용궁의 깊이가 얼마나 되는지 알 수 없다며 두렵게 여기는 것도 용소(龍沼)에 대한 주인공의 공통된 반응이다. 한생과 만랑자가 용궁에 대해 지극히 수동적 입장을 보이는 것과 달리 <기우록>과 더불어<부연록>의 영향에서 자유롭지 못한 것으로 여겨지는 『기재기이』 중 <최생우진기(崔生遇眞記)>의 최생은 증공(曾鞏)을 조르다시피 해서 험한 이계 여행을 감행한다는 점에서 두 작품과는 대조적인 면을 보인다.

---

11) 이 대목에서 <기우록>이 모방이나 상상이 아니라 작가의 현실적 체험이 창작의 동기를 불러일으켰으리라는 추론을 해보거니와 <기우록>의 창작년대가 현종(顯宗) 11~12년(1670~1671) 즈음이 아닐까 헤아려 보게 한다. 무엇보다 전국적으로 대기근 현상이 발생하여 후대까지도 경신대기근(庚辛大饑饉)이라는 별칭을 얻은 시기이며 대기근과 함께 전염병이 창궐하여 100만 이상의 인명피해를 내기도 했던 것이다.(李泰鎭,「자연재해 전란의 피해와 농업의 복구」,『한국사』(국사편찬위원회 편) 30, 356~366쪽 참고)

12) 김시습, <부연록>, "神人路隔 安能相及 且水府汗漫 波浪相齧 安可利往"

13) 태허당, 앞의 책, "然則洛王 江漢之長 僕乃塵世之士 幽顯路殊 烏得相及"

용궁에 도착하여 주인공들을 맞이하는 광경도 유사하게 펼쳐지지만 <부연록>은 한생을 영접한 다음 이미 앞서 초청했던 예강(禮江), 벽란(碧瀾), 한강의 세 수신(水神)과 합석시키는 반면 <기우록>에서는 우선 만랑자를 위해 주연을 베푼다. 용궁에 초청된 인사들 간에 상견례가 끝나고 의례적으로 따르는 주연과 함께 시회(詩會)는 몽중담에 보이는 전형적 구성법이라고 할 수 있다.14) <부연록>의 용궁에서는 한생의 문명을 익히 알아 그를 통해 상량문을 얻는 영광을 누리고자 했던 만큼 한생이 작시의 중심에 서서 삼신(三神)과 더불어 수창(酬唱)과 품평이 이어진다. 그리고 미희들의 벽담곡(碧潭曲), 회풍곡(回風曲), 용왕의 수룡음(水龍吟)이 울려퍼지고 여기에 곽개사(郭介士 ; 게), 현(玄)선생(거북) 등이 등장하여 구공무(九功舞)를 추는 등 주연은 그야말로 취흥과 즐거움이 도도해진다. 연회 후 한생은 그 동안 동경해 왔던 용궁의 이모저모를 구경하고파 하는데 속세와 달리 화려함을 극한 그 세계에 금방 매료되고 만다.

그렇지만 <기우록>에서는 용궁이 환락과 즐거움이 충만한 곳으로만 나타나지 않는다. 우선 용왕은 만랑자가 밖의 가뭄 실상을 간곡하게 전했으나 옥황상제가 관장하는 권한이라며 자신으로서는 관여치 못할 일임을 밝힌다. 큰 기대를 가졌던 만랑자로서는 충격적 확인이 아닐 수 없었을 것이다. 사실 시회에 초청된 4위(位)의 면모나 이력도 즐거운 여흥의 공간에 썩 어울리는 인사들이라고 할 수가 없다. 구체적으로 용왕이 4위로 지목한 굴원, 장건, 이백, 하지장 간에 유사점이 있다면 생전에 큰 명성을 누렸으되 억울하게 한을 안고 세상을 등졌거나 적어도 유배나 가혹한 체험이 있었다. 때문에 그들이 지금 하천강택(河川江澤)의 왕으로 군림하고 있음에도 감당 못할 한

---

14) 몽유록에서 입몽, 좌정, 토론, 시연, 각몽 등의 구조적 틀을 갖추고는 있으나 모든 작품이 일률적으로 적용되는 것은 아니다. 작품에 따라 서사 순차와 구조는 얼마든지 가변적으로 나타난다고 보아야 할 것이다.(신해진, 앞의 책, 284~285쪽 참조)

때문에 연회 자리임을 의식할 겨를 없이 쌓인 회한과 불평을 떨어놓기에 이른다.

그렇지만 4위가 분만(憤懣)을 배설하는 동안 만랑자의 위치는 도리어 우울한 표정의 4위들과는 달리 그 기능이 상승되고 있는 것으로 비쳐진다. 다시 말해 4위가 표출하는 과거에 대한 회한이나 울분은 만랑을 상대로 배설됨으로써 부지불식간에 만랑자는 이들의 중계자로 바뀌게 된다. 그는 4위의 과거사를 경청해주는 것은 물론 4위는 현세에서 한스런 삶을 누렸으나 그대들의 작품은 불멸의 것으로 전해져 이후에도 해와 달같이 그 명성이 무궁하게 이어질 것이라고 위무해 주는 등 대응의 순발력이 놀랍다. 이 면에서 우리는 작자 태허당이 중국의 역사 문학에 대해 얼마나 깊은 조예를 지녔는지를 읽게 된다. 아래의 시는 4위가 각각 배율(排律)과 장시(長詩)를 짓자 만랑자가 그들에 보낸 단평이다.

> 의관정제한 굴원은 옛 군자로, 청풍처럼 늠름하게 천하에 태어났네. 배타고 조사한 한나라 사신 박망후(博望侯), 일찍이 팔해구주(八海九州)를 누볐도다. 적선한 이백은 술자리의 신선으로, 한낮 장안의 술집에서 잠들다. 경호(鏡湖)가에 하공(賀公) 있으니, 삼걸(三傑)과 같이 와 즐기네. 좌상의 신선들 내가 사모하느니, 천년을 떨치는 이름 어찌 보석에 비길까. 평생 헛되이 머물다 가니 가히 볼 수 없는데, 이 날을 생각하면 누가 동석을 마다할까. 주인은 연못 중의 인간이 아니면서 순식간에 바람과 천둥 불러오네. 다행이로다. 나같은 진토의 손님이, 무슨 인연 있어 봉래산에 노닐게 되었던고.[15]

시연(詩宴)으로 들뜬 국면이 가라앉기를 기다려 용왕이 기우축문을

---

15) 태허당, 앞의 책, "屈公衣冠古君子 淸風凜凜生寰區 乘查漢使博望侯 八海九州曾馳駈 謫仙人稱酒中仙 長安白日眠酒壚 鏡湖之濱有賀公 同携三傑遊來俱 座上群仙余所慕 盛名千載何洽瑠磷 平生空停不可見 誰料此日同跰躚 主人不是池中物 風雷頃刻隨吹欶 幸矣如吾塵土客 何緣得接遊蓬壺"

4위에게 보이자 그들은 한결같이 "아 왕이 만약 시혜를 베풀지 않은 즉, 이 나라의 창생은 다 죽고 말 것이오"라고 선처를 채근하지만 곧 권한이 용왕에게 없음을 확인한다. 이때 고민하다가 용왕이 4위를 포함하여 6인의 이름으로 옥황상제에게 비를 간청하는 서신을 작성하는 것이다. 서신의 골자는 "비록 백성들이 불인하고 수신(水神)들도 많은 잘못이 많으나 만약 옥황에게 이를 알리지 않고서는 창생을 구할 수가 없어 엎드려 흡족한 비를 빕니다"16)는 것이었다. 용왕, 만랑자, 4위가 합심해 올린 글을 받자 옥황상제는 선뜻 판단이 안 서는지 측근들의 의향을 떠본다. 이에 천신(天臣)들조차도 "하계의 무매한 백성들이 잘못을 저지르기는 했으나 만약 상제의 비 내림이 없다면 어찌 숭상하고 신뢰할 것이냐"17)며 만랑자의 입장을 옹호하자 마침내 하방 세계에 풍족한 강우를 허락하게 된다.

그 마지막 끝처리를 놓고 볼 때, 한생은 용궁에 온 김에 그곳의 이모저모를 찬찬히 훑어보며 찬연한 황홀경에 넋을 잃는다. 그리고 용왕이 주는 야광주와 영초 두 필을 선물로 받은 후 사자(使者)에게 업혀서 세상 밖으로 나온다. 입궁할 때와 달리 이때는 말을 타지 않고 사자가 서각으로 물길을 터주는 것으로 그려지고 있어 흥미롭다. 이 부분은 <기우록>에서 만랑자가 입궁할 때의 광경과 방불한 데가 없지 않다.

세상에 나온 뒤 각 작품의 주인공이 어떻게 처신하는가 하는 점도 퍽 닮아 있다. 용궁에서 돌아온 후 누구에게도 이계 출입 사건을 발설하지 않고 지내던 한생은 이후 명예, 권세, 영화 따위를 뒤로 하고 명산으로 들어간 뒤 행방이 묘연해진다. 그에 반해 만랑자는 4위와 더불어 동해 중의 삼산을 구경하고 마침내는 한 무리를 지어 봉래산

---

16) 태허당, 앞의 책, "雖爲下民之不仁 亦有樊臣之多責 若不告於靈駕 安所恤於蒼生 伏願廣施洪休"
17) 태허당, 앞의 책, "下界愚氓 雖有犯咎 若非上帝之洪宥 安所仰賴"

에 들어가는 것으로 마무리된다. 만랑자에게서 염세적 태도를 찾아보기는 어려운 반면 한생은 용궁의 화려함, 부족함 없는 풍경을 대하고 나서인지 그 체험을 누구에게도 발설하지 않고 세상과 절연한 채 지내다 행방을 감추고 만다.

그러나 사소한 내용적 변이가 전대의 몽유 형식을 부정할 정도까지 나아가지는 못했으며 대략 비견해본 것처럼 <부연록>의 형식과 구성을 모탕으로 삼고 있다고 생각된다. 물론 『금오신화』의 영향권에 더 가까이 가 있는 『기재기이』의 <최생우진기>와 비교해 볼 여지도 없지 않았으나 여러 면에서 <부연록>과의 친연성이 훨씬 강한 것으로 보여 여타 몽유록과의 비교 검토는 미루었다. 2세기 가까운 간극에도 태허당이 김시습의 작품을 창작의 전거로 삼았음을 입증하는 흔적이 적지 않았거니와 유, 불교에 대한 해박한 지식과 사상 편력 등 두 작가의 유사성으로 보아 작품에 내재된 연관성 규명은 또 다른 숙제로 남을 수밖에 없다.

4. 등장인물의 기능과 성격

<기우록>에는 주인공인 만랑자, 그리고 사자(使者), 4위, 용왕, 옥황상제와 그 신하들이 등장하거니와 만랑자를 빼고는 이계 사람들로 인물설정이 이루어지고 있으며 인물 간의 직분과 행동반경이 비교적 선명히 구분된다는 특징이 드러난다. 통치 영역으로 보면 옥황은 천계(天界), 용왕과 4위는 수계(水界)이고, 만랑자는 지상의 인물을 상징한다고 볼 수 있다. 만랑자를 빼고는 신령(神靈)의 존재들인 만큼 그들이 생존했던 공간을 거론하는 것이 무의미할 수도 있으나 4위(굴원, 장건, 이백, 하지장)를 중국 인물들로 한정한 것에 어떤 특별한 곡

절이 없지 않았을까 하는 의문이 없지 않다.

외래 신령으로서 4위란 만랑자가 "이미 오래 전부터 이름을 익히 듣고 있었으나 전혀 만나리라고 기대할 수 조차 없었던" 인물들로 초나라 굴원(기원전 340~278), 한나라 장건(기원전 ?~114), 그리고 당나라의 이백(701~762)과 하지장(659~744)을 가리키는 것이다. 만랑자는 조선 중기의 한 선비로 형상되었으니 앞의 인물들과 조우한다는 것은 어불성설이 아닐 수 없다. 만약 만랑자가 이들과의 조우를 기대한다면 현세가 아닌 초월의 공간이 예비되어야 할 것이고 영생을 누려 그들이 아직까지 존재하고 있지 않으면 안된다. 용궁이 설정되고 4위 모두가 중국 강택(江澤)의 수신(水神)으로 설정된 것도 따지고 보면 시간과 공간을 초월해서 이야기를 펼치기 위한 배려와 무관하지 않다.

그런데 4위의 생전 행적에서 유독 눈길을 끄는 것은 생애 한 번쯤은 큰 위기를 겪었다는 사실이다. 주위의 모함과 시기 등이 그 까닭으로 곤고한 상황은 물론이요 죽음으로까지 내몰린 쓰라린 경험도 이들의 공통점이다. 아울러 장건을 제외하고는 불멸의 시인들로, 용왕, 만랑자와 더불어 합석하게 되자 과거의 생을 반추하며 애읍에 젖어드는 등 감상적 면모가 남다르다.

굴원은 이미 추방되어 강상의 물가에서 노닐고 호반가를 읊조리면 거닐다가(屈原旣放 游於江潭 行吟澤畔) 어느 어부를 만나 "상수의 흐름에 나가 호수의 물고기 뱃속에 장사를 지낼망정 어떻게 희고 흰 결백한 것으로서 세속의 티끌과 먼지를 무릅쓸 수 있단 말이요"(寧赴湘流 葬於江魚之腹中 安能以皓皓之白 而蒙世俗之塵埃乎)라며 자신의 결개한 심중을 밝힌 적이 있다. 멱라수에의 투신, 이것이 그가 멱라수연의 수신이 된 까닭임은 물론이다. 장건이 황하백(黃河伯)이 되기까지에는 흉노족을 물리치기 위해 서역으로 진출하는 중 황하유역의 지형과 풍토를 살폈던 역사적 사실과 관련될 것이며, 이백의 경우는 고역사(高

力士)의 모함을 입어 현종에게 내침 당해 떠난 곳이 야랑(夜郎) 땅이었기에 야랑계후(夜郎溪侯)라는 칭호가 붙었음을 짐작할 수 있다. 하지장은 일찍이 이백과 갈주영창(喝酒咏唱)하는 막역한 사이로 4위 중에서는 비교적 순탄한 생을 누려 기구한 삶의 토로가 전자들 같지는 않다. 어려서부터 시재(詩才)로 이름이 높았고 호방한 성격에다 담론과 해학에 능했고 여러 관직을 거친 뒤 말년에 경호땅에 은거한 탓에 감호주인(鑑湖主人)이란 이름이 붙은 것으로 보인다. 이들 4위들은 기질적으로 자신의 성정을 바꾸어 세상에 영합하기를 극구 꺼렸고 물불 가리지 않고 출세에 혈안이 된 세태와 대비되어 신선 방외인(方外人)으로까지 미화될 수 있었다.

그러나 이들은 신령이 되어 있으면서도 생전의 한이 가시지 않은 듯 옛일을 토로하며 울분을 거둘 줄을 모른다. 굴원은 "이려(伊呂)처럼 보필하길 원했는데 분별이 어두운 왕이나 신하들로부터 배척되었습니다. 왕은 충신의 말에 어두웠으며 신하들 중에는 간사한 자가 많아 하루 아침에 천박한 무리의 참소를 당하였으니 왕의 마음을 돌려 깨닫게 하지 못하고 뜻을 펼치지 못하고 원한을 씻지 못했습니다."[18] 라고 말하고 있으며 이백의 경우는 만랑자가 "당황제는 중용의 지혜로움이 없이 고역사의 불순한 말만 굳게 믿어 마침내 그대의 높고 밝은 자태가 세상에 드러나지 못하고 야랑 수만 리 밖으로 유배를 가게되었다는데 천하의 누가 이를 두고 눈물을 흘리지 않으며 크게 탄식하지 않겠는가."[19]라며 당사자를 대신해 과거를 회억시킨다.

하지만 과거의 독특한 이력 때문에 이들이 <기우록>의 등장인물로 취택되었다는 점에는 의문이 없지 않다. 4위 이상 한이 맺혀 구

---

18) 태허당, 앞의 책, "志期伊呂之佐補 然而遭逢暗主 被斥奸臣 上昧忠諫之姿 下多捏訐
   之賊 一朝身罹黃口之讒 無以回悟君心志未得伸 冤未得雪"
19) 태허당, 앞의 책, "盖唐皇智不得爲中 信高力士一介暗堅之言 遽屈吾侯高明不世之姿
   出流於夜郎數萬里之外者 天下孰不爲之流沸而 太息也哉"

천을 떠도는 신령은 그들뿐이 아니고 이 땅에서도 그런 인물은 얼마든지 찾을 수 있겠기 때문이다. 물론 이국의 신령이 갖는 장점은 따로 있을 것이다. 풍부한 일화(逸話)와 전고(典故)를 갖고 있으며 이국 인물인 만큼 신비함을 더해준다는 것은 분명 장점이 될 수 있겠지만 그것이 4위를 등장 인물로 선별한 이유로 동의하기에는 부족함이 있다. 도리어 이 점은 작가의 출중한 문재와 명시에 대한 애착에서부터 찾아야 하지 않을까 한다. 무엇보다 이야기 전개 중에 풍부하게 삽입된 시는 물론이요, 중국 유명시인과 시가 의도적이라 할 만큼 빈번히 끼어들고 있음을 간과해서는 안될 것이다.

만랑자가 혹심한 가을 가뭄을 근심하며 배를 띄워 용소를 찾은 날을 7월하고도 기망(旣望)이라 한 것이나 배가 작강(鵲江) 아래에 이르자 그는 어부사(漁父辭)를 부르고 곧이어 소동파(蘇東波)의 적벽부(赤壁賦) 가운데 "청풍서래 수파불흥(淸風徐來 水波不興)"을 읊조리고 있는 것은 주목할 점이다. 배경은 물론 주인공의 행동마저 흡사해 누가 소동파이며 누가 만랑자인지 분간하기 어려울 정도이기 때문이다. 용왕당사에 올라간 만랑자는 기우축문을 붙이고 배회하다가 두보(杜甫)의 "성수평야활 월용대강류(星垂平野闊 月湧大江流)" 시구를 읊조리기도 한다. 4위와 합석한 시회 현장에서도 이런 취향은 그대로 이어져 굴군(屈君)은 이소경(離騷經), 야랑후(夜郎侯)는 장진주(將進酒)의 형식에 맞춘 모방작을 지어 자신의 옛적과 용궁의 초청의 감회를 표출하고 있다. 이때 만랑자는 이소경에 대해 "선생의 청풍의 두터운 뜻은 천지간에 가득하고 우주까지 채워 사람들이 이를 읽으면 충성스럽고 깨끗한 절조를 살아있는 듯 늠름하게 느끼게 한다."[20]고 했으니 평소 굴원의 이소경에 대한 태허당의 관심이 퍽 깊었음을 유추하게 한다. 어쨌든 태허당의 이런 취향과 관심으로 말미암아 용궁의 시연은 한층

---

20) 태허당, 앞의 책, "先生之淸風厚義 塞乎天地之間 充乎宇宙之內 使人讀其文 已知先生之丹忠素節 凜凜如生"

활기 있는 분위기로 형상화될 수 있었고 그만큼 많은 삽입시가 수창
될 수 있었던 것으로 보아야 할 것이다.

그런데 신령들의 가세로 용궁이 확 바뀌어도 만랑자에게 강우를
매개해주지 못하는 한 그곳은 결핍된 공간이었을 뿐이다. 그런데 용
왕은 이를 간파했다. 즉 시회가 끝나기를 기다려 용왕이 4위에게 옥
황서신문을 같이 작성하자고 발의했던 것이다. 4위는 흔쾌히 이에
응했고 6인이 합심해 지은 서신이 옥황상제에게 전달됨으로써 강우
의 시혜를 입는다.

인물 기능 면에서 흥미로운 사실은 한 인간 및 4위 간의 조우에
축을 두고 전개를 해나간다는 점을 확인할 수 있다는 것이다. 이는
중국과 이 땅, 혹은 수계와 지상이란 가름을 넘어 서로 간의 소통을
가능케 하는 열린 공간을 지향한다는 점에서 전대 작품에서 보기 어
려웠던 또 하나의 독특한 시각으로 파악된다.

5. 제 사상의 복합적 수용

<기우록>은 작자 태허당의 신분을 의심할 정도로 도가사상에 경
사된 감이 없지 않다. 이 점에 유의할 때 행적에서 태허당이란 도명
(道名)을 주로 쓰고 있는데다 행적 찬술자 자감 역시 반운도인이라고
도명으로 이름을 밝히고 있는 것까지도 예사로 여겨지지 않는다. 물
론 그의 사상적 편력과 관련해서는 "오래지 않아 학문이 넓고 사리
에 통하고 만언에 막힘이 없는 그는 20세가 되기도 전에 부처님의
가르침을 꿰뚫었을 뿐 아니라 유교와 도교의 가르침에도 두루 미쳤
다."고 말한 부분은 그의 도가적 취향에 대한 직접적인 언급이다. 그
가 교류한 인사 중에 조찬, 덕연, 보선자(寶禪子), 신재 등의 산림에 묻

혀 지내던 은사가 다수 포함되어 있는 것도 그의 신선사상적 취향을 거듭 돌아보게 해준다. 하지만 그같은 단편적 흔적보다 여기서 주목하고자 하는 것은 도가사상이 작품에 어떻게 반영되느냐는 문제이다.

사실 용신(龍神)사상은 도가나 불가만이 간직하고 있는 고유한 흔적이라고 말하기는 어려울 정도이고 어떤 면에서는 토속신앙적 측면에서 살필 점들이 더 많다고 해도 지나침이 없다. 황산강 상류에 있는 용왕당만 하더라도 고을의 촌민, 선인들에서부터 군수에 이르기까지 제관으로 나서 지역과 나라의 복이 깃들기를 염원하던 치성의 장소로 가뭄 때마다 기우의 사람들로 붐볐을 터인데 만랑자가 가야진을 찾은 것 역시 백성을 생각하는 사려 깊은 선비로서 용신에게 강우의 청을 드릴 양이었다.21) 7언고시로써 만랑자가 지어 올린 기우축문의 일부분은 이렇다.

용왕당은 강두에 누워 있고 당 아래 장강은 천년을 흐르네. 옛날 누가 이를 짓고 제사를 지냈나. 지금 사람 또한 음청(陰晴)을 구하네. 용왕의 영이는 일찍부터 자못 파다하고 기도하면 반드시 효험 있다는 말 헛되지 않네 …… 백성들 비록 반성할 것 없는데 천지간의 적자는 끝내 어찌 원수대하듯 하나. 신룡은 창생의 고통 불

---

21) 기우의 대상을 산신이나 천신으로 삼는 경우도 있으나 일차적인 기도의 대상으로는 용을 떠올리게 마련이었다. 가령 오계(梧溪) 조정립(曺挺立, 1583생)의 『오계선생문집(五溪先生文集)』 卷4 <용문기우문(龍門祈雨文)>에는 "…… 우리 죄를 깨워주소서 구름을 일으켜 천리에 '뿌려 주소서 가뭄으로 쌓인 병을 씻어버리고 백곡을 소생시켜 삼농을 가득 채워 공경히 성공하는 것은 오로지 용의 힘임을 압니다. 마음으로 묵묵히 빌고 글로써 비나이다. 용이어 들어주십시오(奮爾雲物 千里滂瀉 一洗蘊瘼 用蘇百穀 慰滿三農 欽若成功 知爾爲龍心乎 默禱文以投 龍其聽之"라는 대목이 보이고 동천(東泉) 문정유(文正儒, 1761생)의 『동천집(東泉集)』下 <태암산기우문(泰巖山祈雨文)>에는 "용의 덕됨도 그 베풂도 넓다. 넓은 것이 베푸는 것이 오직 무엇인가 구름도 주고 비도 주도다 비가 올 듯 하다가 오지 않으니 그 누구에게 죄를 맡길고(龍之爲德 厥施斯普 施之維何 以雲以雨 當雨不雨 孰任其咎) 라고 하였는데 신분과 관계없이 중세기적 사람들에게 그렇게 인식되었던 것으로 보인다.

쌍히 여기고 왕은 하늘의 융성한 혜택 상소하라. 장차 감로가 대지
에 내리고 얕은 못에 큰 비의 은택을 베푼다면 어이 보답할까.[22]

만랑자가 기도한 대상은 어느 향인의 꿈에 나타나 당의 위치를 바
꾸어 달라고 했으며 세종 때 나타났다는 바로 그 황룡(黃龍)이었을 것
이다.[23]

그러나 도교사상에서 보면 용왕의 권능은 별 의미가 없어진다. 만
랑자는 해중에 들어간 뒤 이른바 보다 체계화된 신격 층위가 존재할
뿐 아니라 강우의 관장자가 용왕이 아니라는 것도 비로소 깨닫는다.
민중들이 용신사상에 젖어 있는 반면 용궁은 도선사상에 기초하여
통치되고 있었음을 몰랐던 것이다. 하지만 기우의 청을 실현시키지
못하는 것에 실망이 자심한 것을 본 용왕에 의해 외래 신령이 초청
됨으로써 애초의 기대가 물거품으로 끝나지 않는다. 나중에 안 일이
지만 용왕이 4위를 초청한 것은 단순히 용궁내의 시연을 위한 것이
라기보다 그들이 지닌 능력을 통해 죄 없이 고통받는 백성들을 도탄
에서 구해낼 요량이 더 컸다. 그렇지만 지상에서 갈구하는 강우를
현시하기 위해서는 용궁과의 친화를 넘어 천상과의 소통이 무엇보
다 절실했다. 다시 말해 청원은 아래의 소통구조를 마련하지 않을
수 없었다.

백성→만랑자→용왕 + 4위(굴군, 장공, 이공, 하공)→옥황상제

등장인물 가운데 만랑자만이 인세의 인간이지만 사건은 그의 청
을 들어주기 위한 쪽으로 흘러가고 시간이 흐름에 따라 그도 용왕

22) 태허당, 앞의 책, "龍王之堂枕江頭 堂下長江千古流 昔人誰構而誰祀 今人亦以陰晴
求 龍王靈異夙頗著 有禱必驗無虛需 …… 下氓雖有不慇省 天地赤子終何仇 神龍如恤
蒼生苦 上訴天庭輸盛謀 如將甘露注大地 沛澤洪恩何以酬"
23) 『신증동국여지승람』 제22권, 양산군. "一名玉池淵 在郡西四十里 黃山江上流 我世
宗朝 黃龍見津中 天旱禱雨輒應"

및 4위와 대등한 자리에 설 수 있는 분위기로 반전된다. 아울러 4위와 용왕, 누구도 스스로 해결의 권능을 갖추지 못했다는 것이 도리어 이들 간 신격적 위계를 희석시켜 주게 되는 계기로 작용한다. 사실 만랑, 4위, 용왕 이 세 매개자들은 매우 격절된 공간에 머물고 있어 명성만 알 뿐 친화의 자리를 가져본 적이 없다가 만랑이 용궁에 초청되면서 서로를 확인하고 응어리진 한을 풀 기회를 가져볼 수 있었던 것이다. 위압적인 공간으로까지 관념되던 용궁이 신과 인간을 소통시키고 신령들의 해원을 이루는 공간으로 바뀔 수 있었던 데는 자기 권위에 대한 신령들의 양보와 매개자로서 만랑자의 친화력이 큰 힘이 되었다.

연회 중 여러 인물들이 가장 절실하게 깨달은 것이 있다면 옥황의 지엄한 권위 앞에 공동보조를 취하지 않으면 어떤 일도 이룰 수 없다는 사실이었다. 그것을 깨닫고 인계, 수계를 대표하는 이들이 합심하자 천계[玉皇]가 감동하고 그 때문에 하방 세계는 일시에 재앙에서 벗어날 수 있는 계기를 맞는다.

용궁 외에 이계로 천상계를 설정하고 옥황을 신격의 정점으로 삼는 것은 도교적 발상일 뿐 아니라 어떤 면에서는 유교적 세계관을 드러내는 상징적 구조가 되기도 한다. 즉 위계적 인식에 기초한 최상의 권위자가 있다고 보고 온 세계가 그 권위 아래 포섭된다는 식의 처리는 다분히 유교적 산물로 보인다는 것이다. 조화로운 세상의 구현, 심지어 천지의 운행, 풍우조차도 한 절대자에 조종된다는 생각은 곧 유교의 정치사상을 대변한다. 만랑자에게 용왕이 인륜과 도덕이 정상적 궤도에서 일탈한 것이야말로 천도(天道)를 해치는 일로써 징벌을 받아 마땅한 것이라며 한발의 원인을 진단해 주었는데 그것은 아래와 같이 몹시도 준엄하다.

"지금 이 나라 사람들은 신하들은 임금을 알지 못하고 아들은

아비를 알지 못하고 아우는 형을 알지 못하고 지어미는 지아비를
알지 못하고 인의를 귀히 여기지 않으며 도덕을 중히 여기지 않으
며 하늘에 오만하고 신을 더럽게 여기고 성인을 잊고 현인을 속인
다. 그 하는 바도 사리를 쫓고 공적인 일을 무시하며 자신의 이익
만을 챙기고 다른 사람을 해코지하며 천한 것을 탐하는 것으로 걱
정거리를 삼고 교묘한 사기를 많이 하고 상하가 서로 속이고 대소
간에 도적질하고 그 마음과 행동이 금수에 가깝다."24)

세속의 권위자인 왕조차도 이 날카로운 질책을 피할 수 있을지 의
문이다. 말세적 징후에서 바른 궤도를 찾기 위해서는 갱생이 필요하
지만 이를 자각조차 못하고 있다는 데 문제의 심각함이 있다. 따라
서 천상의 절대자는 징벌을 내려 모름지기 군군, 신신, 부부, 자자(君
君臣臣父父子子)25)의 정신 혹은 삼강오륜적 도덕률로 돌아가도록 채근
할 수밖에 없다는 것이다. 이 점에서 가야 권역의 한발은 가혹한 저
주나 학대하고는 다르다. 이 대목은 그 단순히 기우의 청을 지성으
로 올리기만 하면 천상이 감동하사 인간의 소원을 풀어준다는 민속
적 발상과는 크게 달라지고 있음을 암시해 준다. 여기서 부각되는
천상이란 절대적 권위를 지닌 존재로 아주 강력한 징계권을 갖고 세
속의 왕은 물론이요, 수신인 용왕들조차도 범접할 수 없는 대상으로
경외시 된다. 하지만 지상의 통치구조를 천상으로 확장시켰다는 것
만 다를 뿐 일인의 절대적 통치를 기초로 삼고 있는 유교주의적 정
치철학에 기초하고 있다는 것은 분명히 알 수 있다. 달리 볼 때 천
상적 절대자의 등장과 동경은 단순히 작가의 자의적 설정에서 나왔
다기보다도 태허당의 활동기에 속하는 현종, 숙종 연간의 정치 사회
적 상황, 즉 모든 것이 제 길을 찾지 못하고 흔들리는 당대 현실에

---

24) 태허당, 앞의 책, "今此國人 臣不知君 子不知父 弟不知兄 婦不知夫 不貴仁義 不重
　　道德 慢天褻神 罔聖欺賢 其所施爲 徇私滅公 利己害人 以貪虛爲智慮 以巧詐爲大行
　　上下相欺 大小相賊 其爲心行 幾於禽獸"
25) 『論語』, 〈顔淵章〉

대한 우회적 경고, 바로 그것이다.

지은이가 불승이면서도 의외로 불교사상적 측면은 찾아보기 어렵다고 밝혔으나 용궁 공간의 차용만큼은 불교적 상상과 긴밀하게 관련된다고 할 수 있겠다. 용궁담(談)이 불경은 물론이요, 불교 인물설화에서도 빈번하게 개입되고 있음은 주지하는 바와 같다. 인도의 용수전(龍樹傳)이 대표적이고 『삼국유사』에 보이는 명랑(明朗), 보양(普讓), 원효(元曉), 진표(眞表), 의상(義湘) 등과 『송고승전(宋高僧傳)』의 현광(玄光) 등은 모두 용궁에 초청된 이 땅의 불승들이다. 이들을 초청한 이는 호불적 용왕들로 세상에서 이름높은 고승을 통해 홍법을 불러일으키고 심오한 교의에 접해보고자 발분하다가 마침내 불법을 강설 받는 행운을 누렸다는 식으로 안으로 유사한 전개상을 내재하기 일쑤이다. 전교란 모든 하늘 아래 어디라도 미치지 않을 데가 없으니 용궁 안의 불국토화, 혹은 고승의 명성 높임이라는 두 가지 목적이 용궁 초청설화에는 예외 없이 끼어드는 것이다. 다만 이 중 용수의 경우만 조금 다르다고 할까? 전지전능한 지식으로 무장된 그도 한량없는 불경 앞에서 절망에 빠질 수밖에 없었는데 애석하게 여긴 나머지 대용보살(大龍菩薩)이 그를 용궁으로 데리고 들어가 화함(華函)을 열어 모은 방등(方等), 심오한 경전, 무량의 묘법을 전수시켜 주었다. 용수는 용궁에서 이 책들을 90일 간 읽고 비로소 바다같이 넓은 불법을 깨달아 더 이상 몽매한 것이 없게 되었다는 것이다.

설화류나 전기류(傳奇類)에 등장하는 용궁 세계의 연원을 중국 전기에서만 찾는 것은, 예에서 보듯 성급한 진단이 될 수도 있다. 도리어 용신사상과 지고한 존재로서의 제석천의 의미는 인도인들이 신적 관념과 더 밀접하게 관련된다고도 볼 수 있다.

> "제석은 원래 인도 신화에 나오는 천둥과 비와 벼락과 쇠갈고리
> 와 인드라 망(網)을 무기로 하여 천계와 지계를 관장하는 인도의

> 토속종교인 베다교의 수제신(首帝神)인 인드라를 수용한 것으로 이
> 것이 뇌정(雷霆)을 신격화한 것이며 중국에서는 석가제파인다라(釋
> 迦提婆因陀羅) 또는 석제환인(釋帝桓因) 혹은 제석천(帝釋天)이라고
> 불리게 된 것이다."26)

제석천은 이런 제천(諸天) 중의 하나로서 욕계(欲界)의 제2천으로 지거천(地居天)의 최상천(最上天)으로서의 불변한 위치를 확보하게 된 것이다.27) 따라서 제석천은 용왕과 4천왕을 포용할 뿐만 아니라 그 영향력이 인간계에까지 당연히 미치게 마련이다. 다만 인간과 직접적으로 소통되기보다 용왕이나 사천왕을 중간매개로 하여 인간의 길흉화복을 주재하고 집행하여 일종의 질서의 종적 구도화를 이루어낸다. 말할 것도 없이, <기우록>의 옥황상제는 이름만 바꾸면 그대로 제석천이 된다. 그는 옥황은 수미산(須彌山)의 도리천에서 4천왕과 32천을 통솔하면서 불법과 불법에 귀하는 사람을 보호하며 아수라(阿修羅)의 군대를 정벌함은 수계의 용신을 통솔한다는 제석천과 하등 다른 존재로 생각할 수가 없다.

유교사상의 편린이라고도 생각되지만 <기우록>에 나타난 조상신 숭배사상도 눈여겨보아야 할 것 같다. 수로왕의 후손인 낙신왕이 용왕이 되어 천여 년 동안 낙강을 수호해주고 있다고 민중들은 믿었고 재난 때마다 그에게 발원하기를 멈추지 않은 것에서 신격의 또 다른 수용태를 보게 된다. 역사의식과 함께 지방토속신에 대한 신앙심으로 이해할 수 있는 대목이기도 하다.

전기를 통해 불교뿐 아니라 유교와 도교에도 태허당은 적지 않은 관심을 기울였음을 확인했거니와, 도교적 색채가 강한 가운데서 <기우록>에는 유, 불, 민속신앙적 요소 또한 적잖이 응축되고 있음을 알 수 있었다.

---

26) 『慧琳音義』 제18, 釋帝桓因, 제25 帝釋
27) 전준걸, 『조선조 소설의 무예의식과 용궁설화』, 아세아문화사, 1992, 149쪽.

6. 맺는 말

이상 논의한 바를 요약하자면 아래와 같다.

① <기우록>은 승려작가 태허당이 17세기 중후반에 지은 작품으로 <영회록>, <부연록>의 영향을 강하게 받은 용궁담이 개입된 전형적 전기소설이다.

② 형식은 전대의 것을 추종하면서도 재해가 극심했던 현종조를 배경으로 가뭄의 참상, 위정자들의 책임을 성토하는 등 현실반영에 초점을 맞추고 있어 전대 전기소설의 상투적인 주제와 전통을 극복하려는 의식을 담고 있다.

③ 공간의식이 매우 개방적이며 이계에 대한 선입견은 부정된다. 지하계, 지상계, 천상계 등의 가름이나 명혼과 현실계로의 이분법적 시각을 부정하면서 상호 소통이 이루어질 때 원한과 시련이 극복된다는 점을 고취시킨다.

④ 소외되고 고초 겪는 지방민의 처지를 한발이라는 재난을 통해 부각시키는 것은 물론 낙강변을 서사적 공간으로 택해 망각된 가야 역사를 환기시키는 데까지 나아간다. 낙강을 수신의 회합과 천상소통의 매개처로 설정함으로써 중앙중심적 사고나 사대적 사고를 우회적으로 비판하는 데 효과적이었다.

⑤ 작가는 현실에서의 재난과 혼란의 근원을 도덕적 결함에서 찾고 있으며 유교적 질서의 회복만이 치유책이 될 수 있다는 소신을 피력하고 있다. 작중에서 강우의 최종적 권한을 옥황상제로 귀일시키는 것은 바로 이같은 작자의 생각과 무관하지 않다. 하지만 작자자신이 지향한 세계가 유교로 보이지는 않는다.

⑥ 태허당은 유불선에 두루 밝지만 <기우록>에서 적극적으로 추

구되는 것은 도교적 이상향이다. 이는 그의 행적에서 그런 성향은 이미 드러나거니와 만랑자가 세상을 구원하고도 굳이 선향(仙鄕)을 찾아가는 것에서 극명히 표출된다.

이상의 논의를 통해 17세기 문학사에서 태허당이 차지하는 소설가적 위상과 함께 전기소설의 후대적 전변을 어느 정도 살펴볼 수 있었다고 생각한다. 하지만 <기우록> 이외 <신유록(神遊錄)>을 포함, 그외 많은 기(記), 시를 포함한 작품의 총체적 접근이 이루어질 때만 작가로서 태허당의 총체적 면모를 기대할 수 있을 터이다.

불교문학의 환상성과 사찰연기설화

오대혁

1. 머리말

한국문학사에서 불교문학은 오랜 전통을 지니고 있지만 그것이 지닌 문학적 원리에 대한 심도 있는 연구는 아직도 미진하다. 이는 서구의 문학 이론에 뿌리를 둔 불교문학 텍스트의 고찰에 만족한 데서 비롯된 결과이며, 불교 문학 텍스트의 형성에 직접적인 영향을 끼친 불교의 사유 방식이나 형상화 방식에 대한 통찰을 바탕으로 이론을 추출하지 못했기 때문이 아닐까. 불교문학 텍스트를 대하면서 서구문학의 일반론만을 가지고 이해하는 것은 합당하지 않다. 불교에 대한 초보적 수준의 이해, 체화되지 못한 피상적 이해로 문학 연구자들이 불교문학 연구를 모두 끝낸 것처럼 여유를 부리지나 않았는지 반성하게 된다.

이 글은 불교의 환상성을 다루고 있다. 20세기 들어 국내외의 수많은 학자들이 미메시스의 대립 개념으로 환상을 논하고 이론화하는 작업이 이어졌다. 그 과정에서 불교의 환상 개념이 기존의 이론들과 커다란 차이점이 있음을 간과하고 있었다. 불교계에서는 일찌

감치 '환(幻)', '환상(幻想)', '몽환(夢幻)' 등의 용어를 써 가면서, 현실계마저 환상이라 주장했고 그에 기반을 둔 문학 창작도 지속적으로 행해졌다. 불교적 사유 속에서 '환상'은 현실을 이해하는 방식이었으며, 진리를 드러내는 또 다른 표현이었다 해도 지나친 말이 아니다.

불교문학에 드러나는 환상 또는 환상성에 대한 이해는 불교문학 전반에 작용하는 근본 원리를 파악하는 데 매우 유용한 것이라고 필자는 생각한다. 이 글은 이에 대한 연구를 미약하나마 시론적으로 접근하고 있다. 그리고 그 논의를 바탕으로 사찰연기설화를 구체적 분석대상으로 삼았다. 사찰의 창건이나 중창과 관련해 전해지는 연기설화들이 어떻게 환상적 이야기를 전개하며, 그것들이 지향하는 바가 무엇인지를 환상의 문제와 관련지어 살피고 있는 것이다. 한국의 모든 사찰연기설화를 다루지는 못하지만 대체적인 윤곽을 이 글을 통해 확인할 수 있을 것이다.

2. 불교문학의 환상성

(1) 불교의 환상

대승불교에서 모든 현상은 '거짓[假]이요 환상[幻]'이라 말한다. 실재(實在)한다고 알고 있는 것을 거짓 또는 환상이라 하니 납득하기 어렵다. 지금 우리가 사용하고 있는 환상(幻想, 幻像) 또는 'fantasy'의 개념과도 불교의 환상[幻]은 일정한 거리를 두고 있는 것으로 여겨진다.[1] 현실과 대립되는 개념으로 환상을 보는 것을 불교에서는 거부

---

1) '幻'에 대하여 『中文大辭典』(中華學術院印行, 中華民國 74년)은 ① 속이다[相詐惑也], ② 모양이 바뀌다[化爲幻] ③ 거짓 모습[假象] ④ 요술[妖術也] ⑤ 현혹하다

하기 때문이다. 환상을 이해하려 불교 문적을 뒤적여 몇 가지 진술을 끌어온다고 불교의 환상 개념이 정립되지도 않는다.2) 불교의 환상은 대승불교의 핵심 개념들과의 관계 속에서 그 의미가 파악될 개념이기 때문이다.

대승불교는 모든 존재가 다른 것에 의지하여 일어난다는 연기(緣起, pratīya-samutpāda)를 근본 사상으로 내세운다. 대승불교를 크게 드날린 용수(龍樹, Nāgārjuna)는 모든 것은 "발생하지도 않고 소멸하지도 않으며 상주하지도 않고 단멸(斷滅)하지도 않으며 같지도 않고 다르지도 않으며 오지도 않고 가지도 않"3)는다고 말하며 그 이유를 연기 때문이라 한다. 그리고 용수는 "모든 법의 자성(自性)은 연(緣) 속에 있지 않으며, 자성이 있지 않으니 타성도 있지 않네."4)라고 말한다. 만일 어떤 존재가 실재한다면 자성(自性)을 가지고 자존(自存)해야 한다. 그러나 경험 세계에서 자존하는 것은 아무것도 없다. 감각이나 의식 그 무엇도 자존하지 않는다. 눈이 있어야 색깔을 볼 수 있고, 색깔이 있어야 눈으로 볼 수 있다. 의식의 상태를 떠난 자아(自我)란 있을 수 없으며, 행위

[與眩通] ⑥ 지음[古作云] 등의 뜻으로 풀이했다.
임지룡(「환상성의 언어적 양상과 인지적 해석」,『국어국문학』137, 국어국문학회, 2004. 9)은 사전류들을 살펴 '환상성'을 "사실적·현실적·구체적·객관적·물리적인 대상의 인식에 대립되는 허구적·가상적·추상적·주관적·심리적인 대상 인식의 작용방식'이라고 규정하고 있다.
2) 이승수(「서사에서 환상 여성의 인접성과 그 의미」,『한국고전여성문학연구』2, 월인, 2001, 139~140쪽)는『원각경』을 통해 '모든 존재가 幻임을 인식하고 궁극적으로 거기에서 벗어나는 것을 覺이라고 한다'고 살폈고, 牧隱의 <幻菴記>나 <구운몽>,『금강경』등을 통해 '정리하면 幻은 존재론적으로 有와 無 사이에 있는 것으로, 순간적이지만 실존하는 세계이다……空을 기준으로 볼 때는 현세의 삶이 幻이지만, 현세의 삶을 기준으로 할 때는 꿈[夢]과 같은 것이 바로 幻인 것이다.'라고 이해하였다. 그의 분석은 幻의 쓰임을 찾아 정리하고 있지만 불교 또는 불교문학이 말하는 幻의 개념을 잘 드러내지는 못한 것으로 판단된다.
3) 龍 樹, 鳩摩羅什 譯,『中論』, <觀因緣> 品, 第一, "不生亦不滅 不常亦不斷 不一亦不異 不來亦不出."
4) 용 수, 구마라습 역,『중론』, <관인연> 품, 제1, "如諸法自性 不在於緣中 以無自性故 他性亦復無"

와 느낌 그리고 사유에 앞서 존재하는 자아도 있을 수 없다. 그래서 세계는 자성(自性)이 없는 온갖 속성과 관계들의 체계일 뿐이다. 실재하는 구체적이거나 개별적인 것은 아무것도 없다. 모두 연기에 따른 것일 뿐이다. 이러한 연기의 법칙을 공(空, śūnyatā)이라고 말한다. 이때 공이란 무(無)를 뜻하거나 속성이 없는 공허(空虛)를 말하는 것이 아니다.[5]

이처럼 일체가 연기(緣起) 곧 공(空)의 성질을 갖고 있으므로 대승불교는 모든 사물이나 현상을 가명(假名, prajñapti)이며, 환(幻)이요, 몽(夢)이라 말하는 것이다. "어떤 것이 제법(諸法)의 실상인가. 일체법이 무구(無垢)한 것이니 모든 것은 성(性)이 공(空)하여 나도 없고 중생도 없으며, 환과 같고, 꿈과 같고, 울림과 같고, 그림자와 같으며, 불꽃과 같은 것이다."[6] "일체의 법은 꿈, 환상, 물거품, 그림자와 같으며, 이슬과 번개와도 같으니 마땅히 이와 같이 바라보아야 한다."[7] 공, 연기를 바탕으로 대승불교의 환상(幻)이 출현하고 있는 것이다.

> 환상인 줄 알면 곧 연읜 것이라 더 방편 지을 것이 없고 환상을 여의면 곧 깨친 것이니 또한 닦아 갈 것도 없다. - 마음은 요술쟁이다. 몸은 환상의 성이고 세계는 환상의 옷이며, 이름과 형상은 환상의 밥이다. 마음을 내고 생각을 일으키는 것, 거짓이다 참이다 하는 것, 그 어느 것 하나도 환상 아닌 것이 없다. 시작도 없는 아득한 환상 같은 무명이 모두 본마음에서 나온 것이다. 환상은 실체가 없어 허공의 꽃과 같으므로, 환상이 없어지면 그 자리가 곧 부동지다. 꿈에 병이 나서 의사를 찾던 사람이 잠을 깨면 근심이 사라지듯, 모든 것이 환상인 줄 아는 사람 또한 그러하다.[8]

---

5) 히로사치야, 강기희 역, 『소승 대승』, 민족사, 1990, 270~272쪽 참조.
  라다크리슈난, 이거룡 역, 『인도철학사 II』, 한길사, 525~540쪽 참조.
  고익진(『한국의 불교사상』, 동국대학교출판부, 1987, 123쪽)은 용수가 말하는 공의 측면을 '①일체법이 공이라는 것(śūnyatā)과 ②그 이유(空因緣, śūnyatāprayojana)와 ③ 공하기에 오히려 일체법이 성립케 된다는 것(空義, śūnyatārtha)'이라고 말한다.
6) 구마라습 역, 『小品般若經』 卷10(『大正新修大藏經』 8, 580·b쪽), "何等是諸法實相 佛說一切法無垢 何以故 一切法性空 一切法無我無衆生 一切如幻如夢如響如影如炎."
7) 구마라습 역, 『金剛經』, "一切有爲法 如夢幻泡影 如露亦如電 應作如是觀"

서산대사 역시 대승불교의 공관(空觀)의 입장에서 환상을 말하고 있다. 그는 공관을 바탕으로 모든 만물이 자성(自性)이 없으므로 환상이라 하는 것이다. 그 환상을 깨버리고 부동지(不動知)의 자리에 든 것을 '깨침'이라 했다. 그러나 겉으로만 보면 번연히 보이는 사물이나 현상을 환상이라 하는 것처럼 보이게 한다.

그래서 환상은 조선의 수많은 유학자들에게 불교를 탄압하는 구실이 되었다. 정도전은 <불씨잡변>에서 "거짓[假]이라는 것은 일시적인 것으로 천만 년 오래 갈 수 없는 것이며 환상[幻]이라고 하는 것은 한 사람을 속일 수 있어도 천만 사람을 믿게 할 수는 없는 것인데, 오래된 천지나 항상 생겨나는 만물을 거짓[假]이라 하고 환상[幻]이라 하니 이는 어떻게 된 말인가?"[9]라고 비난을 서슴지 않았다. 이러한 비난이 고려시대까지 있었던 불교적 폐단을 바로잡으면서 유교적 이상 국가를 꿈꾼 데서 비롯된 주장이라 하더라도 그는 실로 공(空)에 대한 편협한 이해를 바탕으로 그런 주장을 했던 것이다. 왜냐하면 제법(諸法)의 실상은 세간에서 불변의 자성(自性)과 존재성(存在性)이 없이 연생(緣生)·연멸(緣滅)하는, 즉 연기(緣起)에 바탕을 둔 상태에서 절대 진리의 개념을 공(空)이라 말하는 것이기 때문이다. 대승불교는 이러한 진리를 대중에게 가르치려 했던 것이다.

일찍이 용수는 이러한 공에 대한 문제제기가 있을 것임을 『중론송』에서 예견하여 "만일 네가 모든 존재가 실재한다고 보고 있다면 너는 인연 없이 존재하는 것을 보고 있는 것이다."라고 표현하고, "여러 인연으로 생겨난 것[緣起한 것]을 가리켜 우리는 모두 공(空)하다고 말한다. 그러므로 또한 그것은 가명(假名)으로 그렇게 부른 것이

---

8) 西　山, 『禪家龜鑑』, "知幻卽離 不作方便 離幻卽覺 亦無漸次 - 心爲幻師也 身爲幻城也 世界幻衣也 名相幻食也 至於起心動念 言妄言眞 無非幻也 又無始幻無明 皆從覺心生 幻幻如空花幻滅 名不動 故夢瘡求醫者 寤來無方便 知幻者 亦如是."
9) 鄭道傳, 『佛氏雜辯』, <佛氏眞假之辨>, "且假者 可暫於一時 而不可久於千萬世 幻者 可欺於一人 而不可信於千萬人 而以天地之常久 萬物之常生 謂之假且幻 抑何說歟."

요, 또한 여기에 중도(中道)의 뜻이 있다."10)라는 유명한 게송을 읊었다. 중도라 함은 인연에 의해 생긴 것이 반드시 있는 것도 아니고, 공이라 하더라도 반드시 공이 아닌 공유불이(空有不二)라는 천태 혜문(慧文)의 해석11)으로 이어졌다. 주자(朱子) 역시 불교가 왜 존재를 공(空)이라 주장하는가를 살피지 못한 한계를 지녔고,12) 그에 많이 의지한 정도전을 비롯한 조선의 유학자들도 똑같은 한계를 노정하고 있었던 것이다.

그런데 이러한 불교의 공 또는 환상의 의미는 일반인들이 쉽게 이해할 성질의 것이 아니다. 왜냐하면 우리가 살아가고 있는 생생한 실재를 환상이라 해서는 살아갈 수 없기 때문이다. 그것은 허무주의이기 때문이다. 용수는 이런 문제를 해결하기 위해 이제설(二諦說)을 말한다. 그는 절대적 진리를 뜻하는 진제(眞諦, 勝義諦, 第一義諦, paramārtha satya)와 경험적 진리를 뜻하는 속제(俗諦, 世俗諦, 第二義諦 samvaharasatya)라는 두 진리를 상정했다.13) 이를 통해 공이며 환상이라 하여 현실을 부정함으로써 빚어지는 절대적 허무주의와 현실 생활 간의 모순을 해소하려 했다.

여기서 절대적 진리라 할 공의 세계는 인간의 언어로써 표현될 수 없는 것이다. "모든 법들의 실상에는 마음의 작용과 언설(言說)이 끊어져 있네. 발생하지도 않고 소멸하지도 않아 적멸해서 열반과 같네."14) 인간의 언어는 차별을 전제로 하기 때문에 인간의 언어로 표현할 수 있는 것은 경험적 진리인 속제뿐이다. 절대적 진리는 분별하지 않는 지혜(無分別智)로써만 가능한데, 인간의 언어는 분별에 따른

---

10) 용 수,『中論頌』(필자는 황산덕 번역(『世界의 大思想 31』, 휘문출판사, 1984, 74
   ～75쪽)을 참조하였다)
11) 志 磐,『佛祖統紀』(『大正藏』, 49, 178下)
12) 윤영해,『주자의 선불교비판 연구』, 민족사, 2000, 346쪽.
13) 용 수, 구마라습 역,『중론』, <觀四諦> 品, 第二十四, "諸佛依二諦 爲衆生說法 一
   以世俗諦 二第一義諦."
14) 용 수, 위의 책, <觀法> 品, 제7, "諸法實相者 心行言語斷 無生亦無滅 寂滅如涅槃"

것이므로 절대적 진리를 표현할 수 없다.

그렇다면 절대적 진리에 다가서려면 어떻게 해야 되는가? "만약 속제에 의지하지 않는다면 절대적 진리를 얻지 못하네. 절대적 진리를 얻지 못하면 열반을 얻지 못하네."[15] 이 지점에서 분별하지 않는 지혜인 반야(般若)의 지혜를 닦는 육바라밀(六波羅密)의 실천이 나오고, 불교문학 발생의 근거가 마련된다. 이타적(利他的) 종교인 대승불교는 사부대중을 절대적 진리로 이끌기 위해 보시·지계·인욕·정진·선정·지혜 등의 실천법을 제시하며 끊임없이 수행해 나가라고 한다. 그리고 경전이나 문학 텍스트를 이용해 다양한 근기에 접근하려는 노력이 뒤따르게 되었다고 하겠다. 그러한 참선, 염불, 경전, 문학 텍스트 등을 가리켜 불교에서는 방편(方便)이라 한다. 그러한 논리 속에서 불교문학은 무명(無明)에 사로잡힌 대중들로 하여금 공(空) 또는 환상을 이해시키기 위한 방편이면서, 진리에 다가서게 하는 세속적 표현인 것이다.

(2) 불교문학의 환상

불교문학은 대중을 절대적 진리에 이르게 하기 위한 방편이다. 불교문학이 사용하는 언어는 세속제(世俗諦)에 따른다. 모든 존재의 현상적인 모습(相)과 가유성(假有性)을 사회에서는 언어적 논리에 기반을 두고 있는데, 이것이 세속제이다. 불교의 절대적 진리인 승의제(勝義諦)로 대중을 이끌기 위해 이 언어를 사용해야 하고, 거짓이며 환상인 현실을 대중에게 쉽고 흥미로우며 미적으로 형상화하여 보여주는 데에 불교문학의 목적이 있게 된다. 모든 존재의 실상과 진실을

---

15) 용　수, 앞의 책, <관사체> 品, 제10, "若不依俗諦 不得第一義 不得第一義 則不得 涅槃."

논서(論書)를 통해서도 보여주지만, 한편으로는 시와 서사 텍스트를 통해서도 표현하는 것이다.

그렇다면 불교문학을 창작하는 자는 절대적 진리를 깨달은 자만이 가능하지 않을까? 그렇지 않다. 창작자는 끊임없이 반야바라밀다(般若波羅蜜多 prajñāpāramitā)를 추구해 나가는 과정 속에 있는 존재이며, 문학적 형상화는 이미 세속의 언어 논리에 따른 것이므로 절대적 진리 자체일 수 없다. 불교문학은 수행의 과정을 보여줄 뿐이며, 진리에 다가서는 방편일 뿐이다. 절대적 진리에 다가서기 위해 세속의 언어를 사용한다고 하더라도, 그것은 언어와 묘사를 초월한 세계이기 때문이다.

불교문학이 추구하는 것은 절대적 진리일 수 있으나, 그러한 진리의 추구는 일반적으로 두 방향을 갖는다고 볼 수 있다. 그 하나는 세속적 현실을 긍정하는 방향이요, 다른 하나는 세속적 현실을 부정하는 방향이다. 불교문학은 세속계에서 절대화된 가치와 인식 세계를 부정함으로써, 또는 반야의 지혜를 바탕으로 지속적인 육바라밀의 실천을 긍정함으로써 불교의 교훈을 미적으로 전달한다. 단순화하면 '부정'과 '긍정'의 미적 형상화가 불교문학이다. 이 부정과 긍정은 각각 존재하는 것 같지만 대부분 결합되어 나타나곤 한다.

첫 번째, 불교문학은 반야의 지혜를 통한 바라밀(波羅蜜)을 형상화하려 한다. 반야(般若)는 지혜를 말한다. 언제나 어리석지 않고 항상 지혜를 행하는 것을 반야행이라 한다.[16] 보시·지계·인욕·정진·선정 등의 바라밀은 반드시 지혜바라밀을 그 바탕으로 해야 하는데, 이때의 지혜는 좋고 나쁨 등이 존재하는 분별지(分別智)라 할 것이다. 그러나 반야의 지혜는 무분별지(無分別智)요, 대승불교에서 추구하는 지혜이며, 공(空)한 지혜요, 궁극의 지혜다.[17] 지혜가 없이 바라밀을

---

16) 惠　能『六祖壇經』, 3장, <般若>, "般若是智惠 一切時中 念念不愚 常行智惠 名般若行."
17) 히로사치야, 앞의 책, 279~280쪽.

행하다가는 좋지 않은 일이 발생할 수 있다. "보살이 탐욕과 진에와 사견 등 갖가지 번뇌에 머물면서 공덕의 뿌리를 심는 것"[18]은 지혜 없는 방편 수행이다. 불교문학은 이러한 반야의 지혜를 바탕으로 절대적 진리를 찾는 수행을 계속 해 나가야 함을 형상화한다. 이는 물론 현실 부정의 논리인 공을 바탕으로 한 수행을 말하는 것이다. 예컨대 구슬을 먹은 거위를 살린 비구의 이야기와 같은 것이다. 잠시 머물던 집에서 거위가 집 주인의 구슬을 삼켜 버렸는데, 주인은 그 구슬을 비구가 훔쳤다면서 비구를 닦아세운다. 이때 비구는 사실을 말하면 거위를 죽여 살생계를 범하게 되고, 거짓말을 하면 망어계를 범하게 되는 상황이었다. 비구는 거위가 구슬을 삼켰음을 주인이 스스로 알 때까지 아무 말도 하지 않고 모진 고초를 견디어낸다.[19] 인욕바라밀(忍辱波羅蜜)을 지혜롭게 실천하는 방식에 대해 이 설화는 말하고 있다.

> 원하노니 나는 세세생생에
> 언제나 반야에서 물러나지 않고서
> 저 본사(本師)처럼 용맹스런 의지와
> 저 비로자나처럼 큰 각과(覺果)와
> 저 문수처럼 큰 지혜와
> 저 보현처럼 광대한 행과
> 저 지장처럼 한없는 몸과
> 저 관음처럼 삼십이 응신(應身)으로
> 시방 세계의 어디에나 나타나
> 모든 중생들을 무위(無爲)에 들게 하며
> 내 이름 듣는 이는 삼도(三途)를 면하고
> 내 얼굴 보는 이는 해탈을 얻게 하며
> 이렇게 항사겁(恒沙劫)을 교화한 뒤에
> 필경에는 부처도 중생도 없게 하리
> 원컨대 모든 천룡 팔부 신장님

---

18) 구마라습 역, 『維摩詰所說經』, 〈文殊師利問疾〉 品, "謂菩薩 住貪欲瞋恚邪見等諸煩惱 而植衆德本 是名無慧方便縛"
19) 용 수, 『大莊嚴論經』 卷11.

나를 보호하기 위해 내 몸을 떠나지 않아
어떤 어려움에서도 어려움 없게 하여
이런 큰 발원을 성취하게 하소서[20]

나옹 화상이 지은 <발원>이라는 시이다. 반야의 지혜로써 수많은 부처님들과 같이 어디에나 나타나 모든 중생을 교화한 후 마침내는 공(空)으로 들게 해 달라는 큰 발원이다. 이타적 삶을 걷는 보살의 발원이 아닐 수 없다. 자신을 완성함과 동시에 대중을 절대 진리로 이끌고자 하는 바라밀의 모습이 그대로 투영된 시이다.

이외에도 한국의 서사문학에서 <심청전>은 보시바라밀(布施波羅蜜)과 관련하여 소설화된 작품이라 볼 수 있으며, <구운몽>은 지계바라밀(持戒波羅蜜)과 정진바라밀(精進波羅蜜) 등과 관련된 작품이라 볼 수 있다. 또한 수많은 불교설화나 불교 시들이 이러한 문제들을 끊임없이 형상화하고 있다고 하겠다.

두 번째, 불교문학은 일반적으로 세속의 진리를 절대화하는 것들에 대한 전복적(顚覆的) 사고의 형상화로 나타난다. 인간 이성에 의해 만들어졌으며, 문자적으로 은폐해버린 경험적 진리를 깨는 일을 불교문학은 수행한다. 나아가 전복적 사고의 문학적 형상화는 공(空)을 절대화하는 것까지도 부정한다.[21] 이때 전복적 사고의 형상화 방식은 '환상'인 세속의 현실과 비현실을 모두 문제 삼는다.

---

20) 懶 翁, <發願>, "願我世世生生處 常於般若不退轉 如彼本師勇猛志 如彼舍那大覺果 如彼文殊大智慧 如彼普賢光大行 如彼地藏無邊身 如彼觀音三十應 十方世界無不現 普令衆生入無爲 聞我名者免三途 見我形者得解脫 如是教化恒沙劫 畢竟無佛及衆生 願諸千龍八部神 爲我擁護不難身 於諸難處無諸難 如是大願能成就"(김달진 역주, 『한가로운 도인의 길-懶翁和尙法語集』, 세계사, 1992, 205~207쪽)

21) 육조 혜 능은 "마음의 양은 넓고 커서 마치 허공과 같습니다. 그러나 빈 마음[空心]으로 앉아 있지 마십시오. 그러면 곧 무기공(無記空)에 떨어질 것입니다."(혜능, 앞의 책, "心量廣大 猶如虛空 莫空心坐 卽落無記空.")라고 말했다. 무기공이란 적(寂)·차(遮)·적적(寂寂)·진공(眞空)에 집착하여 지혜의 작용이 결여된 상태를 말한다.(김윤수 역주, 『육조단경 읽기』, 마고북스, 2003, 187~189쪽) 절대 진리에 집착만 하면서 마음을 쓰지 않는 禪病을 지적하는 것이다.

형상 없는 가운데서 몸 태어남이
요술처럼 온갖 형상 나는 듯하네.
허깨비 마음과 식(識), 본래 없으니
죄와 복 모두 공(空)하여 머물 곳 없네.[22]

일으킨 모든 착한 법 본래 허깨비요
짓는 모든 악한 법 모두 허깨비라.
몸은 거품 같고, 마음은 바람 같아서
허깨비가 내는 것, 근거도 진실도 없어라.[23]

석가모니불을 비롯한 과거칠불에서부터 당말(唐末) 오대(五代)까지의 선사들의 행적이나 게송 등을 담은 『조당집』에서 왕족이었던 비바시불(毘婆尸佛)과 시기불(尸棄佛)을 기린 게송이다. 허깨비라 번역되는 ‘幻’을 구절마다 쓰면서 몸과 의식, 선악 등이 자성(自性) 없이 공(空)할 따름임을 두 게송은 노래하고 있다. 또한 선시(禪詩)가 보이는 역설적 논리도 경험적 진리가 거짓이며 환상임을 드러내기 위한 것이라 볼 수 있다.

　원효가 여러 불경들의 주석과 해석을 하면서 매양 (혜공)법사에게 와서 의심나는 것도 묻고 가끔 농담도 하였다. 하루는 두 사람이 시냇가에서 고기를 잡아먹고 돌바닥 위에 똥을 누었는데 공이 이것을 가리키면서 장난말로 “너는 똥을 누고 나는 고기를 누었다!”고 하였으므로 따라서 절 이름을 오어사(吾魚寺)라 하였다. 어떤 사람은 이것을 원효 대사의 말이라고 하는데 이는 틀린 말이다. 세간에서는 이 시내를 잘못 불러 모의천(芼矣川)이라고 한다.[24]

혜공은 천진공(天眞公)의 집 품팔이 노파의 아들로 미천한 계급에

---

22) 淨修禪師文僜, 『祖堂集』 卷1, “身從無相中受生 喻如幻出諸形像 幻人心識本來空 罪福皆空無所住.”

23) 위의 책, “起諸善法本是幻 造諸惡業亦是幻 身如聚沫心如風 幻出無根無實性.”

24) 一 然, 『三國遺事』, <二惠同塵>條, ‘元曉撰諸經疏 每就師質疑 或相調戲 一日二公 沿溪撚魚蝦而啖之 放便於石上 公指之戲曰 汝屎吾魚 故因名吾魚寺 或人以此爲曉師 之語 濫也 鄕俗訛曰芼矣川’

속했다. 그런데 그는 종기로 죽어가는 천진공을 구하고, 천진공이 생각한 매를 일찌감치 가져다주는 등 경이로운 인간이었다. 천진공은 마침내 자신의 하인인 혜공에게 머리를 조아려 도사(導師)가 되어 줄 것을 빈다. 곧 혜공 설화는 계급적 귀천이 엄연히 존재했던 당시 현실을 비판하고 있는 것이다. 그리고 인용은 성사(聖師)라 알려진 원효가 물고기를 잡아먹고는 혜공과 함께 엉덩이를 드러내고 똥을 누는 해학적인 장면을 연출하고, 성사가 눈 똥은 똥으로 끝나지만 사회에서 미천하다 여기는 혜공이 눈 똥은 물고기가 된다고 말하여 사회적 귀천이 뒤집혀짐을 말한다.[25] 곧 혜공 설화는 경험적 진리라 할 귀천·성속·미추·생사 등의 분별이 모두가 망집(妄執)이며 환상[幻]일 뿐이라는 것을 절묘하게 드러내고 있는 것이다. 이 설화는 당대의 사람들이 절대적 진리라 판단하는 세속 현실이 공이요, 환상임을 말하려는 현실 전복적 사고가 밑바탕에 깔려 있다.

나아가 불교문학은 우리가 비현실적이라고 여기는 것, 곧 세속에서 환상이라고 판단하는 모티프들을 적극 활용하여 절대적 진리에 다가서려 한다. 예컨대, 이규보는 <왕륜사장육금상영험수습기>에서 다음과 같은 표현으로 불교문학이 보이는 환상의 성격을 말하기도 했다.

> 여러 불보살의 신통(神通)한 방편은 변화가 자유자재하여 가능한 것도 없고 불가능한 것도 없으며, 또한 눈에 보이는 빛깔과 형상에서 찾을 수도 없는 것이다. 그렇다면 그 광명과 영험이 드러나지 않는 것은 드러내지 않아서가 아니라 잠깐 그 작용을 감추었기 때문이다. 때로는 기틀에 감응하여 그 영험을 나타내는 것처럼 느껴지는데, 이는 자연스레 방편이 드러나는 바로서 대개의 사람에게는 잗다란 일이다. 그러나 세상 사람들의 평범한 눈으로 본다면 그것이 어찌 놀랍고 또 신기하게 여겨져서 신앙심을 더욱 두텁게 하지 않겠는가. 성실한 신앙심이 두터워지면 부처는 문득 이에 감응할 것이니, 그리하여 그 신령한 감응은 또 더욱 드러날 것이다. 이

---

25) 오대혁, 『원효설화의 美學』, 불교춘추사, 1999, 138~142쪽.

것이 세상에서 어느 절 어느 불상은 매우 영험이 있다고 소란하게
전파되는 것일 뿐이다.[26)]

불보살의 신통이란 것은 눈으로 보이는 것이 아니라 기틀에 따라
그 영험을 나타내는 것처럼 느끼는 것이라고 했다. '응기부감(應機赴感)'
이라 하여 중생이나 수행자에 따라서는 그 영험을 느낄 수 있다는
것이다. 하지만 그것은 지극히 잗다란 일에 불과하며, 그러한 일이
확대 재생산되어 사찰이나 불상의 영험 설화가 유포되고 있음을 말
하고 있다. 이규보는 불교계 서사물들이 보여주는 환상적인 이야기
들을 사실과 다르다 하여 버려야 할 것이라 하지 않고 대중을 이끌
기 위한 방편이면 수용할 수 있다는 입장을 취했던 것이다. 대승불
교의 방편적 차원과 결부되어 세속에서 말하는 환상적 모티프들이
적극 활용되었던 것이다. 그래서 참선과 염불 등을 통한 불보살 응
현(應現), 저승·용궁·천상 등의 이계(異界), 축생과 귀신 등의 이류(異
類), 고승의 이적(異蹟), 꿈 등 실로 다양한 불교적 모티프들이 문학 속
에 등장하게 되었다.

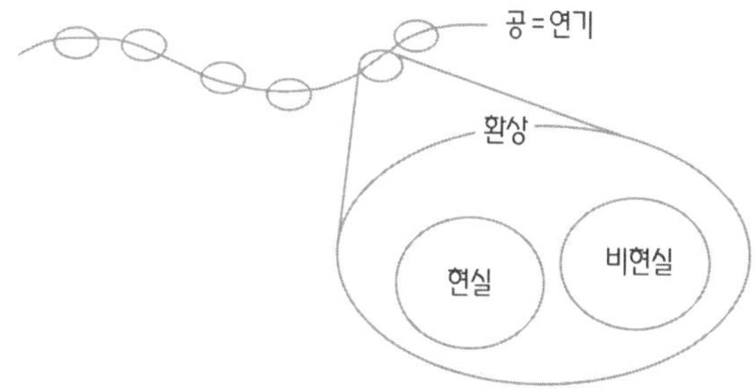

---

26) 李奎報, <王輪寺丈六金像靈驗收拾記>(『東文選』 67권), "雖然諸佛菩薩之於神通方便
遊戲自在 無可無不可 亦不可以色相求之者也 然則其不顯光靈 非不爲也 姑藏其用而
已矣 若時乎應機赴感 有以顯其靈應 是亦自然方便所示 而盖至人之細也 然以世之凡
眼見之 則安得不驚駭且異 而篤生精信之心耶 精信之心篤 則佛輒應之 而其靈應又益
顯矣 是世所諢傳某寺某佛像 有大靈驗者之類是已."

지금까지의 논의를 정리해 보면 위와 같은 불교문학의 모습을 생각해 볼 수 있겠다. 위 그림에서 세속제(世俗諦)의 시각에서 현실이라 판단하거나 비현실이라 판단하는 것은 모두 환상임을 드러내고 있다. 비현실은 세속적 시각에서 환상이라 표현하기도 하는 것이로되, 불교의 환상 개념과 동일하게 쓰일 수 없으므로 비현실이라는 용어를 써서 나타내었다.

위와 같이 나타낼 수 있는 불교문학의 환상은 가시적 현실만을 중시하고 불교의 환상이 뜻하는 바를 이해하려들지 않았던 대부분의 유학자들에게는 도저히 용납되지 않았던 것으로 보인다.27) 유가(儒家)는 현실을 금과옥조로 여기면서 불교계 서사문학을 비롯한 비현실적인 모티프들을 많이 등장시키는 문학에 대해 극도의 거부감을 드러내곤 했다. 그들은 '술이부작(述而不作)'이나 '자불언괴력난신(子不言怪力亂神)'이라는 서술 태도를 떠올리면서 서사문학 가운데서는 '경험적 서사'인 전(傳)이나 잡록(雜錄) 등의 서사문학을 중심에 두고 '허구적 서사'인 전기(傳奇)나 우언(寓言) 등을 정통 서사 양식에서 배제하곤 했다. 나아가 허구성을 그 본질로 삼는 소설문학에 대해 유학자들은 여러 이유를 들어 배격하였다. 심성 수양에 방해가 되고, 역사적 사실과 멀며, 지배층에 대한 비판을 담고 있으며, 문체가 천박하다는 등의 이유를 들어 독서를 금지하거나 책을 불태우는 등의 행위까지 서슴지 않았다.28) 허구적이며 비현실적인 것은 현실을 있는 그대로

---

27) 한국불교어문학회 학술 발표회(2004. 11. 19)에서 질의를 해 주신 조현설 선생님이 유가들도 괴력난신을 현실 비판이나 교훈을 위해 활용했음을 말씀하셨다. 그 구체적인 예로 김시습, 신광한, 김안로, 김만중 등을 들었다. 이에 대해 필자는 김시습이나 김만중은 유가로만 볼 수 없으며, 그들의 불교적 성향을 감안한다면 구체적 예로써 부적절함을 말씀드렸다. 그리고 이 부분은 대부분의 유가들이 가졌던 서사문학에 대한 사고를 말했던 것이며, 앞선 논의들을 통해 불교문학이 드러내는 환상에 대해서는 자세하게 밝혀 놓았으니, 질의에 대해서는 어느 정도 답변이 되었으리라 본다. 토론을 해 주신 덕분에 깊이 있는 논문을 쓰기 위해 노력하게 되었음을 머리 숙여 감사드린다.

28) 최운식, 「조선시대의 소설관」, 『한국 고소설 연구』, 보고사, 2001(2판3쇄).

보지 않는 것으로 여겼다. 그러나 불교문학은 그들이 중요하게 여긴 현실뿐만 아니라 비현실적인 것들도 모두 환상으로 여겼다. 세속의 현실 속에서 비현실적인 것마저도 연기성(緣起性)을 지닌 채 천변만화 하되 궁극적으로는 공(空)일 수밖에 없다는 생각을 했기 때문이다.

서구에서도 아리스토텔레스 이후 철학자들이나 기독교도들은 '미메시스'의 전통을 무심히 지속시키면서 문학적 비현실을 거짓말로 폄하해 왔다. 하지만 그들 역시 비현실적 사건을 다루지 않은 것은 아니며, 오히려 기독교를 전파하기 위해 수많은 '환상 문학'을 양산하고 있었다. 동서양의 주류 사상은 이렇듯 사실주의적 입장을 표방하면서 적당히 비현실적 모티프들을 이용해 왔다고 하겠다. 최근에는 이러한 전통에 대해 비판하면서 '환상'을 문학 본래의 충동이며, '등치적 리얼리티로부의 일탈'로 규정하는 '환상 문학론'이 분학 논의의 지형도를 바꾸고 있는 상황이다.[29] 그런데 그들은 위 그림에서 불교문학에서 환상이라 여기는 세속의 세계를 현실과 비현실로 이원화하고, 그 비현실을 '환상'이라 말한다. 물론 토도로프 이후 로즈메리 젝슨이나 캐스린 흄과 같은 이들에 의해 '환상성'에 대한 깊이 있는 연구가 진척되었고, 그에 기반한 국내의 논의가 있지만[30] 이들은 하나같이 문학 텍스트 내에 표현된 세계가 현실인가 비현실인가 여부를 따지고 비현실을 환상으로 다룬다는 점에서 불교문학의 환상 개념과는 근본적 차이를 지닌다.

지금까지 살핀 바를 통해 우리는 불교, 불교문학의 환상이 지닌

---

29) 캐스린 흄, 한창엽 옮김, 『환상과 미메시스』, 푸른나무, 2000, 33~66쪽.
30) 토도로프, 이기우 역, 『상징의 이론』, 한국문화사, 1995 ; 캐스린 흄, 위의 책 ; 로즈메리 잭슨, 서강여성문학연구회 옮김, 『환상성 - 전복의 문학』, 문학동네, 2001 ; 서강여성문학연구회, 『한국문학과 환상성』, 예림기획, 2001.
 제 47회 전국 국어국문학 학술대회 발표(2004. 6. 5)에 '문학유형 고찰 : 환상성'이라는 주제로 논문 발표가 있었고 이는 『국어국문학』 137호(2004. 9. 30)에 다시 실렸다. 임지룡, 「환상성의 언어적 양상과 인지적 해석」 ; 김성룡, 「우연성과 환상성」 ; 김경수, 「현대소설의 전개와 환상성」 등이 그것이다.

특성을 대체적으로 확인할 수 있었다. 불교(대승불교)와 불교문학은 절대적 진리[勝義諦]와 세속적 진리[世俗諦]의 원리를 바탕으로 '환상'을 활용한다고 볼 수 있다. '불교문학'은 세속에서 절대화된 가치와 인식 세계를 부정함으로써, 또는 반야의 지혜를 바탕으로 지속적인 육바라밀의 실천을 긍정함으로써 불교의 교훈을 미적으로 전달하는 '환상의 문학'이다.

3. 사찰연기설화의 환상성

한반도에 불교가 전래되던 6세기 "절과 절이 별처럼 벌여 있고 탑과 탑이 기러기처럼 줄을 지었다. 법당을 세우고 범종도 달아 용상(龍象)의 스님들은 천하의 복된 밭이 되고 대승·소승 불법은 서울의 자애로운 구름이 되었다."[31]고 표현할 정도로 수많은 사찰이 창건되었고, 이후에도 창사(創寺)와 폐사(閉寺)는 계속됐다. 『삼국유사』에서 사찰연기설화가 주로 서사화되어[32] 지금까지도 문헌과 구비로 전승된다. 사찰을 중심으로 하여 한반도는 사찰연기설화로 충만케 되었던 것이다. 이러한 점을 생각할 때 사찰연기설화는 한국에서 불교계 서사문학, 나아가 불교문학을 대표할 만한 영역이라 할 것이다. 또한 사찰연기설화는 사찰의 영험을 강조하고 불교 교리를 흥미롭게 구조화하면서 불교문학의 환상성을 잘 드러내는 서사물로서 문학사적의의가 높다 하겠다. 여기에서는 앞서 살핀 불교문학의 환상성을 바

---

31) 일 연, 앞의 책, 권3 興法, <原宗興法>조, "寺寺星張, 塔塔鴈行, 竪法幢, 懸梵鏡, 龍象釋徒, 爲寰中之福田, 大小乘法, 爲京國之慈雲."

32) 장덕순(『한국설화문학연구』, 서울대출판부, 1978)은 『삼국유사』에서 불교설화를 따로 설정하고 115편의 불교 전설 가운데 69편이 사원연기전설이라고 유형 분류하였다.

탕으로 사찰연기설화의 환상성을 고찰하려 한다.

(1) 역사와 환상

사찰연기설화는 일차적으로 사찰의 역사를 드러내려는 목적으로 이야기되거나 문헌에 기록되었다. 그러나 대승불교는 차별을 전제로 하는 언어 행위를 절대화하는 것을 거부했으며, 나아가 역사에 대한 인식도 유교의 입장과는 일정한 거리를 두었던 것으로 보인다. 이에 대해 사찰연기설화를 몇 편 살펴보고 어떻게 다른지를 들여다보자.

한반도의 역사는 불교와 유교가 화합과 경쟁, 대립의 관계를 끊임없이 이어왔고, 그로 인해 사찰의 내력을 이야기하는 설화들에서도 서술상의 편차를 드러낼 수밖에 없었다. 석대암연기설화를 기록한 민지의 <보개산석대사적기>(1307)를 보면 비현실적인 사건 전개에 대한 견해 차이가 엿보인다.

옛 기록에 말하기를, 옛날에 사냥꾼 순석 등 두 사람이 있었는데, 금 돼지 한 마리를 쏘았더니 화살에 맞은 상처에서 선혈이 땅에 뚝뚝 떨어졌고 돼지는 환희봉을 향해 달아났다. 산을 올라 쫓았더니 돼지가 멈춘 곳에 이르러 살펴보니 금 돼지는 보이지 않고, 다만 석상이 샘터 안에 묻혀서 얼굴 부분만 비쭉이 드러났고 몸체는 아직 숨겨져 있었는데, 왼쪽 어깨에 쏘아 맞춘 화살촉이 박혀 있었다. 두 사람이 크게 놀라 즉시 화살촉을 뽑고 석상의 몸을 꺼내고자 했지만 몸은 태산과 같이 움직이지 않았다. 두 사람이 더욱 놀라 서원을 세워 말했다. "대성인께서 우리들을 불쌍하게 여기셔서 제도하고 해탈시키고자 하여 이런 신이한 변신을 보이신 것이다. 만약 내일 샘물가 바위에 나와 앉아 있다면 우리들은 마땅히 출가하여 도를 닦을 일일 것이다." 그리고 물러났는데, 다음날 와서 보니 상이 바위 위에 올라 앉아 있었다. 두 사람은 곧바로 당나라 개원 8년 임신년(720)에 출가하고, 그 무리 삼백여 명을 이끌고 이 사찰을 창건하였다 …(중략)…

재상 나공이 이 산에 와서 진위를 가리고자 그 고적이 남았는지 물었다. 스님이 대답했다. "고적은 없고 다만 전설이 이와 같을 뿐입니다." 공이 말했다. "그렇다면 후세에 무엇을 가지고 믿을 수 있겠는가!" 그날 밤에 모습이 천왕 같이 생긴 신인이 나타나서 화를 내며 꾸짖어 말했다. "너는 어떤 사람이기에 진위를 구별하려고 하느냐? 이곳은 네가 머물 수 있는 곳이 아니니 당장 내려가도록 하라!" 공이 이에 너무나 두려워서 그날 밤으로 내달려 산 아래 심원사로 내려와 묵었다. 그밖에 여러 가지 신이한 일들은 이루 다 쓸 수 없을 정도다.

오호라! 여러 부처와 보살들이 크나큰 자비로 본체를 삼으셔서 일체의 몸으로 현신하신 것도 모두 중생을 제도하고 해탈케 하기 위한 큰 권도요 방편이고, 오직 우리 대성께서 사냥꾼을 위해서 돼지 몸으로 현신하신 것도 또한 이와 같다.[33]

사냥꾼이었던 순석 일행은 살생을 일삼는 사람들이었다. 곧 그는 악업을 계속 쌓던 인물이었다. 금 돼지라 생각하고 쏜 화살은 샘터 안에 있던 지장 석상의 어깨를 맞추었고, 다음날 그들의 소원대로 석상은 바위 위에 앉아 있었다. 그들은 놀라워하며 출가의 약속을 지키고 석대사를 창건했다고 했다. 악업을 쌓던 인물이 비현실적인 사건을 경험함으로써 개심하고 수도의 공간을 건설했다는 설화이다. 비현실적이며 신비로운 이적(異蹟)은 사찰의 역사로써, 대중의 회심(回心)을 불러일으키는 방편으로써 기록되고 있는 것이다. 민지는 불교

---

33) 閔　漬, <寶盖山石臺事蹟記>, 임종욱 역, 『佛教語文論集』 3, 한국불교어문학회, 1998, 275~281쪽, "古記云 昔有獵士順碩等二人 射一今猪則所射之穴 鮮血點地 而從歡喜之去 上追至望其所止之處 則不見金猪 但見石像 在泉源中 而頭面已出 其身尚隱 左肩中有所射之箭故 二人 大驚 卽拔其箭 而因欲出其體 則體不動如泰山 二人愕然 但立誓云 大聖旣已哀憐我等 爲欲度脫 現此神變 若明日 出坐泉邊之石上 我等當出家修道已 而退 翌日 來見之 像出坐于石上 二人卽出家于唐開元八年壬申 率其徒三百餘人 創是蘭若…(中略)…宰相羅公到此山 欲辨眞偽 而問其古蹟 僧曰 古蹟無 而但傳說如是耳 公曰 然則後世 何足信哉 卽於其夜 現見神人 狀若天王者 怒叱曰 汝何人欲辨眞偽也 此地非汝所可留處 宜速下去 公於是大懼 而其夜步出 下至深源寺宿焉 其餘種種靈異之事 不可勝記也 於戲 諸佛菩薩 以大慈悲 爲體 現一切身者 皆爲度脫衆生之大權方便 唯我大聖 爲獵士 現猪身者 亦如是也"

적 시각에서 비현실적 사건의 역사화를 긍정했다. 그런데 이 비현실
적 사건에 대해 유자로 보이는 재상 나공은 그 진위를 가리려 들었
다. 이에 신인이 꿈에 나타나 불호령을 내렸다고 했다. <석대암 연
기설화>는 비현실적 사건에 대한 유교와 불교의 다른 태도를 드러
낸다.

유교와 불교의 역사 인식이 전승의 과정에서 팽팽히 맞섰던 사찰
연기설화로는 자추사(刺楸寺, 지금의 栢栗寺)와 대왕흥륜사(大王興輪寺) 창
사설화가 있다. 이 설화는 이차돈(異次頓)의 순교를 다루면서 신라 불
교의 기원을 다룬 까닭에 여러 전승 이본으로 존재한다. 이본으로는
김대문(金大問)의 『계림잡전(鷄林雜傳)』(702~737), 『향전(鄕傳)』, 남간사(南澗
寺) 일념(一念)의 <촉향분예불결사문(觸香墳禮佛結社文)>(806~820), 『백률사
석당기(慶州栢栗寺石幢記)』(818), 각훈(覺訓)의 『해동고승전(海東高僧傳)』(1215),
<도리사아도화상사적비(桃李寺阿度和尙事蹟碑)>(1639) 등이 있다.

여기서 『계림잡전』은 『삼국사기』에 다시 실려 전한다. 여기에서
법흥왕은 불교를 일으키려고 반대하는 신하들을 눌러야 했다. 이때
흥불에 찬성하던 이차돈이 자신을 희생시켜 달라고 청했다. 처형 직
전에 이차돈은 "나는 불법을 위해 형을 받기로 하였다. 만약에 불법
이 신령스러움이 있다면 반드시 이상한 일이 있을 것이다."라고 말
했다. 그런데 잘린 목에서 젖빛의 피가 용솟음쳐 나왔고, 이를 본 신
하들이 다시는 불법 시행에 반대하지 않았다고 했다.[34] 자추사와 흥

---

34) 金富軾, 『三國史記』卷 1, 新羅本紀 4, <法興王> 條, "十五年 肇行佛法…(中略)…王
亦欲興佛敎 群臣不信 喋喋騰口舌 王難之 近臣異次頓(或云處道)奏日 請斬小臣 以定
衆議 王日 本欲興道 而殺不辜非也 答日 若道之得行 臣雖死無憾王 於是 召群臣問之
僉日 今見僧徒 童頭異服 議論奇詭 而非常道 今若縱之 恐有後悔 臣等雖卽重罪 不敢
奉詔 異次頓獨日 今群臣之言非也 夫有非常之人 然後有非常之事 今聞佛敎淵奧 恐不
可不信 王日 衆人之信 牢不可破 汝獨異言 不能兩從 遂下吏將誅之 異次頓臨死日 我
爲法就刑 佛若有神 吾死必有異事 及斬之 血從斷處湧 色白如乳 衆怪之 不復非毁佛
事(此據金大文鷄林雜傳所記書之 爽韓奈麻金用行所撰我道和尙碑所錄(恐與字之誤) 殊
異)十六年 下令禁殺生."

류사의 창건과 관련하여 직접적 진술은 보이지 않고, 젖빛의 피가 솟아올랐다는 비현실적 사건이 계기가 되어 불교가 공인되었음을 간략하게 밝혔다. 『계림잡전』에 실린 신이한 사건을 춘추필법(春秋筆法)을 앞세웠을 김부식이 수용하면서도 불교 공인의 이유를 '젖빛의 피'가 계기가 되었다고 서술했다. 김부식은 불교 공인의 핵심 사건이라 할 이와 같은 비현실적 사건을 배제한 채 역사 서술을 할 수 없었던 모양이다. 그렇지만 그 외에 불교적 의미를 부여하거나 다른 비현실적 사건을 서술하지는 않았다. 곧 역사적 현실성에 역점을 두었던 것이다.

그에 비해 원화(元和) 년간(806~820)에 남간사(南澗寺) 일념(一念)의 <촉향분예불결사문(觸香墳禮佛結社文)>에는 자세한 내막을 비현실적 사건을 가미하면서 역사적 서사물로 재구조화하려 한 흔적이 남았다. 법흥대왕(法興大王)과 이차돈의 대화는 고사를 인용하면서 충신과 자애로운 임금의 상을 확인시켜 준다. 신하들의 반대에 22세의 젊은 사인(舍人) 이차돈이 거짓으로 말씀을 전했다고 하여 자신의 목을 베어 왕의 말을 어기지 못하도록 하라고 충언한다. 이에 왕은 처음에는 거부하다가 그의 뜻을 따라 그를 죽인다. 그런데 목을 가르는 순간에 대한 서술은 앞선 김부식의 서술과 대조된다.

> 옥리(獄吏)가 그의 목을 베자, 흰 젖이 한 길이나 솟아올랐으며 하늘은 사방이 어두워 저녁의 빛을 감추고 땅이 진동하고 비가 뚝뚝 떨어졌다. 임금은 슬퍼하여 눈물이 곤룡포(袞龍袍)를 적시고 재상들은 근심하여 진땀이 선면(蟬冕)에까지 흘렀다. 감천(甘泉)이 갑자기 말라서 물고기와 자라가 다투어 뛰고 곧은 나무가 저절로 부러져서 원숭이들이 떼 지어 울었다. 춘궁(春宮)에서 말고삐를 나란히 하고 놀던 동무들은 피눈물을 흘리면서 서로 돌아보고 월정(月庭)에서 소매를 마주하던 친구들은 창자가 끊어지는 듯한 이별을 애석해 하여 관(棺)을 쳐다보고 우는 소리는 마치 부모를 잃은 것과 같았다. …(중략)…내인(內人)들은 이를 슬퍼하여 좋은 땅을 가려

서 난야(蘭若)를 세우고 이름을 자추사(刺楸寺)라고 했다. 이로부터
집집마다 부처를 받들면 반드시 대대로 영화를 얻게 되고, 사람마
다 불도를 행하면 마땅히 불교의 이익을 얻게 되었다.[35]

목을 베는 순간 흰 젖이 한 길이나 솟아오르고, 산천과 뭇짐승이
슬픔에 겨워 온갖 변고를 일으키는 사건이 발생했다. 불법을 일으키
는 데 결정적 구실을 한 이차돈의 희생을 비현실적 사건으로 서술함
으로써 설화는 불교사적 의의를 한껏 드높일 수 있었다. 그렇지만
그것은 세속 현실의 비극이다. 분별 의식과 아집으로 충만한 자들
대문에 빚어진 희생이었기 때문이다.

그리고 그의 명복을 빌기 위한 원찰인 자추사를 창건했으며, 이후
대왕흥륜사의 창건 이야기도 덧붙였다. <촉향분예불결사문>은『삼
국사기』보다 역사적 사실에 비현실적 색채를 더욱 짙게 입히고 있는
것이다.『삼국유사』의 협주에 나타나는『향전(鄕傳)』의 기록에서는 이
차돈의 "머리가 날아가서 금강산 꼭대기에 떨어졌다"[36]라고 했으며,
머리가 날아가 떨어진 자리에 장사지냈는데, 그곳에 자추사를 창건
했음을 밝혔다. 이로 보아『향전』이 <촉향분예불결사문>보다 더욱
비현실적인 색채가 농후했다. 그리고 역사 기록의 사실성을 의식한
일넘은 흰 젖이 솟아오른 정도로 그 신이함을 마무리했음을 알 수
있다. <백률사석당기>는 <촉향분예불결사문>을 그대로 수용한 형
태이고,『해동고승전』은 기존의 사료들을 끌어다 더욱 짜임새 있으
며, 비현실적으로 처리하려 노력하고 있다.

결국 불교계는 사찰 창건과 불교 공인의 기원을 역사적으로 자리

---

35) 일 연,『삼국유사』, 권3, <原宗興法厭髑滅身>조, "獄吏斬之 白乳湧出一丈 天四黯
    黲 斜景爲之晦明 地六震動 雨花爲之飄落 聖人哀戚 沾悲淚於龍衣 冢宰憂傷 流輕汗
    於蟬冕 甘泉忽渴 魚鼈爭躍 直木先折 猿猱群鳴 春宮連鑣之侶 泣血相顧 月庭交袖之
    朋 斷腸惜別 望柩聞聲 如喪考妣…(중략)…人人哀之 卜勝地 造蘭若 名曰刺楸寺 於是
    家家作禮 必獲世榮 人人行道 當曉法利."
36) 일 연, 앞의 책, "卽金剛山也 傳云 頭飛落處 因葬其地 今不言何也."

매김하는 서사물을 서술하면서 비현실적 사건을 적극 끌어들였던 것이다. 이는 유가의 역사 서술 방식과는 일정한 거리를 둔 것이다. 그렇다면 왜 이런 차이점이 발생하게 된 것인가?

동아시아에서는 『춘추(春秋)』를 역사 서술의 전범으로 여겼다. 사마천(司馬遷)의 『사기(史記)』나 동아시아의 역사서들은 대부분 이를 계승한 글쓰기를 시도했다. 『춘추』는 나타난 현상을 통하여 그 숨은 이치를 알게 한다는 서술 방식을 선택하면서, 허구적이며 비현실적인 이야기는 배척했다.[37] 그리고 그 배경에는 유교 이념에 따른 포폄(褒貶)의 기능이 숨겨져 있었다. 천자는 말할 것도 없고 제후들도 "각각 나라를 창건하면 자기 나라의 역사서를 가지고 선행을 현창(顯彰)하고 악행을 반성케 하여 좋은 풍속과 성명(聲名)을 확립"[38]하려 했는데, 그 선행과 악행의 기준은 다분히 통치 질서 확립을 위한 것이었다.

그에 비해 불교에서는 수많은 업(業, karman)들의 상관성 속에서 발생하는 것을 연기(緣起)라 하였고, 그 연기가 곧바로 역사를 의미하는 것으로 이해되었다고 볼 수 있다. 불교에서는 "모든 번뇌와 업, 짓는 자와 과보는 모두 환영이나 꿈과 같고 신기루와 같고 메아리와 같네."[39]라고 한다. 곧 수많은 업들에 의해 맺어진 과보(果報)를 세속의 언어로 엮어놓은 것, 그것이 역사인 것이다. 그런데 그 역사는 궁극적으로 공(空)하기 때문에 환상이다. 따라서 대승불교에서는 세속 인간들의 업연(業緣)에 따른 과보(果報)를 역사로 서술하되 자성(自性)이 없는 세속의 인간관계를 비판하면서 절대적 진리에 다가서게 하려는 의도가 끼어들게 되었다. 석대암 연기설화나 대왕흥륜사 연기설

---

37) 김태준, 「동아시아적 글쓰기의 전통론 시고」, 『동악어문논집』 36집, 동악어문학회, 2000.
38) 劉　勰, 『文心雕龍』, 卷4, <史傳> 第16, "各有國史 彰善癉惡 樹之風聲."
39) 용　수, 구마라습 역, 『중론』, <觀業> 品 第三十三, "諸煩惱及業 作者及果報 皆如幻與夢 如炎亦如響."

화는 이러한 불교의 역사관이 잘 투영되어 나타난 예이다. 불교에서 말하는 환상적, 비현실적 사건들은 사찰연기설화와 같은 역사적 서술에 자아와 자성에 대한 집착이 빚어낸 부정적 결과를 드러내고, 대중으로 하여금 불교의 절대적 진리에 다가서게 하려는 의도가 숨겨져 있다.

(2) 환상적 서사 전개의 양상

사찰연기설화는 역사이면서 불교의 교훈을 미적으로 서사화하는 양식이다. 앞 장에서도 살폈지만 불교문학은 세속에서 모든 절대화된 가치와 인식 세계를 부정한다. 세속에서 현실 또는 비현실이라 인식되는 그 모든 사건을 부정하면서 공(空), 환상의 진리를 환기시킨다. 그리고 반야의 지혜를 바탕으로 지속적인 육바라밀의 실천을 긍정하는 방향이 제시된다. 전자를 '부정의 문학적 형상화'로 후자를 '긍정의 문학적 형상화'라 표현할 수 있을 것이다. 이러한 불교문학의 특성을 사찰연기설화라고 크게 다를 수 없다. 여기서는 사찰연기설화에서 보여주는 환상의 서사화 양상을 짚어보자.

1) 우선 '부정'을 통해 절대적 진리에 접근하도록 하는 방식이 있다. 이에는 크게 두 유형이 있다. ㉠ 현실적 사건들을 통해 부정하거나, ㉡ 비현실적 사건들을 통해 부정하는 방식이다. 우선 현실적 사건들을 주로 다룬 사찰연기설화들을 살펴보자.

현실적 사건을 주로 다룬 전승물들은 대부분 짧은 서술이거나 유자들에 의한 서술의 경우에 많다. 예컨대 "옛날 단월가에 천녀·용녀라는 두 딸이 있었는데, 그 부모가 두 딸을 위해 절을 짓고 천룡사라 했다."40)와 같이 어떤 비현실적 사건이 언급됨이 없이 이야기

되는 경우이다. 또한 현실에서 벌어진 사실적 사건들이 창사의 기원
이 된 경우로서 사대부들의 기문(記文)에 자주 나타난다.[41] 또한 『동
국여지승람』의 설화들은 '허구가 아닌 사실에 부합되는 정보단위들'
로 구성된 '사실적 기술' 형태를 취하는 경우가 많다.[42] 이러한 서사
유형은 수많은 사찰연기설화들이 즐겨 사용했던 비현실적 사건 서
술을 거부하거나 현실성에 경도된 유가들의 진술에 흔한 형태라 하
겠다. 그렇지만 현실에서 벌어질 수 있는 사건을 사찰연기설화로 삼
았다 하더라도 불교의 절대적 진리로 대중을 이끌고자 하는 문제작
이 없을 수 없다.

　　대웅전 건립의 都片手가 공사 중에 우연히 마을의 어느 여인을
알게 되었다. 그는 곧 깊은 사랑에 빠져 공사 중에도 틈틈이 그 여
인을 만나 사랑을 속삭여 왔다. 그리하여 役事로 인해 그가 받는
노임은 그때마다 그 女人에게 모두 갖다 주었다. 그러던 중 세월은
흘러 어느덧 대웅전 建立佛事도 거의 마무리 단계에 이르게 되었
고, 건물만 완공되면 都片手는 마을의 그 여인과 오붓하게 새 생활
을 차릴 각오가 되어 있었다. 그러나 그 사이 여인은 마음이 변해
도편수가 모아다 준 돈을 모두 가지고 멀리 다른 곳으로 자취를
감추어 버렸다.
　　사랑에 실망한 도편수는 참으로 살맛이 없었다. 그러나 다시 마
음을 고쳐먹고 법당을 짓기 시작했다. 지난날의 그 사랑이 다시 증
오로 변해 갔다. 법당의 기둥 위에 그 여인의 모습을 조각해 넣고,
무거운 지붕을 받들게 했다. 이렇게 도편수는 자기를 배신한 그 女

---

40) 일　연, 『삼국유사』, 권3, <天龍寺>조, "昔有檀越 有二女 曰天女龍女 二親爲二女
　　創寺因名之"
41) 李　穀의 <高麗國江陵府艶陽禪寺重興記>(『동문선』 권70)에는 성균사예(成均司藝)
　　박징(朴澄)이 영해(寧海) 군수가 되어 와서 인사하며 말하는 가운데 어머니의 장
　　례를 마치고 명복을 빌기 위해 염양이라는 절 자리를 얻어 부처님을 모시는 전
　　각과 스님이 거처하는 당, 성승(聖僧)이 거처하는 집을 지었다는 이야기를 전하
　　고 있다. 이와 같은 사대부들의 기문은 『동문선』에 대단히 많다.
42) 김승호, 「寺刹 事蹟의 설화 수용 양상과 그 의미」, 『한국불교학결집대회논집』
　　下, 한국불교학결집대회 조직위원회, 2002, 5, 622~624쪽.

> 人에게 법당의 지붕을 받치고 있는 고통을 줌으로써 수백 년 동안
> 내려오면서 배신한 여인에 대한 복수를 하는 것이라 한다.[43]

전등사 중창 때 조성된 것으로 보이는 대웅보전 네 귀퉁이의 인물
조각상을 두고 전해지는 설화이다. 불사(佛事)를 행하면서 몸을 더럽
히고 애욕에 불탔던 도편수가 사랑에 배신을 당하고, 여인에 대한
복수심으로 그 인물상을 대웅보전에 만들었다는 설화이다. 사랑을
속삭일 때 그 여인에 대해 가졌던 믿음, 그것은 허망하기 이를 데
없는 것이었다. 설화의 '여백'에는 사랑이 실재하며, 영원할 것이라
는 도편수의 믿음이 망상이었다는 설화 구연자의 의식이 놓여 있다.
또한 배신한 여인에 대한 복수심으로 완성한 법당 지붕을 받친 고통
스런 여인의 형상은 사찰의 성스러움을 파괴해 버린다. 사찰의 성스
러움이 고해(苦海)를 헤엄치는 범부들을 멀리하는 것이라면 대승불교
의 이념과 배치된다. 전등사 대웅보전의 중창 불사를 행한 자나 이
러한 연기설화를 창작한 자는 공이며 환상일 수밖에 없는 세속 현실
을 낭만적이며 비극적으로 잘 형상화하고 있다. 이 사찰연기설화는
세속 현실의 사실적 표현을 통해 이룩할 수 있는 불교문학의 환상성
을 잘 보여주고 있는 것이다.

비현실적 사건들을 통해 절대화된 것을 부정하는 방식을 선택하
는 사찰연기설화는 문학성을 한껏 드러낸다. 고승이나 불보살이 등
장하는 이야기, 저승, 용궁, 천상 등의 비현실적 공간에서 벌어지는
이야기, 염불을 통해 불보살들을 친견했다는 이야기 등 다양하게 전
개된다. 이러한 비현실적인 사건의 전개는 아래와 같이 여섯 유형으
로 정리할 수 있다.

---

43) 韓國佛敎硏究院, 『傳燈寺』, 一志社, 1978, 69쪽.

비현실적 사건의 유형	
㉠ 몽조(夢兆) : 현몽(現夢) 따른 창건	㉣ 이류(異類) : 축생, 귀신, 신장 등
㉡ 이적(異蹟) : 고승의 이적 등	㉤ 이계(異界) : 저승, 용궁, 천상 등
㉢ 화현(化現) : 일상적 체험의 의미화	㉥ 응현(應現) : 신비체험(참선, 염불 등)

　꿈이 창사(創寺)의 인연이 되었음을 말하는 연기설화들이 있다. 꿈은 일상 세계에서 체험할 수 없는 사건이 벌어질 수 있는 공간이다. 충주시의 '백운암 창사 설화'는 19세기 말엽을 배경으로 하고 있는데, 명성황후에 얽힌 일화와 관련된다. 임오군란의 와중에 대궐을 빠져나온 명성황후는 여러 집을 거쳐 충주 노은에 있는 국망산(國望山) 아래에 피신해 있게 된다. 이때 파평 윤씨계의 한 무당이 서울에서 좋은 소식이 있어 환궁할 것이라 예언했고, 그 예언대로 궁궐에 다시 돌아간 명성황후는 무당 윤씨를 불러 소원을 들어주겠다고 했다. 윤씨는 어느 날 꿈에 부처님이 나타나 자신이 살 집을 지어달라는 말을 듣고는 명성황후에게 절을 지을 소원을 말했고, 억정사(億政寺) 절터에 방치된 철불을 모셔다 백운암을 창건하게 되었다고 했다.[44] 무업(巫業)을 일삼던 윤씨가 꿈속에서 부처를 만나 불교에 귀의하게 되었다는 설화이다. 명성황후의 미래를 점칠 정도의 신통력을 가진 무당이 자신의 업을 부정하고 불교에 귀의한 것이다. 소설적 성격을 강하게 갖는 '정토사연기설화'인 <조신전>도 애욕으로 갈등하던 조신이 꿈을 통해 깨달음을 얻고 정토사를 건립했다는 이야기이다. 여기서 꿈은 현실적 욕망의 충족이 아닌 욕망의 무상(無常)을 말하기 위한 장치로 기능한다.[45]

　고승들의 이적(異蹟)을 모티프로 삼는 사찰연기설화들이 또 하나의

---

44) 편집부 편, 『전통사찰총서』 권10, 사찰문화연구원, 1998, 131~132쪽.
45) 오대혁, 「<調信傳>의 구조와 형성배경」, 『한국문학연구』 20집, 한국문학연구소, 1998, 378쪽.

유형을 이룬다. 불교의 이적 모티프들은 겉으로 보아서는 허무맹랑한 거짓처럼 보인다. 그렇지만 그것이 던져주는 충격적인 신비로움이나 영험성은 사람들을 매료시키고, 내부에 신실한 의미를 내장하고 있는 경우가 많다. 그리고 그러한 이적 모티프들은 불교적 상징이나 의미를 대중이 이해하기 쉽게 변형해 놓고 있어 그 의미를 자세히 살펴야 한다. 아래의 설화를 보자.

> 칠불사(七佛寺)는 안주(安州) 성 밖에 있다. 수(隋)나라 병사가 침입해 강 언덕에 진을 치고 강을 건너려 하는데 배가 없었다. 이때 갑자기 7명의 스님이 나타나, 6명의 스님이 발목 바지를 걷고 강에 들어가 걸어 건너는 것이었다. 수나라 군사들이 이 모습을 보고 강물이 깊지 않다고 생각하고, 일제히 지휘하여 강을 걸어 건너라고 명령을 내렸다. 이렇게 해 수나라 군사들은 모두 강에 빠져 죽었다. 그래서 여기에 칠불사를 짓고 일곱 개의 돌에 부처를 새겨 모셨다.[46]

국가의 안위와 관련한 '칠불사 창건연기'로, 스님들이 깊은 강물을 걸어 건너는 걸 보여주어 수나라 군사들을 강물에 빠뜨려 죽인 것이 사찰 창건의 인연이라 했다. 이는 호국불교적 성격의 창사담이라 할 수도 있겠지만, '칠불'이라는 사찰 이름이 연상시킨 민간 창작의 설화로 볼 가능성이 높다. 그런데 6명의 스님만이 강을 건너갔다는 점은 이상하지 않은가? 칠불이란 석존 이전의 비바시불(毘婆尸佛), 시기불(尸棄佛), 비사부불(毘舍浮佛), 구류손불(拘留孫佛), 구나함모니불(拘那含牟尼佛), 가섭불(迦葉佛)에다 석가모니불을 더한 명칭이다.[47] 곧 강물을 건너간 6명의 스님은 석가 이전의 부처님들이요, 남은 1명의 스님은 석가모니불로 현세의 부처님이라는 뜻을 또한 내포한다. 곧 일곱의

---

46) 『新增東國與地勝覽』 卷 52, <安州>.
47) 『法華經』, <五百弟子授記品>(『大正藏』 9권, 25下), 『虛空藏菩薩問七佛陀羅尼呪經』 (『大正藏』 21권, 561下).

부처님들이 스님들로 화현(化現)하여 국가를 지켜주었다는 매우 불교적인 의미가 숨겨져 있다.

이외에도 고승들의 이적과 관련된 사찰연기설화는 참으로 많다. 원효와 관련되어 창건된 사찰연기설화만 하더라도 전국에 걸쳐서 90여 편이나 된다. 그 가운데 '도량사 창건연기'는 불교적 상징이 끼어들면서 해석상의 어려움을 겪게 하는 설화이다.[48] 사복 어머니의 장례를 치르는 장면에서 풀포기를 뽑았을 때 나타나는 칠보로 장식된 누각이 있는 지하세계는 바로 연화장세계를 뜻한다. 연화장세계는 원효와 사복의 대화에 드러나듯 태어남과 죽음의 괴로움을 벗어난 세계, 열반(涅槃)이다. 전생에 암소였다가 현생에 인간으로 태어난 사복의 어머니가 열반에 들었다는 것은 생사윤회의 구속을 벗어나 열반했다고 말하고 있는 것이다.[49] 이처럼 도량사연기설화는 원효와 사복이라는 고승을 등장시켜 비현실적 사건을 제시함으로써 부정적 세속의 집착에서 벗어난 연화장의 세계를 제시한다.

불보살의 화현(化現)을 통해 절대적 진리를 구현하려는 유형이 있다. 예컨대 '내소사 중창연기설화'는 화공 또는 목수로 등장하는 관음보살의 현신(現身)에 따른 중창담(重創譚)이다. 설화를 보면 앞부분에는 사미승이 장난을 쳐서 법당 안의 목침 하나가 빠져 있게 된 사연을 들려주고는 다음과 같은 이야기를 덧붙였다.

> 어느 날 한 화공이 찾아와 단청을 해주겠다고 하면서 조건을 하나 달았다. 100일 동안 누구도 건물 안을 들여다보아서는 안 된다는 것이었다. 그래서 선사와 목수는 교대로 그 건물 앞에서 누구도 얼씬 못하게 지켰다. 99일이 지나도록 인기척도 없고 먹을 것도 안 들어가니 사미승이 궁금하였다. 그래서 목수가 지키고 있을 때에 사미승은 주지스님이 부른다고 거짓말하고 기어이 들여다보았다.

---

48) 일 연, 『삼국유사』, 권4, <蛇福不言>조.
49) 오대혁, 『원효설화의 美學』, 불교춘추사, 1999, 135쪽.

안에서 하얀 새가 입에 붓을 물고 날갯짓에서는 화려한 물감을 만
들어내면서 그림을 그리고 있었다. 이에 놀란 사미승은 자세히 보
고자 문을 살짝 열었다. 그러자 삐걱 하는 소리가 나고 놀란 새는
그만 날아가버리고 말았다. 단청을 완성하지 못한 것이다. 그래서
대웅전 안에 좌우 한 쌍으로 그려져야 할 그림이 좌측 창방 위에
바탕면만 그려져 있고, 내용은 그려져 있지 않다. 그 새는 觀音鳥라
한다. 지금도 새벽녘에 새 울음소리가 나는데 그 새가 관음조라 한
다. 목수나 관음조는 모두가 觀音菩薩이 현신한 것이라 한다.50)

관음보살이 목수로, 파랑새가 관음조로 현신(現身)하여 대웅보전을
중창했다고 했다. 낙산사 관련 설화에서 원효가 개짐 빠는 여인에게
희롱을 하자 파랑새[靑鳥]가 관음보살의 현신을 몰라본다고 말하며
날아갔다는 설화를 연상시킨다.51) 그리고 <광덕엄장>에서 엄장을
깨달음으로 인도한 광덕의 아내가 다름 아닌 관음보살이었다는 마
지막 진술을 또한 떠올리게 한다.52) 곧 이 설화는 기존 불교설화의
모티프들을 적절히 활용하면서 사찰 중창의 경이로움을 드러내고,
관음 성지로서의 성격을 드러내려 했다. 위 작품은 서사의 마지막에
가서 현실계에서 벌어진 사건이 실제로는 불보살이 화현하여 벌인
일이라고 불교적 의미를 부여한다. 화공이 등장해 백 일 동안 누구
도 건물 안을 들여다보지 말라는 금기와 결국 하루를 채우지 못하고
그 금기를 어긴다는 모티프는 흔히 들어왔던 것이다. 그런데 들여다
본 순간 드러나는 벌어진 비현실적 사건은 경이롭다. 하얀 새(靑鳥로
나타나기도 함)가 붓을 물고 날갯짓으로 화려한 물감을 만들어내며 그
림을 그린다는 것은 일상에서는 있을 수 없는 사건임에 틀림없다.
그런데 그러한 경이적 사건 이후 설화는 관음조와 관음보살의 현신
이었음을 강조함으로써 불보살의 영험으로 사찰이 창건되었다고 한

---

50) 韓國古美術硏究所, 『美術史學誌』 3집, 2000, 244쪽, 유사한 설화가 같은 책, 263쪽
　　에 실려 있다.

51) 일　연, 『삼국유사』, 권3, <洛山二大聖觀音正趣調信> 조.

52) 일　연, 『삼국유사』, 권5, <廣德嚴莊> 조.

다. 설화 창작자는 승려로 또는 범부로, 아니면 새의 모습으로 부처
와 보살은 온 세상에 가득하다고 말하고 싶었던 것이다. 불보살이
사찰의 대웅전에 있고, 불화 속에 존재한다고 믿는 사람들에게 새
한 마리가 부처일 수 있다고 말하는 것이다. 이 유형의 모티프는 조
선후기에 소설적 특징까지 드러내는 <보덕각시전(普德角氏傳)>이라 알
려진 '보덕굴 연기설화'53)의 창작에도 영향을 끼쳤던 것으로 보인다.

사찰연기설화에서 이계(異界)가 등장하는 유형과 이류(異類)가 등장
하는 유형은 뒤섞여 나타나곤 한다. 이러한 형태로 낙산사 창건연기
설화를 들 수 있다. 이 설화에서 의상은 재계(齋戒)한 지 7일 만에 용
중(龍衆)과 천중(天衆) 등 팔부시종(八部侍從)을 따라 굴속에 들어가고, 동
해용에게서 여의보주(如意寶珠)를 받고, 마침내는 관음보살을 친견하고
는 낙산사를 창건했다고 했다.54) 고승이라 알려진 이도 보살을 친견
하기 위해 끊임없이 수행을 했던 것이다. 고승이 따로 있고 범부가
따로 있을 수 없다. 낙산사 연기설화는 비현실적 세계가 주조를 이
루면서 고승으로서의 의상의 면모와 관음성지로서의 낙산사가 서사
화되었다. 그리고 <금광사본기(金光寺本紀)>에는 명랑이 당나라에 건
너가 도를 배우고 돌아오는데 바다의 용궁에 가서 비법을 전하고,
황금 천 냥을 보시 받아 땅 밑을 잠행해 자기 집 우물 밑으로 솟아
올랐다고 했다. 그리고서는 자기 집을 희사해 절을 만들고 황금으로
탑과 불상을 장식하여 금광사라 했다고 한다.55) 세속인들에게 이상
적 공간으로 여겨지곤 하는 용궁도 불법이 미치지 못해 명랑이 전했
다. 신인종(神印宗)의 시조라 하는 명랑의 이인적 면모를 드러내면서,
용궁을 교화의 대상지로 설정하고 금광사가 매우 영험한 불도량임
을 드러냈다. 이처럼 이계와 이류를 사찰연기설화에 등장시킨 것은

---

53) <普德窟事蹟拾遺錄>(權相老, 『韓國寺刹全書』上, <普德窟> 條)
54) 일   연, 『삼국유사』, 권3, <낙산이대성관음정취조신>조.
55) 일   연, 『삼국유사』, 권5, <明朗神印>조.

물론 불경류에 등장하는 다양한 불교적 모티프에 기인한 바가 크다. 그것은 물론 비현실적인 세계이지만 중생을 깨달음으로 이끌기 위한 불도량의 신성성과 영험성을 뒷받침하는 서사물로서 그 의의를 지닌다. 그리고 다음의 '종덕사(宗德寺) 연기설화'는 지상과 천상, 석불로의 변신 등 흥미로운 이야기로 가득하다.

> 옛날 백두산에 도승이 있었는데, 그는 도가 깊어 길흉사를 알고 산짐승들까지 다스렸다. 수많은 사람들이 그를 찾아와 배우고자 했다. 어느날은 두 아들을 데리고 온 견우가 직녀를 만날 방도를 그에게 물었고, 그는 칠월 칠석날 은하수를 타고 올라가 만나는 방법을 일러주었다. 천왕이 그 소식을 듣고 대노했던 다음날 도승은 사라졌다. 아무리 찾아도 도승은 없었다. 중들은 흩어지고, 수백년의 세월이 흘렀다. 백두신 부근에 살던 한 농부가 정월 초하룻날 밤에 꿈속에서 하얀 수염을 기른 도사가 중얼거리는 소리를 들었다. 꿈 이야기에 늙은이들은 옛날 도승이 지상에 내려오는가 보다고 했다. 농부는 장년들과 함께 백두산 천활봉에 도승이 앉아 계신 모습을 보았다. 도승은 석불이 되어 있었다. 그들은 옛 절터에 석불의 혼이 들어올 수 있도록 팔각집을 짓고 면마다 문을 내었고, 이름을 종덕사라 하였다.(필자 요약)[56]

백두산의 도승은 인간의 길흉사를 모두 알았고, 산짐승들이 악행을 저지르면 벌을 내리는 초인적 존재였다. 그런데 그는 천왕에게 벌을 받는다. 절대적 진리를 추구하는 승려가 세속 중생들 위에 군림하는 것은 잘못된 일이기 때문이다. 수백년의 세월 동안 종적을 감춘 그가 석불이 되어 나타나기까지의 기간은 과거의 업을 씻고자 하는 참회와 정진의 시간이었던 것이라 하겠다. 견우와 직녀 설화가 끼어들어 전해지는 '종덕사 연기설화'는 시공을 초월한 비현실적 사건의 제시를 통해 이와 같은 가르침을 전하고 있는 것이다.

---

56) 리천관 최룡관 수집정리,『백두산전설』, 연변인민출판사, 1989.(정재호 외,『白頭山 說話 硏究』, 고려대학교 민족문화연구소, 1992, 396~398쪽 부분 요약)

마지막으로 비현실적 사건을 제시하는 유형은 불보살들이 응현한 후 불도량이 창건되었다는 설화들이다. 앞서 살핀 '낙산사 연기설화'가 이에 포함된다. 보천(寶川) 태자가 오대산에서 불보살들을 친견하면서 수많은 불도량을 창건한 이야기[57]는 만다라(曼陀羅)의 비현실적 세계를 잘 보여주는 설화이다. 오대산이라는 불연적 공간을 설정하고 그 불국의 세계를 장엄하게 형상화했다. 보천 태자가 오대산으로 숨어들던 당시는 정신왕(淨神王)의 아우가 왕과 왕위를 다투던 시기였다. 형제간에 국가 권력을 두고 다투는 혼란한 시대에 보천은 출가를 결행했던 것이다. 그가 출가를 결행 이유나 고행의 흔적은 세밀하게 서사화되지 않았지만 세속적 군주의 자리를 버리고 '정신적 군주'의 길을 걸어가고 있는 그의 모습은 흡사 붓다의 생애를 연상케 한다. 곧 붓다를 염두에 둔 승전(僧傳)을 구성할 목적으로 쓰인 설화였던 것으로도 짐작된다.[58] 부처님은 중생 교화를 위해 교화대상에 맞춰 변화한 몸을 나타내는데, 응신(應身)은 깨달은 이에게나 나타난다. 부처님의 응신은 실상 수행자 자신의 망심(妄心)에서 비롯된 것이지 결코 마음 밖에서 따라 온 것이 아니라는 『기신론(起信論)』의 내용을 떠올려 본다면, 보천이나 의상 앞에 불보살이 응현했다는 것은 그들이 불보살의 경지에 들었음을 표현한 것이라 볼 수 있다. 끊임없는 수행을 통해 얻어진 깨달음의 경지를 이들 설화들은 얼핏 보여준다.

2) 사찰연기설화에서 '긍정의 문학적 형상화'는 반야의 지혜를 바탕으로 지속적인 육바라밀의 실천을 긍정하는 방향이다. 그런데 앞서 본 설화들 대부분 육바라밀의 실천이 드러나고 있음을 알 수 있

---

57) 일 연, 『삼국유사』, 권3, <臺山五萬眞身>條.
58) 오대혁, 「觀音說話의 상상력과 소설발생의 문제」, 『白鹿語文』 16집, 백록어문학회, 2000, 105~106쪽.

다. 보천이나 의상의 용맹정진의 모습이나 조신의 정토사 건립 등 대부분의 사찰연기설화는 세속적 진리의 절대성을 부정하는 가운데 그 해결책으로 육바라밀의 방향을 제시하곤 했던 것이다. 곧 '부정과 긍정의 종합적 제시'가 사찰연기설화의 주된 서술 방식이라 해도 좋겠다.

　　장육전(丈六殿) 중건의 대원(大願)을 발한 계파대사(桂波大師)는 100명의 기도승들을 시봉(侍奉)하는 공양주를 자원했다. 그는 자신의 직위나 도덕을 돌아보지 않고 온갖 정성을 다하여 밥 짓고 물 길으며 청정한 마음으로 대중스님들을 공양했다. 100일 기도가 끝나던 회향일(廻向日), 노장스님이나 기도자들 꿈에 하얀 노인(문수보살)이 나타나 화주승(化主僧)을 뽑으려면 물 묻은 손으로 밀가루를 만져도 손에 묻지 않는 사람이어야 한다고 말했다. 모든 대중에게 물 묻은 손으로 밀가루를 만지게 했는데 계파스님만이 밀가루가 묻지 않았다. 대중들은 모두 계파스님에게 삼배하고 화주의 중임(重任)을 맡겼다. 계파스님은 수행만 해 왔으므로 걱정이 앞섰는데 대웅전에 정좌해 부처님께 기도했다. 밤중에 한 노인이 나타나 아침에 길을 떠나 제일 먼저 만나는 사람에게 시주를 권하라 했다. 다음날 화주책(化主冊)을 품고 산문을 내려가다 만난 이는 동구 밖 대밭에 살며 절에서 식은 밥을 얻어가던 노파였다. 스님은 걱정스러워하면서도 노파에게 시주를 청원하고 계속 절했다. 노인은 계파스님의 정성에 감동하여 "이 몸이 죽어 왕궁에 태어나서 큰 불사를 이룩하오리니, 부디 문수대성은 가피를 내리소서."라고 말하고 큰 늪에 몸을 던졌다. 스님은 자신 때문에 사람이 죽었다는 사실에 놀라 도망쳐서는 5~6년을 걸식하며 돌아다녔다. 한양성의 창덕궁 앞에 이르자 서성이던 어린 공주가 계파스님을 반갑게 대하며 매달렸다. 공주가 태어나면서부터 꼭 쥐고 있던 손을 스님이 만지자 펴졌다. 손바닥에는 '丈六殿'이라 씌어 있었다. 숙종대왕(肅宗大王)은 자초지종을 모두 듣고 감격해 장육전 건립의 대원을 발하였다. 장육전이 건립되자 왕이 사액(賜額)을 내려 각황전(覺皇殿)이라 했다.(필자 요약)[59]

---

59) 화엄사 주지 明　煽 스님 구술(한국불교연구원, 『華嚴寺』, 一志社, 1976, 89~90쪽)

화엄사 장육전 중건설화는 시공을 초월한 보시바라밀(布施波羅蜜)의 실천을 낭만적으로 그리고 있다. 육바라밀 가운데 처음에 드는 것이 보시바라밀이다. 일여(一如)의 『대명삼장법수(大明三藏法數)』(1419)에는 음식시(飮食施)를 하품시(下品施), 진보시(珍寶施)를 중품시(中品施), 신명시(身命施)를 상품시(上品施)라 했다. 이 가운데 보시의 참된 경지는 생명을 제공하는 데까지 이르러야 한다는 사신시(捨身施)이다.[60] 계파스님의 간곡한 권선(勸善)에 노파는 목숨을 던지는 보시를 행했다. 대밭에 살며 식은 밥이나 얻어 먹던 노파의 죽음은 끝이 아니요 새로운 삶의 과정일 따름이었다. 그가 세운 서원이 공주의 몸으로 태어나게 했고, 끝내 그 뜻을 이룰 수 있었다는 것이다. 대승보살행은 이타행(利他行)이다. 100인의 기도를 위해 자신의 직위나 도덕을 돌보지 않은 계파 대사의 행이나 노파의 행 모두 이타적 삶의 모습을 보인 것이다. '관음사연기설화'나 <심청전>도 이러한 보시바라밀의 서사화라는 측면에서 유사성을 갖는다.

보리사(菩提寺) 연기설화는 '부정과 긍정의 종합적 제시'의 면모를 잘 보여준다. 『향전(鄕傳)』과 『승전(僧傳)』에 실렸던 욱면의 이야기는 『삼국유사』에 실려 전한다.[61] 아간(阿干) 귀진(貴珍)은 미타사(彌陀寺)를 세우고 서방정토를 구하는 계를 만들어 정진했는데, 욱면은 그의 집 계집종으로 치열하게 염불을 했다. 여성이면서 미천한 종의 신분이었으니 절 마당에서라도 염불하는 모습은 주인에게 좋게 보일 리 없었다. 그래서 주인은 늘 그녀에게 곡식 두 섬을 주어 하룻저녁에 다 찧으라고 명령했다. 하지만 그녀는 초저녁에 다 찧어 놓고 또다시 절에 가 염불하기를 밤낮으로 게을리 하지 않았다. 어떤 날은 뜰의 좌우에 말뚝을 세워 놓고 두 손바닥을 뚫고는 거기에 노끈을 꿰어 말뚝 위에 매어 합장하고 좌우로 흔들며 격려했다.[62] 그런 모습에

---

60) 황패강, 『新羅佛敎說話硏究』, 일지사, 1975, 137쪽.
61) 일　연, 『삼국유사』, 권5, <郁面婢念佛西昇>조.

하늘은 그녀에게 당에 들어가 염불하라고 하였으며, 마당에서만 염불하던 욱면은 법당에서 정진하여 마침내 연화대에 앉아 큰 광명을 발하다 가버렸다. '서승(西昇)' 곧 극락왕생을 하게 된 것이다. 이것이 『향전』에 전하던 욱면의 이야기이다.

골품제를 바탕으로 출신 성분의 높고 낮음에 따른 특권과 제약이 따랐던 신라 사회에서 17관등 중 6위인 아간의 위치에 있던 귀진은 사람들을 모아 불도를 닦으면서도 계집종이라 하여 욱면을 핍박하였다. 평등의 이념을 지녀야 할 불교도로서 그릇된 모습을 보인 것이다.[63] 신분제 사회의 최하층 여성이 겪어야 할 현실적 고통이 서사화된 것이다. 그러면서 한편으로는 고통을 감수하며 염불 정진한 계집종이 마침내는 대들보를 뚫고 올라 부처의 몸으로 연화대 위에 앉았다는 비현실적인 장면으로 마무리하였다. 신분적 제약이 존재했던 당대 현실에 대한 비판적 사고가 비현실적 사건을 통해 드러난 것이다.

『승전』은 여기에 전생윤회(轉生輪廻)의 서사화를 통해 시공간의 확대와 불교적 의미화를 기했다. 욱면은 전생에 도를 닦던 무리에서

---

62) "庭之左右 堅立長橛 以繩穿貫兩掌 繫於橛上 合掌左右 遊之激勵焉."에 대한 해석을 두고 의견이 분분하다. 이재호는 "뜰의 좌우에 긴 말뚝을 세워놓고 두 손바닥을 뚫어 노끈으로 꿰어 말뚝 위에 매고는 합장하며 좌우로 이를 흔들어 스스로 격려했다."(이재호 역, 『三國遺事』 下, 光文出版社, 1967, 283~284쪽)라고 하였고, 조동일은 주인이 "두 손바닥을 좌우의 말뚝에다 따로따로 매서 합장을 하지 못하게 했다는 뜻이다.……그랬는데도 욱면은 좌우로 묶인 두 손을 합장하고, 합장한 손을 흔들며 스스로 격려를 했다는 뜻이겠다."(조동일, 『삼국시대 설화의 뜻풀이』, 집문당, 1990, 252쪽.)라고 보았다. 손바닥을 뚫어 노끈을 꿰어 넣은 것이 욱면 스스로 한 일인지, 아니면 주인이 강압적으로 한 것인지는 문면만으로 명확치 않다.

63) 김상현은 「신라 中古期 불교사상의 사회적 의의」(『신라의 사상과 문화』, 일지사, 1999)에서 "신라사회는 골품제도로 규제되고 있었지만, 적어도 불교 교단 안에서는 평등의 이념이 실현되고 있었다. 일찍이 인도에서 이미 그랬듯이, 신라에서도 신분이 출가에 장애가 되지 않았던 것이다. 진골귀족으로부터 노비에 이르기까지, 남녀의 구별도 없이 누구나 승려가 될 수 있었다."(290쪽)는 주장을 논증하고 있다.

계(戒)를 얻지 못해 축생도(畜生道)에 떨어져 부석사의 소가 되었고, 불경을 싣고 다닌 업(業)으로 다시 계집종으로 태어났다고 했다. 그런 그가 하가산(下柯山)에 갔다가 꿈에 감응하여 불도를 닦게 되었다고 했다. 그리고 『향전』의 이야기처럼 염불을 통해 대들보를 뚫고 올라가는 이적을 그렸다. 그런데 『승전』에서는 욱면이 하늘로 올라서는 소백산에 이르러 신 한 짝을 떨어뜨린 곳과 육신을 버린 산 밑에다 보리사를 지었다고 했다. 귀진도 집을 희사해 법왕사를 지었다고 했다. 『향전』에는 나타나지 않는 창사 사실이 『승전』에는 나타난다. 사찰 창건을 서술하기 위해 『향전』의 이야기에 불교적 의미화를 시도했다고 볼 수 있다. 현실의 신분제가 절대적인 것이 아니라 현세에서 어떤 업을 닦느냐에 따라 보응이 달라질 수 있음을 '불교도→소→ 계집종→ 극락왕생자'라는 전생윤회의 서사화를 통해 드러냈던 것이다. '보리사 연기설화'는 비현실적 사건을 서사화함으로써 절대화된 신분제 사회를 비판하면서 불교 수행을 강조하고 있다. 이외에도 수많은 사찰연기설화들이 반야의 지혜를 바탕으로 한 육바라밀의 실천을 강조한다.

4. 맺음말

불교문학에서 환상성을 이해하는 것은 대단히 중요하다. 불교문학의 환상은 불교가 말하고자 하는 진리에 도달하기 위한 방편이며, 문학적 형상화의 방식이기도 하기 때문이다. 이 글은 그러한 환상을 이론적으로 정립하고, 사찰연기설화의 환상성을 고찰하기 위해 쓰였다.

필자는 이 글에서 대승불교에서 말하는 환상의 개념을 자세하게 살펴, 불교문학의 환상 개념을 추출했다. 불교의 공성(空性)과 연기성(緣起性)에 의해 환상의 개념이 도출된다. 세속의 현실에서 현실로 인식하든 비현실로 인식하든 일체는 자성(自性)이 없는 까닭에 공이며 연기이고, 환상이다. 불교의 환상은 현실과 비현실을 포함한 일체의 것이 지니는 성질을 표현하는 절대적 진리의 또 다른 표현이다. 불교문학은 절대적 진리를 추구한다. 그런데 그러한 진리 추구는 일반적으로 두 방향으로 나타난다. 세속적 현실을 긍정하는 방향과 부정하는 방향이 그것이다. 불교문학은 세속에서 절대화된 가치와 인식 세계를 부정함으로써, 또는 반야의 지혜를 바탕으로 지속적인 육바라밀의 실천을 긍정함으로써 불교의 교훈을 미적으로 전달한다.

이 글은 불교문학의 환상성과 관련하여 사찰연기설화가 지니는 서사적 특징을 살폈다. 사찰연기설화는 일차적으로 사찰의 역사를 드러내려 하지만 비현실적 사건들을 배제하려 하지 않는다. 불교계는 연기성을 역사 인식의 방법으로 선택하되 그마저도 공성을 지녔음을 드러내기 위해 비현실적 사건들을 적극 수용했다. 다음으로 사찰연기설화의 서사적 전개의 양상을 살폈다. 사찰연기설화들은 세속에서 현실 또는 비현실이라 인식되는 모든 사건을 부정하면서 공(空), 환상의 진리를 환기시키거나, 반야의 지혜를 바탕으로 지속적인 육바라밀의 실천을 긍정하는 방향으로 서사적 전개가 이루어진다. '부정'을 통한 절대적 진리 추구의 방향은 다시 현실적 사건을 통해 부정하거나 비현실적 사건을 통해 부정하는 방식으로 나누어진다. 이에서 비현실적 사건의 제시는 몽조(夢兆), 이적(異蹟), 화현(化現), 이류(異類), 이계(異界), 응현(應現), 화현(化現) 등의 유형으로 나타난다. 그리고 '긍정'을 통한 절대적 진리 추구의 방향이라 할 육바라밀의 실천과 관련된 설화들은 '부정'을 통한 진리 추구와 함께 나타나는 경우가 많다.

김시습의 선불교적 현실주의와
『금오신화』

오대혁

1. 머리말

서사 텍스트가 지닌 배경이나 구현된 형식, 내용을 연구하는 데 사상적 접근은 매우 중요한 방식이다. 사상은 서사 텍스트의 전 영역을 지배하는 경우가 많기 때문이다. 최근에 필자 또한 한국의 서사문학을 연구하면서 서사 텍스트에 대한 사상적 접근을 바탕으로 소설 미학적 접근을 시도하고 있다. 필자가 불교계 서사문학을 주로 다루어왔기 때문이기도 하겠지만, 기존의 문학 연구가들이 사상적 접근을 뛰어난 몇 학자들의 연구에 기대거나 비판은 하면서도 뚜렷한 대안적 입론을 세우지 못하는 경우를 종종 보아왔기 때문에 어떤 이들에게는 무모하게 보일 수도 있는 사상적 접근 방식으로 서사 텍스트를 들여다보게 되었던 것 같다. 그런 과정에서 김시습의 『금오신화』를 들여다보게 되었다. 너무나 많은 연구자들의 노고가 묻어 있는 김시습과 『금오신화』에 얽힌 논문들[1]을 대하면서 필자는 힘겨

---

1) 주요 논저들을 들면 아래와 같다.

정주동, 『매월당 김시습 연구』, 민족문화사, 1961.

임형택, 「현실주의적 세계관과 금오신화, 『국문학연구』 13, 서울대학교 국문학연

운 씨름을 해야 했다. 그 과정에서 김시습과『금오신화』에 대한 문학 사상적 접근 가운데 결여된 측면이 있음을 찾아 새롭게 조명할 필요를 느꼈다.

최근『금오신화』의 창작 연원에 대한 소설 미학적 접근을 정밀하게 진행한 박희병은 일찍이 '나려시대의 전기소설의 전통이 계승·발전되는 과정에『금오신화』가 창작되어 한국 전기소설의 질적 비약이 이루어졌다.'[2]고 주장한 적이 있다. 기원이라 말할 수 있는 작품으로 그는 '설화가 아닌' '전기소설 <최치원>과 <조신전>'을 들었다. 설득력 있는 주장이다. 그러면서 자세한『금오신화』에 대한 미학적 접근을 시도함으로써 고전소설 연구의 시야를 넓혀주었다. 그런데 최근 고려시대의 소설로 밝혀진 <왕랑반혼전>의 계승에 대한 언급이 없으며, 김시습의 불교적 세계관, 창작 당시의 사회적 배경 등에 대한 유기적 연구가 뒷받침되지 않아 많은 아쉬움이 남았다.

필자의 생각으로는『금오신화』의 서사 기법이나 주제, 사상적 측면에서의 혁신은 결코 갑작스럽게 나타난 것이 아니다. 여기에는 전

구회, 1971.

김기동, 「금오신화의 연구」,『동양학』5, 단국대학교, 1975.

조동일, 「초기 소설의 성립과 초기 소설의 유형적 특징」,『한국소설의 이론』, 지식산업사, 1977.

설중환, 「금오신화의 신연구」, 고대박사논문, 1983. ;『금오신화의 연구』, 고려대 민족문화연구소, 1989.

강진옥, 「금오신화와 만남의 문제」,『고전소설 연구의 방향』, 새문사, 1985.

안동준, 「김시습 문학사상 연구」, 한국정신문화연구원 한국학대학원박사논문, 1994.

박희병,『전기소설의 미학』, 돌베개, 1997.

최용철, 「금오신화 조선간본의 발굴과 그 의미」,『중국소설연구회보』39, 중국소설연구회, 1999.

최귀묵,『김시습의 사상과 글쓰기』, 소명출판, 2001.

박일용, 「≪금오신화≫와 ≪전등신화≫에 나타난 애정모티프의 형상화방식과 그 의미」,『동아시아문학 속에서의 한국한문소설연구』, 월인, 2002.

2) 박희병, 「≪金鰲新話≫ 創作의 淵源과 背景」,『韓國傳奇小說의 美學』, 돌베개, 1997, 175쪽.

기소설의 서사기법적 전통뿐만 아니라 김시습의 불교사상이 영향을 끼치고 있는 것으로 여겨진다. 필자는 그의 선불교 사상에 초점을 두어 기존 논의를 비판적으로 검토하고, 새로운 견해를 밝혀보려 한다. 그런 다음 그러한 사상적 경향이 어떻게 『금오신화』에 영향을 끼치고 있는지를 살필 것이다.

2. 『금오신화』 창작의 사상적 배경

(1) 김시습이 『금오신화』를 창작한 시기는 천룡사(天龍寺) 부근에 금오산실(金鰲山室)을 짓고 정착했던 1465~1468년 무렵으로 추정된다. 이 시기를 중심으로 전후의 행적을 살펴보자. 이 시기 이전에 그는 신동으로 알려진 가운데 온갖 유교 경전을 섭렵했는데, 어려서 부모를 잃고 단종의 양위 사실을 전해 듣고는 방외인으로 전국을 유람해 다녔다. 그 과정에서 그는 선종계 사찰들을 중심으로 떠돌면서 <유관서록(遊關西錄)>·<유관동록(遊關東錄)>·<유호남록(遊湖南錄)> 등을 남겨 놓았다. 또한 그는 『원각경(圓覺經)』과 『묘법연화경』과 같은 불교 경전을 직접 대했고, 『묘법연화경』을 선적(禪的)으로 해석해 『묘법연화경찬』을 쓰기도 했다. 그리고 원각사 낙성회에 참여했다가 돌아오면서는 효령대군(孝寧大君, 1396~1486)이 준 하사금으로 『맹자대전』, 『성리대전』, 『자치통감』, 『노자』를 구입한 후 금오산실로 돌아왔다.3) 이러한 그의 행적이 『금오신화』 창작의 배경이 되었을 것임은 당연한 일인데, 거기에는 유불의 뒤섞임이 많아 그의 사상적 기반을 확정짓기에 어려움이 따랐다.

---

3) 심경호의 『김시습평전』(돌배게, 2003)은 김시습의 전 생애를 자세하게 다루고 있다.

김시습의 사상을 논하면서 제일 먼저 풀어야 할 것은 이기론의 문제이다. 국문학계의 선학들은 김시습의 철학사상을 '기일원론(氣一元論)' 또는는 '일원론적 주기론(一元論的 主氣論)'이라 주장해 오고 있다.4) 그 가운데 조동일의 주장을 보자. 그는 주돈이(周敦頤)가 <태극도설(太極圖說)>에서 '무극이 태극(無極而太極)'이라 한 것은 '무극에서 태극이 이루어지고 태극이 음양을 낳는다는 견해'를 밝힌 것인데, 이는 '대개 천지 만물이 있기 전에 필경 태극이 먼저 있어서 천지만물의 리가 그 가운데 혼연히 갖추어져 있다.'5)라는 정도전의 주장과 맞닿아 있다고 했다. 그런데 김시습은 그와 달리 '태극이 무극이다. 태극은 본래 무극이다. 태극은 음양이고, 음양은 태극이다.'6)라 하여, '리(理)가 무극에 갖추어져 있어 태극에서 발동한다는 견해를 부정하고, 리(理)는 기(氣)에 선행하여 존재하는 것이 아니고 기의 대립적 운동 자체의 원리일 뿐이라는 점을 분명히 한'7) 것이라고 조동일은 해석했다. 그러면서 이를 일러 '일원론적 주기론'이라 했다.

서경덕(徐敬德)의 사상을 일러 '기일원론'이라 한다. 서경덕에게 리란 '기 운동에 내재하는 법칙성으로서의 조리의 성격'을 지니며, '기외무리(氣外無理)를 강조하고 있다'라고 보기 때문이다.8) 조동일의 주장대로라면 서경덕의 사상은 김시습의 사상과 다를 바 없다. 그런데 조동일이 지적하는 주돈이의 '태극도설'과 김시습의 '성리(性理)'는 크게 다르지 않다. 주돈이는 '무극이 태극[無極而太極]'이라 하면서도 '태극은 본래 무극[太極本無極]'9)이라고도 했다. 그에게 태극이 우주

---

4) '기일원론'으로 본 것은 임형택(「현실주의적 세계관과 금오신화」,『국문학연구』 13, 서울대학교 국문학연구회, 1971)이었고, 조동일(『한국소설의 이론』, 지식산업사, 1977)은 '일원론적 주기론'이라 했다.

5) 鄭道傳, <佛氏眞假之辨>,『三峰集』9.

6) 金時習, <太極說>, '太極者無極也 太極本無極也 太極陰陽也 陰陽太極也.'

7) 조동일, 앞의 책, 210~211쪽.

8) 장원목,「조선전기 성리학 전토에서의 리와 기」,『한국유학과 리기철학』, 예문서원, 2000, 69쪽.

만물의 본원으로 인식된 측면이 있기는 하나, 무극을 리(理)로 본 것은 아니다. 무극은 주돈이의 『통서(通書)』에 등장하지 않았다가 송(宋)초 도교의 영향을 받아 <태극도설>에 새롭게 등장해, 도교의 '유생어무(有生於無)'라는 사고가 영향을 끼친 것으로 본다. 그에 비해 주희는 무극을 태극에 대한 형용어로 이해했을 뿐이다.10) 조동일의 주장처럼 '천지만물의 추유(樞紐)이며 근저(根底)인 리(理)가 무극에 갖추어져 있어 태극에서 발동한다.'11)라고 보는 것은 무극에 대한 잘못된 해석이다.

또한 김시습은 여러 곳에서 서경덕과는 다른 리에 대한 표현을 하고 있다는 점에 주의를 기울여야 한다. 김시습은 '성과 리는 두 가지가 아니다. 선유(先儒)의 말에, 성(性)이 곧 리이니, 하늘이 준 바요, 사람이 받는 바로서 참다운 이치가 내 마음에 갖추어진 것이라 했다'면서 '처음부터 나에게는 물체가 있는 것이 아니고, 다만 인·의·예·지가 혼연하게 있는데, 그것은 지극히 선하여 악이라고는 조금도 없어서 요순 같은 이나 길 가는 보통 사람이나 처음에는 조금도 다름이 없는 것이다.'라고 하였다.12) 또한 같은 글에서 '명덕(明德)이란 사람이 하늘로부터 얻은 바 허령(虛靈)하여 어둡지 않은 것으로서, 모든 리를 갖추고 있어 온갖 일에 응할 수 있는 것'이라는 『대학장구(大學章句)』의 말을 인용하면서, '무릇 원·형·이·정(元亨利貞)은 하늘의 덕이요, 인·의·예·지는 성의 덕이니, 하늘은 네 가지 덕으로써 능히 운행을 하여 쉬지 아니하고 만물을 변화 육성하는 것이다. 그러므로 군자는 이것을 체득하여 내 몸에서 얻으면 나에게 있는 성

---

9) 『周子全書』, <太極圖說>.

10) 김근호, 「太極 - 우주 만물의 기원」, 『조선유학의 개념들』, 예문서원, 2002, 참조.

11) 조동일, 앞의 책, 210쪽.

12) 김시습, 『梅月堂集』 권17, <雜著-性理 第三>, '性與理都無兩般. 先儒云, 性卽理也. 天所命人所受, 而實理之具於吾心者也. 盖初非有物, 但是仁義禮智之在我渾然. 至善未嘗有惡, 堯舜塗人, 初無少異.'

이 선하지 아니함이 없고, 물건에 미치는 덕이 정성스럽지 아니함이 없는 것이다. 그러므로 속에 있는 것을 리라 하고, 마음에서 얻는 것을 덕이라 하고, 사물에서 발하는 것을 행이라 한다.'13)라고 하였다. 그리고 '음양의 시종을 언어와 형적(形迹)으로 말할 수는 없다. 그러나 천지가 만물을 생생하는 도리를 일러 망령됨이 없다[無妄]고 한데 지나지 않으니, 그것은 오직 실리(實理)일 따름인 것이다.'14)라고 하였다. 또한 '저 추위와 더위가 왕래하고 일월이 교대로 밝으며 밤낮이 오가는 도리는 곧 리(理)가 저절로 그러한 것이다.'15)라고도 하였다. 천지만물의 변화에는 법칙이자 원리라고 할 리가 있음을 말하고 있으며, 마음에 내재하는 인·의·예·지를 성의 덕이라 하여 '온갖 일에 응할 수 있게 하는' 것이라 언급하고 있다. 물론 리를 절대화했다고 단정지을 수는 없으나 '진리', '법칙', '원리'로서의 리를 언급하고 있다는 점에서 기일원론, 또는 일원론적 주기론이라 말하기 어렵다. 이기를 엄격하게 구분하는 정도전의 철학사상과 비교해 보았을 때나, 상대적 차이에 입각해서 기일원론이니 일원론적 주기론이니 하는 주장을 할 수 있을 것이다.16) 그러므로 '정해져 있는 당위

---

13) 김시습, 같은 글, '明德者人之所得乎. 虛靈不昧, 以具衆理, 而應萬事者也. 夫元亨利貞, 天之德. 仁義禮智, 性之德也. 天以四德, 能運行不息, 化育萬類. 故君子體之, 以得於吾己, 則性之在我者, 無有不善. 德之及物者, 無有不誠. 故云, 存諸中之謂理, 得之心之謂德, 發於事之謂行.'

14) 김시습, 같은 책 권20, <生死說>, '陰陽之始終, 不可以語言形迹. 稱然天地生生之道, 不過曰無妄, 惟實理而已.'

15) 김시습, 같은 책 권20, <鬼神說>, '夫寒暑往來, 日月代明, 晝夜之道, 則此理之自然之'

16) 김형찬(「존재와 규범의 기본 개념」, 『조선유학의 개념들』, 예문서원, 2002)은 '성리학에서 말하는 리와 기는 '서로 혼동될 수 없는'(不相雜) 관계일 뿐 아니라 '서로 떨어질 수도 없는'(不相離) 관계라는 점에서 그 자립성에 한계가 있을 수밖에 없다.'라고 하면서, '성리학의 리기론은 리와 기 중 어느 한족에 비중을 두어 설명할 수는 있어도 기본적으로 한 개념을 다른 하나의 개념으로 환원시키기는 대단히 곤란하다.'라고 한다. 그러면서 일원론의 엄밀한 기준을 적용할 때, '기의 작용을 조종하고 주재하는 리의 역할을 유난히 강조하는' 기정진(奇正鎭)의 리기론을 '이일원론화(理一元論化)'로, 리를 기의 작용을 형용하는 용어로 간주하는 임성주(任聖周)의 리기론을 '기일원론화(氣一元論化)'라고 했다. 이

나 이치인 리가 없고 모든 현상이나 사물은 하나의 기라 음양으로
나누어져 대립하면서 운동해서 이루어진다는 기일원론'을 김시습이
주장하고, '그런 사고구조에 맞게 자아와 세계의 대결을 나타내는
소설을 마련'[17]하였다는 조동일의 주장은 문제점을 안고 있는 것이
다.[18] 결국 김시습의 사상을 이기론으로 설명하기에는 어려움이 있
으며, 소설 발생을 기일원론, 또는 일원론적 주기론에서 찾는 것도
재론되어야 한다.

(2) 김시습의 일관된 사상을 리기론만으로 풀 수 없다. 따라서 그
의 저술들에 현상적으로 드러나는 일관된 사고를 먼저 살펴볼 필요
가 있다. 그런 관점에서 보면, 모든 연구자들이 인정하듯 김시습의
사상은 '현실주의'와 관련을 맺고 있음을 알 수 있다. 임형택은 일찍
이 '김시습의 불교사상은 그 미신적인 측면과 현실을 부정하는 위에
서 개인적으로 종교적인 구원을 바라는 데 반대하고 합리적이고, 현
실주의적으로, 그리고 애민사상으로 해석한 것이었다. 이러한 기본
적인 입장 때문에 교종에 대해서는 보다 비판적이었고 선종을 지지
했으며, 또 실은 선을 다분히 성리학적으로 해석했다.'[19]라고 주장했
다. 이러한 결론을 이끌기 위해 그는 <애물의(愛物義)>·<애민의(愛民
義)>·<생재설(生財說)>, 그리고 한시를 통해서 민본·애민사상을 확

　　런 논의에 바탕을 두면 '기일원론' 또는 '일원론적 주기론'이라 말하는 데 문제
　　가 있다.
17) 조동일, 「15세기 鬼神論과 귀신이야기의 변모」, 『한국의 문학사와 철학사』, 지식
　　산업사, 179쪽.
18) 기일원론에 대한 비판은 김명호(「金時習의 文學과 性理學思想」, 『한국학보』 35
　　집, 일지사, 1984)에 의해서도 이루어졌다. 그는 김시습의 사상이 주희에 와서
　　집대성된 이기이원론적(理氣二元論的) 성리학 사상의 영향을 깊이 받은 흔적을
　　<태극설>을 통해 확인할 수 있다 했고, <생사설>과 <신귀설>이 불교사상 비
　　판에 의도가 있었다고 봤다. 기일원론에 대한 부정은 타당하다지만, 세 논설만
　　으로 '이기이원론'이라 단정 짓는 데는 문제가 있다.
19) 임형택, 앞의 글, 17~18쪽.

인하고, <송규(松桂)>·<인주(人主)>·<수문(隋文)>·<양무(梁武)>·<위주(魏主)> 등을 통해서는 불교사상에 대한 현실주의적 해석을 가했다고 했다. 그가 말한 '기일원론'의 타당성을 문제 삼는다 하더라도, 그가 파악해 낸 김시습의 현실주의적 세계 인식은 결코 부정할 수 없는 사실이다. 그런데 문제는 이 현실주의적 세계 인식이 김시습의 불교 사상을 관통하고 있었다는 점에 우리는 눈을 돌렸어야 했다.

> 일진법계(一眞法界)는 무변세계(無邊世界)를 함께 거두어 있으며, 십종현문(十種玄門)은 무량법문(無量法門)을 총섭(總攝)하고 있다. 사(事)이면서 리(理)이며, 성(性)이면서 상(相)이며, 속(俗)이면서 진(眞)이며, 인(因)이면서 과(果)이며, 주(主)이면서 반(伴)이며, 범(凡)이면서 성(聖)이며, 정(正)이면서 의(依)이며, 다(多)이면서 일(一)이다.[20]

> 외양간이나 마구간, 술집이나 기생방, 지옥 등이 한 곳도 화장세계가 아님이 없다. 이 마음을 깨치지 못하면 모두가 달라지며 이 마음을 깨치면 체(體)와 용(用)이 하나가 된다.[21]

『화엄경석제』에 등장하는 인용에서, 앞의 것은 참된 법계가 멀리 있는 것이 아니라 현상 세계 자체에 있음을 말하고 있는 것이다. 이는 이원적 구별을 배격하고 일원적 관점을 보여준다. 뒤 인용은 종래의 불교 논리가 '체(體)와 용(用)의 논리에 고착되어 있기에 법신(法身)과 화신(化身)의 구별을 지어 현실세계에서 화신은 볼 줄 알아도 현실세계에서 법신을 찾기 어려웠던 것'을 비판하면서 '체용일치(體用一致)'를 역설한 것이다. 이러한 '현실 긍정론'은 그가 지은 『법계도주』나 『십현담요해』에서도 나타난다.[22] 일찍이 그는 회암사에서 선불교

---

20) 金知見 編, 『大華嚴一乘法界圖註幷序(華嚴經釋題)』, '一眞法界 無邊世界以俱收 十宗玄門 無量法門而總攝 即事即理 即性即相 即俗即眞 即因即果 即主即伴 即凡即聖 即正即依 即多即一.'

21) 위의 책, '牛欄馬廄酒肆徎坊劍樹刀山鑊湯爐炭等 無一處不是華藏海也. 此心未了則各相萬殊此心旣了則體用一致.'

의 핵심을 담고 있는 『원각경』을 읽었으며,[23] 천태종의 소의경전을
선적으로 해석한 『묘법연화경찬』이나 조동종의 종지를 해설한 『십
현담요해』, 화엄사상을 선불교와 관련시킨 『대화엄일승법계도주병
서』와 『화엄경석제』 등을 지으면서 지속적으로 선불교적 현실 긍정
의 논리를 폈다.

> 만약 생사(生死)를 논한다면 곧 이것은 보현보살의 경계인 것이
> 요, 만일 열반을 논한다면 곧 이것은 윤회에 헤매는 중생인 것이
> 다. 그렇다면 말하여 보라. (부처의) 열반과 (중생의) 윤회는 서로
> 거리가 얼마나 되는가? 무명의 참성품이 곧 부처의 성품이고, 환화
> (幻化)의 빈 몸이 곧 법신이다.[24]

생사윤회의 세계나 열반의 세계가 다름이 없다. 부처와 중생이 나
르지 않다. '모든 세계의 시작하고 마치고 생기고 멸하고 앞서고 뒤
지고 있고 없고 모이고 흩어지고 일어나고 그침이 생각 생각 상속하
여 순환 왕복함에 갖가지로 집착하고 버리는 것이 다 윤회'이며, '생
사와 열반은 한가지로 일어나고 멸하거니와, 묘각이 두렷이 비춤에
는 꽃도 가림도 여읜다.'라는 『원각경』의 표현[25]이 여기에는 도사리
고 있다. 이는 또한 『원각경』에서 '네 인연[四緣. 곧 四大]이 임시 화
합해서 망령되이 육근(六根. 眼耳鼻舌身意)이 있으니, 육근과 사대가 안
팎으로 합쳐 이루거늘 허망하게도 인연기운[緣氣. 육근이 외계를 상
대하는 것]이 그 가운데 쌓여서 인연의 모습이 있는 듯하게 되니 가

---

22) 한종만, 「김시습의 화엄·선사상」, 『韓國佛教思想의 展開』, 민족사, 1998, 313~
316쪽.

23) 김시습, 『매월당집』 권10, <檜巖寺>, <指空衣鉢>, <懶翁衣鉢>, <看圓覺經>.

24) 김시습, 『매월당별집』 권3, <大華嚴法界圖序-生死涅槃常共和>, '若論生死, 即是普
賢境界. 若論涅槃, 即是縛輪廻. 且遮. 涅槃與輪廻, 相去幾何. 無明實性即佛性, 幻化
空身法身.'

25) 大唐罽賓三藏佛陀多羅 譯, 『大方廣圓覺修多羅了義經』, <金剛藏菩薩 第4>, '一切世
界 始終生滅 前後有無 聚散起止 念念相續 循環往復 種種取捨 皆是輪廻…生死涅槃
同於起滅 妙覺圓照 離於花翳.'

명으로 마음이라 하느니라. 선남자여, 이 허망한 마음은 만일 육진(六塵, 色聲香味觸法)이 없으면 있을 수 없으며, 사대가 분해되면 티끌[塵]도 얻을 수 없으니, 그 가운데 인연과 티끌이 각각 흩어져 없어지면 마침내 반연하는 마음도 볼 수 없게 되느니라.'라고 말한 생사에 대한 인식에 바탕을 두고 한 말이겠다. '산승의 염주 위에 십종현문(十種玄門)이 열려 있고, 염주 아래에 일진법계(一眞法界)가 드러나 있다'[26]라고 김시습은 말한다. 현실 세계를 벗어난 세계에 진리가 있는 것이 아니라, 지금 여기 마음이라는 거짓이름을 갖고 살아가는 '현실 세계'에, '살아있는 인간 자신'에게 있음을 말한다. 우리는 이러한 그의 사상을 선불교적 현실주의라 명명할 수 있을 것이다.

> 이른바 부처의 도라고 하는 것은 굳건한 마음을 발하고 결단성 있고 열렬한 뜻을 일으켜서 지극한 자비심으로 몸을 닦고 실상(實相)으로써 물을 맞이하여 삶과 죽음을 영영 끊어버리고서도 항상 살고 죽는 마당에 처해 있으며, 이미 번뇌를 버리고서도 항상 번뇌의 지경에 서식해 있는 것이다. 혹은 윤왕(輪王)이 되고 혹은 장자(長者)가 되어, 인연에 따라 만물을 제도하여 넓은 이익이 무궁한 것이다.[27]

삶과 죽음을 영영 끊어버린 깨달은 경지에서 항상 살고 죽는 마당에 놓여 있어야 하는 것이 바로 김시습이 말하는 선불교적 현실주의인 것이다.

그런데 그의 선불교적 현실주의는 진리의 본체라 하는 무(無) 또는 공(空)의 절대화를 부정한다. 공(空)에 대하여 그는 '금시조가 허공으로 날아올라 마음대로 날갯짓을 하여도 떨어지지 않듯이, 비록 空한 데에 의지하여 유희(遊戲)하더라도, 공에 의거하지 않고 또한 공에 구애되지도 않는다.'[28]라고 말하여 진공, 본체에만 머물 수 없는 인간

---

26) 김지견 편, 앞의 책, '山僧, 數珠頭上, 十種玄門分也. 數珠下, 一眞法戒現了也.'
27) 김시습, 『매월당집』 권16, <雜著-扶世 第五>.

의 삶을 역설하고 있다. 또한 '손님과 주인이 서로 응해야 하며, 임금과 신하가 서로 만나야 함[賓主雍和 君臣際會]'을 말하는데, 이는 주인이라는 본체적 견지와 손님이라는 현실적 견지가 차별이 없는 조화 속에서 현실이 이끌어져야 한다는 것이다.29)

이러한 선불교적 현실주의에 입각하여 김시습은 성리학을 수용하였다. 그래서 그는 선불교에서 본체를 절대화하지 않듯이, 성리학의 '태극설'이나 '리기론'을 끌어들였지만, 다른 성리학자들처럼 물리적인 리(理)를 도덕적인 리의 차원으로 끌어들여 '절대화'하는 것을 거부한다. 리를 끌어들일 수는 있어도 그것은 어디까지나 방편(方便)으로서의 의미만 지닐 따름이기 때문이다. 그는 성리 개념을 설명하다가 '석씨(釋氏)가 작용을 논한 것은 다 기로 하여 리를 빼 놓은 것'30) 이라 했다. 유교에서는 불교가 '작용을 본성으로 본다(作用是性)'고 비판하는데, 그것은 석씨가 리를 빼버렸기 때문이라는 것이다. 성리학에서 말하는 규범이자 원리인 리의 파악은 끊임없는 생각과 분별을 요구하게 되며, 선불교에서 원융무구(圓融無垢)를 말하면서 '리에 대한 의식은 리에 대한 집착을 완전히 떨치지 못하고 이치를 깨우치는 데 장애가 되니 철저하게 없애버리라는'31) 리장설(理障說)을 김시습은 의식했던 것이다. 그의 행적 속에 등장하는 『원각경』에도 이 리장설은 등장한다.

> 무엇이 두 가지 장애인가? 하나는 리장(理障)이니 바른 지견(知見)을 장애하는 것이요, 다른 하나는 사장(事障)이니 모든 생사를 상속함이니라. 무엇이 오성(五性)인가? 선남자여, 만약 두 가지 장

---

28) <十玄談要解>, '金翅鳥飛騰虛空, 自在翺翔而不墮落, 雖依空以戲而不據空, 亦不爲空之所拘礙.'(大東文化研究院 발행, 『梅月堂全集』, 407쪽)(이창섭・최철환 옮김, 『중편조동오위』, 대한불교진흥원, 280쪽)
29) 한종만, 앞의 글, 340~341쪽 참조.
30) 김시습, 『매월당집』 권17, <잡저-성리 제3>, '釋氏之作用, 皆以氣而遺其理.'
31) 아라키 켄고, 김석근 역, 『불교와 양명학』, 서광사, 1993, 64쪽.

애를 단멸치 못하면 성불하지 못한 것이라 한다. 만약 모든 중생들
이 영원히 탐욕을 버리되 먼저 사장은 제했으나 이장을 끊지 못하
면 단지 성문·연각에 능히 깨달아 들어감이요, 능히 보살의 경계
에 머무르지 못하느니라.[32]

　　바른 지견을 방해하는 리장을 말하고 있다. 선불교와 유학의 리는
동일하다 볼 수는 없다. 유학은 정리(定理), 천리(天理)를 규정해 두고
그것을 실천하게 하는 것이라면, 선은 그 이치[理]를 규명하느라고
원각(圓覺) 얻기를 저버리는 것을 거부한다. 유학은 실천의 근거인 리
를 저버릴 수 없고, 선은 원각 없는 자아와 사회의 변혁은 허위라고
보는 것이다. 강조점이 다르니 둘 사이의 관계는 대립되는 듯하다.
여말선초에 벌어진 유불논쟁은 이 지점에 서 있는 것이다. 억불숭유
의 기치를 내건 조선 초에 정도전이 중심이 되어 배불론이 전개되었
고, 그에 대해 기화(己和)의 『현정론(顯正論)』이나 저자가 분명치 않은
『유석질의론(儒釋質疑論)』은 유·불·도의 원리적 동일성을 말하기도
하고 한편으로는 우월론을 들면서 대응해 나갔던 것이다.[33] 성리학
자들은 끊임없이 성리학적 리(理) 개념에 빠져 불교가 그것을 저버린
다고 비판하면서 공존의 틀을, 현실 사회의 실제적인 문제를 도외시
하는 상황[34] 속에서 김시습은 선불교적 현실주의의 입장에 서서 유

---

32) 대당계빈삼장불타다라 역, 『대방광원각수다라요의경』, <彌勒菩薩章 第五>, '云
　　何二障, 一者理障, 礙正知見. 二者事障, 續諸生死. 云何五性, 善男子, 若此二障, 未得
　　斷滅. 名未成佛. 若諸衆生, 永捨貪欲, 先除事障, 未斷理障, 但能悟入聲聞緣覺. 未能
　　顯住菩薩境界.'
33) 박해당, 「조선 전기의 호불론과 삼교론」, 『자료와 해설 한국의 철학사상』, 예문
　　서원, 2001.
34) 유불의 조화를 꾀하였다는 입장은 정주동(『매월당 김시습 연구』, 민족문화사,
　　1961, 315~322쪽)에 의해서 일찍이 제기되었다. 그는 '유불의 조화를 꾀하여
　　불교의 존재성을 합리화하는 데' 있었음을 명확히 했다. 또한 '선의 이치가 수
　　시 수처 變에 응하는 中庸의 이치와 다름이 없음을 말하였다'라고 했다. 탁견이
　　라 말하지 않을 수 없다. 그런데 이러한 유불의 조화론은 선불교적 현실주의의
　　궤 안에 놓여 있는 것이라 하겠다.

불의 관계를 대립이 아닌 공존의 관계로 보려 했으며, 성리학적으로
절대화된 리를 방편적으로 이용하려 했다.

> 불교의 근본 뜻은 자애를 우선으로 삼는 것이니, 임금 된 자로
> 하여금 백성을 사랑할 바를 알게 하고, 아비 된 자로 하여금 자식
> 을 사랑할 바를 알게 하고, 남편 된 자로 하여금 아내를 사랑할 바
> 를 알게 하여, 위로는 그릇되고 어긋난 정치가 없게 하고, 아래로
> 는 죽이고 반역하는 생각을 버리게 함으로써, 천하의 사람으로 하
> 여금 다 편안하고 무사하게 살면서 농사와 누에치기를 힘쓰고, 처
> 자를 기르고, 어른을 공경하고, 어린이를 보살피게 하는 것이다. 그
> 러므로 비록 인(仁)이니 의(義)니 하는 말은 없으나 죽이지 않고 도
> 둑질하지 않는다는 깨우침이 이미 인과 의의 자취를 드러낸 것이
> 니, 왕실을 복되게 돕고 백성을 길이 편안하게 하는 공이 또한 더
> 할 바 없는 것이다.[35]

자애와 인의를 전혀 다른 것이 아니라 했다. 모두가 현실 사회의
왕과 백성이, 아비와 자식이, 남편과 아내가 현실 속에서 편안하게
살아가도록 하는 것이니 다를 바가 없다고 한다. 이러한 그의 사상
은 <인군의(人君義)>, <인신의(人臣義)>, <애민의(愛民義)>에서 좀더 구
체화되고, 나아가 만물을 사랑하는 도리가 <애물의(愛物義)>로 나타
나기에 이른다.[36] 현실 속 모든 이들이 편안하게 살게 만드는 데 불
교도 유교도, 거기에서 말하는 자애도 방편이요, 인의도 방편인 것이
다. 그 모든 것은 그가 '달을 실은 배가 동쪽 서쪽 기슭에 부딪치지
않는 것은 오직 뱃사공의 마음 씀이 좋은 줄을 믿어야 한다.'[37]고 말
하는 방편의 의미를 지녔던 것이다.

다음으로 선불교적 현실주의의 관점에서 그는 기존 불교의 미신
적 요소를 타파해야 한다고 주장한다. 이는 불교가 지니는 방편적

---

35) 김시습, 『매월당집』 권16, <雜著-松桂 第四>.
36) 김시습, 『매월당집』 권20.
37) 김시습, 『매월당별집』 권1, 『妙法蓮華經別讚』, '月船不把東西岸, 須信篙人用意良.'

성격을 이해하지 못한 사람들에 의해 그릇된 방향으로 나아갔기 때문이라고 그는 생각한다. 역시 방편적 성격을 곡해한 것을 문제로 삼았던 것이다.

> 불교에서 말하는 가르침은 방편과 진실을 병행하는 것이며, 선(禪)은 순수하게 진실함을 가리킨다. 천겁수행(千劫修行), 삼세인연과 의정이보(依正二報), 천당지옥을 말한 것들은 모두가 사실이 아닌 것을 설정하여 사람으로 하여금 깨닫게 한 것인데, 따져보면 철이 없는 아이를 달래기 위하여 단풍잎을 주면서 돈이라고 하고 어린이의 울음을 멈추게 하려고 귀신이다 호랑이다 하면서 겁을 주는 것과 마찬가지이다. 그리고 신통력이다 변화를 부린다 하는 것도 아이를 희롱하면서 울음을 멈추게 하기 위하여 허수아비를 만들어 채붕놀이를 하는 것과 같은 것이다. 그래서 십이인연에 대한 비유를 말한 것들도 모두가 부처의 진실한 마음에서 말한 것은 아니다. 그러므로 이것은 이치를 통달한 이에게는 웃음거리가 되며, 부처 자신도 말하기를, "녹야원에서부터 발제하(拔提河)에 이르기까지 이 두 곳 중간에서 일찍이 한 자도 말한 것이 없으며, 다만 기의(機宜)만을 곡진하게 따랐을 뿐이다."라고 하였다.[38]

천겁수행, 삼세인연, 의정이보, 천당지옥 등의 말은 사실이 아닌 것을 통해 깨닫게 하려는 방편이라 했다. 그런데 그러한 방편을 진실이라 착각함으로써 미신적 요소가 불교를 흩으러놓았다고 보는 것이다. 그는 양무제에 대해 말하면서도 다음과 같은 진술을 한다.

> 불교에서 화복은 인과응보가 있고, 저승에 이익이 있다는 말이 있음을 보고, 부모의 은혜를 추후에라도 보답하고 인민을 교화하여 이롭게 하려고 불교를 토론하여 그 종지를 궁구하고 길이 재를

---

38) 김시습, 『매월당속집』 권1, <釋性理經義與異端>, '佛屠家教, 是方便權實竝行, 禪是直指純是實語. 如千劫修行, 及三世因緣, 與依正二報, 天堂地獄, 竝是虛設, 今人惑吾, 畢竟誘兒黃葉, 怖兒鬼虎. 乃至神通變化, 亦是與兒, 戲謔止啼作鬼儡棚戲耳. 是故十二部因緣, 譬喻等事, 皆非佛眞實心中所說. 故達理者, 所詆笑, 亦自云, 自從鹿野苑, 從至拔提河, 於是二中間, 未曾說一字, 但曲順機宜耳.'

올리고 몸을 바치는 등 이르지 않은 것이 없었으니, 그 뜻인즉 한결같았다. 그러나 아깝게도 그 형식과 방편에 치우쳐 참다운 뜻을 탐구하지 못하였으니, 부처가 마음 쓴 근원을 크게 잃어버린 것이다. 그러면 부처의 뜻이란 어떻게 하는 것인가? 크게 깨닫고 능히 인하며, 세상을 응하게 하고 중생을 교화한다.[39]

그는 양무제가 부처의 본뜻을 이해하지 못하고, 형식과 방편에만 치우친 것이 문제라 하였다. 그러면서 인(仁)하여 세상을 응하게 하고 중생을 교화하는 것이 본래 부처의 뜻임을 강조한다. <남염부주지>에서도 매우 구체적으로 불교의 폐단을 지적하는 대목이 있다.

"저는 언젠가 불교도에게서 이런 말을 들었습니다. '하늘 위에는 친당이리는 쾌락의 곳이 있고 땅 밑에는 지옥이라는 고통의 곳이 있다. 그리고 지옥에는 명부의 시왕을 배치하여 십팔지옥의 죄수를 국문한다.'라고. 과연 그런 일이 있습니까? 또 사람이 죽은 지 칠일이 되면, 부처님께 공양드리고 재를 베풀어 그 혼을 천도하고, 왕께 정성을 드리며 종이돈을 태워 지은 죄를 대속한다고 합니다. 그렇다면 간사하고 포악한 사람들도 왕께서는 너그러이 용서하신단 말입니까?" / 왕은 몹시 놀라면서 말하였다. / "그런 말을 나는 들은 적이 없소. 옛 사람이 말하기를, '한번 음이 되고 한번 양이 되는 것을 도(道)라 하고', '한번 열리고 한번 닫히는 것을 변(變)이라 하며', '낳고 또 낳음을 역(易)이라 하고', '허위가 없음[無妄]을 성(誠)이라 한다.'라고 하였소. 이와 같다면 어찌 건곤의 바깥에 다시 건곤이 있으며, 천지의 바깥에 다시 천지가 있겠소?"[40]

---

39) 김시습, 『매월당집』 권16, <雜著-梁武 第六>, '觀釋敎, 有禍福報應, 利益幽冥之說, 擬欲追報親息, 化利人民. 討論佛敎, 窮其宗趣. 長齋捨身, 無所不至其, 志則專矣. 惜乎, 其溺於筌蹄, 而不究眞趣. 大失覺皇用心之源也. 則覺皇之志, 則如何. 大覺能仁, 應世化生.'

40) 김시습, 『매월당외집』 권1, <南炎浮洲志>, '僕嘗聞於爲佛者之徒, 有曰, 天上有天堂快樂處, 地下有地獄苦楚處, 列冥府十王, 鞠十八地獄, 有諸. 且人死七日之後, 供佛設齋, 以薦其魂, 祀王燒錢, 以贖其罪, 姦暴之人, 王可寬宥否. 王驚愕曰, 是非吾所聞. 古人云, 一陰一陽之謂道, 一闢一闔之謂變. 生生之謂易, 無妄之謂誠. 夫如是, 則豈有乾坤之外, 復有乾坤, 天地之外, 更有天地乎.'

천당과 지옥, 명부와 시왕, 십팔지옥, 천도재(薦度齋) 등을 문제 삼는다. 또는 염왕의 목소리를 빌려 '부처에게 재를 올리고 시왕을 제사 지내는 일은 아주 허황되다'[41]고 말하고, '이승에서 죽고 저승에서 산다는 뜻'의 윤회에 대해 '정령이 흩어지지 않았을 때에는 윤회가 있을 것 같지만, 시간이 오래 되면 정령이 흩어져서 소멸되고 마오.'[42]라고 말하기도 한다. 이처럼 김시습은 미신적 불사(佛事)나 이야기들을 비판적 입장에서 바라보고 있었던 것이다.

세 번째로 그의 선불교적 현실주의는 불교의 탄압 국면에서 선불교를 옹호하는 입장을 취하게 했다. 잠시 그의 행적을 들여다보자. 대부분의 연구자들은 김시습이 금오산에서 나와 상경해 벼슬을 하려 했다고 추측한다. '왕위를 찬탈한 세조의 조정에는 설 수 없지만, 현군의 자질을 지니고 있다는 새 왕의 조정에서는 벼슬 못할 이유가 없다고 생각하였으리라.'[43]는 추정이다. 그리고 '경전을 다시 공부하면서 과거에 대비하여 논변류의 문체를 연마했던 듯하다.'[44]고 추정하기도 한다. 하지만 김시습이 1471년(성종 2, 신묘) 봄에 서울로 올라와 1472년(성종 3, 임진) 가을에 성동에 있는 수락산 폭천(瀑泉) 부근에 터를 잡기 전인, 1471년 1월 1일은 불교 압제정책을 규정한 『경국대전』 3권이 발표되던 날이었음을[45] 염두에 둔다면 그와 같은 추정은

---

41) 김시습, 앞의 글, '至於齋佛祀王之事, 則尤誕矣.'
42) 김시습, 앞의 글, '輪回不已, 死此生彼之義, 可聞否. 曰, 精靈未散, 則似有輪回, 然久則散而消耗矣.'
43) 심경호, 앞의 책, 288쪽.
44) 심경호, 앞의 책, 300쪽.
45) 1471년에 발표된 『경국대전』의 불교 관련 법문은 '출가하려면 재물을 국가에 내고 국가 기관인 예조에서 공인해야 승려가 될 수 있었다. 또 국가에서 공인한 승려의 수는 3년에 60명으로 제한하였다. 자격증 또는 면허증이 있어야 개업할 수 있는 것과 다름이 없다. 주지도 국가에서 임명하였고 사암은 새로 짓는 것이 금지되었으며 보수공사도 임금의 재가를 받아야 한다. 승려는 통행과 거주의 자유가 제한되었으며 여자 신도는 절에 올라가지도 못하게 하였고 시주도 금지되었다. 더욱이 길거리에서 죽은 사람의 장례에 올리는 불공 또는 초혼의식마저 금지되었다. 만일 이대로만 시행된다면 불교는 명맥조차 유지하기

문제점이 없지 않다. 상경의 이유가 벼슬살이에 있었다고 단정 지을 근거는 명확치 않으며, 오히려 『경국대전』의 발표는 선사로 이름났던 김시습이 설 자리를 좁히는 조처였다. 따라서 김시습은 불교를 탄압만 해서는 안 되며 유교와 선불교가 공존할 수 있어야 한다는 선불교 옹호의 논변류를 작성했다고 보아야 옳을 것이다. 이전의 『원각경』 독서의 기록이나 『묘법연화경』을 선적으로 해석했던 행적, 이후 조동선(曹洞禪)을 밝히는 『십현담요해』, 의상의 『일승법계도합시일인(一乘法界圖合詩一印)』을 주해한 『일승법계도주병서』, 그리고 『화엄석제』 등을 지었던 행적에 나타나는 일관된 선승으로서의 면모를 우리는 거시적 안목으로 들여다보아야 한다.

그는 성즉리(性卽理)라고 말하면서도, 한편으로는 성리학과 다른 선불교의 심성 개념을 거론하고, 유불이 다를 수 없으며, 궁극적으로는 모순으로 가득 찬 현실을 타파할 길을 함께 모색해야 한다는 입장이었다.

하늘이란 지극히 성대한 기운[氣]이 쌓인 것으로서 이치[理]가 나오는 곳이다. 먼 곳에서 보면 새파랗기는 하지만 이것이 어찌 물체가 있는 것이겠는가? 그런데 북인(北人)들은 가한(可汗)이라고 부른다. 이것은 하늘을 형체로 말할 때는 하늘이라 하고, 주재(主宰)로 말할 때는 상제(上帝)라 하며, 성정(性情)으로 말할 때는 건(乾)이라 하고, 묘용(妙用)으로 말할 때는 신(神)이라고 말한 것임을 몰라서이다. 불교에서 말한 마음[心]과 성품[性]도 그와 같아서 다만 허령적조(虛靈寂照)한 것을 가리켜 마음, 혹은 성품이라고 한다. 그래서 "마음은 공허한 것이요[心空], 성품은 공허한 것이다[性空]."라 할 뿐이다. 이는 성품의 작용이 감정이며, 이 감정은 중절(中節)을 지켜야 하고, 마음의 작용이 뜻이며, 이 뜻은 성실해야 한다는 것을 어찌 알겠는가? 그래서 그들이 내세우는 것과 추구하는 것은 반드시 심의(心意), 정식(情識), 사량(思量), 복탁(卜度) 등을 완전히 제

어려울 것이요 승려들은 굶어죽을 판이다. 너무 가혹한 규정이었다.'(이이화, 『역사 속의 한국 불교』, 역사비평사, 285쪽)

거하고, 유무가 아니고 없는 것도 아니며, 진실도 없고 허망함도
없는 것, 즉 궁극적으로 기량(伎倆)도 없는 경지에 도달해야만 비로
소 도를 깨달았다고 한다. 그런데 그 근원을 추구해 보면 성학(聖
學)에서 말한 "사심(邪心)을 버리고 본연으로 돌아가라. 인욕(人欲)
이 완전히 정화되면 천리가 유행한다."라고 한 것에 불과한 것이
다. 그밖에 무슨 기괴하고 허탄한 것으로서, 사람이 알 수 없고 사
람이 할 수 없는 것이 있겠는가? 결국은 나에게 고유한 것만 다할
뿐이다.46)

하늘은 리기(理氣)가 나오는 곳이라 하며, '상제, 건, 묘용, 신'의 명
칭을 갖는 허상이라 했다. 그러한 하늘의 원리는 심성과 같다고 했
다. 불교에서는 '허령적조'하고 공(空)한 심성(心性)의 작용에 의해 뜻
과 감정이 드러나는데, 뜻은 성실하고 감정은 중절을 지켜야 한다고
했다. 그러면서 심의, 정식, 사량, 복탁 등을 제거하고, 분별심(分別心)
없는 경지를 깨달음이라 했다. 그런데 그런 경지는 그 근원이 유교
의 '극기복례(克己復禮)', '인욕정진(人欲淨盡)'에 의한 천리(天理) 유행 상
태와 다름없다고 했다. 결국 유불이 추구하는 바가 같다는 것이다.

또한 방외인이 담박한 삶을 추구하니 근심할 것이 없지 않느냐는
물음에 선정에 들어서는 생각하고 닦으며 고요히 생각하는 상태라
답하기도 하고,47) 고승이 죽음을 당하여도 마음이 안정될 수 있는
이유가 선정과 지혜의 힘이라고 한유(韓愈)의 일화를 들어 말하기도
한다.48) 선(禪)을 말하면서 『중용(中庸)』과 『논어(論語)』의 논의와 같은

---

46) 김시습, 『매월당속집』 권1, <잡설-석성리경의여이단>, '天者氣之至誠. 而理之所
自出者. 據遠而視之,, 蒼蒼然, 豈有物乎. 天者氣之至誠. 而理之所自出者. 據遠而視
之,, 蒼蒼然, 豈有物乎. 然而北人指呼爲可汗, 豈知, 以形體言之謂之天, 以主宰言之謂
之帝, 以性情言之謂之乾, 以妙用言之謂之神者乎. 浮屠氏所言心性亦然, 但指虛靈寂照
者, 或謂之心, 或謂之性. 故云心空性空而已. 豈知性發爲情, 情須中節, 心發爲意, 意
須誠實. 故其所言, 其所爲必撥去心意情識思量卜度, 到不是有無非無眞無虛無, 窮極至
沒伎倆境界, 方謂之悟道. 要其源則不過聖學, 所謂克己復禮. 而己人欲淨盡, 天理流行
而已. 豈有他奇怪虛誕, 人所不能知, 人所不能爲者. 盡吾之所固有耳.'
47) 김시습, 『매월당집』 권16, <雜著-無思 第一>, '夫世人稱, 禪是禪定安閑之意, 未知
禪字, 乃思修靜慮之稱.'

것임을 주장하기도 한다.[49] 이와 같은 논법으로 김시습은 잘못하면 명맥조차 끊기게 된 선불교를 살려내려 안간힘을 썼던 것이다. 결국 김시습의 사상은 성리학을 수용하고 선불교를 옹호하는 입장인 것이다.

지금까지의 논의를 정리해 보면, 김시습은 기존의 불교사상을 비판하고, 민본·애민사상을 구현하며, 성리학을 수용하고, 선불교를 옹호하는 모습을 보여주었는데, 이는 곧 '선불교적 현실주의'에 기반을 둔 것이었다. 그가 성리학을 수용한 것도 현실을 바로잡는 방편으로서 의의가 있었던 것이며, 선불교를 옹호하면서 윤회와 인연, 천당과 지옥의 설을 비판한 것도 결국 현실 사회의 모순을 바로잡고자 하는 데에 있었던 것이다.

3. 『금오신화』의 선불교적 현실주의

김시습은 금오산에서 '이상한 것[異寓意]'을 기술하여 석실(石室)에 간직하고는 '후세에 반드시 나를 알 사람이 있을 것이다.'라고 말했다고 한다.[50] 그 이상한 것을 『금오신화』라 하겠는데, '풍류스런 기이한 말 자세하게 찾아내오[風流奇話細搜尋]'라는 구절로 『금오신화』 창작의 의의를 표현했다.[51] '풍류기화'가 의미하는 바가 무엇인지 독자들로 하여금 잘 찾아내라고 하였다. 그의 의도대로 후인들은 『금오신화』에 대한 각양각색의 논의를 펼치고 있는 상황이다. 그는 일

---

48) 김시습, 『매월당집』 권16, <雜著 - 仁愛 第十>, '古之高僧臨生死之際類, 皆談笑脫去何道之耶. 曰定慧力耳.'
49) 김시습, 『매월당속집』 권1, <잡설-석성리경의여이단>.
50) 『龍泉談寂記』, '退入金鰲山, 著書藏石室, 曰後世必有知苓者. 大抵述異寓意.'
51) 『매월당시집』 권6, <題金鰲新話>.

찍이『금오신화』창작에 영향을 끼친『전등신화(剪燈新話)』를 읽고서 '말이 세상의 교화에 관계되면 괴이해도 무방하고, 일이 사람을 감동시키면 허탄해도 기쁘니라.'[52]라고 말했다.『금오신화』역시 그러한 '교화' 또는 '감동'을 자아내는 방편으로서의 의미를 지녔던 것이리라.『금오신화』가 보여주는 이계(異界)와 이류(異類) 또한 그런 의미망 속에 있음을 우리는 충분히 짐작해 볼 수 있다. 용궁과 신선, 귀신이 보여주는 세계는 현실과 동떨어진 괴이하고 이상스런 세계인데, 흥미로운 이야기를 방편으로 삼아 독자들로 하여금 무언가를 느끼라고 했던 것이다. 그가 말하고자 했던 것은 도대체 무엇일까?『금오신화』의 작품들은 모두가 생(生)과 사(死), 현실과 이계(異界)·이류(異類)의 대립 구조를 취한다는 점을 가장 커다란 특징으로 하고 있다. 이러한 문제들은 교묘하게 교직되어 다섯 작품 모두가 일정한 주제 아래 묶이도록 짜여져 있는 것으로 여겨진다. 필자는 이 점을 중심으로『금오신화』의 사상과 서사적 구도를 풀어보고자 하는데, 처음에는 생사의 문제를 다음에는 서사기법적 측면을 다루면서 이계·이류의 문제를 다루려 한다.

  (1) 생사(生死)의 문제를 먼저 살펴보자.『금오신화』의 작품들 대부분이 이 생사의 문제를 다루었다고 볼 수 있는데, <만복사저포기>, <이생규장전>, <취유부벽정기>를 중심으로 살펴보자.

  먼저, <만복사저포기>의 주인공 양생은 일찍 부모를 여의고, 장가도 들지 못한 불우한 처지의 젊은이로 생에 대한 절망감에 빠져 있는 인물이다. 그랬던 그가 그 절망감에서 벗어나게 되는 것은 왜적에게 죽임을 당하고 살아서 맺지 못한 애정을 성취코자 빌던 여귀(女鬼)와의 만남에서이다. 그들은 이미 퇴락한 만복사(萬福寺)에서, 여귀의 시체를 가매장했던 곳에서 사랑을 나눈다. 양계(陽界)라기보다 음계(陰

---

52)『매월당시집』권4, <題剪燈新話>, '語關世敎怪不妨, 事涉感人誕可喜.'

界)의 세계가 절대적인 것으로 나타나 생을 부정하고 사를 긍정하는 것으로 보인다. 그리고 결말에 이르러 여인은 다른 나라에서 남자의 몸으로 다시 태어났으며, 양생에게도 정업(淨業)을 닦아 윤회의 굴레를 벗어나라 외친다. 그런데 양생은 결혼도 하지 않고 지리산에서 약초를 캐다 어떻게 생을 마쳤는지 알지 못한다고 하여, 현실을 부정하고 사후를 기약한 삶을 살았던 것처럼 매듭지었다. <취유부벽정기>에 등장하는 주인공 홍생(洪生)은 젊고 잘 생겼으며 글도 잘 짓는 인물이었다. 그런데 그는 술에 취하여 부벽정 밑에서 놀다가 선녀인 기씨(箕氏)의 딸을 만나 현실적 생의 허무를 노래한다. 조선의 덧없는 역사를 이야기하며, '선경은 하늘과 땅이 광활한데, 티끌세상은 세월만 빠르다'[53]라고 노래한다. 작품은 우울하고 침울한 현생에 대한 노래로 채워진다. 그런 하룻밤 여행은 홍생으로 하여금 여인을 연모하다 몸져눕게 만들고, 선계를 생각하면서 생을 마감하게 한다. <만복사저포기>와 마찬가지로 홍생은 현실을 부정하고 선계라는 사후를 기약하는 것이다. <이생규장전>은 이생과 최 처녀가 자유연애를 통해 금슬지락(琴瑟之樂)을 즐기는 것으로 작품의 많은 부분을 할애하고 있다. 그런데 결말 부에 이르러 홍건적의 난을 맞아 여인은 죽고, 이생은 귀신으로 나타난 그녀와 문을 닫아걸고는 사랑을 나누다 끝내는 이별을 맞는다. 양계(陽界)의 삶이 중요하게 서사화되고, 음계(陰界)의 삶이 상대적으로 미약하게 그려진다. 생의 즐거움이 사라진 상황에서 이생은 삶의 의미를 찾을 수 없어 병을 얻어 죽음을 맞는다. 이생은 생을 긍정하고 사를 부정했던 것이다. 결국, <만복사저포기>와 <취유부벽정기>의 주인공은 생을 부정하고 내생(來生)을 기약하면서 생을 마감한다는 점에서 유사하다. 그런데 <이생규장전>에 그려진 생사에 대한 주인공의 인식은 현실만을 긍정하고 내생을 부정한다는 점에서 이 두 작품과 대조적이다.

---

53) '仙境乾坤闊, 塵間甲子遄.'

이에 대하여, <이생규장전>에서 인간의 행복은 현세에 있는 것으로 보았기 때문에 '현실주의적 사고'를 드러내고, <만복사저포기>에서는 여귀가 죽어서도 원했던 것이 '인간적 욕망의 실현이며 현실적인 인생을 이루고자 하는 것'이었으므로 '현실주의적 자세'를 일관되게 유지하고 있다고 이해되기도 하였다.54) <이생규장전>에 대해서는 대부분의 연구자가 동의를 하면서도 <만복사저포기>의 결말의 의미에 대해서는 서로 다른 의견들이 제시되었다. 즉 <만복사저포기>의 결말에 대해 불교에 대한 회의 내지 비판으로 보거나55) 도선적 지향으로,56) 또는 '무상관, 인연사상, 윤회사상, 정토사상'으로,57) '초세주의적이고 불교적인'58) 것으로 이해되기도 한다. 그런데 엄격하게 따진다면 앞의 해석에서 드러나듯 <이생규장전>에서 주인공은 생을 긍정하고 사를 부정하고 있으며, <만복사저포기>나 <취유부벽정기>에서는 주인공이 사를 긍정하고 생을 부정하고 있음을 보여준다. <이생규장전>의 이생이 현실의 즐거움을 추구하다 그것이 사라졌을 때 생의 의미를 잃어버리고, <만복사저포기>는 현실의 생이 불우하여 내생이나 윤회라는 사후를 추구하는 것처럼 그려지며, <취유부벽정기>는 물질적 풍요가 주어졌는데도 선녀와의 만남을 못 잊어 선계를 추구한다.

그런데 실제 김시습은 생사의 어느 한쪽을 긍정하고 있다기보다는 선불교적 현실주의의 입장에서 이러한 주인공들의 생사 인식을 비판하고 있었다. 연구자들은 이러한 점을 간과하고 주인공들이 애착을 갖는 부분이 곧 작품의 주제를 형성하고 있는 것으로 이해했다. 앞 장에서 살펴보았듯 작자는 '생사와 열반이 항상 함께 화합한

---

54) 임형택, 앞의 글, 1971, 35쪽.
55) 김일렬, 「금오신화 고찰」, 『조선전기의 언어와 문학』, 형설출판사, 1982.
56) 최삼룡, 『한국초기소설의 道仙思想』, 형설출판사, 1982.
57) 정주동, 앞의 책, 498쪽.
58) 김용덕, 「萬福寺樗蒲記의 작품세계」, 『고전소설의 이해』, 문학비평사, 1991.

다[生死涅槃常共和]'59)라고 했다. 또한 '환하게 밝아 신령스러워 두 눈이 두 눈을 대하는 것 같다. 어찌 생사가 가고 옴이라는 분별이 있겠는가?'60)라고 하여 생사의 집착을 버리면 그것이 열반이라는 인식을 보여주고 있다.61) 본각(本覺) 사상, 즉 사계절이 순환하고, 유정(有情), 무정(無情)에 통하는 자성(自性)으로서의 본체, 곧 우주 법계의 근본 본체인 진여의 리체(理體)로서 생사를 바라본다면 생사는 본각의 묘유(妙有)일 따름이다. 그래서『법화경』<방편품(方便品)>에서 '법주와 법위로서 세간의 상에 상주한다[是法住法位 世間相常住].'고 한 말과 통하는 것이다. '하나의 색상이나 하나의 향기가 참모습 아닌 것이 없다'62)는 그의 표현대로 생과 사도 절대적 의미를 지닌 상(相)이라 하겠다. 결국 생사불이(生死不二)의 관점을 지니고, 생을 긍정하고 사를 긍정함으로써 생사에 대한 집착을 벗어날 수 있다고 보는 것이다. 그런데 그러한 김시습의 입장과는 달리 작품 속의 인물들은 모두가 생과 사를 별개의 것[生死二]이라 인식하고 현세의 생을 긍정하거나<이생규장전> 내세의 생을 긍정한다<만복사저포기>·<취유부벽정기>. 작가는 이러한 주인공들의 그릇된 인식을 우의적으로 비판하려 했던 것이다.63) 물론 <남염부주지>와 <용궁부연록>은 주인공들이 겪는 모든 일들이 꿈속에서 이루어지는 것으로 취급하여 생사불이의 서사적 구조화를 이루었다고 말할 수 있다. 그것은 인간 의식의 작용에 의한 것으로 취급하고 있는데, 이에 대해서는 뒷부분에 더 자세히 언급하게 될 것이다.

　그런데 <만복사저포기>, <이생규장전>, <취유부벽정기>에 등장

---

59) 각주 24)

60)『華嚴經釋題』, '昭昭靈靈 明明了了 兩眼對兩眼 何會有生死去來.'

61) 한종만, 앞의 책, 315쪽.

62) 김시습,『묘법연화경별찬』, <方便品讚曰>, '一色一香, 無非實相.'

63) 생사에 대한 주인공들의 인식을 비판하는 것을 의식한 듯한 그의 시를『매월당별집』권3, <四浮山十六題-死中活>과 <四浮山十六題-活中死>에서 확인할 수 있다.

하는 주인공들의 생사이(生死二)의 세계 인식에는 다름 아닌 '갈애(渴愛)'가 깔려 있었다. 김시습은 보시를 행하는 이유를 '대개 사람의 마음은 탐욕에 길들면 교만함이 생기기 때문에 마음을 바치기를 권하고, 생사에 골몰하면 근심과 분노가 생기기 때문에 몸을 바치기를 권한다,'64)라고 했다. 이생은 현실적인 생활에서나 여귀로 돌아온 부인과의 생활에서도 사랑을 절대시했다. 생의 의미는 오직 애욕뿐이었다. 여인을 장례 지내고 병을 얻어 세상을 떠나는 것은 애욕을 채울 수 없는 상황에서 당연한 결과이다. 양생이 아내를 얻고자 하여 귀녀를 만나고, 애욕은 귀계(鬼界)에서 충족되지만 끝내는 약초를 캐며 살다가 어찌 되었는지 알 수 없었다고 했다. 홍생은 부잣집 자제로 한가위를 맞아 친구들과 함께 여자를 꾀고 술도 잘 마시는 방탕한 면모를 보이며 '천고 흥망사가 한스러워 못 견디겠다.'라고 노래하던 젊은이로, 현실의 덧없음을 함께 노래했던 선녀가 사라지자 그녀를 연모해 죽음을 맞는다. 이러한 구도는 『원각경』에서 말하는 '탐욕은 갈애로 인하여 생하고 목숨은 탐욕으로 인하여 있는지라, … 애욕은 원인이요 목숨을 사랑함은 결과이다.'65)라 한 것과 같다. 길애가 담욕을 낳고, 탐욕은 생사 집착을 낳는 것이다. 김시습은 세 작품을 통해 이러한 인간 현실의 근본 문제인 탐욕을 꼬집고 있었던 것이다.

　이렇게만 본다면 <만복사저포기>와 <이생규장전>, <취유부벽정기>는 불교적 교리의 결과물로만 여기는 것이라 비판하는 이들도 있을 것이다. 사실 등장인물들의 애정은 김시습의 시선에 '비난'보다는 오히려 '측은함'으로 다가섰을 것이라는 생각을 갖게 한다. 왜적의 침탈에 의해 미혼으로 죽은 여인이나<만복사저포기>), 홍건적의 난에 도적에게 죽임을 당한 최씨녀(<이생규장전>)의 애달픈 이야기는

---

64) 김시습, 『매월당집』 권16, <雜著 - 隋文 第九>.
65) 대당계빈삼장불타다라 역, 『대방광원각수다라료의경』, <미륵보살장 제5>, '欲因
　　愛生命因欲有…愛欲爲因.'

현실적 생의 비극성을 여실하게 보여주고 있기 때문이다. 독자들로 하여금 등장인물들의 삶은 애달프고 안타까운 심정을 유발하게 한다. 또한 <취유부벽정기>의 등장인물들이 직접 현실적 고통을 겪지는 않았지만, 그들의 입을 빌려 이야기되는 현실 속 인간들은 부질 없는 티끌의 세계, 적막한 세계에서 헤매고 있다. 따라서 김시습은 그들의 삶을 사랑의 집착이 빚어낸 비극으로, 한편으로는 고통으로 일그러진 현실을 살아야 했던 그들에 대한 측은함으로 인식했던 것이다. 세 작품 속에 드러난 김시습의 선불교적 생사 인식에 따른 등장인물 '비판'의 배경에는 인간적 측면의 '측은함'이라는 정서가 도사리고 있다.

(2) 한편, 『금오신화』의 서사방식은 기존의 불교적 전기소설이 취했던 것과 다른 점이 있다. 나려시대의 불교적 전기소설이라 할 수 있는 <백월산양성성도기(白月山兩聖成道記)>, <조신전(調信傳)>, <김현감호(金現感虎)>, <왕랑반혼전(王郎返魂傳)>에 등장하는 인물들은 부정적 현실을 타파하고 오도(悟道) 또는 성불(成佛), 정토왕생이라는 '질적 상승'을 꾀하고 있다.66) 즉 이전의 불교적 전기소설들은 현실 초월의 세계로서의 오도(悟道)나 성불(成佛), 정토왕생이 서사텍스트 내에 그대로 드러남에 비해 두 작품은 그런 세계가 구체화되지 않는다. <백월산양성성도기>에 나타나는 부득과 박박이 관음보살의 화신에 의해 미륵불과 미타불로 변화하거나, <왕랑반혼전>에 나타나는, 실재로 인식되는 명부로의 여행 따위는 나타나지 않는다. <조신전>처럼 관음보살의 가피력으로 조신이 꿈을 통해 깨달음을 얻고 정토사를 짓고 선업[白業]을 쌓는 불교적 실천을 했다거나, <김현감호>처럼 『범

---

66) 필자의 연구에 의하면 <김현감호>는 '축생에서 범부로, 다시 고관'으로 변신을 거듭하고, <조신전>은 '범부에서 성자'로, <백월산양성성도기>는 '범부에서 불신'으로, <왕랑반혼전>은 '범부에서 극락왕생자'로 질적 변신을 꾀한다. 이에 대한 자세한 논의는 다음 기회로 미룬다.

망경』을 강하여 범의 저승길을 인도하고, 호원사를 창건했다는 등의
서술을 하지 않는다. 이러한 결구는 생의 밖에 또 다른 생이 있으니
현실의 온갖 욕망을 저버려야 하며, 불교 신앙에 매진해야 한다는
의미로 읽히게 한다. 곧 인간의 생을 공적(空寂)에 매어 둠으로써 현
실을 부정할 여지가 있는 것이다.

김시습은 부처가 『반야경』을 통해 공(空)을 이야기했으나, 다시 공
에 집착할 것을 염려해 '『법화경』과 『열반경』에 이르러 앞의 공과
유의 방편을 버리고 일승(一乘)의 묘법(妙法)을 이루게 하셨다. 이제야
사부대중이 공과 유의 희론(戱論)을 모두 버리고 다같이 원융한 법성
(法性)의 바다로 들어가게 되었다.'[67]라고 했다. 이러한 인식 아래 그
는 『금오신화』를 창작하면서 기존의 불교적 전기소설들에 나타나는
현실에서 벗어난 불보살들의 영험을 절대화하거나, 현실에서 벗어난
생을 이야기하는 불교적 결구를 거부했다. 『금오신화』는 생 밖의 세
계가 실재한다고 보지 않는다. 그것은 어디까지나 인간 의식이 만들
어낸 생 속의 저승이요, 음계라고 인식된다. 실상 이생이나 양생의
여귀와의 만남도 현실 속에서 이루어진 것이요, 홍생이 선녀를 만난
것도 취중에 이루어진다. 홍생은 선녀와 헤어진 후 '그것은 꿈도 아
니고 생시도 아니며, 참인 듯하면서 참이 아니다.[似夢非夢 似眞非眞]'
라고 생각한다. 위에서 살핀 세 작품은 말할 것도 없이 <남염부주지>
에서도 박생의 염부주 여행은 꿈이요, <용궁부연록>에서도 한생의
용궁 여행도 거실에서 꾼 꿈일 뿐이다. 실재처럼 느껴지는 인간 의
식의 '내면 풍경'을 그리고 있는 것이다. 이것이 기존의 불교적 전기
소설이 보여주는 세계와 다른 측면이다. 앞장에서 설명한 '선불교적
현실주의'를 바탕으로 내가 발 딛고 사는 세계에 성불도 있고 정토
왕생도 있다고 여겼다. 외양간과 마구간, 지옥 어느 곳이 화장세계
아닌 곳이 없으며, 그것은 현실에 발 딛고 살며 천변만화하는 인간의

---

67) 『십현담요해』, <演敎>(이창섭 · 최철환 옮김, 앞의 책, 249쪽)

의식이 지어내는 세계이니 생 이외의 생 때문에 두려워하지 말라는
것이다. '지금' '여기'에 살라는 것이다. 이를 일러 '선불교적 현실주
의'라 할 수 있는 것이다. 『금오신화』는 그런 사상을 바탕으로 기존의
불교적 전기소설의 서사기법을 일신했던 것이다. 이는 귀신이나 신선,
염부주, 용궁을 소설화의 핵심적 소재로 활용함으로써 이루어냈다.

　귀신의 문제를 보자. 대사(大祀)·중사(中祀)·소사(小祀)라는 국가적
제사를 지냈던 조선에서 귀신의 존재 여부는 조선 성리학의 핵심적
논쟁거리였다. 그래서 성리학의 리기론에 입각하여 남효온, 서경덕,
이황, 이이 등은 자연 철학적 성격보다는 종교적 성격을 내포하는
귀신론을 펼쳤다.[68] 그런데 김시습은 <귀신설>에서 '의식이 있으면
귀신이 있는 것이니, 의식의 지극함은 성의 참이다. 귀신이란 천도(天
道)로서 성(誠)의 묘용(妙用)이요, 귀신으로 삼는 것은 인도(人道)로써 정
성을 다하는 것이 겉으로 드러나는 것이다. 그러므로 성(誠)이 없으면
물(物)의 존재도 없다.'[69]라고 말했다. 또한 석경당이 진에서 말한 것
이나 대들보에서 휘파람을 불었다는 것과 같은 것은 사특한 기로 사
람의 마음이 미혹함이 감응되어 부른 것이라 보았다. 그러면서 지극
히 잘 다스려지는 세상과 지극한 사람의 분수에는 귀신의 변이 있을
수 없다고 했다.[70] 또한 이런 입장은 오이를 밟고 두꺼비인 줄 알고,
시냇물 소리를 귀신의 울음소리로 알았다는 것을 들어 없는 귀신을
사람들이 두려워한다고 김시습이 말했다는 이야기에서도 드러난
다.[71] 게다가 <남염부주지>를 보면 왕의 말에 천지에 제사를 지내
는 것은 음양 조화를 존경하는 것이며, 산천에 제사를 지내는 것은
기화의 오르내림에 보답하는 것이며, 조상께 흠향하는 일은 은혜를
보답하기 위한 것이며, 여섯 신에게 제사를 지내는 것은 재앙을 면

---

68) 김　현, 「鬼神-자연 철학에서 추구한 종교성」, 『조선유학의 개념들』, 예문서원, 2002.
69) 김시습, 『매월당집』 권4, <귀신설>.
70) 김시습, 위의 글.
71) 南孝溫, 『秋江集』 권3, <鬼神論>.

하기 위한 것이라 했다. 그런데 천지·산천·조상·여섯 신에게 형체와 성질이 있어 인간에 재앙과 복을 가하는 것은 아니며, 다만 사람들이 제사를 지내면 귀신이 임하는 것 같을 따름이라 하여 귀신을 부정했다. 그는 귀신이란 인간의 의식에 의해 만들어지는 것이라는 것을 확고히 했던 것이다.

그런데 <남염부주지>를 보면 왕의 말 중에 '귀란 구부러짐이요, 신이란 폄이오. 따라서 굽혔다 펼 줄 아는 것이 조화의 신이오. 이에 비해, 굽히되 펼 줄 모르는 것은 답답하게 맺힌 요귀들이라오.'[72]라고 하여 요귀를 인정하는 것처럼 보인다. 답답하게 맺힌 것은 사람과 동물에 뒤섞여 원망을 품고서 형체를 지니고, 그 외에 산의 요물 소(魈), 물의 요물 역(魊), 수석(水石)의 괴물 용망상(龍罔象), 목석의 귀물 기망량(夔魍魎), 여(厲)·마(魔)·요(妖)·매(魅) 등의 요귀를 말했다. 이 때문에 원귀만은 인정한 것처럼 해석될 소지가 있다. 그러나 이전의 왕의 말에 귀신이 임하는 것처럼 느껴질 뿐 실제로는 없다는 것을 명확히 한 상태에서 나온 말이므로 이 또한 인간의 의식이 만들어낸 허상으로, 인간들이 의식하는 바를 언급한 것에 다름 아닌 것이다. 또한 <귀신>에서 『현중기(玄中記)』의 말이라 하여, 산악의 신은 구렁이나 뱀일 것이며, 강과 바다의 신이란 남생이나 거북, 물고기, 자라일 것이라는 등 온갖 귀신을 만들어 모두 신이라 칭하면서 만백성을 놀라게 하고 두렵게 하니 해괴한 일이라 하였다.[73] 이는 요귀를 인정했다기보다는 인간의 그릇된 의식이 만들어낸 것이 요귀임을 명확히 하고 있는 것이다. 곧 <만복사저포기>와 <이생규장전>의 귀신은 생사에 대한 그릇된 인식의 비판을 위해 쓰인 방편으로서의 의미를 지녔던 것이다. 이런 전후 사정을 감안하지 않고 김시습이 요귀 중 원귀만은 인정해 <만복사저포기>·<이생규장전>·<취유부벽

---

72) 김시습, <남염부주지>, '鬼者屈也. 神者伸也. 屈而伸者, 造化之神也. 屈而不伸者, 乃鬱結之妖也.'
73) 김시습, 『매월당집』 권3, <雜著-鬼神>.

정기>를 창작하는 데 기반이 되었다고 보는 것[74]은 잘못된 것이다.

<취유부벽정기>에 등장하는 신선의 세계 역시 언뜻 보기에는 그 것을 긍정하는 것처럼 보인다. 선녀를 신선의 세계로 이끌었던 항아 는 이렇게 말한다. '아랫 세상의 선경은 아무리 복된 땅이라 해도 모 두 티끌에 불과하지. 청명에 올라와 흰 난새를 참마로 부려 수레를 몰면서 붉은 계수나무에서 맑은 향기를 따고 벽락에서 차가운 달빛 을 몸에 두르며, 백옥경에서 즐겁게 놀고 은하수에서 헤엄치는 즐거 움만 하겠어?'[75] 망국의 한과 허무한 인생을 그리는 작품 속 한시들 은 신선의 삶을 긍정하는 것으로 읽게끔 한다. 그래서 이는 작자가 지닌 현실적 삶의 고독감이나 허무의 초월 의지를 반영하는 것으로 이해되곤 한다.[76] 그러나 실상 김시습은 '죽고 사는 것은 명(命)에 있 어, 오래 살고 일찍 죽는 것이 기한이 있다.'라고 하여 불생불멸의 신선술에 대해 부정적으로 인식하고, '운명을 점치는 것은 곧 경계 하고 삼가며 미리 염려하는 길'일 뿐임을 명확히 했다.[77] 이런 사상 을 지닌 김시습이 신선의 삶을 긍정했다고 보는 것은 문제가 있다. 오히려 그런 신선의 세계를 욕망하는 것이 허망한 일임을 인식하지 못하는 사람들을 향해 비판적인 입장을 취했다고 보는 것이 옳다.

<남염부주지>는 박생의 꿈속에 염부주(炎浮洲)를 제시하였다. 박생 은 이단(異端)의 설을 믿을 수 없다고 하며 일리론(一理論)을 써 자신을 경계했던 이인데, 꿈속에서 그는 이단의 염부주를 찾았던 것이다. 여 기에 제시된 염부주는 초목도 없고, 모래와 자갈도 없으며, 구리나 쇠만이 밟히며, 낮에는 거센 불길이 하늘까지 뻗쳐 땅덩이가 녹고,

---

74) 조동일, 「15세기 鬼神論과 귀신이야기의 변모」, 앞의 책, 175쪽.
75) 김시습, <醉遊浮碧亭記>, '下土仙境, 雖云福地, 皆是風塵. 豈如履靑冥駿白鸞, 挹淸 香於丹桂, 服寒光於碧落, 遨遊玉京, 游泳銀河之勝也?'
76) 김광순(『한국고소설사』, 국학자료원, 2001, 173~174쪽)은 '허탈감에 젖어 있는 현실의 동봉이 무의식적으로 허무를 이기고 영원의 세계로 나아가고자 하는 욕구를 표현한 작품'으로 이해한다.
77) 김시습, 『매월당집』 권3, <雜著-天形>, <雜著-弭災>.

밤이면 찬 바람이 사람의 살갖과 뼈를 쑤셔대는 바닷가를 따라 쇠로
된 벼랑의 공간이다. 그곳은 풍토병이 유행하고, 목이 마르면 구리쇳
물을 마셔야 하고, 배가 고프면 불에 녹는 쇳덩이를 먹어야 하며, 야
차와 나찰·이매(魑魅)·망량(魍魎) 같은 도깨비가 기운을 펴고, 백성들
의 풍속이 드세고 사나운 곳이다. 불교에서 말하는 염부제(閻浮提)와
유사한 곳인데,78) 염왕은 '하늘의 남쪽에 있으므로 남염부주라고 부
르오. 염부(炎浮)라는 것은 불꽃이 활활 타서 늘 허공에 떠 있기 때문'
이라고 말한다. 이단을 부정하던 이가 이단에서 설하는 염왕이 될
것이라는 꿈을 꾸게 된 것이다. 그리고 그 꿈속에서는 이단인 불교
가 저지른 해악을 문제 삼고 있었으니 역설적이라 하지 않을 수 없
다. 염부주는 실상 우리가 살고 있는 세계의 방편적 표현이라 할 수
있다. 김시습 자신도 '염부제는 번역하면 승금(勝金)'이라 했고, 한용
운은 '염부제는 한자로 승금이라고 번역하는데, 즉 우리가 사는 세
계를 이른 말'79)이라 했다. 그가 들여다본 염부제란 고통스런 현실
속 인간들의 삶을 비유적으로 표현해 놓고 있는, 박생의 의식계에
존재하는 것이다. 그런 공간 속에서 현실 사회의 문제점들을 비판적
대화의 형식으로 드러내 놓았던 것이다. 그런데 박생이 염왕이 될
것이라는 사실을 긍정했다면 일리론을 거부하고 이단을 긍정하게
되는 꼴이요, 염왕이 될 것을 부정했다면 일리론을 여전히 지키며
이단을 부정하는 것이 된다. 박생은 꿈에서 깨었을 때 어떻게 했는
가? '박생은 한참동안 감격하기도 하고 의아해 하기도 하였다. 그러
다가 스스로 생각하기를 이제 곧 죽으려나보다 하였다. 그래서 그는
날마다 집안일을 정리하는 데 몰두하였다. 몇 달 뒤에 박생은 병을
얻었다. 그는 스스로 필경 다시는 일어나지 못하리라는 것을 알았
다.'80)라고 서술된다. 결국 일리론을 부정하고, 자신의 의식이 만들

---

78) 아함경류나 『法苑珠林』 등에 염부주와 지옥에 대한 이야기가 많이 서술되어 있다.
79) 『십현담요해』, <연교>(이창섭·최철환 옮김, 앞의 책, 257쪽)

어낸 의식계인 꿈 속 세계를 긍정한 꼴이다. 근처 이웃의 사람들 역
시 꿈속에서 신인이 나타나 박생이 염라왕이 될 것이라 말했다고들
떠들어댄다. 현실의 허탄한 모든 문제를 꿈속이라는 의식계에서 비
판하고서도 박생은 결국 염왕이 될 것임을 믿고 준비했다. 김시습은
<남염부주지>에서 지식인이나 민중의 어리석음을 염부주를 모티프
로 삼아 선불교적 현실주의의 입장에서 이렇게 비판했던 것이다.

　<용궁부연록>에서 용궁 역시 꿈속 세계인데, 이류(異類)들이 함께
어우러져 노래하는 공간이다. 한생이 뛰어난 글재주를 갖고 있어 초
청받아 상량문을 써 주는데, 그 내용을 보면 이무기와 악어, 조개,
거북과 잉어, 귀신, 산도깨비 등이 함께 어우러짐을 말한다. 그후 곽
개사(郭介士)라 칭하는 게, 현선생(玄先生)이라는 거북, 나무·돌의 도깨
비, 조강신, 낙하신, 벽란신, 용왕 등이 기쁨의 노래를 부른다. 용궁
은 그야말로 흥겨운 잔치 분위기다. '털 뒤집어 쓰고 뿔 달고 저자로
온다[被毛戴角入塵來]'라는 '이류중행(異類中行)'의 선불교 사상과 연관
을 맺으면서,81) 온갖 만물들이 어우러진 일색(一色)의 경지를 드러낸
것이라 볼 수 있다. <용궁부연록>의 용궁은 그가 꿈꿔왔던 만물간
의 사랑이 충만한 현실 공간이 우의적으로 드러난 세계라 하겠다.

4. 맺음말

　이 글은 김시습의 『금오신화』 창작의 사상적 배경으로 '선불교적
현실주의'를 살피고, 그 사상이 작품에 어떻게 투영되었는지를 들여
다보았다.

---

80) 김시습, <취유부벽정기>.
81) 『십현담요해』, <迴機>(이창섭·최철환 옮김, 앞의 책, 292~293쪽)

김시습의 사상은 성리학의 '기일원론' 또는 '일원론적 주기론'으로
만 이해되어서는 안 된다. 물론 성리학의 영향이 적지 않으나, 그는
현실 긍정의 논리를 선불교적 사유를 통해 이룩했으며, 이를 바탕으
로 유·불의 관계가 대립이 아닌 공존의 관계여야 함을 역설했고,
기존 불교의 미신적 요소를 타파하면서 선불교 옹호론을 펼쳤다. 이
러한 사상적 면모를 그가 읽었던 『원각경』이나, 선불교 사상을 직접
적으로 드러낸 『묘법연화경찬』·『십현담요해』·『대화엄일승법계도
주병서』·『화엄경석제』, 그리고 <잡저>의 여러 논설들을 통해 확인
할 수 있었다.

선불교를 공적(空寂)의 사상으로만 이해하고 있는 이들이 있을 터
인데, 실은 인간을 비롯한 삼라만상의 존재와 실상을 철저하게 궁구
함으로써 실천의 방향을 추구해나가는 사상이라 볼 수 있으며, 김시
습은 성리학자들의 득세와 불교 탄압의 국면 속에서 유·불의 화합
과 공존을 주장하고, 타락한 불교를 혁신하며, 더불어 살아가는 사회
를 이루고자 했다. 그러한 그를 가리켜 이이(李珥)는 '심유적불(心儒跡
佛)'이라 평가하여 얼핏 보면 그의 선불교적 현실 인식을 가로막은
것처럼 보인다.[82] 그러나 깊이 생각해보면 이이의 그러한 언급이 없
었다면 그의 행적이나 선불교 관련 서적들이 온전하게 전해지기나
했을는지 의심스럽다. 어쩌면 이이가 방외인이자 미치광이이면서
'심유적불'의 인간으로 김시습을 평가함으로써 급진적인 유학자들에
의해 '요승(妖僧)'이라 지목되고 사라져버릴 뻔한 그의 문적(文籍)들이
그나마 살아남게 된 것이라 볼 수도 있으니, 이이의 남다른 정치적
배려가 있었던 것이라 보는 것은 지나친 억측일까?

김시습의 선불교적 현실주의 사상은 『금오신화』에 잘 반영되어
있다. 지금까지의 연구 경향을 보면, 다섯 작품을 일관된 사상으로
꿰는 일이 어려웠다. <만복사저포기>는 불교 사상으로, <취유부벽정

---

82) 李　珥, <金時習傳>, 『매월당집』 권1.

기>는 신선 사상으로 해석하는 것과 같이 개별 작품의 실상을 중요시하고, 그 작품들 사이의 연관성은 논외로 했던 것이 사실이다. 이는 또한 그의 사상적 기반과도 부합하지 않는 문제점을 갖고 있었다. 그런데 이 글에서 주장하는바 선불교적 현실주의 사상으로 『금오신화』를 들여다보면 하나같이 일관된 사상과 서사기법의 혁신을 파악해 볼 수 있다. 김시습은 선불교적 현실주의를 바탕으로 『금오신화』에 등장하는 인물들의 생사 인식의 한계점을 비판적으로 서사화했고, 기존의 불교적 전기소설들이 드러내는 현실 초월의 서사화를 극복하고 귀신·신선·염부주·용궁이라는 이류(異類)·이계(異界)가 인간의 의식 세계에 똬리를 튼 허구적 세계임을 분명히 드러냈다. 이렇게 함으로써 현실의 모순을 극복하여 삼라만상이 어우러진 세상을 꿈꾸었던 것이다.